다독다독
독서퍼즐

다독다독
독서퍼즐
청소년용

초판 1쇄 발행 2015년 1월 12일
초판 2쇄 발행 2019년 11월 15일

지은이	정선옥
펴낸이	정봉선
펴낸곳	정인출판사
등록	제303-1999-000058호
주소	서울시 동대문구 천호대로 16가길 4
전화	02) 922-1334 I 팩스 02) 925-1334
홈페이지	www.junginbook.com
블로그	blog.naver.com/junginbook

ISBN 978-89-94273-83-9(53800)

책값은 뒤표지에 있습니다.

사고력과 창의력을 키워 주는 독서 퍼즐 놀이터

다독다독 독서퍼즐

정선옥

청소년용

정인출판사

안 도 현(시인, 우석대학교 문예창작과 교수)

　초등학생을 위한 독서퍼즐 책을 낸 지가 벌써 2년이라니 그동안 그 책들은 얼마나 많은 사람들에게 읽혔을지 모르겠다. 좋은 책은 많이 읽히고 활용되어야 한다. 교재는 더욱 그렇다. 그런 점에서 새롭게 발간되는 청소년용 독서퍼즐 책도 더 많이 활용되었으면 좋겠다.

　이번 청소년용 독서퍼즐은 사실 청소년만을 위한 책은 아니다. 우리 어른들도 꼭 읽어야 할 필독서들이기도 하다. 어른들도 이 책을 활용한다면 책을 읽는 즐거움을 더할 수 있을 것이다. 독서가들에게 독서퍼즐은 재미있는 두뇌게임이 될 것이다.

　독서퍼즐 책에서 나의 어른을 위한 동화 〈연어〉를 첫 번째에 넣은 것은 성장과 관련해 연어의 삶이 큰 의미가 있어서라고 정선옥 선생은 말한다. 〈연어〉의 '생각해 보세요'와 '독서퍼즐'을 나도 풀어 보았다. 아주 얇은 책인데 어떻게 이렇게 많은 문제를 만들어 낼 수 있는지 놀라웠다. 무엇보다도 깊이 있게 읽지 않으면 불가능한 일일 것이다. 책을 깊이 있게 분석하고 읽는 것에 점수를 높이 주고 싶다. '생각해 보세요'는 책속 등장인물의 행동과 말을 다시 한 번 생각하게 하는 효과가 있다.

　좋은 책을 한 번 읽고 던져버리는 것은 참으로 안타까운 일이다. 어쩌면 우리네 인생에서 큰 의미가 될지도 모르는 책을 가볍게 읽는 것은 그것의 참가치를 제대로 알지 못하고 겉만 보는 의미이기 때문이다. 나 역시 이번에 〈백석평전〉을 내면서 백석의 시를 몇 번이고 곱씹으며 생각했다. 그러한 과정은 책을 가볍게 읽고 던지는 것과는 천양지차다. 평전만큼의 분석은 아니지만 이 책은 적어도 책에 쉽게 다가갈 수 있도록 돕는다. 책의 이해를 돕고 책의 이해가 어려운 부분을 질문으로 물어서 읽기 쉽도록 돕는다.

　그리고 무엇보다 이 책에 실린 책의 목록이 참으로 좋았다. 내 아이들이 인생을 살면서 적어도 한번은 읽었으면 하는 책들이 선택되어 있었다. 아니 어쩌면 우리 세대의 어른들도 한번쯤 읽었으면 하는 책들이 있었다. 나도 시간을 내서 책을 곁에 두고 퍼즐을 풀어보면 좋겠다는 생각이 들었다. 독서퍼즐 두뇌게임은 독서의 또 다른 세계를 선물할 것이다.

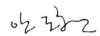

4

송 광 용(참착예생각연구소 소장, 전북대 평생교육원 논리논술 전담교수 역임)

21세기는 우리 청소년들의 세상입니다. 21세기는 어떤 사람을 요구할까요? 한마디로 '창의적인' 사람입니다. 그럼 어떤 사람이 창의적인 사람일까요? 어떻게 하면 우리 청소년들을 창의적인 사람으로 기를 수 있을까요? 이것은 우리 어른들의 의무이자 책임입니다.

창의적인 사고 방법들 중의 하나인 'SCAMPER'의 기초를 창안한 오스번(A. Osborn)은 "새로운 것 (창의성)이란 이미 있었던 것을 변형하거나 수정한 것(Modification)일 뿐이다."고 말합니다. 즉 이미 있는 지식 또는 정보가 창의성의 바탕입니다. 따라서 청소년들은 이미 있는 지식이나 정보를 많이 획득해야 합니다. 이 창의성의 토대가 되는 지식이나 정보를 얻는 가장 효과적인 방법은 독서입니다. 많이 읽어야 합니다. '다독(多讀) 다독'하게 해야 합니다.

19세기 말에 창안되어 지금까지도 인간의 삶의 모든 영역에 영향을 미치고 있는 이론이 프로이트 (S. Freud)의 정신 분석학입니다. 프로이드가 무의식 속에 들어 있는 보이지 않는 모르는 것을 아는 방법의 하나로 제시한 것이 '자유 연상법'입니다. 자유 연상법이란 어떤 말을 주고 곧 생각나는 말을 반응시키는 방법입니다. 이렇게 하여 모르고 있는 것을 알고, 이 알게 된 것을 바탕으로 또 모르는 다른 것들을 계속하여 추적해 나가는 것입니다. 문제를 해결하는 것입니다. 창의력은 문제 해결 능력이기도 합니다. Puzzle을 풀어 나가는 것입니다. 계속 연관지어 Puzzle을 푸는 것이 자유 연상법이며, 이렇게 하여 창의력이 향상되는 것입니다.

20세기 가장 위대한 철학자들 중의 한 명인 비트겐슈타인(L. Wittgenstein)은 "나의 언어의 한계는 나의 세계의 한계이다."고 말합니다. 즉 내가 알고 있는 단어 수만큼만 세상을 안다는 것입니다. 즉 하나의 단어를 알고 있다면 그와 관련된 다른 단어들을 알게 되며, 이런 결과 그 단어들이 나타내는 세상을 그만큼 더 안다는 것입니다. 따라서 어휘의 양을 늘리는 것이 중요합니다. 이것은 곧 지식이나 정보를 늘리는 것입니다. 또 어휘의 양은 자유 연상을 더 신장시키는 것입니다.

정선옥 선생님은 저의 제자이기도 합니다. 저는 깜짝 놀랐습니다. 정선옥 선생님의 책은 21세기가 요구하는 창의적인 사람을 기르기 위해 필요한 능력들을 향상시킬 수 있는 방법을 제공해주고 있었기 때문입니다.

21세기는 우리 청소년들의 세상이기도 하지만, 이런 청소년들을 창의적인 사람으로 기를 의무와 우리 어른들에게 있습니다. 이런 의미에서 21세기는 우리 어른들에게 달려 있기도 합니다.

송 광 용

'독서퍼즐'의 좋은 점

한 권의 책을 읽는 것은 어떤 한 사람의 인생을 만나는 것이다. 그 책이 명작이라는 이름을 갖고 있다면 그것은 하나의 우주를 포함한 것이기도 하다. 그리힌 책을 가깝게 하는 것은 내가 만나지 못한, 혹은 내가 경험하지 못한 세상을 예측하게 하거나 경험하게 한다. 이러한 면에서 인생의 경험이 적은 청소년이 좋은 책을 읽는 것은 매우 중요한 일이다.

현대를 살아가는 청소년은 매우 바쁘다. 특히 거의 언제나 시험과 가까운 학생들은 좋은 책을 읽는 것이 쉽지 않다. 청소년들은 공부하느라 언제나 머리를 식혀야 하는 입장이 되어 버렸고, 스트레스를 해소하기엔 단발적이면서 편한 것들이 선택되곤 한다. 그것은 핸드폰이거나 영상이거나 게임이거나 가벼운 책들이다. 우리 어른도 세상을 살면서 불안과 고통과 불확실성의 어려움에 맞닥뜨릴 때가 있다. 그래서 그런 일상을 벗어나고자 여행이나 오락을 찾곤 한다.

그런데 진정으로 휴식이 되는 오락은 책을 통해 얻는 것이다. 이것은 어느 날엔가 책을 읽을 때 주변의 소음들이 모두 물러가고 아주 고요하면서도 뜨거운 것이 가슴을 적시는 것을 경험할 때 알 수 있다. 일상에서 우리들을 힘들게 하는 소음들이 어느 순간 사라지는 것은 자신만의 책을 만났을 때 경험할 수 있는 일이다. 이런 일들은 인생에서 위로가 된다. 또한 위기를 이겨내게 한다. 이러한 힘은 어디에서 비롯되는가? 책의 이야기들은 독자의 가슴에 내재되어 훗날 인생을 깨달을 때 그것이 힘을 발휘한다고 하니 책을 읽는 것은 어떻든 참으로 중요한 일이다. 책읽기는 그렇게 읽는 것 자체만으로 도움을 주는 일인데 그러함에도 불구하고 '생각해 보세요'와 '독서퍼즐'이란 장치를 제시하는 이 책의 의도는 무엇인가?

첫째, 선정된 책들은 책을 골고루 읽을 수 있도록 도우며 세상을 감성으로 이해하도록 돕는다. 크게 다섯 개의 범주로 나누고 문학작품 위주로 선정했다. 문학작품은 사람의 감정을 호소하는 방식

6

으로 이야기를 전한다. 그래서 한 권의 문학작품은 감정을 움직여서 인생의 깨달음을 선물한다. 이들은 이 세상의 고민과 현실을 직접적으로 설명하진 않는다. 세상을 은유와 상징과 이야기로 풀어간다. 어떠한 세상의 이치를 감정이 움직이는 문학작품을 통해 보는 것은 큰 의미가 있다. 우리가 인간의 삶을 이해하는 것은 너무도 중차대한 일이기 때문이다. 다른 사람의 인생에 관심을 갖고 다른 사람의 삶을 이해하는데 문학작품만큼 커다란 영향력을 미치는 것이 있을까.

둘째, 책을 읽는 관점을 자연스럽게 유도한다. '생각해 보세요'를 통해 등장인물의 생각과 행동, 작가의 생각들을 질문으로 유도해 생각하도록 돕기 때문이다. 물음 없이 책을 읽을 때는 줄거리에만 집중하게 된다. 줄거리에만 집중하다 보면 등장인물의 행동에 대한 이해가 어려울 수 있다. 질문은 등장인물의 행동과 생각과 등장인물이 살아가고 있는 시대에 대해 고민하도록 한다. 이러한 것은 작품을 읽어내는 데 도움이 되며 책을 이해하는데 도움이 된다. 이 책은 책을 읽는 동안 문장 한 줄 한 줄을 깊이 있게 생각할 수 있도록 질문을 주며 의문을 갖고 생각하도록 돕기 때문에 책에 대한 관점이 자연스럽게 선명해지도록 돕는다.

셋째, 진솔한 벗을 만날 수 있다. 인생을 살아가는 동안에 자신만의 책을 만난다는 것은 큰 행운이다. 그런데 자신만의 책을 만나는 행운은 그 책을 온전히 이해하기 전에는 쉽지 않다. 한 권의 책을 온전히 이해하려면 정독이 우선이다. 책을 빨리 읽는 사람에게 정독이 무슨 소용이냐고 한다면 묻고 싶다. 당신이 책을 빨리 읽어서 이득이 되는 것이 무엇인가? 더 많은 정보를 얻기 위한 것이 아닌가? 우리는 많은 일을 하기 위해 언제나 빠른 이동을 한다. 달리기로 시작해서 자동차, 비행기로 움직인다. 그래서 빨리 이동하다 보면 우리들의 시야에 들어오는 것들은 무엇인가? 우리는 좀 더 많은 요약을 만날 수 있을지 모른다. 하지만 책에 심어놓은 철학적 깊이와 세상에 대한 이해, 등장인물이 고민하고 있는 것들에 대해 접근하는 것은 쉽지 않다. 그것은 하나의 지점에 머물면서 생각하고 같이 고민하는 시간이 필요하기 때문이다. 진정한 벗이 되어 그 인물들의 이야기를 들어주다 보면 그 세계의 깊이에 같이 감동하고 같이 생각하게 되는 것이 아닌가 생각을 하게 된다. 진솔한 벗은 함께 고민하는 과정에서 만들 수 있다.

넷째, 퍼즐풀기를 통해 어휘력 향상에 도움을 얻을 수 있다. 퍼즐을 풀다 보면 어휘에 대한 생각을 많이 하게 된다. 우리들은 어떠한 어휘를 사용할 때 얼마나 정확히 그 어휘를 사용하는가? 어휘

에 대한 정확한 분석과 의미에 대한 고민에 대한 시간을 가지는 것은 쉽지 않은데 퍼즐풀기는 바로 그러한 시간을 선물한다. 대학입시에서 1등급과 2등급의 성적 차이는 어휘의 실력 차이다. 학습을 위한 것까지 고려한다면 어휘에 대한 중요성은 더욱 커지는 셈이다. 그렇기 때문에 어휘에 대해 고민하게 하는 퍼즐풀기는 중요한 과정이다.

다섯째, 퍼즐풀기를 통해 책읽기에 대한 이해도를 스스로 평가할 수 있으며 이 과정을 통해 즐거움을 느낄 수 있다. 책을 읽고 퍼즐을 풀면서 스스로를 평가하는 과정은 책읽기에 대한 만족감을 높인다. 또한 퍼즐을 푸는 즐거움은 무엇으로도 비교할 수 없다. 퍼즐풀기 만큼 두뇌훈련에 좋은 것은 없다니 그 즐거움의 크기는 당연히 책읽기의 순기능을 도와줄 것이다.

이상으로 이 책의 다섯 가지 장점에 대해 이야기했다. 모쪼록 책을 활용하는 이들에게 좋은 선물이 되었으면 좋겠다.

이 책의 마무리는 제주도에서 했다. 창밖으로 바람이 세찼다. 바람의 언덕이라 부르는 삼례에 사는 나는 바람의 소리가 정겹다. 만경평야 들판을 가로질러 달려온 바람이 우석대학교 건물에 부딪치며 내는 소리는 '광야를 달려온 여러 마리의 말이 달려가는 소리' 같다. 제주도의 바람은 '먼 바다를 달려온 고래떼가 폭풍처럼 달려서 주변을 찰싹이며 한바탕 물보라를 일으키고 먼 심연으로 돌아가는 것' 같다. 바람은 내게 그렇게 불었고 내 안의 폭풍은 고래가 심연으로 돌아가듯 고요하게 책쓰기에 몰입하도록 하였다. 바람이 부는 삼례에 사는 것이 내 안의 바람을 잠재우는데 도움이 된다는 것을 제주도에서 깨달았다.

책을 쓰는 일은 몰입하는 과정이라서 시간이 많이 부족했다. 이러한 과정에 가족들의 도움이 없었다면 책을 엮는데 어려웠을 것이다. 아내의 일이라면 언제나 격려를 주는 남편과 책읽기를 잘 해서 자기들이 잘 자랐다는 아들과 딸들의 응원이 없었다면 힘들었을 것이다. 사랑하는 남편, 책읽기의 산증인이라는 든든한 아들 현섭, 엄마의 추천도서를 가장 좋아하는 큰딸 강지, 책읽기의 고수 막내딸 이후, 책읽기를 좋아하게 될 막내아들 희수에게 고마움을 전한다. 그리고 병원에 계시는 시어머님과 고창에 계신 친정어머님께 감사한다. 자주 찾아뵙지 못해도 늘 든든하게 지원을 아끼지 않는 두 분이 있어 마음이 넉넉해지곤 한다. 그리고 돌아가신 시아버님과 친정아버님께도 감사한다.

그립고 그리운 두 분의 사랑을 생각하며 더 좋은 책을 써야겠다고 생각했다. 독서교육의 동반자인 아청인친 선생님들을 비롯해서 김선화 약사님, 김승택 국장님, 김상곤 대표님께도 감사한다. 바쁜 시간임에도 추천사를 써 주신 안도현 교수님, 송광용 교수님께 머리 숙여 감사한다. 끝으로 졸고임에도 정성으로 출판을 도와주신 정인출판사 정봉선 대표님, 따뜻한 목소리로 용기를 주신 권이준 실장님께 감사한다.

겨울 제주의 바람소리를 들으며

정 선 옥

이 책의 활용방법

1. 먼저 책의 목록을 보면서 읽고 싶은 자신만의 목록을 만들어 보면 좋다. 한 권의 책은 인생에서 하나의 진솔한 벗이 된다. 그러한 의미에서 자신에게 다가 올 멋진 벗들의 세계를 순서를 정해 놓고 하나씩 만나 본다면 준비하고 읽는 즐거움이 있다. 이 과정을 통해 자신의 관심사를 알 수 있고 관심을 가져야 할 부분을 알 수 있다.

2. 이 책은 혼자서 활용하는 것보다 다섯 명 정도가 그룹을 이루어 활용하면 그 효과가 훨씬 크다. 퍼즐을 풀 때 친구들과 경쟁하며 푼다면 그 긴장감이 주는 즐거움을 가질 수 있다. 게임의 방법을 도입하면 집중할 수 있도록 도우며 경쟁관계인 친구를 통해 오히려 배우는 것이 많다.

3. 〈생각해 보세요〉의 문제를 풀면서 생각의 깊이를 더할 수 있다. 청소년기는 하나의 책을 온전히 읽어내기엔 경험이 부족해서 읽기가 어려울 수 있다. 이 때 〈생각해 보세요〉와 함께 등장인물의 생각과 행동을 깊이 있게 생각해 본다면 책의 이해가 훨씬 쉽다. 〈생각해 보세요〉의 질문에 대해선 공책을 따로 마련해서 하나씩 정리해 보면 좋다. 처음에는 간단하게 한 줄 적기로 시작해서 되도록 많은 양을 적어보면 좋다. 하나의 질문은 하나의 완성된 글의 주제가 될 수도 있다. 그렇기 때문에 하나하나의 질문에 대해 하나의 글을 완성한다는 느낌으로 적는다면 좋다.

4. 〈생각해 보세요〉 부분을 친구들과 그룹을 이루어서 함께 토론한다면 자신만의 생각이 아닌 여럿의 생각을 공유할 수 있고 그 넓은 세계도 내면화할 수 있는 계기를 마련할 수 있다. 하나하나의 질문은 하나하나의 토론꺼리가 된다. 자신만의 생각을 정리한 다음, 토론을 한다면 분석적인 토론으로 이끌 수 있다. 토론은 근거를 가지고 하는 논리게임이다. 근거가 부족하면 논리게임에서 자신의 주장을 펼치는 일은 결코 쉽지 않다. 이때 근거를 세울 수 있는 장치로 〈생각해 보세요〉 부분에 정리된 자신만의 생각을 논리 근거로 세울 수 있다. 이것은 논리력을 기르는데 매우 유용한 방법이다.

5. 이 과정을 거치면 이제 〈독서퍼즐〉을 푼다. 〈독서퍼즐〉은 한 시간 가량 푸는 것이 좋다. 한 시간 이상 풀게 되면 피로해지고 의욕을 잃을 수 있다. 그런데 한 시간 동안 가로 12칸, 세로 12칸의 문제를 혼자서 푼다는 것은 매우 힘든 일이다. 따라서 그룹별로 푸는 것이 도움이 될 수 있다. 그런데 이 방법에 대해 소극적인 학생들이 있을 수 있다. 그때는 칸을 반으로 나누거나 1/4로 나누어서 자기 파트만 빨리 풀게 하는 경쟁을 시킬 수도 있다. 또 학생들이 어려워하는 어휘나 문제는 교사가 학부모가, 혹은 친구들이 미리 힌트를 주는 것도 좋은 방법이다.

6. 독서퍼즐 어휘로 스피드게임을 하면 좋다. 〈독서퍼즐〉의 답지에 나와 있는 어휘를 카드에 적어 한 사람이 들고 있고 다른 친구가 그 어휘에 대한 설명을 하게 한다. 어휘를 추출하는 것부터 학생들이 하기 때문에 중요한 어휘를 정리하고 선택하는 시간을 가질 수 있다. 스피드 게임 카드를 만들 때 좀 더 특색 있게 만들면 즐거움을 더할 수도 있다. 이것은 독서퍼즐을 풀고 난 후 어휘에 대한 확실한 정보를 자신이 설명할 수 있는 시간이기 때문에 어휘력 향상과 언어적 순발력 향상에 굉장한 힘으로 작용한다. 게임의 방법은 한 팀당 그것을 설명하고 맞추는 시간을 측정할 수도 있고, 시간당 푸는 어휘의 수를 측정하는 방법도 있다. 팀을 나눠서 하는 경우 경쟁심을 통한 즐거움을 준다. 팀의 인원이 적어 한 팀으로 하는 경우, 학생들 개개인에게 어휘를 설명할 수 있는 시간을 주기 때문에 개인의 만족도도 높다.

7. 마지막으로 〈독서감상문〉을 쓰게 하는데, 이 과정은 〈생각해 보세요〉에 대한 답을 쓴 학생이라면 어렵지 않게 쓸 수 있다. 〈생각해 보세요〉를 바탕으로 독서감상문을 쓰게 한다면 독서감상문을 쓰는 과정이 이미 정리되어 있기 때문이다. 〈독서감상문〉을 쓸 때 처음에는 〈생각해 보세요〉의 전체 내용을 쓰게 하는 것이 좋고 익숙해진 다음에는 한두 개의 질문에 대한 깊이 있는 생각을 쓰게 하는 것이 좋다. 그런 학습이 가능해지면 그 학생은 심도 있는 〈독서감상문〉을 작성할 수 있게 된다.

차례

성장

사랑

정의

13

1

성장

"PUZZLE"

01 연 어

안도현 지음
문학동네

생각해 보세요

1. (7쪽) 연어,라는 말 속에는 강물 냄새가 난다고 한다. 어떤 것을 냄새에 비유한다면?(○○ 속에는 ○○ 냄새가 난다)

2. (20쪽) 외로움은 두려운 것이 아니라 슬픈 것이라고 한다. 당신은 어느 때 외로움을 느끼는가?

3. (24쪽) 은빛연어는 다른 연어들이 자신을 보호하지만, 보호받으면서 따돌림 당하는 것보다는 보호받지 않고 자유로워지고 싶다고 하나. 은빛연어의 말에 대해 어떻게 생각하는가?

4. (25쪽) 누나는 은빛연어를 걱정하면서 간섭한다. 누나는 우리들의 부모와 닮았다. 은빛연어는 묵묵히 바라보거나 나란히 헤엄치는 것이 사랑이라고 생각한다. 부모의 사랑이 어떠했으면 좋겠는가?

5. (34쪽) 눈맑은연어는 은빛연어에게 "네가 아프지 않으면 나도 아프지 않은 거야."라고

말한다. 이것은 어떤 의미인가?

6. (67쪽) 초록강은 존재한다는 것이 삶의 이유라고 한다. 그것은 자신이 아닌 것들의 배경이 된다는 것인데 당신은 어떤 것의 배경이 된다고 생각하는가?

7. (89쪽) 웅변가는 연어들 앞에서 연설을 하지만 연어들은 흡족해하지 않는다. 웅변가의 태도에 대해 어떻게 생각하는가?

8. (92쪽) 교사 연어는 삶이란 시험의 연속이라고 한다. 우리의 미래를 보장받는 길은 그 시험을 슬기롭게 통과하는 길밖에 없다는 것이다. 우리의 인생에서 시험의 의미는 무엇인가?

9. (106쪽) 은빛연어는 폭포를 뛰어넘는 순간의 고통과 환희를 훗날 알을 깨고 나올 새끼들에게 전해주고자 폭포를 뛰어넘자고 말한다. 눈맑은연어는 거슬러 오르는 기쁨을 알려면 주둥이가 찢어지는 상처를 입어봐야

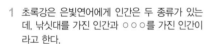

1 초록강은 은빛연어에게 인간은 두 종류가 있는데, 낚싯대를 가진 인간과 ○○○를 가진 인간이라고 한다.

4 턱큰연어는 연어떼의 지도자인데, 남들 앞에서 ○○○○를 좋아한다.

6 강을 떠날 때부터 늘 함께 헤엄을 치고, 날벌레를 잡아주고 부드러운 꼬리지느러미로 배를 쓰다듬어주던 연어는 은빛연어의 ○○다.

7 ○○○는 은빛연어를 목표로 삼았다가 대신 은빛연어의 누나를 잡아먹는다.

9 사물의 생긴 모양이나 상태. 마음과 감각에 의하여 떠오르는 대상의 모습을 떠올리거나 표현함. 또는 그런 형태.

11 텔레비전으로 방송을 하는 일.

12 많은 사람이 들어갈 수 있는 큰 강당.

15 연어들이 자신의 모습을 다른 연어들의 입을 통해 알게 되기 때문에 연어들의 입은 자신을 비춰주는 ○○인 셈이라고 은빛연어는 생각한다.

16 쓸모없는 물건이나 사람.

18 목적을 이루기 위하여 몸과 마음을 다하여 애를 씀.

19 있어야 할 것을 빠짐없이 다 갖춤. 비석에 새긴 것처럼 오래도록 전해 내려온 말이라는 뜻으로,

예전부터 말로 전하여 내려온 것을 이르는 말. 주로 서민들 사이에서 전해 내려온 것을 이른다.

21 깊은 바다. 보통 수심이 200미터 이상이 되는 곳을 이른다.

22 정신이 흐릿하고 고달픔.

23 굵고 튼튼하게 꼰 줄.

24 어떤 경우에도 절대로.

25 편지, 전신, 전화 따위로 회답을 함. '답 보냄', '보냄'으로 순화.

27 마찰에 의하여 불을 일으키는 물건. 작은 나뭇개비의 한쪽 끝에 황 따위의 연소성 물질을 입혀 만든다.

28 슬픔이나 걱정 따위로 속을 썩임.

29 드물어서 매우 진귀하다.

30 은빛연어는 눈맑은연어의 눈에서 번쩍이는 빛을 보는데, 그것은 은빛연어가 눈맑은연어를 ○○의 눈으로 보았기 때문이라고 눈맑은연어는 말한다.

31 강이 ○○로 흐르는 건 연어를 거슬러오르게 하기 위해서라고 초록강은 말한다.

34 눈맑은연어의 등지느러미가 찢어진 것은 ○○이 은빛연어를 공격했을 때 대신 다친 것이다.

35 죽을 지경. 또는 죽음에 임박한 경지.

36 연어를 완전히 이해하고 사랑하는 방법은, 연어를 ○에서 볼 줄 아는 눈을 갖는 것이다.

37 ○이 깊은 강일수록 흐름을 겉으로 드러내지 않는다.

38 ○○○의 두 눈이 한쪽으로 쏠려 붙어 있는 것은 자기 자신이 어떻게 생겼는지 보려고 애쓰다가 그렇게 되었다고 은빛연어의 누나는 말한다.

40 편지, 전보 따위의 통신이 도착함. 또는 그 통신.

42 은빛연어는 자기 ○○의 크기만큼 먹을 줄 아는 물고기가 현명한 물고기라고 생각한다.

43 물고기가 태어나서 바다로 내려갈 때까지 자란 하천.

45 지느러미긴연어는 삶은 시험의 연속이며, 폭포는 자연이 연어에게 내린 시험이므로 한 번에 안 되더라도 계속 ○○하는 연어가 되어야 한다고 주장한다.

47 새롭고 신기한 것을 좋아하거나 모르는 것을 알고 싶어 하는 마음.

48 연어가 아름다운 것은 ○를 지어 거슬러오를 줄 알기 때문이라고 초록강은 말한다.

49 족집게연어는 연어들의 이름을 짓기도 하고 연어들에게 닥칠 앞날의 운명을 알아맞히는 ○○ ○○○다.

1	2			3		4		4	6
5			7	8				9	10
		11			12	13			
14		16		16	17			18	
19	20			21			22		
23			24	20		25			26
27	31	28			29			30	
			35			33			
34					36			36	
	37	38	39						
40	41	42		43	44		45	46	
	47		48	49					

한다고 한다. 연어의 용기에 대해 어떻게 생각하는가? 당신의 삶에서 당신에게 쉬운 길은 어떤 길이며 폭포를 뛰어넘는 어려운 길은 어떤 길인가?

10. (113쪽) 눈맑은연어는 인간에게는 카메라를 든 사람과 낚싯대를 든 인간이 있다고 한다. 두 인간의 특징은 무엇인가? 눈맑은연어는 왜 카메라를 든 사람을 믿을 만한 인간이라고 하는가?

11. (199쪽) 무뚝뚝해 보이는 징검다리는 짓밟히면서도 즐거워하며 살아간다. 징검다리의 삶에 대한 태도는 어떻다고 생각하는가?

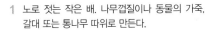

1 노로 젓는 작은 배. 나무껍질이나 동물의 가죽, 갈대 또는 통나무 따위로 만든다.

2 '미나리'의 강원도 지방의 방언이다.

3 빼빼마른연어는 폭포 아래로 떨어지는 물의 속력보다 빠른 속력을 낼 수 있으려면 ○○지느러미에 모든 에너지를 집중시켜야 한다고 가르친다.

5 등굽은연어는 다른 연어들과 달리 오른쪽으로 ○○적으로 틀어져 있다.

7 초록강은 강물 속의 ○○○ 하나하나가 자신의 숨구멍이고 핏줄이라고 한다.

8 물속을 헤엄치는 일.

10 연어를 이해하려면 ○○○이 필요한데, 이것은 보이지 않는 것을 보고 싶어하는 눈으로 우리를 이 세상 끝까지 가보게 만드는 힘이다.

12 은빛연어는 알래스카의 눈으로 덮인 ○○의 은빛 빛깔을 보고 감격하지만, 물속에서 사는 물고기에게 ○○는 화해할 수 없는 가장 큰 적이라고 생각한다.

13 이 책의 처음은 '연어, 라는 말 속에는 ○○ 냄새가 난다.'라고 쓰여 있다.

14 입은 다르나 목소리는 같다는 뜻으로, 여러 사람의 말이 한결같음을 이르는 말.

16 아무런 뜻이나 생각이 없이.

17 녹거나 녹이는 일.

18 나른하고 피곤하다.

20 얄미운 태도로 빈정거림.

22 폭포를 오를 때 은빛연어와 눈맑은연어는 ○○의 힘을 다해 물을 차고 오른다.

24 할 일에 대하여 어떻게 하기로 마음을 굳게 정함. 또는 그런 마음.

25 한 바퀴 돌아 제자리로 돌아오거나 돌아감.

26 불안해하는 은빛연어에게 눈맑은연어는 연어는 알을 지킬 필요가 없지만, 연어의 ○○이 새끼를 키우고 강이 알들을 지켜줄 것이라고 말한다.

28 연어는 알을 낳기 위해 자신들이 태어난 ○○로 올라간다.

29 초록강은 연어들이 강을 거슬러오르는 것은 ○○을 찾아가는 것이라고 한다.

32 빼빼마른연어가 하는 일은 연어의 길을 연구하는 ○○○○의 일이다.

33 초록강의 삶의 의미란 존재한다는 것이고, 존재한다는 것은 자기가 아닌 것들의 ○○이 되는 것이다.

34 비행기가 비행 도중 기관 고장이나 기상 악화, 연료 부족 따위로 목적지에 이르기 전에 예정되지 않은 장소에 착륙함.

35 세상을 아름답게 볼 줄 아는 연어만이 ○○에 빠질 수 있다. 수컷 연어가 이빨이 날카로워지고 등이 위로 솟아오르기도 하는데 이것은 ○○에 빠졌다는 뜻이다.

38 될 만하거나 가능성이 있는 희망.

39 아름다운 얼굴 모습.

41 은빛연어는 별들이 반짝이는 건 자신에게 누군가 ○○를 보내고 있다는 뜻이라고 생각한다.

42 분수에 넘치게 무엇을 탐내거나 누리고자 하는 마음.

44 하늘이 정한 운명. 매우 다행스러운 운수. 천체의 운행.

45 도학을 닦아 덕이 높은 사람.

46 두 가지의 사물이나 사람을 들어 말할 때, 먼저 든 사물이나 사람.

다독다독 *

어린왕자

생텍쥐페리 지음
김제하 옮김
소담출판사

생각해 보세요

1. (12쪽) 비행사는 어렸을 때 코끼리를 소화시키고 있는 보아구렁이 그림을 어른늘에게 보여 줬지만 아무도 알지 못한다. 당신이 어렸을 때 그린 그림을 어른들이 이해하지 못했던 기억이 있는가?

2. (26쪽) 비행사는 어린왕자가 사는 소행성을 B 612 행성이라 부른다. 당신이 당신만의 행성을 발견한다면 어떤 이름을 붙이고 싶은가? 그 이유는 무엇인가?

3. (30쪽) 비행사는 어린왕자에 대한 글을 쓰면서 그것은 그 친구를 잊지 않기 위해서 쓰는 것이라고 한다. 당신도 잊지 않기 위해 쓰고 싶은 것이 있는가? 무엇에 대해 쓰겠는가?

4. (40쪽) 어린왕자는 어느 날엔가는 해가 지는 것을 마흔네 번이나 보았다며, 몹시 슬퍼지면 석양을 사랑하게 될 것이라고 말한다. 어린왕자는 해가 지는 것을 왜 마흔네 번이나 보았을까?

5. (50쪽) 어린왕자는 꽃의 말로 인해 사랑에서 우러나온 선의에도 불구하고 곧 꽃을 의심하게 되었고 그로 인해 매우 불행해졌다. 꽃의 말이 아니라 행동으로만 판단했어야 하는데 너무나 어려서 꽃을 사랑하는 법을 몰랐다고 한다. 꽃의 말과 행동에 대한 어린왕자의 판단에 대해 어떻게 생각하는가?

6. (61쪽) 왕은 각자에게 그 사람이 할 수 있는 것만을 요구해야 한다. 권위란 무엇보다도 이성에 기초해서 합당한 것들만 요구해야 하기 때문이다. 어른들의 권위는 이성에 기초한다고 생각하는가? 어른들이 당신에게 요구하는 것 중에 부당한 것들은 어떤 것이 있는가? 그것은 어떠한 면에서 부당하다고 생각하는가?

7. (67쪽) 허영심이 많은 사람의 귀엔 언제나 칭찬만 들린다고 한다. 칭찬만 하는 사람을 곁에 두는 것은 위험하다. 어떤 면에서 위험하다고 생각하는가?

8. (70쪽) 술꾼은 술을 마시는 것이 부끄러워서 술을 마신다고 한다. 술꾼에게 어떤 충고를 해주고 싶은가?

9. (78쪽) 어린왕자는 가로등에 불을 켜는 일을 쓸모 있는 직업이라고 말한다. 그 이유는 무

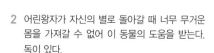

2 어린왕자가 자신의 별로 돌아갈 때 너무 무거운 몸을 가져갈 수 없어 이 동물의 도움을 받는다. 독이 있다.

3 새로 만든 비행기를 처음으로 조종하는 비행. 또는 처음으로 비행기를 조종하는 비행사가 하는 비행을 ○○비행이라 한다.

5 새롭고 신기한 것을 좋아하거나 모르는 것을 알고 싶어 하는 마음.

7 사막이 아름다운 건, 어딘가에 ○○이 숨어 있어서라고 어린 왕자는 말했다.

9 남의 결점을 다른 것에 빗대어 비웃으면서 폭로하고 공격함. 문학 작품 따위에서, 현실의 부정적 현상이나 모순 따위를 빗대어 비웃으면서 씀.

10 세계 여러 나라가 관여하는 큰 규모의 전쟁. 생텍쥐페리가 어린 왕자를 발표했을 때는 제2차 ○○○○이 한창이었다. 그는 이때 전투기 조종사였다.

12 두 개 이상의 볼록 렌즈를 맞추어서 멀리 있는 물체 따위를 크고 정확하게 보도록 만든 장치. ○○○으로 별을 관찰한다.

13 어린왕자는 바오밥 나무의 씨를 없애기 위해 이 동물을 그려 달라고 했다.

14 주인공이 어렸을 때 그린 그림을 어른들은 모두 모자라고 했으나, 이것은 코끼리를 삼킨 ○○○ 그림이었다.

19 어린왕자가 여행 중 마지막에 도착한 곳으로 수많은 왕, 지리학자, 상인, 술꾼 들이 한꺼번에 살고 있는 별의 이름.

20 우두커니 한 곳만 바라보는 모양.

21 어린 왕자가 첫 번째 별에서 만난 왕은 백성들이 왕의 명령에 복종하는 것은, 왕의 명령이 ○○○○적이어야 한다고 했다.

23 얕고 동글납작하거나 네모난, 넓고 큰 그릇. 보통 그릇을 받쳐 드는 데에 쓴다.

25 홀로 되어 쓸쓸한 마음이나 느낌.

27 동양과 ○○.

29 어둠 속에서 빛을 냄. 또는 그런 물건.

30 어떤 장소를 차지하여 자리를 잡음.

31 거리의 조명이나 교통의 안전, 또는 미관(美觀) 따위를 위하여 길가를 따라 설치해 놓은 등.

33 아무것도 없는 빈 곳. 어떤 물질이나 물체가 존재할 수 있거나 어떤 일이 일어날 수 있는 자리가 된다. 영역이나 세계를 이르는 말.

34 부처 앞에 올리는 등불. 부처의 교법을. 어둠을 밝히는 등불에 비유하여 이르는 말.

35 과거의 첫 시험. 또는 그 시험에 급제한 사람.

36 어린 왕자는 장미를 바람으로부터 보호하기 위해 이것을 씌워 주었다.

37 뜻밖의 긴급한 사태. 또는 이에 대응하기 위하여 신속히 내려지는 명령. 날아 오름. 공중을 날아다님.

39 어떤 내용이나 사실이 옳거나 그러하다고 인정함. 시를 전문적으로 짓는 사람.

40 얇은 고무주머니 속에 공기나 수소 가스를 넣어 공중으로 뜨게 만든 물건. 고무 ○○.

41 어린왕자가 사는 별의 이름은 ○○○ B612호.

42 어린왕자는 아침 식사를 데우는 데 이것을 이용했다.

43 어린왕자의 장미는 ○와 같은 시간에 태어났다.

1		2		3		4		5		6
7	8		9			10		11		
	12								13	
			14	15				16		17
18		19					20			
			21			22				
23		24				25				26
	27				28					
	29			30			31		32	
33			34			35			36	
	37	38		39				40		
41						41				43

엇인가? 하지만 가로등에 불을 켜는 사람은 결코 행복하지 않다. 어떤 충고의 말을 해주고 싶은가?

10. (86쪽) 지리학자는 탐험가가 아니라서 서재를 떠나지 못하고 다른 탐험가들의 이야기만 기록한다. 이러한 기록의 모순성은 무엇인가?

11. (114쪽) 여우는 어린왕자에게 '길들인다'에 대해 말하고 어린왕자는 자신의 별에 있는 유일한 꽃에 대해 생각한다. 어린왕자와 여우의 '길들인다'는 어떤 의미인가?

12. (117쪽) 여우는 어린왕자의 장미꽃이 그토록 소중한 이유는 그 꽃을 위해 시간을 바쳤기 때문이라고 한다. 그리고 길들인 것에 대해선 책임을 져야 한다고 한다. 이것에 대해 어떻게 생각하는가?

13. (125쪽) 사막이 아름다운 건 사막 어딘가에 우물이 있어서라고 어린왕자는 말한다. "ㅇㅇ이 아름다운 건 ㅇㅇ이 있기 때문이다" 란 말의 빈 칸을 채운다면?

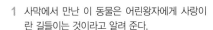

세로열쇠

1 사막에서 만난 이 동물은 어린왕자에게 사랑이란 길들이는 것이라고 알려 준다.

3 아내와 자식을 아울러 이르는 말.

4 길들이는 것은 ㅇㅇ를 맺는 것이라며 서로 길들인 대상에게는 세상에서 하나 뿐인 유일함을 느끼며 서로 필요하게 된다.

5 일의 형세가 좋은 쪽으로 바뀜. 병의 증세가 나아짐.

6 마음과 몸을 아울러 이르는 말. 마음과 정신을 아울러 이르는 말.

8 꽃말이 '나를 잊지 마세요'인 꽃.

9 경치. 어떤 정경이나 상황. 처마 끝에 다는 작은 종.

11 마주 대하여 이야기를 주고받음. 또는 그 이야기.

15 어린왕자가 지구에 처음 도착한 사하라 사막이 있는 이곳의 대륙.

16 어린왕자가 세 번째 별에서 만난 술꾼은 이것 때문에 술을 마신다고 하였다.

17 어린왕자가 별에 두고 온 사랑하는 대상.

18 어린왕자가 두 번째 별에서 만난 이 사람은 숭배받는 것을 가장 중요하게 여긴다. 다른 모든 사람을 찬미자로 여긴다.

19 어린왕자가 여섯 번째 별에서 만난 사람으로, 이론만 알고 실천할 줄 모르는 ㅇㅇ학자.

22 뜻밖.

24 저녁때의 햇빛. 또는 저녁때의 저무는 해. 어린왕자의 별에서는 마음만 먹으면 하루에도 수십 번 ㅇㅇ을 볼 수 있다.

26 어린왕자가 마지막으로 주인공에게 주고 간 선물. ㅇㅇ소리.

27 서방 정토의 부처의 빛. 항상 광명이 비친다. 좋은 일이 일어날 조짐. 기대하는 일에 대하여 나타난 희망의 징조를 비유적으로 이르는 말.

28 어린왕자가 첫 번째 별에서 만난 왕은 백성에게 끊임없이 ㅇㅇ을 내린다.

29 생텍쥐페리의 작품으로 폭풍우에 휩쓸린 비행기와 그 속에서 자신의 일에 충실하려는 파비안의 모험을 그린, 행동주의 문학의 대표적인 작품.

30 남에게 유익한 일을 하면서도, 기계 문명의 톱니

바퀴에 얽매여 자기 일에 아무 의미를 찾지 못하는 사람. 그러나 자기 일이 아닌 다른 일을 보살피고 있기 때문에, 어린 왕자가 친구로 사귈 만하다고 여긴 사람.

31 어린왕자의 장미에겐 네 개의 ㅇㅇ가 있다.

32 지도에서 해발 고도가 같은 지점을 연결한 곡선.

34 비행기가 비행 도중 기관 고장이나 기상 악화, 연료 부족 따위로 목적지에 이르기 전에 예정되지 않은 장소에 착륙함.

35 사람의 얼굴을 중심으로 그린 그림.

38 일반적인 성질. 본래의 성질을 잃어버리고 전혀 다른 사람처럼 됨.

03 거울 나라의 앨리스

다독다독 *

루이스 캐럴 지음
존 테니얼 그림
손영미 옮김
시공주니어

생각해 보세요

1. 앨리스는 거울에 비친 방 안을 들여다보며 '거울로 보이는 곳 까지는 전부 똑같지만 보이지 않는 부분은 전혀 다를 지도 모른다.'고 말한다. 이 말에는 어떤 철학적인 의미가 담겨있는가?

2. (48쪽) 붉은 여왕과 앨리스는 앞으로 나아가기 위해 발이 땅에 닿지 않을 정도로 빨리 달린다. 그러나 아무리 달려도 제자리를 벗어나지 못하자 앨리스는 깜짝 놀란다. 붉은 여왕은 말한다. '여기서는 같은 곳에 있으려면 쉬지 않고 힘껏 달려야 해. 어딘가 다른 데로 가고 싶으면 적어도 그보다 두 곱은 빨리 달려야 하고!' 이 상황이 은유적으로 뜻하는 바는 무엇인가?

3. 앨리스는 조그만 시내 여섯 개 중에서 첫 번째 시내를 건너가 기차에 탄다. 그곳에서 등장하는 안내원이 자신은 1분이 천 파운드는 될 만큼 시간이 귀하다며 신경질적인 태도를 보인다. 이 안내원은 현대 사회인의 전형적인 모습일 수 있다. 그런 모습이 아이들에게는 어떻게 보일까?

4. 기차에서부터 앨리스를 따라다니던 모기는 '농담을 하면 슬퍼진다.'는 아이러니함을 보여준다. 이 대목의 농담이 가진 희극성과 비극성은 무엇인가?

5. 트위들디 트위들덤의 '바다코끼리와 목수' 이야기를 들은 앨리스는 어느 한 쪽 편을 들지 못하고 바다코끼리와 목수 둘 다 불쾌한 인물로 생각한다. 그 이유는 무엇인가?

6. 하얀 여왕은 앨리스에게 '거꾸로 사는 것'에 대해 알려준다. 하얀 여왕은 기억이 두 가지 방향으로 작용해 미리 일어날 일을 알 수 있다고 한다. 이런 역설적 상황이 일어날 수 있는 까닭은 이곳이 '거울 나라'이기 때문인데, 작가가 이런 역설적 배경을 설정한 까닭은 무엇인가?

7. 험프티 덤프티는 왕을 만난 적이 있다는

가로열쇠

1 아기고양이를 핥아주고 있었던 고양이.
5 어미 고양이의 이름.
8 아기고양이가 가지고 논 것.
10 앨리스와 이야기를 나눈 병아리만큼 큰 곤충.
13 벌집 추출물과 파라핀, 색소와 기타 화공재료를 섞어 만드는 인형. 실물과 거의 비슷하게 만들어진다.
15 험프티 덤프티가 알려준 말로, 털이 삐쭉삐쭉 튀어나온 데다 마르고 초라해 보이는 새. 살아 있는 걸레 같다.
18 ○○○나무의 겉껍질과 속껍질 사이의 두껍고 탄력 있는 부분. 또는 그것을 잘게 잘라 가공한 것. 보온재, 방음재, 병뚜껑, 구명 도구의 재료 등 여러 곳에 쓴다.
19 반원형의 달.
21 실속이 없는 겉모양.
23 백합과의 여러해살이풀.
24 거울 나라의 스냅드래곤 잠자리는 프루멘티나 민스 파이를 먹고 ○○○○○ 선물 상자 안에 산다.

26 험프티 덤프티는 앨리스에게 '○○하다'는 회전의자처럼 빙빙 돈다는 뜻이라고 알려준다.
27 빛나고 아름다운 영예.
30 장기와 유사한 서양 놀이. 세로 8열, 가로 8열로 구획을 지은 반상에서, 백색(白色)과 흑색(黑色)으로 만든 16개씩의 말을 서로 놀려 상대편의 왕을 움직이지 못하게 하는 편이 이긴다.
31 기차 안내원은 앨리스에게 무엇이든 돈으로 ○○○○○라고 말한다.
32 유니콘인 헤이거가 자루에서 꺼낸 것. 건포도 ○○○. 이것을 나눌 때는 먼저 나눠 주고 잘라야 한다.
35 쌍둥이들이 들려 준 긴 시 속에서 바다코끼리와 ○○는 바닷가의 굴들을 먹어치운다.
36 거울 나라의 곤충 중 '버터바른빵 ○○'는 크림을 탄 묽은 홍차를 마시고 산다.
38 은혜를 입음. 금을 정련하거나, 의약·화약·살충제·온도계·기압계 따위를 만드는 데 쓴다.
39 하얀 기사는 어깨에 ○○○○○를 메고 다니는데, 샌드위치 상자이다. 이것은 거꾸로 매달려

있다.
40 앨리스의 손을 잡고 달리던 여왕. 다른 사람보다 앞서기 위해선 두 곱은 빨리 달려야 한다고 알려준다.

이유로 앨리스에게 거만한 태도를 보인다. 험프티 덤프티는 앨리스에게 되레 '거만하게 굴지 말라'는 둥 권위적인 모습까지 보인다. 험프티 덤프티의 이런 행동은 사회 구성원 중 어떤 계층의 모습을 대변하는가?

8. 자꾸만 앞으로 나아가려 할 때마다 넘어지고 마는 하얀 기사는 작가 자신, 즉, 루이스 캐럴의 모습이다. 루이스 캐럴은 앨리스를 호위해 주는 기사로 등장한 것이다. 이 대목을 통해 작가가 앨리스(그리고 아이들)를 사랑하는 마음을 엿볼 수 있다. 하얀 기사가 부른 노랫말을 다시 생각해 보고 그 뜻을 이해할 수 있는가? 그 뜻은 무엇인가?

1	2		3	4			5	6		7	
			8			9				10	
11		12				13	14				
		15	16								
						17		18			
19	20				21						22
		23					24				
25	26										
27	28			29				30			
	31					32	33				34
35			36	37					38		
	39						40				

세로열쇠

2 자신에게 은혜를 베푼 사람.

3 곱슬하고 보온성과 흡습성이 강하며, 모사나 모직물의 원료가 된다.

4 사실 그대로 고함.

6 다른 나라에서 온 사람.

7 기억을 잊어버리는 나라에서 앨리스는 ○○○○을 보고 자신의 이름을 기억해낸다.

9 자세하고 꼼꼼하다. 아주 곱고 촘촘하다.

11 앨리스의 정확한 나이.

12 빨리 알림. 또는 그런 보도.

14 유대교의 율법학자를 이르는 말. '나의 스승', '나의 주인'이라는 뜻이다.

16 호텔이나 극장 따위에서 응접실, 통로 등을 겸한 넓은 공간. 휴게실. 권력자들에게 이해 문제를 진정하거나 탄원하는 일.

17 쌍둥이는 싸움을 계속하는데, 우산과 낡은 ○○을 두고도 싸운다.

18 거울 나라에서 꽃들 사이를 날아다니는 벌은 ○○○였다.

20 하얀 여왕은 양으로 변하는데, 양은 앨리스가 ○

○을 사려고 하자 선반 위에 올려놓는다. 햄프티 덤프티는 ○○의 모양과 닮았다.

21 험프티 덤프티가 하얀여왕에게서 비생일선물로 받은 스카프를 앨리스는 ○○○○라고 말한다.

22 앨리스가 목이 마르다고 하자 여왕이 준 것.

23 자기의 잘못에 대하여 깨닫고 깊이 뉘우침.

24 우유에서 얻는 지방질. 노란 빛깔을 띤 젖 모양으로 생겼으며 버터, 아이스크림 따위의 원료나 조리에 쓴다.

25 오는 사람을 기쁜 마음으로 반갑게 맞음.

28 비교적 많은 양의 광물질을 함유하고 있는 샘물. 독특한 맛을 내거나 치료의 효과가 있다.

29 살아있는 꽃들의 나라에서 꽃들을 보살피는 나무. 꽃들에게 위험한 일이 닥치면 ○○○○가 짖는다.

30 체스에서 쓰는 용어의 하나로, 장기로 치면 "장군!" 쯤에 해당함.

33 사는 곳을 다른 데로 옮김.

34 나이트캡을 쓰고 잠들어 있는 왕.

35 나무와 돌을 아울러 이르는 말. 나무나 돌처럼

아무런 감정도 없는 사람을 비유적으로 이르는 말.

37 뜻밖의 긴급한 사태. 또는 이에 대응하기 위하여 신속히 내려지는 명령. 예사롭지 아니함.

38 증서, 상장, 훈장 따위를 줌. 잠에서 깬 뒤.

04 허클베리 핀의 모험

마크 트웨인 지음
김욱동 옮김
민음사

생각해 보세요

1. (11쪽) 책의 첫 장에 쓰인 '경고문'을 통해 작가가 독자에게 바라는 것은 무엇인가?

2. 마크 트웨인은 작품을 통해 사회의 모순과 인간의 어리석음에 대해 날카로운 비판을 담았다. 왜 학교교육을 거의 받지 않은 허클베리 핀이라는 소년을 통해서 사회를 비판했을까?

3. 허크에게는 과부 더글러스와 그녀의 여동생 미스 왓슨의 집이 감옥처럼 느껴진다. 이들은 허크에게 엄격한 청교도적인 교육을 시키기 때문인데, 이들이 허크를 '문명화'하려는 것에 대해 탈출하고자 한다. 허크에게 문명을 강요하는 것에 대해 어떻게 생각하는가?

4. 허크가 노예 짐을 도우려는 자기 행동을 엄청나게 나쁜 짓으로 여기는 모습은 독자에게 웃음을 선물한다. 이것은 사회제도 역시 모순이 있을 수 있으니 무조건 따르지 말고 항상 점검해야 한다는 것인데, 우리들의 양심은 언제 어떻게 사회적 모순에 빠질 수 있는가?

5. (13쪽) '일러두기'에서 작가는 다양한 사투리를 알고 있고 묘사하려고 했다고 한다. 당신은 사투리를 얼마나 알고 쓸 수 있나? 사투리에 대해 어떻게 생각하는가? 작가가 사투리를 쓴 것은 이야기의 표현에서 어떤 효과가 있는가?

6. 〈허클베리 핀의 모험〉은 1884년 미국에서 첫 출간되었을 때 '불건전한' 내용 때문에 많은 비난을 받았다. 어떤 점이 그 시대에 비난을 받았다고 생각하는가?

7. 허클베리 핀이 도망친 이유와 흑인 짐이 도망친 이유를 생각해보고 비교해 본다면?

8. (596쪽) 결말 부분에서 헉 핀이 '인디언 부락'으로 떠난 이유는 무엇일까?

9. (225쪽) "날이 환히 밝아오자 강둑에는 오하이오 강의 맑은 물이 흐르고 있었고, 그

1 사기꾼들이 벌였던 연극의 제목.

4 사기꾼 둘은 ○○○○의 유산을 가로채려고 하였으나 헉이 그녀를 돕고 사기꾼들을 방해하여 성공하지 못 한다.

7 자신의 결함이나 잘못에 대하여 스스로 깊이 뉘우치고 자신을 책망함.

8 가장자리에 둘러놓은 돌. 성벽이나 돌담 위에 비를 맞지 아니하도록 지붕처럼 덮어 놓은 돌.

11 헉과 짐은 세인트 루이스 하류에서 큰 폭풍우를 만나는데, 그때 떠내려오는 ○○○에서 무시무시한 갱놈들과 만난다.

12 수치, 위치, 방향 따위가 일정한 기준에서 벗어난 정도나 크기.

13 카누를 사는 장소는 대체로 강둑에 죽 늘어서 있는 ○○에서이다.

14 은밀한 사랑.

16 어느 방면의 땅. 서울 이외의 지역.

18 세상에 널리 알림. 국가 기관이나 공공 단체에서 일정한 사항을 일반 대중에게 광고, 게시, 또는 다른 공개적 방법으로 널리 알림.

19 벼르고 별러서 처음으로. 일껏 오래간만에.

20 다섯 등급으로 나눈 귀족의 작위 가운데 맨 마지막 작위. 자작의 아래.

21 톰은 짐에게 ○○로 꽃을 키우라고 한다. 죄인은 원래 그렇게 하는 것이라면서.

24 사회의 기성 틀에서 벗어나서 독자적인 사상을 지니고 행동하는 사람.

28 전쟁 때에 적에게서 빼앗은 물품.

29 큰 나무들이 빽빽하게 들어선 깊은 숲.

30 서로 다른 의견을 가진 사람들이 각각 자기의 주장을 말이나 글로 논하여 다툼.

31 모래사장.

32 헉은 지루해져서 사라사 잠옷을 입고 ○○을 하고서 마을의 어떤 집에 들어갔다가 그 집 아주머니에게 들키고 만다.

33 경험에 앞서 선천적으로 가능한 인식 능력.

34 사기꾼 때문에 짐이 팔려간 집. 톰의 이모댁이기도 하다. ○○○가.

35 헉은 아버지로부터 탈출할 때 ○○피를 이용해 자신이 살해당한 것처럼 꾸민다.

37 16세기 중기 바로크 초기 이후에 발달한 악곡의 형식. 기악을 위한 독주곡 또는 실내악으로 순수 예술적 감상 내지는 오락을 목적으로 하며, 비교적 대규모 구성인 몇 개의 악장으로 이루어진다.

39 사기꾼 빌지워터는 노인인 왕에게 연극 대사를 가르칠 때 햄릿의 대사 중, 사느냐 죽느냐, 이것이 ○○이로다, 라고 가르친다.

40 피카레스크소설. 주인공이 악한이며, 그의 행동과 범행을 중심으로 유머가 풍부한 사건이 연속되지만 대부분 악한의 뉘우침과 결혼으로 끝난다.

41 헉에게 철자와 예의범절을 꼼꼼히 가르쳐 주던 과부의 동생.

건너편에는 언제나 다름없는 미시시피 강의 탁류가 흐르고 있었지요!" 라는 표현은 어떤 내용을 의미하는가?

10. (482쪽) 헉 핀이 말하는 양심은 어떤 것인가? 헉 핀은 양심으로 인해 어떤 결정들을 내리게 되는가? 당신은 어려운 결정에서 양심에 따라 행동한 적이 있는가? 아니면 양심에 반해서 행동한 적이 있는가? 그 때의 감정들은 어떠하였나?

11. 〈허클베리 핀의 모험〉의 전 작인 〈톰 소여의 모험〉을 읽어본 적이 있는가? 전 작의 주인공인 톰 소여와 이 책의 주인공인 허클베리 핀은 많이 다르다. 어떤 점이 다른지 비교해 본다면?

1	2		3			4	5		6
7					8	9			
		10		11				12	
	13		14				15		
16	17		18			19			
		20		21	22				
			23		24			25	26
27		28						29	
	30			31					
32			33				34		
	35	36		37		38			
39		40						41	

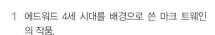

1 에드워드 4세 시대를 배경으로 쓴 마크 트웨인의 작품.

2 잘못된 계책.

3 박수 소리나 운동 경기에서의 공격 따위가 포천이 터지듯 극렬하게 터져 나오는 것을 비유적으로 이르는 말.

5 조직이나 단체 따위에서 전체를 이끌어 가는 위치에 있는 사람. 지도자.

6 인종적 편견 때문에 특정한 인종에게 사회적, 경제적, 법적 불평등을 강요하는 일.

8 떠내려가는 긴 뗏목을 따라다니던 통 속엔 딕 올브라잇의 죽은 ○○○가 들어 있었다.

9 쳐서 깨뜨려 뚫고 나아감. 일정한 기준이나 기록 따위를 지나서 넘어섬. 장애나 어려움 따위를 이겨냄.

10 키가 작고 원줄기와 가지의 구별이 분명하지 않으며 밑동에서 가지를 많이 치는 나무.

14 남몰래 넌지시 일러바침.

15 헉의 6천 달러를 보관하고 있던 사람으로 1달러와 바꾸자는 계약서를 헉에게 쓰게 한다.

17 헉은 ○○○ 한 마리를 죽여 짐을 놀래켜 주려고 하였다가 ○○○의 짝이 짐을 무는 바람에 큰 곤욕을 치렀다.

18 사기꾼 빌지워터는 자신을 ○○이라고 속인다.

20 미국에서 노예제도의 폐지 때문에 일어난 내전.

22 객관과 주관을 아울러 이르는 말. 물질계와 정신계를 아울러 이르는 말.

23 인격이나 작품 따위에서 드러나는 고상한 품격.

25 옮기어 정함. 길을 떠나는 사람을 보내는 자리. 상여꾼.

26 처음 헉을 양자로 삼은 사람. ○○○○ 과부.

27 톰은 마을의 사내애들을 모아놓고 ○○○○○이란 강도단을 조직하고 입단하고 싶으면 맹세를 하라고 한다.

31 주인공의 모험에 중점을 두어 표현함으로써 독자의 호기심과 모험심을 만족시켜 주는 흥미 본위의 소설.

36 마음씨가 몹시 모질다. 일을 하는 것이 악착스럽다. 더할 수 없이 악하다.

38 올바른 길에서 벗어나 잘못된 길로 빠지는 일.

앙드레 지드 지음
김동호 옮김
신원문화사

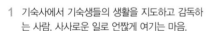

생각해 보세요

1. 이 책에는 전반적으로 종교적 신앙을 그릇으로 한 사상이 깔려있다. 작가의 삶과 관련해 그의 어떤 면이 이 책에 영향을 준 것인가?

2. 알리사는 어머니의 외도로 인해 슬픔에 빠진다. 그 모습을 본 제롬은 알리사를 사랑하게 된다. 슬픔에 빠져 있는 알리사의 어떤 모습에 제롬은 평생을 그녀에게 바칠 것이라 맹세했는가?

3. (37쪽) 제롬과 알리시기 처음 서로의 마음을 확인하던 때에 두 사람은 종교적 대화를 나눈다. 제롬은 하나님 품 안에서 결합한다는 것은 '두 사람이 자기들이 찬양하는 어떤 하나의 것 안에서 서로를 다시 열심히 찾는 걸 뜻한다.'고 말한다. 알리사는 동의하지 않는다. 여기서 그들의 견해는 어떻게 갈리는가? 두 사람의 생각이 다른 것은 앞으로 일어날 어떤 일을 암시하는가?

4. 제롬은 어디론가 떠나고 싶어 하는 진취적 모습을 보인다. 그러나 알리사는 그저 제롬을 한 자리에서 기다리고 싶어 하는 수동적 태도를, 또 동생 쥘리에트는 남편이 좋아하지 않는다는 이유로 자신의 모든 취미를 버리고 남편에게 맞춰 변화하는 수동적 태도를 보인다. 여기서 작가의, 혹은 시대적 남성주의 사상을 엿볼 수 있는데, 그 시대를 지배하던 사상과 작가가 받은 영향은 무엇인가?

5. (110쪽) 알리사는 제롬에게 보내는 편지에서, '찾아야 할 것은 결코 마음의 해방이 아니라 '감격'이야. 마음의 해방이란 것에는 언제고 그 얄미운 오만이 따른 법이야. 야망이란 반항하기 위해서가 아니라 봉사하기 위해 써야 할 거야.'이 말을 통해 알리사가 제롬에게 전하고자 했던 뜻은 무엇인가?

6. 두 사람에게 불화가 일어난 후로 제롬과 알리사는 서로의 재회를 기다리면서도 두려워하며 주저한다. 그들은 만날 수 있었음에

1 기숙사에서 기숙생들의 생활을 지도하고 감독하는 사람. 사사로운 일로 언짢게 여기는 마음.

5 깨끗하고 순수함.

7 제롬은 알리사가 저녁식사에 ○○ ○○ ○○○ 목걸이를 하지 않았을 때 떠난다고 말한다.

10 하는 일이 잘 되도록 격려하거나 도와줌.

11 참나무과의 낙엽 활엽 교목. 삼촌네 집의 정원은 고장 특유의 방식대로 농장의 뜰을 구분하는 데 ○○○○○를 심었다.

13 서로 관계를 맺게 되는 인연. 하늘이 베푼 인연. 부부가 되는 인연.

14 쥘리에트의 남편.

17 상대편이 틀린 점을 깨우치도록 반대의 결론에 도달하는 질문을 하여 진리로 이끄는 일종의 변증법.

19 제롬의 친구로 쥘리에트를 사랑했으나 포기한다.

20 시를 지어 읊으며 여기저기 떠돌아다님.

21 인간의 인식은 주관적·상대적이라고 보아서 진리의 절대성을 의심하고 궁극적인 판단을 하지

않으려는 태도.

24 프랑스 북서부에 있는 지방으로 동쪽으로 센 강이 흐르고 농업과 목축을 주산업으로 하며 공업 지대가 있다. 제이 차 세계 대전 말기에 연합군의 상륙 작전이 펼쳐진 곳으로 유명하다.

27 품성과 행실을 아울러 이르는 말.

28 식탁이나 탁자.

30 거짓이나 숨김이 없이 바르고 곧다.

32 알리사는 죽으면서 공증인을 통해 제롬에게 ○○를 남겼다.

34 손을 묶은 것처럼 어찌할 도리가 없어 꼼짝 못함.

36 특히 중점을 두어 살피는 점. 또는 중심이 되는 목표 점.

38 수도회에 들어가 수도 생활을 하는 자처럼 독신으로 청빈, 정결, 순명을 서약하여 지키는. 또는 그런 것.

39 자기 자신이 처한 위치나 자신의 행동, 성격 따위에 대하여 깨닫는 일.

40 외롭고 쓸쓸함.

도 만날 수 없었는데 그들을 만날 수 없게 했던 것은 무엇인가?

7. '덕행이라는 올가미에 대비해서 나는 아무런 방비도 없었다. 온갖 영웅주의가 나를 현혹하면서 내 마음을 줄곧 이끌었다. 나는 그러한 영웅주의를 사랑과 구별하지 않았다.'제롬의 이 독백에서 결국 알리사와의 사랑이 이뤄지지 않았던 비극적 까닭을 헤아려본다면?

8. 알리사는 마지막 만남에서 제롬에게 '가장 좋은 것'이란 무엇인지 물음을 남긴다. 알리사가 이 말을 했던 이유는 무엇이며, '가장 좋은 것'은 무엇을 뜻하는가?

	1	2		3		4		5		6
7			8		9					
		10					11			
	12			13						
14			15			16		17	18	
			19			20				
								21		22
23		24			25		26			
27					28	29			30	
			31		32					33
	34	35				36	37			
38					39			40		

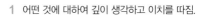

1 어떤 것에 대하여 깊이 생각하고 이치를 따짐.
2 외부 세계의 자극을 받아들이고 느끼는 성질.
3 신문, 잡지 등에서 개인의 사생활에 대하여 소문이나 험담 따위를 흥미 본위로 다룬 기사. 촌평.
4 슬픈 심정을 읊은 노래. 사람의 죽음을 슬퍼하는 노래.
5 모든 쾌락을 죄악시하고 사치와 성직자의 권위를 배격하였으며, 철저한 금욕주의를 주장하였다. 제롬과 알리사는 지나친 ○○○적인 가치관으로 사랑에 성공하지 못 했다.
6 입을 다물고 아무 말도 하지 아니함.
7 설명하거나 증명하지 아니하여도 저절로 알 만큼 명백하다.
8 집 안에 있는 뜰이나 꽃밭.
9 몸에 영양을 좋게 하는 성분. 정신의 성장이나 발전에 도움을 주는 정보, 지식, 사상 따위를 비유적으로 이르는 말.
11 바다의 크고 사나운 물결.
12 마음씨나 하는 짓이 좀스럽고 인색한 모양. 자질구레한 것까지 낱낱이 따지거나 다루는 모양. 미

주알고주알.
15 알리사의 집은 ○○○○ 근처의 퐁게즈마르다.
16 신약 성경에서 예수의 생애와 교훈을 기록한 책. 제롬과 알리사는 이 책을 함께 읽곤 하였다.
18 삼촌네 정원에서 북쪽의 담을 따라 뻗은 오솔길은 나뭇가지 밑으로 사라지는데 사촌은 그것을 ○○○ ○○○이라 불렀다.
22 돌아가신 제롬의 아버지 직업.
23 삼촌네 어떤 유리창에는 ○○이라 부르는 흠이 있어 나무는 뒤틀려 보이고 우편배달부는 혹이 달리기도 한다.
25 미술품의 전체에 대하여 한 부분을 이르는 말. 미세하다, 섬세하다, 세밀하다의 의미로 쓰임.
26 거품. 꿈같은 계획. 환상. 망상. (특히 사기성 있는)실속 없는 사업.
29 자기 자신의 이익만을 꾀하고, 사회 일반의 이익은 염두에 두지 않으려는 태도.
31 힘을 내도록 격려하여 용기를 북돋우는. 또는 그런 것.
33 아름답고 묘하다. 뚜렷하지 않고 야릇하고 묘하다.

34 물체가 나아가거나 일이 진행되는 빠르기.
35 말이나 글을 다듬고 꾸며서 보다 아름답고 정연하게 하는 일. 또는 그런 기술. 수도회에 들어가 수도 생활을 하는 남자. 독신으로 청빈, 정결, 순명을 서약하여 지킨다.
37 편히 쉼.

데미안

헤르만 헤세 지음
전영애 옮김
민음사

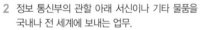

생각해 보세요

1. 어린 싱클레어의 세상은 '첫 번째 세계'와 '두 번째 세계'로 나눌 수 있다. 두 세계는 무엇을 뜻하는가? 싱클레어가 이분법적으로 세상을 나눠봤던 까닭은 무엇인가?

2. 데미안이 싱클레어에게 '카인의 표적' 이야기를 함으로써 싱클레어는 이전에 없던 비판력이 생긴다. 지금껏 학교나 부모님, 성경이 가르쳐 주는 대로 생각해 왔던 싱클레어는 이로 인해 크게 변한다. 그 변화가 비단 반항이나 반항을 뜻하는 게 아닌 또 다른 무엇인지를 알 수 있는가?

3. 데미안은 대화만으로 프란츠 크로머를 싱클레어로부터 떼어놓는다. 프란츠 크로머는 그 둘을 피하는 모습마저 보인다. 데미안이 프란츠 크로머에게 했을 말을 상상해본다면?

4. 싱클레어는 데미안과 오랜 시간 프란츠 크로머에 관련된 대화를 일절 하지 않는다. 그 까닭은 무엇인가?

5. (86쪽) "지나치게 편안해서 스스로 생각하고 스스로 자신의 판결자가 되지 못하는 사람은 금지된 것 속으로 그냥 순응해 들어가지. (중략) 다른 사람들은 운명을 자기 속에서 스스로 느끼지. 그들에게는 어느 명예 있는 남자건 날마다 하는 일들이 금지되어 있어. 그러나 다른 곳에서는 폄하되는 다른 일들이 허용되어 있어. 그러니 누구나 자기 자신 편에 서야 해." 데미안의 이 말이 뜻하는 바는 무엇인가?

6. (116쪽) 데미안은 잠깐의 재회에서 우리들 속에는 모든 것을 알고, 모든 것을 하고자 하고, 모든 것을 우리들 자신보다 더 잘 해내는 어떤 사람이 있다는 걸 알아야 한다고 싱클레어에게 충고한다. 이 말을 당신 자신이 들었다면 당신은 어떤 생각이 들겠는가?

7. (152쪽) 피스토리우스는 미움이란 자기 내면으로부터 비롯하기 때문에 내면에 없는 걸로는 자기 자신을 자극할 수 없어 결국 미

2 정보 통신부의 관할 아래 서신이나 기타 물품을 국내나 전 세계에 보내는 업무.
5 지붕을 이는 데에 쓰기 위하여 흙이나 시멘트 따위를 구워 만든 건축 자재.
7 싱클레어의 집에 그려져 있는 그림.
8 싱클레어를 처음 어둠의 세계로 이끈 협박자.
10 성체 성사를 받은 신자에게 성령과 그 선물을 주어 신앙을 성숙하게 하는 성사.
11 구속이나 억압, 부담 따위에서 벗어나게 함.
14 능선을 따라 산을 걸어, 많은 산봉우리를 넘어가는 일.
16 신처럼 숭배의 대상이 되는 물건이나 사람.
17 학문 따위를 연구하고 닦음.
19 상대편의 몸가짐이나 얼굴 표정, 얼굴 근육의 움직임 따위로 속마음을 알아내는 기술.
21 이제까지 들어본 적이 없는 일.
23 이끌어 지도하는 사람. 데미안은 싱클레어에게 ○○○.
25 음식을 일정한 방법으로 만듦. 또는 그 음식. 어떤 대상을 능숙하게 처리함을 속되게 이르는 말.

26 상을 주는 뜻을 표하여 주는 증서.
27 척추동물의 배(胚)에서, 장차 눈을 형성하는 부분.
29 싱클레어는 자신의 정신세계를 이끌어 준 자에게(성직자가 되려다 교회의 오르간 연주자가 된) 그의 세계는 ○○○ 냄새가 난다며 비난한다.
31 모두가 한결같아서 다름이 없음. 또는 그런 것.
33 꿈과 환상이라는 뜻으로, 허황한 생각을 이르는 말. 이 세상의 모든 사물이 덧없음을 비유적으로 이르는 말.
34 갑자기 밝게 빛나다가 점차 어두워져 가는 불안정한 별. (nova)
36 압류.
38 데미안과 싱클레어, 데미안의 어머니는 모두 이마에 ○○를 갖고 있다. 그들은 서로 연결되어 있다.
39 여러 사람이 입을 모아 칭송하여 노래함. 행복한 처지나 기쁜 마음 따위를 거리낌 없이 나타냄.
42 방탕아의 삶은 ○○○○○를 위한 최고의 준비의 하나라고 데미안은 술에 취한 싱클레어에게

말한다.
43 성직자가 되려다 교회의 오르간 연주자가 되려는 사람.

	1	2	3	4	5	6	7
8		9	10			11	12
					13	14	15
16		17	18	19	20		
	21		22			23	24
	25		26		27	28	
29				30	31		
		32	33				
	34				35		36	37
	38		39			40	
41							
42				43			

움이란 자기 자신을 향한 것이라는 말을 한다. 이 말의 의미는 무엇인가?

8. 이 책의 제목이 싱클레어가 아닌 데미안인 것은 싱클레어가 데미안이 되어가는 과정을 그린 작품임을 암시한다. 데미안은 싱클레어에게 어떤 존재인가?

9. 새는 알을 깨고 나온다. 알은 새의 세계이다. 태어나려는 자는 하나의 세계를 파괴하지 않으면 안 된다. 새는 신을 향해 날아간다. 그 신의 이름은 압락사스다. 이것의 철학적 의미는 무엇인가?

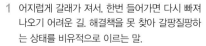

1 어지럽게 갈래가 져서, 한번 들어가면 다시 빠져나오기 어려운 길. 해결책을 못 찾아 갈팡질팡하는 상태를 비유적으로 이르는 말.
3 공정하지 못하고 한쪽으로 치우친 생각.
4 신성한 천주성을 모독하는 일.
6 기와가 깨진다는 뜻으로, 조직이나 계획 따위가 산산이 무너지고 흩어짐을 이르는 말.
8 자살하려고 공사장에 간 사람. 그는 타락한 사람을 돼지라고 표현한다.
9 일이 좀처럼 풀리지 않고 갈수록 꼬이기만 하는 경우에 쓰는 용어. ○○의 법칙.
12 거리낌 없이 제멋대로 행동함.
13 작가가 경험한 것을 사실대로 정해진 형식 없이 자유롭게 쓰는 글. ○○문학.
15 우두머리가 되어 어떤 일이나 음모 따위를 꾸미는 사람.
17 여럿이 함께 무슨 일을 하거나 함께 책임을 짐. 한 덩어리로 서로 연결되어 있음.
18 시가(詩歌)에서 첫 연을 끝 연에 다시 반복하는 문학적 구성법.

20 아름다움을 살펴 찾는 안목.
21 전쟁 때에 적에게서 빼앗은 물품.
22 국가나 단체 또는 집안 따위를 나타내기 위하여 사용하는 상징적인 표지(標識). 도안한 그림이나 문자로 되어 있다.
24 싱클레어는 음악이 ○○○이 아니기 때문에 좋아한다고 했다.
25 흔들리어 움직임. 또는 흔들어 움직임.
28 사로잡은 짐승이나 물고기.
29 예수가 십자가에 못 박혀 죽은, 예루살렘 교외의 언덕.
30 다른 방향이나 상태로 바뀌거나 바꿈.
32 데미안의 어머니. ○○부인.
33 실현성이 없는 헛된 생각을 즐겨 하는 사람.
34 지붕 따위로 덮거나 가리지 않은 땅.
35 사춘기의 방황을 하다 베아트리체를 만나 마음의 중심을 찾아갈 때 읽은 책 이름. '운명과 심성은 하나의 개념에 붙여진 두 개의 이름이다.'란 잠언이 적혀 있었다.
37 알의 세계를 깨뜨리고 나온 존재는 신에게로 날

아간다. 신의 이름은 ○○○○. 헤로도투스의 과목에서 나온 이야기. 신적인 것과 악마적인 것을 결합시키는 상징적 과제를 지닌 어떤 신성.
39 진리나 종교적인 깨달음의 경지를 구하는 사람.
40 감겨 있거나 헝클어진 실의 첫머리. 일이나 사건을 풀어 나갈 수 있는 첫머리.
41 우편이나 전보 따위의 통신을 받음. 또는 그런 일. 전신이나 전화, 라디오, 텔레비전 방송 따위의 신호를 받음. 또는 그런 일. 자신의 몸을 지킴.

다독다독 *

The Catcher
in the Rye

J. D. Salinger

호밀밭의 파수꾼

J. D. 샐린저

제롬 데이비드 샐린저 지음
공경희 옮김
민음사

생각해 보세요

1. (12쪽) 홀든은 축구경기를 보러 가지 않았는데 스펜서 선생에게 작별 인사를 하기 위해서였다. 홀든이 스펜서 선생에게 작별 인사를 하는 것은 왜 중요했을까?

2. (13쪽) 홀든은 학교에서 쫓겨났다. 낙제점 받은 점수 때문이었고 공부에 의욕이 없었기 때문이다. 이런 홀든을 퇴학시킨 학교는 잘한 것일까? 주인공을 위해 학교는 어떻게 해야 했을까? 주인공이 학교에 다닐 수 있는 좋은 방법을 같이 고민해 본다면 어떤 방법이 있을까?

3. (27쪽) 스펜서 선생은 장래에 대해 걱정되지 않으냐며 걱정한다. 홀든은 걱정이 심각할 정도는 아니라고 말한다. 그러자 스펜서 선생은 틀림없이 걱정하게 될 것이고 그때는 너무 늦지 않을까 모르겠다고 말씀하신다. 홀든은 다시 이건 한순간일 뿐이고 모든 사람들이 여러 시기를 거치는 것이니 걱정하지 말라고 한다. 장래에 대한 홀든의 태도에 대해 어떻게 생각하는가?.

4. 홀든은 형이 자신의 재능을 돈과 바꿔버렸다고 실망한다. 형을 좋아했으나 돈을 선택했기 때문에 이젠 형에게 자신의 고민을 이야기할 수 없다고 생각한다. 좋아하는 일과 실리적인 일 중에서 무언가를 선택해야 한다면 당신은 어떤 걸 선택하고 싶은가? 그 이유는 무엇인가?

5. 홀든의 친구들은 전혀 이야기가 통하지 않는 친구들이다. 부유한 가정의 아이들이지만 사기꾼에다가 이야기도 통하지 않는 친구들이었다. 좋은 친구들이 있는 학교란 어떤 친구들이 있는 학교일까?

6. 홀든은 진정으로 선생님들과 이야기를 하고 싶어 한다. 하지만 가식과 허위로 가르치려고만 드는 선생님의 잔소리는 싫어한다. 어떤 것이 이야기를 나누는 것이고 어떤 것이 가르치려고만 하는 태도일까? 그 차이는 무엇일까?

1 주인공이 어린 시절부터 어른이 되기까지 자신의 인격을 완성해 가는 성장 과정을 그린 소설.

3 현재 사회를 이끌어 가는 나이가 든 세대. ○○ 세대.

4 홀든은 빨간색 이것을 쓰고 다녔다.

7 물품을 차려 놓고 보이는 방.

9 겉으로만 착한 체함. 또는 그런 짓이나 일.

10 남의 죽음을 슬퍼하는 뜻.

11 세상에 널리 통하는. 비전문적이고 대체로 저속하며 일반 대중에게 쉽게 통할 수 있는. 또는 그런 것.

13 홀든이 사랑했던 순수한 여인. 언제나 그녀와 통화를 하고자 하지만 연결이 되지 않는다.

14 치료나 종교, 또는 그 밖의 이유로 일정 기간 동안 음식을 먹지 않거나 먹지 못하게 함.

16 홀든이 서부로 떠난다고 하자 동생 피비는 이것을 들고 나왔다.

19 공원에서 동생 피비에게 태워주었던 놀이기구.

21 '숭배받는 서적'이란 뜻으로 일반적인 평가와는 달리 젊은이들에게 종교적인 숭배에 가까운 열광적인 지지를 받는 서적을 가리킨다.

23 노엽거나 분한 마음.

25 가고 오는 길 가운데 어느 한쪽. 또는 그 길. 일방적으로만 함.

28 홀로 되어 쓸쓸한 마음이나 느낌.

29 재산을 모두 잃고 망함.

30 땀, 침, 젖 따위가 배출됨. 꽃이나 잎 따위가 펄펄 날리며 어지럽게 많이 떨어짐.

31 어떤 사회나 계급, 직업 따위에서의 규약이나 관례. 기타 따위의 현악기 연주에서, 손가락으로 짚는 화음.

32 실없이 장난으로 하는 말이나 익살. 농담. 우스개.

34 홀든의 형 D.B는 원래 소설가였으나 ○○○○로 떠났다.

35 홀든이 퇴학 후 제일 처음 찾아간 선생님. 빅스 코감기 약 냄새가 진동했던 선생님.

37 퇴학 후 홀든과 데이트를 했던 여자 친구.

39 사용자의 요청이 많은 콘텐츠를 별도 서버에 저장해 데이터를 전송하는 방식으로 네티즌에게

빠른 데이터 전송을 가능케 하는 기술이다.

42 홀든은 호밀밭의 절벽으로부터 ○○○를 보호하는 파수꾼이 되고자 한다.

44 됨됨이가 변변하지 못하고 덜된 사람.

46 홀든이 가장 존경했던 선생님. 피비와 헤어진 후 한밤중에 만나러 간다. 삶에 대한 진지한 이야기를 많이 해주신다.

47 기숙사에서 같은 방을 썼던 친구로, 자기 멋대로의 행동을 한다. 홀든에게 작문 숙제를 부탁하곤 한다.

	1			2		3			4		5		6
			7	8				9			10		
11	12					13					14		
			15		16					17			
18		19		20				21				22	
23	24					25	26						
			27		28				29				
30		31					32				33		
34					35	36			37				
			38		39								
40		41		42	43				44	45			
46				47									

세로 열쇠

7. 홀든은 가장 순수한 존재로 동생 피비를 떠올린다. 그래서 홀든은 피비와 같은 순수한 아이들을 호밀밭에서 지켜주고 싶어한다. 순수한 아이들이 호밀밭에 떨어지지 않도록 보호하는 파수꾼이 되고 싶어 한다. 호밀밭은 어떤 의미이고, 떨어진다는 것은 어떤 의미일까?

8. 홀든은 호밀밭의 파수꾼이 되고 싶어 한다. 당신은 순수한 누군가를 위해서 어떤 사람이 되고 싶은가? 혹은 어떤 일을 하고 싶은가?

9. 홀든은 담배도 피워보고 술도 마셔본다. 청소년기 학생들이 그런 일탈행위를 보이는 것은 무엇 때문일까?

10. 홀든은 사냥모자를 산다. 사냥모자는 조금은 우스꽝스럽다. 당신도 특별히 필요한 것은 아니지만 사고 싶었던 어떤 것이 있었나? 사본 경험이 있나? 산다면 어떤 걸 사보고 싶은가?

가로 열쇠

1 어린이나 청소년이 갑자기 성장하면서 생기는 통증. 또는 그와 비슷한 현상을 비유적으로 이르는 말.

2 말다툼.

3 실제의 사정. 사실은. 사실을 기록함.

4 죽을 고비. 비스듬하게 비껴 그은 줄. 빗금.

5 금과 비슷한 빛깔과 광택을 가지며 내식성(耐蝕性)이 있는 합금을 통틀어 이르는 말.

6 외계나 타인과 구별되는 자아로서의 자기에 대한 의식.

8 위력이나 기세를 떨쳐 보임. 많은 사람이 공공연하게 의사를 표시하여 집회나 행진을 하며 위력을 나타내는 일

9 뛰어나고 훌륭한 사람.

12 교양이 없거나 식견이 좁고 세속적인 일에만 신경을 쓰는 사람을 속되게 이르는 말.

13 물가에 흙이나 돌, 콘크리트 따위로 쌓은 둑. 홍수나 해일에 물이 넘어 들어오지 못하게 하거나 물을 막아 고이게 한다. 제어하여 막음.

15 사실과 다르게 전함.

16 숯이나 질그릇, 기와, 벽돌 따위를 구워 내는, 아궁이와 굴뚝이 있는 시설.

17 뉴욕에 있는 공원으로 홀든은 이곳의 오리가 항상 궁금하다.

18 홀든은 마지막으로 ○○로 가고자 하지만 동생 피비 때문에 포기한다.

20 눈앞의 형편 아래. 바로 지금.

22 적으로 대함. 또는 적과 같이 대함.

24 미국 동북부에 있는 여덟 개의 명문 대학을 통틀어 이르는 말.

25 편리한 길. 편리한 방법.

26 남을 돕는 일.

27 홀든이 피비를 위해 산 것.

30 나누어 쪼갬. 나누어 관할함.

32 조사한 사실을 적은 문서. 상주(喪主)가 된 사람을 위문하는 뜻을 적은 편지.

33 ○○○○○ 사내는 홀든에게 재미를 보라며 유혹하고는 때리고 돈을 빼앗아갔다.

35 홀든은 여자 친구와 극장에서 영화를 보고 난 후 라디오시티에서 ○○○○를 탄다. 순전히 여자 친구가 짧은 스커트를 입고 싶다는 이유 때문이었다.

36 홀든은 퇴학 전 학교에서 ○○부 주장이었다.

38 상대편을 억눌러서 제 마음대로 다룸. 감정, 충동, 생각 따위를 막거나 누름. 기계나 설비 또는 화학 반응 따위가 목적에 알맞은 작용을 하도록 조절함.

40 수줍거나 창피하여 볼 낯이 없음.

41 백혈병으로 죽은 홀든의 여동생. 홀든은 그 슬픔으로 차고의 유리를 다 부숴버렸다.

43 머리카락을 헹구는 세제. 샴푸나 비누의 알칼리 성분을 중화(中和)하고 머리카락에 적당한 기름기를 주어 윤기 있고 부드럽게 한다.

44 연줄, 낚싯줄 따위를 감는 데 쓰는 기구. 너무나 어이가 없을 때 내는 소리.

45 간단하고 편리함. 물건의 내용, 형식이나 시설 따위를 줄이거나 간편하게 하여 이용하기 쉽게 한 상태를 이른다.

08 수레바퀴 아래서

헤르만 헤세 지음
김이섭 옮김
민음사

생각해 보세요

1. (36쪽) 한스는 학교에 가기 위해 필기시험과 면접시험을 본다. 한스처럼 아주 중요한 시험을 보게 될 것을 상상해서 면접관과의 대화를 만들어 보자.

2. (41쪽) 한스가 시험에 합격하기만 하면 뭐든 해주겠다고 한스의 아버지는 말한다. 당신은 어른의 이런 제의에 대해 어떤 생각이 드는가?

3. (48쪽) 한스는 여름방학은 이래야 한다, 라는 말을 한다. 당신에게 여름방학은 어떠하면 좋겠는가?

4. (107쪽) 하일너는 학교에서 공부하는 친구들에게 진땀이나 흘리는 가엾은 존재이고 히브리어의 철자보다 더 고상한 걸 전혀 모르고 있다, 라고 말을 한다. 당신은 공부에 열중하는 청소년 시절을 어떻게 생각하는가? 하일너의 생각에 동조하는가?

5. (107쪽) 하일너는 학교에서 시를 공부할 때는 요리책을 대하듯이 하기 때문에 지겨워지는 법이라고 말을 한다. 당신은 시를 어떻게 읽어야 한다고 생각하는가?

6. (114쪽) 하일너와 한스는 어울리지 않는 친구라고 말을 한다. 방탕한 소년과 성실한 소년, 시인과 노력가 때문이다. 한스에게 하일너와의 우정은 남다른 관계였다. 당신의 가장 친한 친구와의 우정은 어떠한가? 한스와 하일너의 관계와 비교해서 이야기 해 본다면?

7. (132쪽) 힌딩어는 연못에 빠져 죽는다. 힌딩어는 죽을 당시 아무도 그 죽음을 알지 못했다. 친구들이 그를 싫어했던 것은 아니지만 외톨이였던 셈이다. 힌딩어의 죽음에 대해 어떻게 생각하는가?

8. (146쪽) 교장은 아픈 한스에게 지치지 않도록 해야 한다고 이야기를 한다. 그렇지 않으면 수레바퀴 아래 깔리게 될지도 모르기 때문이다. 그런데 수레바퀴 아래에 깔린다

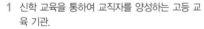
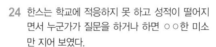

1 신학 교육을 통하여 교직자를 양성하는 고등 교육 기관.

3 어느 날 밤 실의에 잠긴 하일너를 찾아갔을 때 하일너는 기습적으로 한스에게 ○○○을 하였다.

5 사사로움이나 치우침이 없이 공정하고 명백한 마음.

8 이제까지 들어본 적이 없는 일.

10 조선 후기에, 대동법에 따라 거두던 쌀.

11 병으로 죽음. 또는 그런 일. 질병의 원인이 되는 몸의 나쁜 기운을 이르는 말.

13 위험한 고비나 시기. 뛰어난 재능과 도량. 또는 그런 재능과 도량을 가진 사람.

15 매월. 다달이.

17 실현성이 없는 헛된 생각을 즐겨 하는 사람.

19 세상에 속박되지 않고 자신만의 생각과 상상을 무한히 창조해내는 자유로운 새 같은 특징의 천재적인 기질의 시인인 한스의 친구.

22 어떤 내용이나 사실이 옳거나 그러하다고 인정함.

24 한스는 학교에 적응하지 못 하고 성적이 떨어지면서 누군가가 질문을 하거나 하면 ○○한 미소만 지어 보였다.

26 고요한 마음으로 사물이나 현상을 관찰하거나 비추어 봄. 지혜로 모든 사물의 참모습과 나아가 영원히 변하지 않는 진리를 비추어 봄.

28 바빌로니아·아시리아 신화에 나오는 남성 신. 땅의 신으로 아누(Anu)와 함께 숭배되었다.

30 어떤 목표로 뜻이 쏠리어 향함. 또는 그 방향이나 그쪽으로 쏠리는 의지.

31 정당(正堂)의 좌우에 있는 긴 집채. 양옥의 어떤 방을 중심으로 하여 둘러댄 마루.

32 원망하여 비방함. 독물, 독가스, 세균, 방사성 물질 따위의 독기로부터 피해를 막음.

34 ○○가 저장해 놓은 식량으로 살아가듯이 공부를 하지 않던 한스는 예전에 익혀둔 지식으로 얼마간 버텨나갔다.

36 멀리까지 바라볼 수 있도록 세운 대(臺).

39 산에서 나며 포도과에 속하고 흑자색의 열매를 맺는다.

42 나이가 많고 학문과 덕이 높은 사람. 선교 및 교회의 운영에 참여하는 성직(聖職)의 한 계급.

43 한스가 배정받은 기숙사의 방.

44 싸움 따위로 혼잡하고 어지러운 상태에 빠지는 것.

47 안개처럼 부옇게 내리는 비. 화가 나면서도 한편으로는 걱정이 됨.

48 어떤 상황이 이루어지거나 어떻다고 말해지기에는 부족한 조건이지만 아쉬운 대로 인정됨을 나타내는 보조사.

49 성탄절.

1		2		3		4		5	6	7
		8	9						10	
11	12					13	14			
	15	16		17		18		19		20
21						22	23		24	25
	26	27				28			29	
30			31					32		
		33		34					35	
	36		37			38		39		40
41			42		43					
44	45			46					47	
		48				49				

는 말은 어떤 의미인가?

9. (199쪽) 건강한 삶에는 나름대로의 내용과 목적이 있어야 하는데 학교를 그만 둔 한스에겐 그런 것이 존재하지 않았다. 한스에게 있어 건강한 삶은 무엇인가?

10. (207쪽) 한스는 마음의 상처를 입고 수레바퀴에 치인 달팽이처럼 촉수를 움츠리고 껍질 속으로 끼어들어가서 아무 말도 하지 않고 지내려고 한다. 한스의 상처에 대해 이야기 해보자. 그리고 한스에게 용기를 주는 편지를 써보자.

11. (259쪽) 한스는 집으로 돌아가는 길에 노래를 부르며 가슴이 저리도록 아파왔다. 한스가 가슴이 아픈 이유는 무엇인가? 한스는 왜 시골 생활에 적응하지 못했는가? 무엇이 한스를 수치심과 자책감으로 음울하게 만들었는가? 무엇이 한스를 죽음으로 내몰았는가?

세로열쇠

1 한스가 학교에서 진단 받은 병명.

2 교외나 성문 밖에 나가서 사람을 전송함. 한 종교의 경전이나 규범.

3 무엇을 배우는 길에 처음 들어섬. 또는 그 길.

4 민속무에서, 춤의 기본이 되는 낱낱의 일정한 동작.

5 공손하게 잘 대접함. 상대에게 높임말을 함.

6 우리나라 최대의 가톨릭교 대성당이 있는 곳.

7 아름다움을 살펴 찾는 안목.

9 도를 닦아 크게 깨달음. '부처'를 달리 이르는 말. 스스로 깨닫고 남을 깨닫게 하므로 이렇게 이른다.

12 물레방앗간의 플라이크 씨는 한스를 ○○ 과즙 짜기에 초대했다.

14 도형 및 공간의 성질에 대하여 연구하는 학문.

16 고대 그리스에서, 경기의 우승자에게 씌워 주던 관. 승리하거나 남보다 앞섬으로써 가지는 영광스러운 명예를 비유적으로 이르는 말.

17 꿈과 환상이라는 뜻으로, 허황한 생각을 이르는 말. 이 세상의 모든 사물이 덧없음을 비유적으로 이르는 말.

18 둔스탄이 발행하고 하일너가 적극적으로 편집에 참여한 신문. 날카로운 풍자의 내용을 담았다.

20 평면이나 넓은 물체의 가로로 건너지른 거리. '널리'의 옛말.

21 독일의 인문계 고등학교.

23 자연이 만든 ○○은 예측 불허의, 불투명한, 위험스러운 존재이며, 미지의 산맥에서 흘러내리는 물줄기이며, 길도 질서도 없는 원시림이다. 학교의 사명은 ○○을 사회의 유용한 일원으로 만드는 것, 그리고 잠재된 개성들을 일깨우는 것이다.

25 어린아이 장난감의 하나. 쇠붙이나 대나무 따위로 만든 둥근 테로서, 굴렁대로 굴리며 논다

27 학교나 관청 따위에서 아침에 모든 구성원이 한자리에 모이는 일. 또는 그런 모임. 주로 아침 인사, 지시 사항 전달, 생활 반성, 체조 따위를 한다.

29 세상에 홀로 떨어져 있는 듯이 매우 외롭고 쓸쓸함.

32 주색잡기에 빠져 행실이 좋지 못함. 마음이 들떠 갈피를 잡을 수 없음.

33 잘 되기를 바라고 기대함. 또는 그런 대상.

34 들어서 여는 창. 벽의 위쪽에 자그맣게 만든 창.

35 ○○의 언어는 고대 이오니아의 방언. 고대 그리스의 시인으로 〈일리아드〉와 〈오디세이〉의 작자.

37 한스가 학교를 그만 두고 갖게 된 직업.

38 한스에게 관심을 가지고 따뜻하고 진심어린 충고를 해주던 구둣방 아저씨.

40 얌체적인 성격이며 음악적 재능이 전혀 없는 관계로 음악선생조차 이 학생의 재능에는 회의를 느끼고 음악 교습을 거부하기에 이른 학생.

41 자기 자신에 대한 의식이나 관념. 정신 분석학에서는 이드(id), 초자아와 함께 성격을 구성하는 한 요소로, 현실 원리에 따라 이드의 원초적 욕망과 초자아의 양심을 조정한다.

45 ○○적인 학습과 강의는 마치 곧게 뻗어 있는 국도를 걷는 것과 다름없어서 일시에 드넓은 세계를 조망해 볼 수 있는 언덕에 오르지는 못 한다.

46 한스가 잠시 사랑에 빠졌던 여인.

47 학문이나 기술 따위를 힘써 배우고 닦음.

09 시계태엽 오렌지

시계태엽 오렌지
A Clockwork Orange
앤서니 버지스 지음

앤서니 버지스 지음
박시영 옮김
민음사

생각해 보세요

1. (21쪽) 할머니들은 청년들의 비행을 알지 못하고 그들의 편이 되어 준다. 할머니들의 판단이 흐린 것은 의식적인가, 그들의 안전을 위한 것인가? 아니면 진심으로 몰랐던 것인가? 어떻게 생각하는가?

2. (31쪽) 알렉스가 찾아간 집의 주인은 소설가였는데, 소설가가 쓰고 있던 책 제목은 '시계태엽 오렌지'였다. 태엽 달린 오렌지는 무엇을 의미하는가?

3. (33쪽) 알렉스와 친구들은 온갖 못된 짓을 하면서도 죄책감을 느끼지 못한다. 이들이 죄책감을 느끼지 못하는 것은 선천적인가? 무엇의 결여 때문인가? 도덕성과 관련이 있는가, 아니면 육체적 호르몬의 결함 때문인가? 아니면 마약 때문인가?

4. (52쪽) 학교의 접장(교원을 얕잡아보는 말)들은 인간의 본 모습을 인정할 수 없기 때문에 악을 용납할 수 없다고 한다. 악은 교육에서 본성으로 용납되어야 하는가?

5. (62쪽) 알렉스의 부모는 알렉스가 나쁜 방법으로 번 돈을 아무렇지 않게 쓴다. 부모의 이 태도와 알렉스의 나쁜 태도는 어떤 연관이 있는가?

6. (66쪽) 나쁜 일을 하는 사람도 음악과 가까울 수 있다. 간혹 나쁜 일을 하는 사람이 음악에 심취해 있는 것을 보면 예술이 선과 반드시 연결되어 있는 것은 아니다. 예술과 선은 관계가 없는가?

7. (94쪽) 범죄자들은 지옥이 있으리란 것을 알면서도 도적질과 폭력이 주는 흥분, 쉽게 살려는 욕심을 버리지 못한다. 이유는 무엇인가?

8. (110쪽) 뉘우치지 않고 개선되지 않는 사람에게 처벌이란 아무 의미가 없다고 한다. 왜 의미가 없는가?

9. (114쪽) 윤리적인 선택을 내릴 수 있는 능력을 제거당해 강요된 선을 받아들이는 것

1 [북한어]밋밋하게 널리 펼쳐져 있는 들이나 벌판 또는 등판.

3 알렉스는 하느님을 ○○○이라고 부른다.

6 범죄자를 약물 요법 등으로 범죄 생리를 없애 버릴 수 있다고 주장하여 알렉스를 데려간 박사.

7 하나의 관념이 다른 관념을 불러일으키는 현상. 알렉스에게 나쁜 일을 할 때마다 아프게 하는 것도 ○○○○의 방법이다.

8 델토이는 ○○○인데 알렉스 같은 소년범죄자들 때문에 자신의 선도 경력에 오점이 남겨질까봐 걱정한다.

9 기성의 가치관·제도·사회적 관습을 부정하고, 인간성의 회복·자연과의 직접적인 교감 따위를 주장하며 자유로운 생활양식을 추구하는 젊은이들. 1960년대 후반부터 미국을 중심으로 생겨나 전 세계로 퍼졌다.

11 뜻밖의 긴급한 사태. 또는 이에 대응하기 위하여 신속히 내려지는 명령. 공중을 날아다님.

14 인체가 성숙기에서 노년기로 접어드는 시기. 대개 신체의 작용에 여러 가지 장애가 나타나는데, 여성의 경우 생식 기능이 없어지고 월경이 정지된다.

16 F. 알렉산더의 책 '시계 태엽 오렌지'에서는 신이 자신의 채워지지 않는 ○○인지 뭔지 때문에 우리를 필요로 한다고 쓰여 있었다.

17 알렉스와 할머니네 집을 침입했던 친구들은 딤, 피트, ○○다. ○○는 나중에 쇠몽둥이에 맞아 죽는다.

18 서로 도우며 함께 삶.

19 늙은 할멈의 집에 침입했을 때 같이 살던 ○○○들이 달려들어 할퀸다.

20 남의 잘못이나 결점을 책잡아서 나쁘게 말함. 터무니없이 사실과 전혀 맞지 않게 헐뜯음.

21 지능, 성격, 행동 따위가 보통의 아동과 달리 문제성이 있는 아동.

22 법령이나 규범에 맞음.

23 알렉스는 우유에 탄 마약을, '○을 탔다'라고 표현한다.

24 죽을 곳. 또는 죽어야 할 장소. 죽을 지경의 매우 위험하고 위태한 곳.

26 몇 사람이 각각 자기의 성부(聲部)를 맡아 노래함. 또는 그런 노래. 이중창, 삼중창 따위가 있다.

28 F. 알렉산더의 책 '시계 태엽 오렌지'에서는 요즘 세상의 모든 놈들은 ○○로 변해 버렸지만, 너 할 것 것 없이 우리 모두가 과일처럼 자연스럽게 자란다고 쓰여 있다고 알렉스는 말한다. 알렉스는 나중에 착한 일만 할 수 있는 ○○가 된다.

30 빅토리아 아파트 단지를 지나면 ○○○○이 있는데, 진짜 오래된 집 몇 채가 있고 늙은이들이 산다.

32 스스로의 생각이나 주장이 앞뒤가 맞지 아니함. 알렉스가 착해지는 일은 ○○○○일 수 있다.

33 다른 수나 양에 대한 어떤 수나 양의 비(比).

34 알렉스는 마티와 소니에타라는 어린 소녀 둘을 자신의 아파트로 데려가 약을 먹이고 성폭행을 하는데 그 아이들이 가져온 음반 중 하나는 아이크 야드의 '○○○ 코'였다.

35 본질적인 동기는 ○ 그 자체. 선택할 수 있는 인간은 인간이 아닌 거야, 라고 알렉스 교도소 담당 신부는 말한다.

36 울려 퍼져 가던 소리가 산이나 절벽 같은 데에 부딪쳐 되울려 오는 소리.

37 딤의 무기.

	1	2		3			4		5
6							7		
				8					
	9	10				11		12	
13			14		15		16		
17			18				19		
	20					21			
		22						23	
24	25		26		27		28		29
			30		31				
	32			33			34		
35			36			37			

과 자율의지로 악을 선택하는 것은 어떤 것이 더 윤리적이라고 생각하는가? 그 이유는 무엇인가?

9. (183쪽) 정부는 죄를 짓는 사람들을 사회에서 용납되는 행위만 하도록 약물과 기계장치로 다스린다. 사회에서 용납되는 행위의 범위는 어떻게 정할까? 그것의 위험성은 무엇인가?

10. (222쪽) 알렉스는 몸속에 텅 빈 자리를 느끼며 철이 든다는 것을 알게 된다. 죄는 청춘의 한 부분이었을까? 철이 들면서 알렉스는 스스로 선에 대한 선택을 하게 될까?

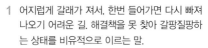

1 어지럽게 갈래가 져서, 한번 들어가면 다시 빠져나오기 어려운 길. 해결책을 못 찾아 갈팡질팡하는 상태를 비유적으로 이르는 말.

2 알렉스는 베토벤의 음악, ○○○○ 판을 제일 좋아한다.

3 얼음 위에서 스케이트를 신고 하는 경기. 아이스 ○○.

4 눈 위에 서리가 덮인다는 뜻으로, 난처한 일이나 불행한 일이 잇따라 일어남을 이르는 말.

5 남의 잘못을 너그럽게 받아들이거나 용서함. 또는 그런 용서.

6 알렉스 착한 사람 만들기 요법에 직접 관여하는 박사. 알렉스를 진찰하고 관찰하고 실험한다.

10 착한사람 만들기 치료법의 최고는 ○○주사법이라고 알렉스에게 주사를 준다.

12 이러니저러니, 옳으니 그르니 하며 남을 못살게 굴거나 괴롭히는 일. 승강이.

13 어떠한 일을 이루고자 하는 마음. 선택이나 행위의 결정에 대한 내적이고 개인적인 역량.

14 알렉스는 감옥에서의 남은 복역 기간을 ○○○

○으로 대체해서 채웠다.

15 신문, 잡지 따위에 싣기 위하여 쓴 원고.

16 겸손하여 받지 아니하거나 응하지 아니함. 또는 남에게 양보함.

17 동물이 그 환경에 적응하기 위하여 후천적으로 획득하는 반사.

19 부모를 여의거나 부모에게 버림받아 몸 붙일 곳이 없는 아이.

20 점잖지 못하고 천한 말. 대상을 낮추거나 낮잡는 뜻으로 이르는 말. 주로 알렉스가 쓰는 말.

22 베토벤 교향곡 9번 곡 이름.

25 알렉스가 할멈이 있는 집으로 혼자 들어간 것은 친구들에게 ○○○가 뭔지 알려주려고 하는 의도가 숨어 있다.

26 근거 없는 말로 남을 헐뜯어 명예나 지위를 손상시키거나 사실을 왜곡하거나 속임수를 써 남을 해롭게 함. 또는 그런 일.

27 악한 일은 할 수 없고 착한 일만 할 수 있게 만드는 치료법. ○○○○ 치료법.

28 어떤 일이 벌어지려고 하는 분위기. 낌새. 생물

이 살아 움직이는 힘.

29 알렉스는 항상 자신을 '○○○ 화자'라고 한다.

31 자신의 의지와 관계없이 정해진 원칙이나 규율에 따라 움직이는 일.

34 학문이나 기예에 통달하여 남달리 뛰어난 역량을 가진 사람. 널리 사물의 이치에 통달한 사람.

다독다독 *

죽은 시인의 사회

LEAD POETS SOCIETY

현재를 즐겨라, 인생을 독특하게 잘아라!

톰 슐만 지음
김미정 옮김
도서출판 모아

새각해 보세요

1. (13쪽) 웰튼 아카데미의 교훈은 '전통, 명예, 규율, 최고'다. 만약 당신이 학교의 경영을 위하여 교훈을 정할 수 있다면 어떤 것으로 정하고 싶은가? 당신이 정한 각각의 교훈에 대한 의미는 무엇인가?

2. (28쪽) 웰튼 아카데미는 학교에서 신입생이 있을 경우 교장과 면담이 있다. 학교생활에 낯선 학생들에게 이런 제도는 도움이 될까? 학교생활에 도움을 줄 면담상대로 가장 좋은 사람은 누구인가?

3. (36쪽) 대부분의 웰튼 아카데미 학생들에게 아버지의 영향력은 거의 절대적이다. 권위적인 아버지의 특징은 무엇인가? 권위적 아버지는 자식에게 어떤 영향을 미치는가?

4. (40쪽) 닐의 학교활동에 대해 아버지는 자신의 잣대로 결정하고 닐이 그에 따르도록 한다. 그러면서 닐의 의견에 대해선 모든 것을 대꾸로 간주한다. 아버지나 어른들로부터 의견을 말할 때 어리다는 이유로 의견을 말할 때, 대꾸나 하는 버릇없는 사람으로 비치는 상황은 주변에 많다. 어른들은 나이 어린 사람의 의견에 대해 어떤 태도를 취해야 한다고 생각하는가?

5. (46쪽) 닐은 토드에게 마음이 착한 사람이 이 지구를 이어가리라는 말이 있긴 하지만 그런 사람이 하버드에 합격한다는 건 불가능한 일이라고 말한다. 닐이 토드에게 이 말을 한 이유는 무엇인가?

6. (51쪽) 맥카리스터 라틴어 교사는 학생들에게 엄청난 양의 과제를 낸다. 당신에게도 유난히 과제를 많이 내주는 교사가 있는가? 과제를 많이 내주는 교사의 특징은 무엇인가? 그 과제가 학습에 도움이 되는가? 과제는 어떤 형태로, 어떤 양이면 학습에 도움이 된다고 생각하는가?

7. (59쪽) '카르페디엠'. 키팅은 학생들에게 오늘을 즐기라고 말한다. 이 말을 당신의 삶에 적용한다면 당신의 오늘은 어떻게 보내야 하는가? 오늘을 즐기고 있는 당신의 모습은 어떤 모습인가?

8. (91쪽) 키팅은 시, 낭만, 사랑,아름다움이 있는 것은 그것이 사람들의 삶의 양식이기 때문이라고 한다. 이것은 어떻게 사람들의 삶이 양식이 되는가?

1 미국 동부에 있는 8개 명문 사립대학의 총칭. 브라운, 컬럼비아, 코넬, 다트머스, 하버드, 펜실베이니아, 프린스턴, 예일대학이 포함된다.

4 작품 속 닐이 공연한 연극 작품.

7 시위운동. 컴퓨터에서, 프로그램이나 하드웨어의 성능을 보여 주기 위한 시범.

8 염색물이나 컬러 필름 따위의 빛깔의 상태. 하다형 자동사](어떤 처리를 하여) 빛깔이 나게 함.

9 (퍽 오래되어) 예스러운 정치(情致)가 그윽함.

12 이름난 가수.

14 해로운 요소. 생물에서 생기는 강한 독성의 물질.

15 (한 번 했던 일을) 다시 되풀이함. 다시 공연함. (꺼졌던 불이) 다시 탐. (잠잠해진 일이) 다시 떠들고 일어남.

18 예언이나 기적을 나타낼 수 있는 초능력. 많은 사람을 휘어잡는 능력이나 자질.

20 극단적인 우익 사상. 또는 그런 사상을 가진 사람.

22 많은 수량이나 종류를 나타냄. 전체하며 남을 업신여기는 태도가 있음.

23 모두가 한결 같아서 변함이 없다. 줄을 친 듯이 가지런하다.

25 조개류 특히 판새류 조개의 체내에서 형성되는 구슬 모양의 분비물 덩어리. 주로, 탄산칼슘으로 이루어지는데, 약간의 유기물이 함유되며 아름다운 빛깔의 광택이 남.

28 크고 작은 군함을 통틀어 이르는 말. 파 놓은 구덩이. 허방다리. 벗어날 수 없는 곤경이나 계략.

30 자기의 감정이나 욕심. 충동 따위를 이성적 의지로 눌러 이김.

31 다른 사람이 있기 때문에 자신의 더 뛰어난 실력을 보여줄 수 있는 이것.

32 스스로 앞으로 나아가거나 상황을 개선하려는 기백이 부족하고 비활동적인. 또는 그런 것.

33 겉으로만 착한 체함. 또는 겉치레로 보이는 선행(善行).

34 닐은 세익스피어의 '한여름 밤의 꿈'의 ○ 역을 맡아 열연한다. 중세 영국 민담에 나오는 장난꾸러기 요정.

36 서로 입을 맞추는 일. 입맞춤.

37 신의 계시를 받은 것같이 머리에 번득이는 신묘한 생각.

39 작품 속 국어 선생님은 학생들에게 '오! 선장님! 나의 선장님!'이라고 불러 달라 했다. 이것은 미국의 어떤 시인의 시를 인용한 것인가. 에이브러햄 링컨을 추모하며 쓴 시라고 한다.

40 단순한 주입식 교육에 메말라 가는 현실에 따뜻한 인간애와 자유로운 정신을 심어준 국어선생님으로 이 작품에서 죽은 시인의 사회 모임의 결성에 중요한 역할을 한 사람.

41 죽은 시인의 사회 모임을 하던 장소.

1		2	3		4	5	
				6			
7			8			9	10
	11		12		13		14
				15	16			17
18			19		20	21		22
		23		24			25
26		27				28	29
			30			31
		32			33		34
	35			36		37	38
39				40		41

9. (109쪽) 사람들은 자신이 어떤 집단에 처음 들어가면 그 집단의 사람들이 자신에게 신경써주길 바란다. 하지만 그것은 언제나 쉽지 않은 일이다. 새로운 집단에 내가 들어갈 경우, 나는 어떻게 행동하는 것이 좋은가?

10. (134쪽) 무언가에 대해 어떤 강한 확신이 들었다 하더라도 또 다른 방향에서 그 문제를 생각해 보는 지혜와 여유를 가질 수 있도록 해야 한다고 키팅은 말한다. 이 말의 의미는 무엇인가?

11. (149쪽) 사는 동안 만나는 수많은 경쟁은 부담을 준다. 하지만 경쟁이 있었기 때문에 무언가가 될 수 있었다고 말하는 옛 사람들의 이야기가 있다. 경쟁을 조금 더 긍정적으로 받아들이는 방법은 무엇일까?

12. (224쪽) 키팅은 학생들에게 스스로 생각하는 방법을 가르치고 싶어 하고 교장은 학생들을 대학에 합격시키는 방법을 가르치고 싶어 한다. 두 선생의 가치관에 대해 어떻게 생각하는가?

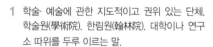

1 학술· 예술에 관한 지도적이고 권위 있는 단체. 학술원(學術院). 한림원(翰林院). 대학이나 연구소 따위를 두루 이르는 말.

2 인생의 불행이나 슬픔을 제재로 하여 슬픈 결말로 끝맺는 극. ↔희극(喜劇). 매우 비참한 사건.

3 끈이나 띠 모양의 장식용 헝겊.

5 웰튼에서는 보기 드문 동물로, ○○는 종교와 비슷해서 하나씩 섬겨 두는 것도 괜찮다, 라고 국어 선생님이 말한다.

6 사색하며 진리 탐구에 힘쓰는 사람.

8 (그때까지 없던 기술이나 물건 따위를) 새로 생각해 내거나 만들어 내는 일을 전문적으로 하는 사람.

9 고통스러움. 쓰라림. 외로움.

10 목관 악기의 한 가지. 세로로 잡고서 불며, 부드러운 음색과 풍부한 음량을 지녔음. 경음악·취주악에 많이 쓰임. 금속으로도 만듦.

11 말의 의미·색조·음조·감정 따위의. 딴것과 서로 다른 미묘한 특색

13 머리가 좋고 재주가 뛰어난 사람. 남달리 뛰어난 재주.

16 배우가 무대 위에서 대본에 따라 동작과 대사를 통하여 표현하는 예술. 연희(演戱). 남을 속이기 위하여 꾸며 낸 말이나 행동. 닐이 참여한 것.

17 18세기 말에서 19세기 초에 걸쳐 유럽에서 일어난 예술상의 사조(思潮) 꿈이나 공상의 세계를 동경하고 감상적인 정서를 좋아하는 정신적 경향. 워즈워드가 대표적임.

18 라틴어로 '오늘을 즐겨라'의 뜻.

19 금액이나 수량 따위가 모두 똑같음. 차이가 없음. 고름.

21 수학의 시적 요소.

22 진단을 잘못함. 또는 그릇된 진단.

23 일을 꾸밈. 계책을 세움.

24 미국의 국기.

27 계절풍. 남서 계절풍이 부는 인도의 우계(雨季).

29 마음에 감흥을 불러일으킬 만한 경치나 장면.

30 연극과 같은 유소가 있는 (것). 연극을 보는 것처럼 감격적이고 인상적인 (것).

32 유럽 서정시의 한 형식. 14행으로 이루어지는 짧은 시.

33 양주의 한 가지. 보리·밀·옥수수 따위에 엿기름·효모를 섞어 발효시킨 다음 증류하여 만드는데, 알코올 함유량이 많음.

35 기지. 재치. 익살.

38 깊이 느끼어 마음이 움직임.

2

사랑

01 햄릿

햄릿
Hamlet

셰익스피어 지음
최종철 옮김
민음사

생각해 보세요

1. 아버지의 죽음에 대해 의문을 품고 있던 햄릿은 어머니가 삼촌과 재혼한 사실에 충격을 받고 왕을 죽이는 것만이 유일한 해결 방법이라고 생각한다. 하지만 왕을 죽여야만 하는 복수를 지연함으로써 일곱 명이 죽는 비극적인 결말을 맺는다. 햄릿의 망설임의 가장 큰 원인은 무엇인가?

2. (36쪽) 오필리아는 폴로니어스에게 햄릿이 명예로운 방법으로 사랑을 애걸했다고 하지 피가 끓을 때면 영혼이 혀에게 맹세를 빌려주는 법이라며 조심하라고 한다. 이 말의 의미는 무엇인가?

3. (44쪽) 유령은 햄릿에게 자다가 동생에게 죽임을 당했다고 말한다. 왕의 유령은 햄릿이 본 환영인가 실제 만난 유령인가? 죽은 자가 전하는 진실은 과연 믿을 수 있는가?

4. (92쪽) 왕은 왜 햄릿이 오락을 목표로 삼기를 바라는가? 왕비는 왜 햄릿이 오필리어의 미모에 정신이 나갔기를 희망하는가?

5. (94쪽) 햄릿은 있음이냐 없음이냐, 그것이 문제로다, 라고 말한다. 이것의 의미는 무엇인가?

6. (100쪽) 왕은 햄릿의 우울증이 무언가를 품고 앉아 있으며 그것이 알을 깨고 나오면 상당히 위험할 거라 멀리 보내려고 한다. 높은 자들의 광기는 방관하면 안 된다 말하는데 높은 자들의 광기는 왜 위험한가?

7. (115쪽) 왕은 햄릿이 준비한 연극을 보다가 자리에서 일어난다. 햄릿은 이 광경을 보고 왕이 아버지를 죽였다며 복수를 실천에 옮기고자 한다. 햄릿은 왜 이러한 과정을 거치고자 했는가?

8. (125쪽) 햄릿은 왕이 기도하고 있을 때 죽이려다 더 끔찍한 상황을 맞아 일을 치르고자 한다. 햄릿은 어찌하여 왕을 죽이는데 주저하는가? 햄릿은 자신의 결단성 있는 행동을 하기 전에 생각을 거듭하고, 자기 행동의 정당성을 자기 자신에게 완벽하게 입증하려

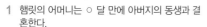

1 햄릿의 어머니는 ○ 달 만에 아버지의 동생과 결혼한다.

3 햄릿은 죽을 때 ○○○○○ 왕 선출 지지 예언을 하고 죽는다.

5 햄릿은 햄릿의 아버지 유령을 경계를 서는 ○○ 위에서 본다.

7 아름다운 말로 듣기 좋게 꾸민 글귀.

8 지방에서 서울로 올라감.

9 맹세하고 약속함.

10 햄릿은 연극을 다른 사람들에게 보여주며 ○○이란 혀가 없어도 가장 기적 같은 수단으로 말을 할 것이라고 한다.

12 매우 엄하다.

13 몹시 슬퍼하면서 탄식함. 또는 그 탄식.

14 미친 듯한 기미. 미친 듯이 날뛰는 기질을 속되게 이르는 말.

16 빛이나 색이 바램. 무엇이 낡거나 몰락하면서 그 존재가 희미해지거나 볼품없이 됨을 비유적으로 이르는 말.

17 대사 없이 표정과 몸짓만으로 내용을 전달하는 연극.

19 경우에 따라 재치 있게 대응하는 지혜.

20 왕은 햄릿의 영혼 속에 ○○○이 무언가를 품고 앉아 있어서, 그것이 알을 깨고 드러나면 상당히 위험할 것 같다고 말한다.

22 사람의 죽음을 슬퍼함.

23 하느님은 여자들에게 한 가지 얼굴을 주었지만 ○○으로 딴 얼굴을 만든다고 햄릿은 변덕을 경멸한다.

25 햄릿은 어머니에게 ○○을 갖다 놓고 어머니의 내면을 보라고 말을 한다.

27 폴로니어스는 오필리어에게 피가 끓을 때면 ○○이 혀에게 맹세를 빌려준다고 그 말을 믿지 말라고 한다.

28 레어티즈는 햄릿에게 ○○시합을 통해 아버지의 복수를 하려고 한다.

29 화목하게 어울림.

31 햄릿은 오필리어에게 결혼하지 말고 ○○○으로 가라고 한다.

32 넌지시 알림. 또는 그 내용. 뜻하는 바를 간접적으로 나타냄.

33 내렸던 닻을 거두어 올린다는 뜻으로, 배가 떠남을 이르는 말.

35 햄릿은 말을 잘 못 알아듣는 로젠크란츠에게 ○○

은 멍청한 귀 속에선 잠자는 법이라며 비웃는다.

36 어떤 내용을 듣는 사람이 납득하도록 분명하게 드러내어 말함.

37 한 집안의 주인으로서 가족을 거느리며 부양하는 일에 대한 권리와 의무가 있는 사람.

38 어떤 일이 있더라도 변함이 없을 듯한 기세로 결단하여 실행함.

39 왕은 햄릿의 아버지 ○에 독약을 부어 독살시킨다.

40 마음을 다잡지 아니하고 풀어 놓아 버림.

42 약은 꾀로 일을 꾸미는 사람.

44 대상을 필요에 따라 이롭게 씀. 다른 사람이나 대상을 자신의 이익을 채우기 위한 방편(方便)으로 씀.

45 햄릿은 ○○이 천성의 각인조차 바꿔놓을 수 있으며, 악마를 누르거나 놀라운 힘으로 그놈을 던진다고 어머니인 왕비에게 왕의 침실로 가지 말라고 한다.

46 슬퍼하는 여성의 전형. 그리스 신화에서 그녀는 아폴로와 다이아나에 의해 살해당한 자식들의 죽음으로 끝없이 울다가 돌로 변신했으나, 눈물은 그치지 않고 떨어졌다 한다.

47 이탈리아의 파시스트당. 파시즘적인 운동, 경향, 단체, 지배 체제를 이르는 말.

는 성격 때문에 복수하지 못한다. 햄릿과 같은 지성인의 성향은 정의롭고 철학적인 인물이 의도적으로 살인을 할 때 겪는 과정일 것이다. 햄릿의 주저함을 어떻게 행동으로 이끌 수 있는가?

9. (160쪽) 오필리아는 아버지가 햄릿에 의해 죽임을 당하자 괴로워 연못에 빠져 자살한다. 햄릿은 어머니의 부정으로 인한 분노와 절망을 오필리아에게 퍼붓는다. 햄릿과 오필리아의 사랑은 과연 존재했었는가?

10. (205쪽) 레어티즈는 자신과 부친의 죽음은 햄릿의 탓이 아니고 햄릿의 죽음 또한 자신의 탓이 아니기를 바란다. 햄릿은 죽으면서 자신과 자신의 명분을 올바로 전해 주길 바란다. 이들 비극의 근원적 원인은 무엇인가?

1		2	3		4	5	6
	7					8	
9				10	11	12	
	13			14	15		16
17	18		19		20	21	
22		23		24		25	26
	27		28			29	30
31			32		33	34	
		35			36		37
	38		39				
	40		41	42	43		44
45		46				47	

1 오필리어는 ○○해서 죽었다.
3 배가 드나드는 곳의 어귀.
4 햄릿은 로젠크란츠에게 왕의 총애와 보답과 권세를 빨아들이는 ○○○라고 말한다.
5 이치에 맞지 아니한 망령된 생각을 함. 또는 그 생각.
6 몹시 놀라 얼굴빛이 하얗게 질림.
7 미미하고 약하다.
11 빛의 자극을 받아 빛을 내던 물질이, 그 자극이 멎은 뒤에도 계속하여 내는 빛.
13 인생의 슬픔과 비참함을 제재로 하고 주인공의 파멸, 패배, 죽음 따위의 불행한 결말을 갖는 극 형식.
15 앞일에 대해 쓸데없는 걱정을 함. 또는 그 걱정.
17 막히거나 거치는 것이 없음. 어루만지며 사랑함.
18 재판장이 판결을 알림.
19 민간 항공기에서 승무원 가운데 최고 책임자.
21 어떤 사실을 증명할 수 있는 근거.
23 남의 결혼을 아름답게 이르는 말.
24 특별한 재료, 기교, 양식 따위로 감상의 대상이

되는 아름다움을 표현하려는 인간의 활동 및 그 작품.
26 왕비의 심부름으로 햄릿을 찾은 길든스턴은 햄릿의 병이 ○○ 때문이라고 말한다.
27 어떤 상태가 끝없이 이어짐. 또는 시간을 초월하여 변하지 아니함.
28 사실을 조사함. 사람의 사망이 범죄로 인한 것인가를 판단하기 위하여 수사 기관이 변사체를 조사하는 일.
30 왕은 포도주 잔에 ○○○를 빠뜨리는데 이것은 독이 들어 있다.
31 유령은 ○○이 울면 사라진다.
32 어두컴컴하고 쓸쓸하다. 희망이 없고 절망적이다.
33 입 밖으로 말을 냄.
34 석수나 목수나 조선수보다 더 튼튼한 걸 짓는 사람은 ○○○○이라고 광대는 대답한다.
35 햄릿은 아버지의 유령을 만나기 전에 ○○이란 천길 만길 파묻어도 사람 눈에 발각될 것이라고 말한다.

37 햄릿은 ○○○○에게 자신의 대인관계에서 만난 정말로 원만한 사람이라고 한다.
38 할 일에 대하여 어떻게 하기로 마음을 굳게 정함. 또는 그런 마음.
40 왕은 높은 자들의 광기란 ○○하면 안 된다며 햄릿을 다른 곳으로 보내려고 한다.
41 아주 사무치게 미워함. 또는 그런 마음.
43 어떤 것에 대하여 깊이 생각하고 이치를 따짐. 죽은 사람처럼 창백한 얼굴빛.

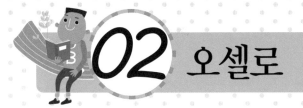

02 오셀로

셰익스피어 지음
최종철 옮김
민음사

다독다독 *

생각해 보세요

1. (24쪽) 이야고의 분노의 원인은 무엇인가? 이야고는 왜 오셀로를 불행에 빠뜨리는가?

2. (51쪽, 70쪽) 데스데모나는 오셀로의 명성과 그의 용맹스런 자질에 자신의 영혼과 운명을 헌납하였다고 한다. 오셀로는 데스데모나를 사랑하여 그 만족을 말로 다하지 못하며 기쁨으로 가슴이 터진다고 말한다. 사랑은 오셀로와 데스데모나를 어떻게 변화시켰는가? 사랑의 감정은 무엇인가?

3. (57쪽) 이야고는 로데리고의 돈을 마음대로 쓰면서 자신은 항상 바보를 돈으로 바꾼다고 말한다. 바보는 왜 이야고와 같은 사람에게 돈을 쓰는가?

4. (77쪽) 오셀로는 이야고가 아주 정직하다고 믿는다. 자신의 곁에 있는 사람이 이야고처럼 나쁜 마음일 거라는 의심을 할 수 있는가? 의심을 하는 것과 절대로 믿는 것은 어떤 것이 옳은가?

5. (109쪽) 이야고는 오셀로에게 질투심을 조심하라고 한다. 가난하나 만족하면 넉넉한 부자지만 가난해질까 봐 항상 두려운 사람에게 끝없는 재산은 겨울처럼 가난하다고 한다. 질투심은 사람의 마음을 어떻게 변하게 하는가?

6. (111쪽) 이야고는 최고 도덕관은 나쁜 일을 안 하는 게 아니라 안 들키는 거라고 하면서 데스데모나에 대한 오셀로의 의심을 부추긴다. 이 말에 오셀로의 마음은 어떻게 의심을 가지는가?

7. (118쪽) 위험한 상상은 그 본질이 독약이라고 한다. 오셀로에게 위험한 상상은 무엇인가?

8. (133쪽) 데스데모나가 자신은 질투의 원인을 제공하지 않았다고 말하자, 에밀리아는 질투하는 이들에겐 원인이 있어서가 아니라 질투하기 때문에 질투한다고 말한다. 데스데모나는 이때 어떤 행동을 취했어야

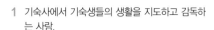
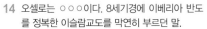

1 기숙사에서 기숙생들의 생활을 지도하고 감독하는 사람.

3 술잔을 서로 주고받음. 서로 말을 주고받음. 또는 그 말. 남의 말이나 행동, 계획을 낮잡아 이르는 말.

5 오셀로가 참여한 전쟁.

7 오셀로는 데스데모나에게 기도하여 용서를 구하라고 한다. 죽을 때 준비 안 된 영혼은 ○○에 떨어지기 때문이다.

8 똑바로 마주 보이는 면. 에두르지 아니하고 직접 마주 대함.

9 이야고는 로데리고를 비웃으며 자신이 항상 바보를 자신의 ○과 바꾼다고 말한다.

10 자기와 남을 아울러 이르는 말.

11 법을 위반하여 몰래 사고 파는 각종 탑승권. 입장권 따위의 표. 자기만 알 수 있도록 넌지시 눈으로 표함. 또는 그런 표.

12 오셀로는 데스데모나가 자신을 사랑하는 건 자신이 겪은 위험을 ○○했기 때문이라고 한다.

13 자비심으로 남에게 재물이나 불법을 베풂. 베풀어 은혜에 보답함.

14 오셀로는 ○○○이다. 8세기경에 이베리아 반도를 정복한 이슬람교도를 막연히 부르던 말.

15 큰 소리로 꾸짖음.

16 얽혀 있거나 복잡한 것을 풀어서 개별적인 요소나 성질로 나눔.

18 늘 써서 버릇이 되다시피 한 것.

19 기술이나 지식 따위를 전하여 주거나 받음.

20 데스데모나의 사촌. 오셀로의 권한과 명령권을 박탈함.

22 매일 반복되는 생활.

24 이야고는 로데리고에게 사람들이 이런저런 인간이 되는 것은 우리 ○은 정원이고, 우리 의지는 정원사와 같기 때문이라고 한다.

25 전쟁에 쓰이는 도구.

28 사람이 본디부터 가지고 있는 성질.

29 브라반시오는 자신의 딸이 오셀로를 속일지 모르니 조심하라고 하자, 오셀로는 데스데모나의 ○○에 자신의 생명을 바친다면서 그녀를 무조건적으로 신뢰함을 보여준다.

30 신중을 기하지 아니하고 서둘러 판단함.

31 능력이나 재능이 없음.

32 자기의 잘못을 인정하고 용서를 빎.

33 막혀 있던 운 따위가 열려 좋은 상태가 된다. 마음이나 가슴이 답답한 상태에서 벗어나게 된다.

34 대문간에 붙어 있는 방.

36 여러 편의 시를 모아서 엮은 책.

37 이야고는 오셀로의 타고난 ○○○ 때문에 속임을 당하는 것 원치 않는다면서 오셀로의 질투를 부추긴다.

38 때를 씻어 낼 때 쓰는 물건. 물에 녹으면 거품이 인다.

39 글에 직접적으로 나타나 있지 아니하나 그 글을 통하여 나타내려고 하는 숨은 뜻을 비유적으로 이르는 말. 글의 줄과 줄 사이. 또는 행과 행 사이.

40 오셀로는 데스데모나로부터 영혼의 절대 만족을 맛보았으므로 그 순간이 가장 ○○하다고 말한다.

41 카시오는 자신을 파면하게 한 ○귀신을 악마라 부른다.

42 오셀로는 ○○○의 정부에 고용된 장군이다.

	1	2		3	4		5		6
	7			8			9		
10			11				12		
		13			14			15	
	16			17				18	
19			20		21		22		23
		24						25	
	26		27			28			
29			30		31		32		
		33				34			35
	36			37				38	
39			40			41		42	

하는가?

9. (142쪽) 이야고는 수많은 훌륭하고 정숙한 부인들도 아무런 죄가 없이도 치욕을 당한다고 한다. 현대의 악플들은 이러한 사건을 많이 만든다. 죄가 없는 사람의 치욕이 사라질 방도는 무엇인가?

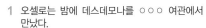

1 오셀로는 밤에 데스데모나를 ○○○ 여관에서 만났다.
2 죄인을 가두어 두는 곳.
3 이야고는 몬타노에게 카시오의 주정이 항상 ○○의 전주곡이라면서 카시오가 방탕한 것처럼 꾸며댄다.
6 로도비코는 이야고에게 ○○○○ 개놈이며, 고뇌와 굶주림과 바다보다 더 잔인하다고 한다.
8 오셀로는 손수건을 데스데모나에게 ○○로 준다.
10 오셀로는 자신이 온순한 데스데모나를 사랑하는 일 빼놓고는 자신의 ○○를 속박하는 일은 전혀 없을 거라 말한다.
11 오셀로는 데스데모나와 카시오를 의심하게 하는 이야고의 말들이 진심에서 우러나온 것이기 때문에 그것은 감정으론 통제하지 못하는 은밀한 ○○라고 한다.
12 바로 그 사람. 어떤 일에 뜻을 같이하여 모인 사람.
13 로데리고는 재산을 탕진해가며 데스데모나에게 주라고 ○○을 이야고에게 주었으나 아무런 것도 얻지 못한다.
14 아무런 뜻이나 생각이 없이.
15 이야고는 오셀로에게 ○○심을 조심하라고 한다. 그것은 희생물을 비웃으며 잡아먹는 푸른 눈

의 괴물이라고 한다. ○○는 오셀로의 사랑을 잡아먹었다.
16 카시오는 파면 당하자 ○○를 모르는 술잔은 모두 저주받은 것이고 그 내용물은 악마라면서 한탄한다.
17 수레가 지나간 바큇자국이 난 길. 일이 발전하는 정상적이며 본격적인 방향과 단계.
18 위험한 ○○은 그 본질이 독약인데 오셀로는 이미 그 독약을 마셨다고 이야고는 비웃는다.
19 명령을 전하는 사람.
21 카시오의 애인.
22 하나의 방법이나 태도로써 처음부터 끝까지 한결같은 성질.
23 오셀로가 준 손수건에 새겨진 무늬.
25 데스데모나는 "딱한 처녀 한숨 쉬며 ○○○ 곁에 앉아서 애오라지 푸른 버늘 노래했네" 라고 노래를 하는데, ○○○는 전통적으로 실연한 사람들과 연관이 없다.
26 데스데모나에게 친절한 카시오를 보고, 이야고는 카시오의 ○○을 미끼로 낚아챌 것이라고 한다.
27 남의 눈을 속이는 짓.
28 이야고는 로데리고에게 우리의 삶이라는 저울에서 한쪽의 이성이 다른 쪽의 욕정과 균형을 맞춰

주지 않는다면 우리는 저급한 ○○ 때문에 정말 어처구니 없는 시도를 하게 될 거라고 말한다.
29 여자로서 행실이 곧고 마음씨가 맑고 고움.
31 데스데모나는 오셀로의 사랑이 멀어짐을 느끼자 ○○○은 커다란 타격이 되고 자신의 생명을 앗아갈 수 있겠지만 그래도 절대로 자신의 사랑을 더럽히진 못할 거라 말한다.
32 오셀로가 데스데모나에게 죄가 무엇이냐고 묻자, 데스데모나는 오셀로에게 품고 있는 ○○이라고 말한다.
33 공연히 조그만 흠을 들추어내어 불평을 하거나 말썽을 부림. 또는 그 불평이나 말썽.
34 이야고는 로도비코를 부추겨서 오셀로를 관찰하라 한다. ○○이 오셀로를 드러내줄 테니 자신의 말을 아낄 수 있다면서.
35 로마 신화에 나오는 두 얼굴을 가진 신(神). 전쟁과 평화를 상징한다.
36 이야고는 ○○의 자궁 속엔 앞으로 태어날 많은 사건들이 있으니 데스데모나의 사랑을 얻을 수 있을 거라며 로데리고에게 돈을 모으라 한다.
37 벼슬아치가 입던 정복.
38 두건처럼 머리에 딱 달라붙게 뒤집어쓰는 모자.

03 맥베스

세계문학전집 99

맥베스
Macbeth

셰익스피어 · 최종철 세비스피어 최종철 옮김

셰익스피어 지음
최종철 옮김
민음사

생각해 보세요

1. (21쪽) 맥베스와 뱅코에게 말한 미녀의 예언을 정리해 본다면?

2. (47쪽) 맥베스는 코도 영주를 살해한 후 순진한 잠을 잃어 버린다. 엉클어진 근심의 실타래를 푸는 잠, 하루 삶의 멈춤이고 노고를 씻음이며 다친 마음의 진정제, 대자연의 주된 요리. 이 삶의 향연에서 주식인 잠이 하는 일에 대해 이야기 해 본다면? 잠이 주는 달콤함과 잠을 얻지 못하여 불안한 마음을 경험한 적이 있는가? 순진하고 편안한 잠에 대해 이야기 해본다면?

3. (58쪽) 맬컴은 자비심이 없을 때는 몰래 하는 도망도 정당이 있다, 라며 도날베인과 몰래 도망을 한다. 이유가 무엇일까?

4. (75쪽) 향연 중에 잘 오셨단 그 말을 자주 않는 만찬이란 사 먹는 것이며, 집 밖의 식사에선 예절이 양념이며 그게 없는 모임은 맛 없다며, 맥베스 부인이 맥베스에게 초대한 손님에게 친절하라고 말을 한다. 당신은 초대한 손님에게 친절하게 대하는 것이 얼마나 중요하다고 생각하는가? 평소의 삶에서 친절에 대해 어떻게 생각하는가?

5. (95쪽) 쏜살같은 목표는 행동이 없으면 절대 잡지 못하는 법이라고 한다. 어떻게 생각하는가?

6. (98쪽) 맹세하고 거짓말하는 사람은 역적이며, 역적은 정직한 사람들이 목을 맨다고 한다. 세상의 역적은 정직한 사람들이 벌을 주는 것일까?

7. (120쪽) 마음에 병이 든 맥베스 부인의 병을 전의는 치료하지 못한다고 한다. 현대의학은 마음의 병의 치유에 대한 관심이 많다. 마음의 병은 어떻게 치유될 수 있는가? 맥베스 부인의 마음의 병은 어떻게 하면 치유될 수 있는가?

8. (125쪽) 맥베스는 맥더프가 공격을 해올 때, 버넘 숲이 움직이지 않는 이상 전쟁에

1 ○○이란 행위의 열기를 식히는 냉기일 뿐이라고 맥베스는 말한다.

2 맬컴은 도망치면서 ○○○이 없을 때는 몰래하는 도망도 정당성이 있다고 말한다.

4 로스는 스코틀랜드의 안부에 대해 묻자, ○○한 자 말고는 어떤 것도 웃지 않는다고 슬퍼한다.

5 조선 후기에, 공무로 급히 가는 사람이 타던 말. 몹시 급하게 달아나는 사람을 놀림조로 이르는 말.

6 지옥과 마법의 여신은 마녀에게 ○○이 인류 최대의 적이라고 노래한다.

7 맥베스의 부인은 포도주 폭음으로 침실 시종 두 명을 뻗게 만들면 두뇌의 감시원인 ○○○이 연기로 화할 거라면서 안심시킨다.

9 흉악한 계략.

11 간사하고 악함. 맥베스 부인은 맥베스에게 인정미가 넘치고 ○○함이 없다고 걱정한다.

12 마녀는 ○○에게 왕은 아닐지라도 왕을 낳을 분이라고 예언한다.

14 맥더프는 ○○○ 영주다.

16 맥베스는 자신의 의도의 옆구리를 찌르는 박차는 오직 하나 치솟는 ○○이라며 덩컨 왕을 죽이는 것에 대해 갈등한다.

17 맥더프와 함께 덩컨 왕의 복수를 위해 싸운 노장.

18 맥베스는 악마가 이중의 뜻으로 사람을 속이는 사기꾼이라고 한다. 그들은 사람들이 들을 때는 약속을 지키다가 ○○하면 깨버린다.

19 지옥과 마법의 여신.

20 어떤 일의 한 단락이 끝나고 다음 단락이 시작될 동안. 연극에서, 한 막이 끝났을 때부터 다음 막이 시작될 때까지의 시간.

21 맥베스는 왕을 암살하고 순진한 ○, 엉클어진 근심의 실타래를 푸는 ○을 죽여버렸다고 한다.

22 맥베스 부인이 죄책감으로 괴로워하며 몽유 증상을 보이자 전의는 그 소문을 들은 자들은 귀먹은 베개에다 ○○을 토할 거라고 한다.

23 ○은 딸기코와 잠과 오줌을 자극한다고 문지르는 맥더프에게 말한다.

24 맥베스는 덩컨에게 자신이 입은 봉사와 충성의 은혜는 실천으로 갚고, 폐하의 역할이란 ○○받는 것이라고 한다.

26 쓸쓸하고 고요하다. 의지할 데 없이 외롭고 답답하다. 꽉 막힌 듯이 답답하다.

27 맥베스는 가장 고운 모습으로 세상 사람 현혹하고 알고 있는 못된 것은 ○○으로 가리고 암살을 실행하고자 한다.

28 '해골 곳'이라는 뜻을 가진 고대 팔레스타인 지역의 처형장. 예수가 이곳에서 십자가에 매달려 죽었다.

30 연극에서, 등장인물이 말을 하지만 무대 위의 다른 인물에게는 들리지 않고 관객만 들을 수 있는 것으로 약속되어 있는 대사.

32 어떤 주의나 주장에 반대되는 이론이나 말. 자기의 뜻을 힘주어 말함. 또는 그런 말.

33 환영은 맥베스에게 버넘의 큰 ○○이 던시네인 언덕으로 대적하여 오기 전까지는 절대 정복 안 될거라 말한다.

34 부족을 느껴 무엇을 가지거나 누리고자 탐함. 또는 그런 마음.

36 실현하려고 하는 일이나 나아가는 방향. 실천 의지에 따라 선택하여 세운 행위의 목표.

37 로스는 맥더프의 부인에게 맥더프의 ○○가 지혜 때문인지 공포심 때문인지 알아야 한다고 말한다.

39 도장을 새김. 또는 그 도장. 동물이 본능적으로 가지는 학습 양식의 하나. 태어난 지 얼마 안 되는 한정된 시기에 습득하여 영속성을 가지게 되는 행동을 이른다.

41 여러 사람에게 널리 드러내어 알림.

42 맬컴은 ○이 입을 못 열면 미어지는 가슴에게 터지라고 속삭인다면서 위대한 복수의 약을 지어 ○○을 치료하자고 한다.

43 맥베스 부인은 집 밖의 식사에선 ○○이 양념이라며 맥베스에게 초대된 손님에게 친절하라고 한다.

45 사람이 살아서 숨 쉬고 활동할 수 있게 하는 힘.

47 맥더프는 살해된 덩컨을 보면서 ○○의 모조품인 솜털 잠을 몰아내고 ○○ 자체를 보라고 외친다.

48 환영은 맥베스에게 ○○에게서 태어난 존재가 아니면 맥베스를 해칠 사람은 없다고 한다.

49 스코틀랜드의 왕위 계승은 ○○제가 아니라서 왕이 살아 있는 동안에 후계자를 발표하면 그 후계자가 왕이 된다.

"PUZZLE"

서 패배하거나, 여자의 몸에서 태어나지 않은 자에게 죽임을 당하지 않을 거라는 예언을 믿었으나 전쟁에 패배하고 죽임을 당한다. 어떻게 된 일인가?

9. 만약 멕베스가 코도의 영주를 죽이지 않았다면 코도의 영주가 되는 일이 가능했을까? 성공을 기다리는 지혜가 어느 때 필요할까?

1		2		3		4			5		
	6			7	8			9			
10						11				12	13
	14	15			16						
	17				18			19			
20			21			22					
	23							24	25		
26		27		28			29		30	31	
	32		33				34	35			
	36		37			38		39	40		
41		42				43	44		45	46	
	47		48			49					

1 자기 또는 자기의 몸.

3 마음으로 느끼는 기분.

4 군사상의 힘. 때리거나 부수는 따위의 육체를 사용한 힘. 힘이 없음.

5 계(戒)를 받은 사람이 그 계율을 어기고 지키지 아니함.

8 자기의 뜻대로 자유로이 행동하지 못하도록 억지로 억누름.

9 성질이 악하고 모짊. 모습이 흉하고 고약함.

10 덩컨은 ○○을 왕세자로 봉하고 컴벌랜드 왕자라 칭한다.

11 사사로운 마음. 또는 자기 욕심을 채우려는 마음. 남에게 자기의 마음을 낮추어 이르는 말.

13 잿빛 갈색 또는 누런 갈색이다. 이리와 비슷하고 알래스카에서 중앙아메리카까지의 초원 지대에서 산다.

14 남을 복종시키거나 지배할 수 있는 공인된 권리와 힘.

15 인간 정신의 밑바닥에 있는 원시적·동물적·본능적 요소.

16 크게 무엇을 이루어 보겠다는 희망.

17 뱅코는 마녀에게 ○○의 씨앗을 살펴보고 자라고 안 자랄지 알아낼 수 있다면 자신에게 말하라 한다.

20 더 낫고 더 못함의 차이가 거의 없음.

25 경계하여 지킴. 작용이 비교적 약한 약들로 구성된 처방.

27 어떤 사실을 설명하거나 어떤 이론 체계를 연역하기 위하여 설정한 가정. 사회 조사나 연구에서, 주어진 연구 문제에 대한 예측적 해답.

28 이것의 말린 줄기로 돗자리를 만든다.

29 욕됨이 많음. 욕심이 많음.

31 맥베스를 죽이고 왕이 되자 친척 영주에게 ○○의 호칭을 내려준다.

32 맥더프 부인은 아들에게 ○○이란 맹세하고 거짓말하는 사람이라고 한다.

33 주문을 받음. 주로 물건을 생산하는 업자가 제품의 주문을 받는 것을 이르는 말이다.

35 어떤 사실을 잊어버림. 맥베스는 전의에게 감미로운 ○○의 해독제를 사용하여 왕비의 심장을

낮게 해달라고 한다.

36 맥베스는 맥더프가 영국으로 도망쳤다는 소식을 듣고 쏜살같은 ○○는 행동이 없으면 절대 잡지 못하는 법이라며, 곧바로 행동할 것을 다짐한다.

37 진구렁에 빠지고 숯불에 탄다는 뜻으로, 몹시 곤궁하여 고통스러운 지경을 이르는 말.

38 덩컨은 ○○의 계약금 명목으로 맥베스를 코도의 영주라 칭한다.

40 맥베스는 왕비가 죽자 ○○이란 그림자가 걷는 것이라며 괴로워한다.

41 맥베스는 ○○를 포식해서 무서움의 맛을 거의 잊어버렸다고 말한다.

42 시가 따위를 슬프게 읊음. 코가 막힌 듯한 콧소리.

44 세상과 인연을 끊음. 세상에 견줄 데가 없을 정도로 아주 뛰어남.

46 맥베스는 은밀한 살인으로 왕이 되었기 때문에 그의 하수인들은 ○○에 의해서만 움직이고 충성심은 없다고 앵거스는 말하다.

04 리어왕

다독다독 *

리어 왕
King Lear

셰익스피어 세계문학전집 127

세익스피어 지음
최종철 옮김
민음사

생각해 보세요

1. (15쪽) 리어왕은 나이가 들자 영토를 분할하여 딸에게 물려주고 노후를 편히 지내고자 딸들의 사랑을 확인한다. 리어가 딸들의 사랑을 확인하는 과정은 무엇이 문제인가?

2. (18쪽) 코딜리아는 아버지의 사랑을 확인하는 질문에서 아버지가 원하는 답을 하지 않는다. 자신의 마음이 크기 때문에 솔직하게 말하는데 이것은 아버지의 미움을 산다. 코딜리아는 아버지의 사랑에 대한 합당한 의무로 복종하고 사랑하며 존경한다고 말한다. 이것의 의미는 무엇인가? 리어는 코딜리아의 이 말에 왜 화를 내는가?

3. (29쪽) 에드먼드는 천출이어서 자신이 푸대접을 받는다고 생각한다. 이러한 원한 때문에 에드거를 모함하고 그를 쫓아낸다. 에드먼드의 나쁜 짓의 원천은 천출일까? 아니라면 무엇일까?

4. (37쪽) 에드먼드는 에드거가 올곧기 때문에 자신이 계책을 쓰기에 안성맞춤이라고 밀한다. 올곧은 사람은 왜 계책을 쓰기에 알맞은가?

5. (60쪽) 글로스터는 에드거를 믿고 사랑했으면서 어떻게 한순간에 에드먼드의 술책에 넘어가 에드거를 의심하고 죽이려고 했을까?

6. (72쪽) 켄트는 리어에게 버림받고서도 왕에게 헌신한다. 켄트의 진심어린 충성은 어떻게 가능할까? 하지만 켄트는 리어를 사랑하지만 너무 오래 참음으로써 그 궁극적인 목적을 상실하고 만다. 켄트의 왕에 대한 사랑을 비판한다면?

7. (86쪽) 리간과 고너릴은 리어를 푸대접하며 리어에게 남아 있는 모든 것을 빼앗는다. 리간과 고너릴이 리어에게 이런 대접을 하는 이유는 무엇인가?

8. (98쪽) 리어는 큰 병이 자리를 잡았을 땐 작은 건 못 느낀다고 하면서 폭풍도 피하려 들지 않는다. 실제 사람들에게 큰 어려움이

2 리어의 수행원으로 왕에게 직언이 허락된 사람.

4 에드먼드는 글로스터에게 에드거를 모함하려고 ○○를 보여 준다.

6 숨겨져 있는 일이나 드러나지 아니한 것을 들추어 냄.

7 확실히 그렇다고 여김. 남을 동정하는 따뜻한 마음.

9 어떤 방면으로 활동 범위나 세력을 넓혀 나아감. 앞으로 나아감.

11 옳고 그른 것에 대하여 자신이 생각하는 바를 기탄없이 말함. 절대적이고 무조건적인 말.

13 글로스터는 ○○의 본질이란 그 자체를 숨길 필요가 없는 법이라며 에드먼드에게 숨긴 편지를 보여달라 한다.

14 심장의 아래쪽에서 동맥과 직결되어 혈액을 내보내는 부분. 깊숙한 곳에 있는 방.

15 폭풍이 치던 밤에 리어왕은 ○○에서 폭풍을 피한다.

17 에드먼드는 우리가 종종 불안에 빠졌을 때, 그건 종종 우리 ○○이 지나쳤기 때문이라고 한다.

19 본래의 모습을 알아볼 수 없게 하기 위하여 옷차림이나 얼굴, 머리 모양 따위를 다르게 바꿈.

21 이쪽과 저쪽 또는 이편과 저편을 아울러 이르는 말.

23 남에게 입은 은덕을 저버리고 배신함. 또는 그런 태도가 있음.

25 몹시 쌓이고 쌓인 마음속의 화를 속되게 이르는 말.

27 서로 마음이 통하여 같이 모인 동아리.

28 변장한 켄트는 리어왕에게 ○○를 할 수 있다면서 리어의 곁에 머물며 돌본다.

30 리어는 인간에게 ○○만 채우라고 한다면 사람 목숨이 짐승 값이라고 한다.

32 코딜리아는 언니들에게 ○○은 숨어 있는 흉계를 드러내고 감춰진 잘못을 창피 주며 비웃는다고 충고한다.

34 리어왕은 크나큰 ○○○에 밀려서 코딜리아를 보지 않으려고 한다.

35 정성을 들이지 않고 아무렇게나 하는 대접.

36 임금으로서 나라를 거느려 다스림. 어떤 분야에서 절대적인 세력을 가지고 남을 압도함을 비유적으로 이르는 말.

37 에드거는 동생에게 누명을 쓰고 잡힐까봐 ○○

의 모양새로 지낸다.

38 직업 재담가인 바보가 쓰고 다니던 모자.

39 에드거는 체포당하지 않으려고 ○○이 인간을 경멸하여 동물로 전락시킨 최고로 천하고 최고로 볼품없는 형상을 취한다.

41 리어는 자신을 업신여기는 고너릴에게 ○○이 없게 해달라고 저주의 말을 퍼붓는다.

43 리어를 진정으로 사랑한 셋째 딸로 프랑스 왕비가 된다.

45 바보는 자신이 진실을 말하면 딸들이 ○○을 맞히겠다고 하고 거짓말을 해도, 거짓이 없이 참되고 바름. 침묵을 해도 ○○을 맞히겠다고 한다면서 자신이 아닌 아무거나 다른 게 됐으면 좋겠다고 한다.

46 켄트는 하인 ○○○○가 되어 리어를 보살핀다.

47 폭풍우 치던 밤에 리간은 글로스터에게 고너릴이 무슨 일을 부추길지 모르니 ○○○이 현명하다고 한다. 그러면서 폭풍을 피한다.

1		2	3		4	5		6	
7	8						9		10
	11	12		13			14		15
16		17	18			19		20	
21	22		23		24			25	26
27						28	29		
		30			31		32		33
	34			35				36	
37							38		
		39	40			41			
	42		43		44			45	
	46						47		

있을 경우, 사소한 것은 왜 느낄 수 없는가?

9. (118쪽) 글로스터는 시간이 한참 흐른 뒤에야 아들 에드거가 당하고 에드먼드의 흉계였음을 깨닫는다. 글로스터의 불운은 어디에서 비롯되었는가?

10. (121쪽) 에드거는 최악을 말할 수 있는 한 최악은 아니라고 한다. 이것의 의미는 무엇인가?

11. (125쪽) 올바니는 고너릴의 악행을 알았기 때문에 뒤에 함정에 빠지지 않고 나라를 얻는다. 어떤 상태를 제대로 볼 수 있는 판단력을 가지는 것은 어떤 힘이 있는가?

12. (182쪽) 말의 본질적인 기능은 진실을 전달하는 것인데 코딜리아는 죽었기 때문에 그것이 불가능하다고 한다. 그런데 처음 코딜리아의 말은 왜 진실을 전달하지 못했는가?

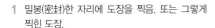
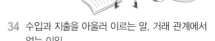

1 밀봉(密封)한 자리에 도장을 찍음. 또는 그렇게 찍힌 도장.

3 자비심으로 남에게 재물이나 불법을 베풂. 불가에 재물을 연보함.

5 리어가 왕관의 한가운데를 쪼개 양쪽을 다 줘버렸을 때 리어는 그의 머리속에 ○○라곤 조금도 남겨놓지 않았다.

6 에드거는 ○○이고 에드먼드는 천출이다.

8 글로스터는 고결한 켄트가 추방당했다고 ○○이 죄라고 한다.

9 거짓이 없이 참되고 바름.

10 조금도 융통성이 없이 자기 주장만 계속 내세우는 일. 또는 그런 사람.

12 말과 행동을 아울러 이르는 말.

14 에드거는 적들의 마음을 알고자 ○○도 찢는데 그들의 편지 찢는 것쯤이야 합법적이라고 한다.

16 에드거는 다른 사람이 몰라보도록 만든 자신을 ○○○○이라고 불렀다.

18 나이나 신분이 서로 같거나 비슷한 사람.

19 고너릴과 리간은 리어왕의 늙은이 ○○이 너무 심해 언제 자신들도 저주받을지 모른다면서 함부로 대한다.

20 근심스럽거나 답답하여 활기가 없음. 반성과 공상이 따르는 가벼운 슬픔.

22 자세하고 분명하게 앎.

24 늙거나 정신이 흐려서 말이나 행동이 정상을 벗어남. 또는 그런 상태.

26 억울한 마음을 삭이지 못하여 간의 생리 기능에 장애가 와서 머리와 옆구리가 아프고 가슴이 답답하면서 잠을 잘 자지 못하는 병.

29 양쪽 눈의 방향이 같은 방향이 아니어서, 정면을 멀리 바라보았을 때에 양쪽 눈의 시선이 평행하게 되지 아니하는 상태. 눈을 모로 뜨거나 곁눈질로 봄.

30 본디부터 변함없이 그대로 가지고 있는 마음. 꾸밈이나 거짓이 없는 참마음.

31 소홀히 대접함.

33 두 딸에게 버림받은 리어가 자신이 누구인지 말해줄 수 있는 사람이 누구냐고 묻자 바보는 리어의 ○○○라고 한다.

34 수입과 지출을 아울러 이르는 말. 거래 관계에서 얻는 이익.

35 살이 핏기가 없이 조금 부어오른 듯하고 거칠다. ○○하다.

36 군인이 쓰는 모자. 전쟁에서 쓰는 계략.

37 바보는 리어의 딸들 때문에 자신에게 ○○○ 가르쳐줄 선생을 하나 붙여달라고 한다.

38 겉모양을 꾸밈. 문장의 표현을 화려하게. 또는 기교 있게 꾸밈.

40 어려운 코스.

41 자기 자신에 대한 의식이나 관념. 정신 분석학에서는 이드(id), 초자아와 함께 성격을 구성하는 한 요소로, 현실 원리에 따라 이드의 원초적 욕망과 초자아의 양심을 조정한다.

42 서로 같지 아니하고 다름. 또는 그런 정도나 상태.

44 남편이 죽고 에드먼드에게 자신의 권리를 양도하려던 리어의 딸.

45 자물쇠 따위로 잠가서 문이나 서랍 따위를 열지 못하게 하는 것. 단추 따위를 구멍 같은 데에 넣어 걸다.

05 고리오 영감

다독다독 *

고리오 영감
Le Père Goriot
오노레 드 발자크

오노레 드 발자크 지음
박영근 옮김
민음사

생각해 보세요

1. (7쪽) 책의 도입부에서 작가는 배경이 되는 하숙집에 대해 10쪽이 넘도록 자세하게 묘사한다. 이러한 자세한 묘사는 어떤 효과가 있는가?

2. (26쪽) 고리오는 '선생님'으로 점잖게 불리고 사람들의 인정을 받았지만 주변 사람에게 피해를 준 일이 없음에도 불구하고 점차 사람들의 놀림과 비난을 받으며 '영감'으로 불리게 된다. 고리오 영감의 쇠락하는 과정과 주변 사람들의 시선의 변화를 보며 어떤 느낌이 들었는가? 주변에 고리오 영감 같은 상황으로 놀림 받는 사람이 있는가?

3. (43쪽) 라스티냐크는 가난한 집 출신으로, 학문적으로 성공하여 파리에서 큰 기회를 노리고 있는 야심 있는 젊은이로 그려지고 있다. 그는 파리에 올라와 성공한 것으로 여겨지는 사람들을 보고 가족들과 비교하게 된다. 현시대에서 젊은이의 성공은 어떤 모습이라고 생각하는가?

4. (98쪽) 〈파리 법률〉이 뜻하는 바는 무엇일까? 으젠 라스티냐크는 무엇을 배운 것인가?

5. (105쪽) 고리오 영감의 이야기를 듣고 라스티냐크는 눈물을 흘리고 공작부인은 고리오 영감을 경멸하듯이 이름을 자꾸 틀리게 말한다. 이러한 대조적인 반응으로 작가가 말하고 싶었던 것은 무엇일까?

6. (109쪽) 보세앙 부인은 으젠 라스티냐크에게 적나라한 조언을 한다. 이 말을 듣고 당신은 어떤 생각이 들었는가?

7. (119쪽) 라스티냐크의 "나는 성공하고 말 테야!" 라는 말이 도박꾼의 말과 유명한 장군의 말에 비유된 것은 어떤 의미인가?

8. (126 쪽) 고리오의 부성애와 라스티냐크 어머니의 모성애는 무조건적인 희생으로 나타난다. 당신의 부모는 어떠한가? 부모의 무조건적인 희생은 얼마나 큰 가치인가?

1 기초가 튼튼하지 못하여 오래 견디지 못할 일이나 물건을 이르는 말. 모래 위에 세운 누각.

4 인간은 ○○은 용서하면서도 어떤 인간의 우스꽝스럽고 이상한 짓은 용서하지 않는다. 도덕에 어긋나는 나쁜 마음이나 나쁜 짓.

6 태도나 행동이 거만하고 공손하지 못함.

9 시를 짓기 위한 착상이나 구상. 상장이나 상품. 상금 따위를 줌.

10 성실한 법학도였다가 사교계에 발을 디딘 으젠은 이마에 ○○란 단어를 적어서 돌아왔다고 보트랭은 말한다.

12 정성스럽고 참됨.

14 고마움을 나타내는 인사. 고맙게 여김. 또는 그런 마음.

15 의대생은 병든 고리오 영감을 보면서 시술을 많이 한 의사들은 ○만을 보는데 자신은 아직도 환자를 본다고 말한다.

16 보트랭은 으젠에게, 파리에서 성실한 사람이란 입을 다물고 ○○를 거절하는 사람이라고 말한다.

17 그런 뒤의 일.

19 거듭 엄중히 타이름. 신기하고 엄숙하다.

21 해로움이 없음.

25 학업이나 실무 따위를 배워 익힘. 또는 그런 일.

26 고리오 영감은 은그릇을 팔아 ○○○○으로 바꿔서 딸에게 준다.

28 신부가 시집갈 때에 친정에서 가지고 가는 돈. 고리오 영감은 딸들에게 ○○○으로 8천루의 돈을 준다.

30 보케르 하숙집의 하녀 이름.

32 고리오는 으젠에게 자신의 딸을 사랑하라며, 딸들의 눈초리가 슬프면 자신의 ○가 얼어붙는 것 같다고 하소연한다.

34 물품 따위를 선물로 줌.

35 으젠의 사촌 자작부인의 이름.

36 으젠이 사교계 진출한 돈을 마련하느라 고생한 그의 가족들은 시골의 ○○밭에서 일한다.

38 다섯 가지 중요한 곡식. 쌀, 보리, 콩, 조, 기장을 이른다.

41 정도에 넘지 아니하도록 알맞게 조절하여 제한함. 고리오 영감은 딸들에게 ○○를 가르치지 못했다.

44 이자가 비싼 돈. 부당하게 비싼 이자를 받는 돈놀이.

45 천하고 상스럽다. 물건 따위가 거칠고 막되다.

47 모든 것이 뜻대로 잘됨.

49 경제 활동에 참여할 연령의 사람 가운데 직업이 없는 사람.

51 보케르 하숙집의 가난한 처녀지만 후에 갑부의 상속녀가 된다. 으젠과 결혼하고 싶어 한다.

52 물려받은 재산이 없이 자기 혼자의 힘으로 집안을 일으키고 재산을 모음.

9. (219 쪽) 보트랭은 왜 라스티냐크에게 돈을 빌려주었는가?

10. 극중 대부분의 인물은 한 가지 호칭으로만 언급된다. 그런데 주인공 중 하나인 으젠 라스티냐크를 가리킬 땐 왜 으젠과 라스티냐크라는 두 가지가 혼용되는가?

11. (306쪽) '그는 마음의 안경으로 자신을 비춰보고서 지금의 자기가 정말로 자기인지를 의아스러워했다.' 이 문장이 등장할 때의 라스티냐크의 모습은 글의 초반과 어떻게 다른가?

12. (396쪽) 라스티냐크는 "이제부터 파리와 나와의 대결이야!"라고 외친다. 라스티냐크는 어떤 다짐을 했을까? 이 이야기의 뒷이야기가 있다면 어떤 내용으로 전개될까?

1	2		3		4	5		6	7	8
9			10	11		12	13		14	
		15		16			17	18		19	20
21	22		23			24		25		
			26		27					
	28						29		30	31
32				33		34		35		
	36	37				38				
39				40		41	42		43	
			44						45	46
47		48				49		50		
			51				52			

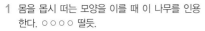
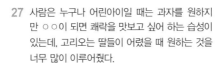

1 몸을 몹시 떠는 모양을 이를 때 이 나무를 인용한다. ○○○○ 떨듯.

2 실제로 경험하지 않은 현상이나 사물에 대하여 마음속으로 그려 봄.

3 각각 나옴. 각각 내놓음.

5 어질고 너그러운 성질. ○○이란 잘게 쪼개지지 않아서 있거나 아니면 없다.

7 솟아오르는 온갖 느낌.

8 보트랭은 ○○○이란 이름으로 알려진 탈옥수다.

11 사물을 여러 갈래로 자세히 나누거나 잘게 가름.

13 연애에 실패함.

18 역량이나 능력이 부족한 사람의 뒤를 돌보아 주는 일을 행하는 사람.

20 보트랭은 보케르를 ○○라고 부른다.

22 남을 해치고자 하는 짓.

23 채무를 이행하지 않을 경우, 채무자가 채권자에게 손해 배상 또는 제재(制裁)로서 지급할 것을 미리 약속한 돈.

24 사람이 죽었다는 것을 알리는 말이나 글.

27 사람은 누구나 어린아이일 때는 과자를 원하지만 ○○이 되면 쾌락을 맛보고 싶어 하는 습성이 있는데, 고리오는 딸들이 어렸을 때 원하는 것을 너무 많이 이루어줬다.

29 뒤얽혀 복잡해진 사정.

30 실제의 세력이나 기운. 또는 그것을 지닌 사람.

31 하숙집의 의대생. 고리오 영감의 병든 마지막을 돌봐 줌.

33 서양풍의 객실이나 응접실. 상류 가정의 객실에서 열리는 사교적인 집회. 특히 프랑스에서 유행하였다. 미술 단체의 정기 전람회.

34 인간의 마음이 애정의 꼭대기에 이르면 휴식을 얻을 수 있다면, ○○는 가파른 비탈에서 멈추지 않고 추락한다.

35 어떤 사물이나 사람에 대하여 책임지고 틀림이 없음을 증명함.

37 요행수를 바라고 불가능하거나 위험한 일에 손을 댐. 노름.

39 펄펄 뛸 만큼 대단히 성이 남. 일이 뜻대로 잘될 때, 우쭐하여 뽐내는 기세가 대단함.

40 소홀히 대접함. 푸대접.

42 고리오의 원래 직업.

43 고요한 마음으로 사물이나 현상을 관찰하거나 비추어 봄. 미(美)를 직접적으로 인식하는 일.

44 몸이나 마음의 괴로움과 아픔.

46 무엇을 이루어 보겠다는 욕망이나 소망을 품고 있는 사람.

48 보트랭을 잡아간 공뒤로는 ○○부장이다.

50 범인이 스스로 수사 기관에 자기의 범죄 사실을 신고하고, 그 처분을 구하는 일.

06 오만과 편견

제인 오스틴 지음
남순우 옮김
혜원

생각해 보세요

1. 사람이 빠지기 쉬운 '오만'과 '편견'이 사람의 인생에 어떻게 관여하는가?

2. (24쪽) '허영심과 오만함은 다른 거예요. 허영심은 없지만 오만한 사람이 있죠. 그러니까 오만함이란 스스로를 어떻게 생각하느냐에 관련된 것이지만, 허영심이라는 건 남이 나를 이렇게 생각해 줬으면 하는 것과 관련된 거예요.' 이것에 대한 자신의 오만함과 허영심에 대해 생각해보시오.

3. (55쪽) 다아시는 겸손한 척하는 것보다 더 기만적인 것은 없으며, 그것은 부주의한 것이나 은근한 자만이라고 말한다. 다아시의 말에 동의하는가? 그렇다면 사람이 가져야할 진정한 겸손이란 무엇인가? 겸손과 자만의 차이는 무엇이라고 생각하는가?

4. (104쪽) '좀처럼 의견을 바꾸지 않는 사람들은 처음에 올바른 판단을 내려야 할 책임을 져야 한다.' '편견'에 관련해서 이 말의 의미는 무엇인가? 올바른 판단과 편견의 차이는 무엇인가?

5. 결혼이란 재산이 별로 없고 교육 수준이 높지 못한 처녀에게 유일한 대책이며, 행복을 줄 수 있는 능력이야 어떻든 간에 빈곤으로 인해 일어날 수 있는 모든 일을 피할 수 있는 가장 쉬운 예방책이라고 생각해 샬럿은 콜린스와 결혼을 결심한다. 능력이 없는 여성은 결국 남성의 소유물(재산)이 돼야 한다는 당시 사회 시대상에 대해 어떻게 생각하는가?

6. 엘리자베스는 허영과 미움에 눈이 가려져 다아시에 대한 그릇된 판단, 즉 편견을 갖는다. 누구나 특정 감정에 빠져 편견을 가지고 남을 대하곤 한다. 그로 인해 벌어질 일들과 편견으로부터 벗어나는 방법은 무엇인가?

7. (234쪽) 제인은 위컴이 그동안 저지른 만행을 알고 다아시를 동정하자, 엘리자베스는 '언니가 마음을 넓게 쓰면 쓸수록 난 자꾸

3 여러 사람이 함께 춤을 추면서 사교를 하는 모임.

5 다아시의 저택 로징스가 있는 곳.

7 영국의 철학자 그린(Green, T.H.)은 이것이 인생의 궁극적인 목적이라고 주장하였다. 인간의 잠재적 능력 및 가능성을 실현하는 것을 의미하는 것으로 개인의 본질이 갖고 있는 가능성을 완전히 발휘하는 것.

10 남에게 굽히지 아니하고 자신의 품위를 스스로 지키는 마음.

12 적으로 여기는 감정.

13 전체 가운데 얼마쯤. 이따금 드물게.

16 그들이 빚어내는 평범한 생활상이 작품의 줄거리를 이룬 이 작품이 여기에 속한다. 가정에서 읽을 수 있도록 통속적이면서도 건전한 내용으로 쓴 소설.

17 스스로 자신을 낮추고 비우는 태도가 있음.

19 빙리가 엘리자베스네 가까이 이사 온 저택의 이름.

20 엘리자베스는 다아시와 결혼해서 조지아나의 ○○가 된다.

22 평면이나 넓은 물체의 가로로 건너지른 거리.

24 사물의 중심이 되는 곳을 비유적으로 이르는 말. 마음을 비유적으로 이르는 말. 혈액을 몸 전체로 보내는 순환계의 중심적인 근육 기관.

26 남의 결점을 다른 것에 빗대어 비웃으면서 폭로하고 공격함. 문학 작품 따위에서, 현실의 부정적 현상이나 모순 따위를 빗대어 비웃으면서 씀.

29 베넷 가의 먼 친척인 젊은 목사로 아들이 없는 베넷 가의 재산을 물려받게 되는 ○○○는 경박하고 낯이 두껍다. 엘리자베스에게 구혼했다 거절당하고 샬럿과 결혼했다.

30 일이나 현상이 비롯하는 맨 처음.

32 큰 소리로 꾸짖음.

34 맺고 끊는 데가 없이 제멋대로 풀어져 있다. 베넷은 딸들을 다소 이렇게 키웠다.

36 엘리자베스가 사는 마을 이름.

38 남녀가 정식으로 부부 관계를 맺음.

39 빠져나올 수 없는 상황이나 남을 해치기 위한 계략을 비유적으로 이르는 말.

41 베넷 가의 재산은 아들이 없어 한정○○으로 다른 사람에게 물려주게 됨.

43 의견이나 의논, 의안을 내어 놓음. 또는 그 의견이나 의논, 의안.

44 이 책은 처음 ○○○이란 제목으로 출판하려 했으나 출판사로부터 거절당했다.

45 그릇되게 해석하거나 뜻을 잘못 앎. 또는 그런 해석이나 이해.

46 다아시는 엘리자베스에게 청혼했을 때 거절당하고, 자신의 오해를 풀기 위해 엘리자베스에게 이것을 건넨다.

1		2		3		4		5		6
7	8		9							
			10	11			12			
13					14				15	
								16		
		17	18		19					
20	21							22	23	
			24	25		26	27			28
29			30	31		32	33		34	
			35		36	37		38		
			39	40		42	42		43	
44				45		46				

좁게 생각하게 되잖아. 언니가 그분을 위해 훨씬 더 오래 안타까워하면 내 마음은 한결 가벼워질 거야.'라고 말한다. 여기서 엿볼 수 있는 엘리자베스의 정서는 무엇인가?

8. 다아시를 그토록 미워했던 엘리자베스가 끝내 그를 사랑하게 된 까닭은 무엇이었는가?

9. 이 책에 나오는 대부분의 여성은 허영과 무지에 빠져 있다. 그 허영과 무지에 남성들은 경멸을 보이지만, 여성의 허영과 무지란 남성들이 바라는 덕목이기도 하다. 순종적으로 여성은 남성들이 바라는 여성성을 갖춘 것뿐으로, 과연 여성이 허영에 가득차고 무지하다 하여 비난하는 게 정당한 것인가 비판해보아라. 이 역설은 우리에게 어떤 메시지를 던지는가?

1 엘리자베스의 애칭.
2 부주의나 태만 따위에서 비롯된 잘못이나 허물.
3 관심이나 흥미가 없음.
4 어떤 일에 의심을 품음. 또는 그런 것.
6 엘리자베스의 동생으로, 근방에 주둔하고 있는 군인들과 내왕하며 지내다 위컴이라는 무책임한 군인과 도망을 간다. 다아시의 도움으로 결혼을 한다.
8 낱말이 문장에서 표면의 뜻과 반대로 표현되는 용법이다. 어원은 그리스어의 에이로네이아(eironeia:위장)이다.
9 어질고 총명하여 성인에 다음가는 사람. 세상에 이름이 드러난 사람.
11 감히 범할 수 없는 높고 엄숙한 성질.
14 카페나 바의 카운터에서 주문을 받고 칵테일 따위를 만들어 파는 사람.
15 쌀쌀한 태도로 비웃음. 또는 그런 웃음.
16 다아시와의 결혼을 도와 준 장본인으로 엘리자베스의 이모 부부.
18 허영에 들뜬 마음.

19 로마의 제5대 황제(37~68). 초기에는 선정(善政)을 베풀었으나, 차츰 측근의 유능한 인재를 살해하고 기독교도를 학살하는 등 공포 정치를 하였다.
21 귀족으로서의 자존심이 무척 강하며 조카인 다아시를 자신의 딸인 드 버그 양과 결혼시키려고 엘리자베스를 찾아가 결혼을 막으려 하지만 결국 그 때문에 다아시와의 결혼을 도와주게 됨.
23 올바른 이치나 도리에서 어그러짐.
25 유럽의 중세기에 귀족이나 사원에 딸린 넓은 토지. 봉건 제도에서의 토지 소유의 한 형태이다.
27 타고난 성품이나 소질. 어떤 분야의 일에 대한 능력이나 실력의 정도. 타고난 체질.
28 꿈이나 공상의 세계를 동경하고 감상적인 정서를 중시하는 창작 태도. 오스틴이 활동하던 시기는 이 문예사조가 한창이었는데, 작품 '오만과 편견'은 이를 따르지 않고 고전주의에 동조한 작품이라 할 수 있다.
31 '등롱'을 달리 이르는 말. 등롱 안에 주로 촛불을 켜기 때문에 붙여진 이름이다.

33 의견이 대립된 양편에서 서로 양보하여 일을 마무름.
35 나쁜 꾀로 남을 어려운 처지에 빠지게 함.
37 우주 만물의 모든 법을 변화하게 하는 근본 원리인 생(生), 주(住), 이(異), 멸(滅)의 네 상(相).
40 낮 열두 시. 곧 태양이 표준 자오선을 지나는 순간을 이른다.
42 이미 만들어진 책이나 영화 따위의 뒷이야기로 만들어진 것. 이미 편찬된 책에 잇대어 편찬된 책.
43 빙리와 처음부터 사랑에 빠진 베넷 가의 맏딸로, 진실한 사랑을 깨닫고 빙리와 결혼하게 된다.

F.스콧 피츠제럴드 지음
황성식 옮김
인디북

생각해 보세요

1. (14쪽) 닉은 인생이란 하나의 창으로만 내다보는 사람이 훨씬 성공하기 쉽다고 이야기한다. 요즘은 통섭의 능력이 필요한 시대라고 이야기한다. 한 우물만 파는 사람과 여러 우물을 동시에 파는 사람의 삶의 자세와 그 결과는 어떠할까?

2. (38쪽) 데이지는 인생을 너무 무의미하게 살아서 무슨 일에든 냉소적이 되었다고 말한다. 그리고 자신의 딸이 바보 같은 아이였으면 하고 바랐다고 한다. 데이지의 삶의 태도에 대해 비판한다면?

3. (78쪽) 개츠비와 데이지는 사랑하는 사이였으나 개츠비가 전쟁에 나가면서 이별하게 되었고 데이지는 톰과 결혼을 했는데, 개츠비가 대저택을 산 것은 데이지가 그 건너편에 살고 있었기 때문이다. 여름 밤, 개츠비는 데이지에게 보여주고자 매일밤 성대한 파티를 연다. 우연을 가장해서라도 데이지를 다시 만나기 바라면서 개츠비가 데이지에게 보여 주고자 했던 것은 무엇인가?

4. (115쪽) 소년 베이커는 부정한 방법으로 골프에서 우승했는데, 이런 이유 때문인지 빈틈없는 사람을 본능적으로 멀리한다. 당신 주변 사람 중에 조던 베이커와 같은 사람이 있는가? 있다면 이런 사람들의 유형은 무엇이 문제라고 생각하는가?

5. 개츠비는 데이지와 사랑했던 과거로 돌아갈 수 있다고 믿는다. 데이지가 톰과 헤어지고 자신과의 사랑했던 과거를 반복할 수 있기를 확신하는데 개츠비기 친구라면 어떤 말을 해주고 싶은가?

6. 데이지가 운전하던 차에 톰의 정부 머틀이 치어 죽는다. 이때 데이지는 숨고 개츠비는 자신이 데이지의 죄를 대신 뒤집어쓰고자 한다. 그러나 머틀의 남편 윌슨은 개츠비가 범인이라고 오해하고 수영장에서 쉬고 있는 개츠비를 층으로 쏘아 죽인다. 개츠비는 사랑에 대한 믿음으로 숨진 것이다. 개츠비의 죽음은 어떻게 평가될 수 있는가?

7. (178쪽) 개츠비는 데이지가 사는 집의 초

열쇠

1 무게의 단위. 보석의 무게를 잴 때 쓴다.
2 톰의 정부의 남편이 일하는 곳.
6 미국의 돈. '외화(外貨)'를 비유적으로 이르는 말.
8 개츠비의 원래 이름.
9 주인공인 닉이 살고 있는 곳. 한 쌍의 달걀 중 비교적 사교적인 분위기가 덜한 곳.
11 사물이 변천함. 정신 분석에서, 어떤 대상에 향하였던 감정이 다른 대상으로 옮아감. 또는 그런 일.
12 개츠비가 전쟁에 나가기 전의 계급.
13 어떤 상황에서 대체적으로 느껴지는 분위기나 기분. 분위기.
14 까마귀와 해오라기를 아울러 이르는 말. 흑과 백을 비유적으로 이르는 말.
15 예상하지 못한 상황이 생겼을 때 갑자기 느끼는 마음의 동요. 충격.
16 나이가 들어 늙은 때. 또는 늙은 나이.
17 개츠비가 데이지를 초대해 벽장에서 ○을 하나씩 던지며 과시하자 데이지는 눈물을 흘리며 감동한다.

18 닉이 다니던 회사.
21 파괴되어 없어짐.
23 개츠비가 바라보았던 데이지가 있는 쪽의 불빛.
25 이 나이는 독신인 남자가 알아야 할 일들의 목록이 얇아져 가고, 정열이 든 가방의 부피도 줄어들고, 머리숱도 옅어져 갈 고독한 10년을 예고한다.
26 남이 못 알아듣게 비밀히 말함. 또는 그렇게 하는 말. 남녀 사이의 달콤하고 정다운 이야기.
27 톰이 학창시절에 했던 운동.
30 자기 자신의 이익만을 꾀함. 실용에 편리한 기계나 기구.
31 더할 수 없이 높고 순수함.
34 이 책의 주요 등장인물들은 모두 서부에서 태어났으나 ○○에서 불행을 겪는다.
35 개츠비와 닉이 서로 부를 때 사용한 호칭.
36 세관을 거치지 아니하고 몰래 물건을 사들여 오거나 내다 팖.
37 억지로 참음. 억세고 질기다.

	1		2		3		4		5
6		7				8			
	9			10					
11				12			13		
	14							15	
	16		17		18		19		
		20		21					22
23	24				25		26		
	27						28		
29									
30		31		32	33		34		
	35		36			37			

록색 불빛을 보고서 경이롭게 생각하며 그 불빛을 향한 사랑의 길을 떠난다. 초록불이 개츠비와 데이지의 지난 날의 사랑을 그대로 간직한 미래의 사랑이라고 믿었던 개츠비의 순수는 위대하다고 평가받는다. 왜 위대하다고 평가받는가? 1차 세계대전을 겪은 후 기존의 모든 가치와 신념 그리고 이상을 잃어버리고 환멸만 갖게 된 미국의 젊은 세대의 특징인 잃어버린 세대(lost generation)와 관계가 있는가?

8. (306쪽) 닉은 개츠비에게 톰과 데이지는 전부 쓰레기라고 말한다. 그렇게 말한 이유는 무엇인가?

9. 개츠비스크(gatsbyseque)는 개츠비처럼 꿈과 이상을 좇는 사람을 가리키는 말이다. 당신의 인생에서 꿈과 이상은 얼마만큼 당신을 움직이고 있는가? 현실과 꿈과 이상에 대한 당신의 자세는 어떠한가?

세로열쇠

1 닉의 가문 이름.

3 청소. 나이가 가장 어린 아우.

4 개츠비는 전쟁이 끝난 후 사무 착오인지, 오해인지 이곳으로 가야만 했다. 그는 이곳에서 학교를 잠시 다니기도 했다.

5 개츠비처럼. 꿈과 이상을 좇는 사람을 가리키는 말. 낭만적 경이감에 대한 능력이나 삶의 가능성에 대해 예민한 감수성과 희망을 가진 이들을 가리키기도 한다.

7 여성의 가장 낮은 음역. 또는 그 음역의 가수. 알토.

10 변함없이 그 모양으로. 그것과 똑같이.

11 오직 한 가지 일에만 마음을 씀.

13 여러 사람이 함께 춤을 추면서 사교를 하는 모임.

14 개츠비와 데이지는 몇 년 만에 해후를 하였나.

16 데이지는 톰의 정부를 교통사고로 죽게 하는데 그때 탔던 차의 색깔.

18 증거 인멸을 줄여서 말하는 속어.

19 죽어도 변치 아니하는 교분이라는 뜻으로, 아주

두텁고 깊은 사귐을 이르는 말. 여러 사람이 모여 서로 사귐.

20 위대한 개츠비에서 희망의 불빛에 반대되는 절망의 빛깔. 재의 빛깔과 같이 흰빛을 띤 검은빛.

22 1920년대 미국의 청춘세대를 지칭하는 말. 1차 세계대전 후 기존의 모든 가치와 신념, 그리고 이상을 잃어버리고 환멸만 갖게 된 미국의 젊은 세대.

24 밤에 잠을 자지 아니하고 번을 서는 일. 또는 그런 사람.

25 서유럽 지역의 모습을 닮거나 그런 특징을 지닌. 또는 그런 것.

28 톰의 정부.

29 날카롭고 빈틈없는 사람을 본능적으로 싫어한 닉이 사랑했던 여자.

31 일정한 목적 때문에 특별히 지정된 지역. 인류가 사는 천체.

32 지극히 은밀하고 비밀스럽다는 뜻에서, 임금이 늘 거처하던 곳을 이르던 말. 대전(大殿), 내전(內殿) 등이 있다.

33 전혀 다른 것이 섞이지 아니함. 사사로운 욕심이나 못된 생각이 없음.

34 짤막하게 잘라진 것을 세는 단위. 어떤 긴 물체가 작은 토막으로 잘라지거나 끊어지는 모양.

08 폭풍의 언덕

다독다독 *

폭풍의 언덕
Wuthering Heights
에밀리 브론테 지음

에밀리 브론테 지음
김종길 옮김
민음사

생각해 보세요

1. (34쪽) '캐서린 언쇼, 캐서린 히스클리프, 캐서린 린튼'의 세 가지 이름이 적혀있는 것을 보았을 때 어떤 전개를 상상할 수 있는가?

2. (89쪽) 정숙해져서 돌아온 캐서린을 보고 히스클리프는 어떤 생각이 들었을까?

3. (133쪽) 히스클리프는 "그러나 지금 히스클리프와 결혼한다면 격이 떨어지지."까지만 듣고 좌절하여 집을 나가게 된다. 히스클리프가 캐서린의 말을 끝까지 들었으면 이야기가 어떻게 전개되었을까? 우리는 귀에 들리는 정보도 가끔 잘못 들을 때가 있다. 그것이 치명적 실수가 될 때가 있는데 그런 경험이 있는가?

4. (145쪽) '열병'은 이 소설에서 어떤 역할을 하고 있는가?

5. (169쪽) 캐서린은 왜 히스클리프에 대해 나쁘게 이야기 했을까?

6. (182) 히스클리프는 좋지 않은 사람처럼 묘사되면서도 어떻게 인기를 독차지 할 수 있었을까? 히스클리프를 싫어하는 사람들에게는 어떤 공통점이 있는가? 여러분 주변에도 인기를 이해할 수는 없지만 인기를 독차지하는 사람이 있는가?

7. (320쪽) 캐시와 헤어튼의 첫 만남은 썩 좋지 못했으나 결국엔 모두 죽고 둘의 결혼으로 결말을 맺는다. 이 둘의 결혼이 결말인 것은 어떤 의미가 있는가?

8. 히스클리프의 복수는 어떤 것들이 있는가?

9. (563쪽) 비석 세 개의 모습이 다른 것은 무엇을 의미하는가?

10. 이 소설에서 가장 불행한 사람은 누구라고 생각하는가? 이유는 무엇인가?

11. 히스클리프는 매우 신비한 인물인데 매우 차가운 경제적 인물이며, 죽음도 넘어선

로열쇠 가

1 히스클리프 씨의 저택 이름. 끊임없이 불어오는 바람을 맞고 서 있는 탓에 '폭풍의 언덕'이라 불리 움.

3 사람의 마음을 홀려 제정신을 차리지 못하게 하고 불도 수행을 방해하여 악한 길로 유혹하는 나쁜 신.

4 미루어 생각하여 헤아림.

5 이랬다저랬다 잘 변하는 태도나 성질.

6 재물이나 세력 따위가 쇠하여 보잘것없이 됨. 멸망하여 모조리 없어짐.

7 후미져서 무서움을 느낄 만큼 고요함. 매우 홀가분하여 쓸쓸하고 외로움.

8 이치에 맞지 아니한 망령된 생각을 함. 또는 그 생각.

10 산과 산 사이의 움푹 들어간 곳.

11 싫은 생각이나 느낌. 또는 그런 반응.

13 마음이 여리고 약함.

14 그릇되게 해석하거나 뜻을 잘못 앎. 또는 그런 해석이나 이해.

16 포근한 모성애를 지닌, 로크우드의 가정부로 섬세한 재치와 포용력이 있는 인물이다. 이 소설은 그녀의 이야기로 전개된다.

18 몹시 괴롭히거나 가혹하게 대우함.

20 꿈이나 공상의 세계를 동경하고 감상적인 정서를 중시하는 창작 태도를 가진 주의.

23 어른에게 귀여움을 받거나 남의 마음을 기쁘게 하려고 어린아이의 말씨나 태도로 버릇없이 굴거나 무엇을 흉내 내는 일.

25 19세기 후반 프랑스에서 활동한 유파로 표현 대상의 고유한 색채보다 그 색조를 분할하여 외광(外光)의 효과를 주로 하여 원색의 강렬한 색감으로 표출한 학파.

28 날마다 그날그날 겪은 일이나 생각, 느낌 따위를 적는 개인의 기록.

29 스스로 자신을 망치거나 멸망하게 함.

31 서양식 양조법으로 만든 술. 위스키, 브랜디, 진 따위를 이른다.

33 사람의 죽음을 알림. 또는 그런 글.

35 히스클리프를 데려다 키운 요크셔 농장의 주인.

36 볕이 바로 드는 곳. 혜택을 받는 입장을 비유적으로 이르는 말.

37 해발 고도 200~600미터의 완만한 기복을 이루고 있는 지형. 평지와 산지의 중간적 성격을 지닌다.

40 지능이 부족하여 정상적으로 판단하지 못하는 사람. 어리석고 멍청하거나 못난 사람을 욕하거나 비난하여 이르는 말.

41 폭풍의 언덕은 '셰익스피어의 [○○○], 멜빌의 [백경]과 더불어 영어로 씌어진 3대 비극으로 꼽히고 있다.

42 길을 인도해 주는 사람이나 사물. 나아갈 방향이나 목적을 실현하도록 이끌어 주는 지침을 비유적으로 이르는 말.

43 에드거의 여동생으로 히스클리프와 결혼하지만, 철없는 눈먼 사랑으로 인하여 비인간적으로 이용당하는 인물.

사랑의 꿈과 열망을 실현시키고자 했던 낭만적 인물이기 때문이다. 두 가지가 가능했던 히스클리프의 인물적 특징에 대해 당신은 어떤 생각이 드는가?

12. 폭풍의 언덕의 매우 복잡해 보이는 이야기는 사건에 직접 관계가 없는 록우드나 가정부 딘 부인을 통해 독자에게 전달된다. 이처럼 사건에 직접 개입하지 않는 인물을 통해 이야기를 전개하면 어떤 효과가 있는가?

13. 폭풍의 언덕은 1847년에 쓰인 소설임에도 현재까지도 널리 흥미롭게 읽히고 있으며, 이 소설의 모티브는 현대의 많은 작품에서도 찾아볼 수 있다. 그 요소는 무엇인가? 이 소설과 비슷한 느낌이 드는 현대의 창작물들은 무엇이 있는가? 어떤 점에서 비슷한가? 왜 이러한 요소가 여전히 대중들에게 인기가 있는가?

1			**3**		**4**		
		5		**6**			
	7		**8**			**9**	
10		**11**	**12**				
	13		**14**	**15**	**16**		
		17		**18**	**19**		
20	**21** **22**		**23**	**24**	**25**	**26**	**27**
	28					**29**	
	30	**31** **32**			**33** **34**		
35		**36**		**37**			**38**
	39					**40**	
41		**42**		**43**			

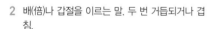

2 배(倍)나 갑절을 이르는 말. 두 번 거듭되거나 겹침.

3 도덕에 어긋나는 나쁜 마음이나 나쁜 짓.

4 높은 곳에서 떨어짐. 위신이나 가치 따위가 떨어짐.

6 상식이 전혀 없음.

7 새롭고 신기한 것을 좋아하거나 모르는 것을 알고 싶어 하는 마음.

9 히프클리프 주인집의 아들로, 거칠면서도 심약한 성격을 지니고 있으며, 도박과 마약 등으로 폐인이 되며 결국 파멸하고 만다.

10 휴식을 취하거나 건강을 위해서 천천히 걷는 일.

12 아주 사무치게 미워함. 또는 그런 마음.

15 익살스럽고도 품위가 있는 말이나 행동.

17 힌들리의 아들로, 거칠게 자라 히스클리프에게 이용 당하나 나중엔 캐서린 린턴과 사랑을 이루게 된다.

19 신분이나 관직이 높은 사람. 문어체에서, '아버지'나 '남'을 높여 이르는 말.

20 터무니없는 헛소문.

21 기독교에서, '일요일'을 이르는 말.

22 뜻한 바를 이루어 만족한 마음이 얼굴에 나타난 모양.

24 미쳐 날뛰듯이 매우 거칠고 사나움.

26 물건을 넣어 두기 위하여 나무, 대나무, 두꺼운 종이 같은 것으로 만든 네모난 그릇.

27 파괴되어 없어짐.

30 제일차 세계 대전 후에 나타난 극단적인 전체주의적·배외적 정치 이념. 또는 그 이념을 따르는 지배 체제를 이르는 말. 자유주의를 부정하고 폭력적인 방법에 의한 일당 독재를 주장하여 지배자에 대한 절대적인 복종을 강요한다.

32 감성이나 의지보다 이성, 지성, 합리성 따위를 중히 여기는 일.

33 아궁이 따위에 불을 땔 때에, 불을 헤치거나 끌어내거나 거두어 넣거나 하는 데 쓰는 가느스름한 막대기.

34 몹시 기다림.

35 둘레의 가 부분. 어떤 나이나 시간의 전후. 어떤 수준이나 정도의 위아래.

37 땅이 움푹하게 팬 곳.

38 바람에 불리어 휘몰아쳐 날리는 눈.

39 이미 지나간 이전.

40 역도나 근육 단련 훈련에 쓰는, 강철로 된 기구. 철봉 양쪽에 원반형의 쇳덩이가 매달려 있다.

09 젊은 베르테르의 슬픔

다독다독 ★

세계문학전집 25

젊은 베르테르의 슬픔
Die Leiden des jungen Werthers
요한 볼프강 폰 괴테 박찬기 옮김

요한 볼프강 폰 괴테 지음
박찬기 옮김
민음사

생각해 보세요

1. 젊은 베르테르의 슬픔은 일기 식으로 글을 썼다. 당신은 일기를 쓰는가? 일기를 쓰는 것은 인생에서 어떤 의미가 있다고 생각하는가?

2. (17쪽) 베르테르는 사람들이 평등하지 못하고, 또 평등해질 수 없다고 생각한다. 이 말에 대해 어떻게 생각하는가?

3. (24쪽) 위대한 예술가를 창조하는 것은 오로지 자연 뿐이라고 한다. 자연이 예술가를 창조한다는 것은 무엇을 의미하는가?

4. (55쪽) 베르테르는 우울증은 꼭 게으름과 같으며 자기가 보잘것없는 인간이라는 사실에 대한 내심의 불쾌감, 자기 불만이라고 할 수 있다고 한다. 노인은 우울을 악덕이라고 표현한다. 해를 끼치는 것은 악덕이기 때문이다. 하지만 로테는 정신이 산란하고 울화가 치밀어 참을 수 없을 때면, 자리에서 벌떡 일어나서 정원을 이리저리 거닐면서 노래를 몇 곡 부르면 그것이 거뜬히 나아버린다고 한다. 당신은 요즘 현대인들이 많이 앓고 있는 우울증에 대해 어떻게 생각하는가? 우울증을 벗어나려면 어떻게 하면 좋을까?

5. (65, 69쪽) 베르테르는 로테에 대한 사랑 때문에 괴로워한다. 그래서 할머니의 자석산 이야기를 떠올린다. 배가 그 산에 너무 가까이 접근하면, 모든 것들이 비참하게 파괴되어 버린다는 산을 자신의 사랑에 비유하는데, 베르테르는 로테에게 어떻게 해야 했을까?

6. (78쪽) 알베르트는 특정한 종류의 행위는 그것이 어떤 동기에서 나왔든지 간에, 언제나 죄악임에는 변함이 없다고 한다. 이런 예는 어떤 것이 있는가?

7. (79쪽) 베르테르는 괴로움에 가득 찬 삶을 꿋꿋하게 참고 견디어나가기 보다는 차라리 죽는 편이 더 쉽다고 말한다. 이런 말을 하는 베르테르에게 어떤 말로 위안을 줄 수 있을까?

8. (110쪽) 사회에서 가장 상위를 차지하는 이는 남들보다 뛰어나게 통찰하고 남들을 손아귀에 장악하여 스스로의 계획을 성취하기 위하여 다른 사람들의 힘과 정열을 집중시킬 수 있을 만한 수완과 지략을 갖춘 사람이라고 한다. 당신에게는 어떠한 리더의 기

1 (북한어) 깊이 사랑함.

3 아무것도 없이 텅 비다. 실속이 없이 헛되다.

4 분에 넘치는 듯싶어 매우 고맙게 여기는 모양.

6 ○○○은 꼭 게으름과 같아서 마음을 가다듬고 움직이는 가운데 치유되기도 한다. 로테는 이럴 때 대무곡(17세기 무렵에 영국의 전원에서 시작되어 유행한 춤곡)을 부른다.

7 품은 생각을 터놓고 말할 만큼 아무 거리낌이 없고 솔직함.

9 말의 귀에 동풍이 불어도 아랑곳하지 아니한다는 뜻으로, 남의 말을 귀담아듣지 아니하고 지나쳐 흘려 버림을 이르는 말. 이백의 시에서 유래한 말이다.

10 조리가 없이 말을 이러쿵저러쿵 지껄임.

14 북을 치고 춤을 춤. 힘을 내도록 격려하여 용기를 북돋움.

15 강렬하고 갑작스러워 누르기 어려운 감정.

16 비가 섞여 내리는 눈.

20 다른 사람이 잘되거나 좋은 처지에 있는 것 따위를 공연히 미워하고 깎아내리려 함. 샘을 내다.

21 무용을 위하여 연주하는 악곡.

25 사람의 생각으로는 미루어 헤아릴 수 없이 이상하고 야릇함.

26 분개하여 몹시 성을 냄. 또는 그렇게 내는 성.

27 여유가 조금도 없이 몹시 절박한 순간.

29 물체의 진동이나 파동이 한 번 되풀이되는 과정.

31 생물 집단에서 환경이나 조건에 적응하지 못하는 개체군이 사라져 없어짐. 또는 그런 일.

33 긴 한숨을 지으며 깊이 탄식하는 일.

34 함께 도를 닦는 벗. 피자 빵.

36 몹시 어수선하고 쓸쓸하다. 날씨가 흐리고 으스스하다.

37 베르테르는 발하임에 머무르면서 무한히 풍부하고, 위대한 예술가를 창조하는 것은 오로지 ○○ 뿐이라며 이것에 의지하고자 한다. 사람의 힘이 더해지지 아니하고 세상에 스스로 존재하거나 우주에 저절로 이루어지는 모든 존재나 상태.

39 무엇에 홀린 듯 똑똑하지 못하고 얼떨떨한 정신 상태. 헛된 꿈.

40 로테의 남편.

41 로테의 남편은 베르테르와 이야기하면서 자살이란 ○○○ 때문이라고 말한다.

질이 있다고 생각하는가?

9. (146쪽) 베르테르는 아주 많은 것들을 가지고 있으나 로테를 그리워하는 마음이 모든 것을 삼켜버리고 만다면서, 그녀가 없으면 모든 것이 무(無)로 돌아가 버리는 사실에 슬퍼한다. 이럴 때 어떤 말이 베르테르에게 위로가 될까?

10. (201쪽) 베르테르는 알베르트에게 여행을 떠나기 위해 권총을 빌려 달라고 한다. 권총 이야기가 쓰인 쪽지를 보면서 로테는 그가 자살할 것이라는 생각에 괴로워한다. 알베르트는 왜 권총을 내어 주었을까? 자살하는 사람은 자살의 암시를 꼭 한다고 한다. 주변 사람은 자살하려는 사람에게 어떤 행동을 해야 할까?

11. 베르테르의 사랑은 인간의 고매한 정신을 억제하는 모든 것(사회적 체면, 남의 약혼녀라는 제약)을 뛰어 넘는 것이라고 할 수도 있는데, 베르테르의 사랑에 대해 짧은 한 줄 표현을 해본다면?(베르테르의 사랑은 ○ ○ ○이다.)

2 몹시 사랑하거나 끌리어서 떨어질 수 없는 마음.
3 국가나 공공 단체가 직권(職權)으로 어떤 사실을 공적으로 증명하는 일.
4 귀가 솔깃하도록 남의 비위를 맞추거나 이로운 조건을 내세워 꾀는 말.
5 더할 나위 없이 순함. 또는 매우 고분고분함. 더할 수 없이 순결함.
6 곧바로 가지 않고 멀리 돌아서 감.
7 아무것도 없이 텅 빔. 무가치하고 무의미하게 느껴져 매우 허전하고 쓸쓸함.
8 사정을 하소연하여 도와주기를 간절히 바람.
9 처음에 팔리는 것으로 미루어 예측하는 그날의 장사 운.
11 상대편이 이쪽 편의 이야기를 따르도록 여러 가지로 깨우쳐 말함.
12 '압제 정치'를 줄여 이르는 말.
13 한 번 가 본 길을 잘 익혀 두어 기억하는 눈썰미.
14 일이 되어 가는 과정에서 가장 중요한 단계나 대목. 또는 막다른 절정.
15 서로 맞붙어 치고받으며 싸움. 세차게 싸움.

16 진실하고 솔직하다.
17 아주 작은 것을 비유하는 말.
18 타인의 위촉에 의하여 보수를 받고 법원이나 검찰청 등에 제출하는 서류를 작성하는 일을 업으로 하는 사람.
19 말하는 투가, 듣는 사람의 감정이 상하지 않도록 모나지 않고 부드럽다.
20 몹시 빠르게 부는 바람과 무섭게 소용돌이치는 물결. 계몽주의 사조에 반항하면서 감정의 해방·독창·천재를 부르짖은 젊은이들에 의한 운동.
22 꼼꼼히 마음을 써서 일에 빈틈이 없다.
23 베르테르는 ○○으로 자살했다.
24 로테를 사랑하다 미쳐서 죽은 하인리히는 로테 아버지의 ○○였다.
25 발사되지 않았거나 발사되었어도 터지지 아니한 탄알, 포탄, 폭탄 따위를 통틀어 이르는 말.
27 조화되지 아니하는 어설픈 느낌.
28 한바탕의 봄꿈이라는 뜻으로, 헛된 영화나 덧없는 일을 비유적으로 이르는 말.
30 괴테가 지은 희곡으로 독일 전설을 바탕으로 지

었다. 학문과 지식에 절망한 노학자의 이야기.
32 마음에 어떠한 충동을 받아도 움직임이 없이 천연스러움.
35 그리스 신화에 나오는 청춘의 여신. 제우스와 헤라의 딸로, 신들에게 술을 따라 주는 시녀이다. 로마 신화의 유벤타스에 해당한다.
38 재질이 무르고 부드럽다. 빛깔이 옅고 산뜻하다.

10 농담

밀란 쿤데라 지음
방미경 옮김
민음사

생각해 보세요

1. (37쪽) 헬레나는 루드빅으로부터 잘못 살고 있다는 소리를 듣고 삶의 기쁨들을 좀 더 누리겠노라 결심한다. 삶의 기쁨들을 좀 더 누리는 것이 왜 중요할까?

2. (49쪽, 77쪽) 루드빅은 자신이 실제로 누구인지 끊임없이 의문을 품는다. 루드빅의 실체 이미지는 어떤 쪽에 가까운 유형의 인물이라고 생각하는가?

3. (81쪽) 루드빅은 농장에 있는 동안 자신은 세상의 모든 끈으로부터 끊어진 것이라고 표현한다. 특히 부모는 끈이 아니라 다만 과거일 뿐이라고 한다. 부모와 연결된 끈이 과거라고 말하는 루드빅의 견해에 대해 어떻게 생각하는가?

4. (100쪽) 루드빅은 루치에게 첫눈에 반한다. 첫눈에 반한 그 순간부터 루드빅의 죽었던 시계가 다시 살아났다고 생각한다. 첫눈에 반한다는 느낌이 있다고 생각하는가?

5. (106쪽) 루드빅은 역사의 수레바퀴에서 농담처럼 운명이 결정되어 불운한 시간을 보낸다. 역사의 수레바퀴는 사람의 운명을 어떻게 결정하는가?

6. (163쪽) 사회는 사라나는 청소년에게 모든 데에서 어른이어야 하면서 사랑에서만은 어른이 될 권리도 없다고 말한다. 사회는 왜 사랑만은 늦게 어른이 되길 바라는가?

7. (186쪽) 이 작품의 배경에는 체코의 민속 음악이 함께 한다. 체코 민족이 지켰던 그들 고유의 소박한 문화, 노래, 이야기, 전통 의식, 속담, 격언 같은 것들은 옛날과 현대와의 간극을 이어주는 유일한 구름다리며 작품 전반에 흐르는 민속음악에 대한 이야기들은 징구한 역사의 저변을 관통하는 터널이라고 말한다. 우리민족의 전통음악과 역사는 어떤 관계가 있다고 생각하는가?

8. (221쪽) 야로슬라브는 민속 노래를 가능한 널리 유포시키는 것이 문제라고 말하며 루드빅은 새로운 민속 음악은 한심한 모조품이며 사기라면서 전통을 그대로 고수하는 것이 더 중요하다고 말한다. 민속 음악을 현대에 맞춰 널리 보급하는 것과 전통을 그대로 고수하는 것 중에서 어떤 것이 더 중요하다고 생각하는가? 그 이유는 무엇인가?

9. (332쪽) 루드빅은 자신의 농담으로부터

2 소련의 정치가. 시월 혁명 때에 레닌을 도왔으며, 레닌이 죽은 후 권력 투쟁에서 승리하였다. 독재적인 방법으로 사회주의 건설을 지도하고 헌법을 제정하였으며 1941년 수상에 취임하였다.

3 뜻밖의 일에 얼굴빛이 변할 정도로 놀람. '크게 놀람'으로 순화.

6 루드빅이 처음 사랑한 여자로, 그녀에게 보낸 엽서의 농담으로 인해 당원에서 축출된다.

8 루드빅은 당원에서 축출당하고 ○○에서 탄광 노역을 한다.

9 자그마한 밥상. 변변하지 아니한 밥상.

11 어떤 사람이 말하는 사람 혹은 기준이 되는 사람이 있는 쪽으로 움직여 위치를 옮기다.

13 감격하여 마음에 깊이 새김. 또는 그 새겨진 느낌.

16 루드빅의 옛 친구인 그는 농장에서 일하다 루치아를 만나고 그녀의 마음을 열게 한다.

18 푸칙 학생 가무단에서 연주하던 악기 중 하나로 벨트를 감은 2개의 막대로 쳐서 연주한다.

19 체코의 수도.

20 루드빅은 탄광 노역을 하며 ○○○○를 가슴에 단다.

24 윈도에 그림이나 문자를 출력할 경우, 윈도에 나타난 화면을 상하 좌우로 움직일 때 사용하는 막대.

25 그 계절에 특별히 있는 음식. 또는 그 시절에 알맞은 음식. 음식의 맛이나 요리 솜씨를 보려고 시험 삼아 먹어 봄.

26 낭만적.

27 루치아는 무덤에서 ○을 훔치다 잡혔다.

28 손으로 하는 비교적 간단한 공예.

30 자기와 남을 아울러 이르는 말.

31 비행 중인 항공기 따위에서 사람이나 물건을 안전하게 땅 위에 내리도록 하는 데 쓰는 기구.

32 오페라, 오라토리오 따위에서 기악 반주가 있는 서정적인 가락의 독창곡.

33 마땅히 그렇게 하거나 되어야 할 성질.

34 루드빅의 고향.

35 구슬 같은 눈물방울.

36 루드빅의 헬레나에 대한 사랑은 ○○가 이유이

다.

37 야로슬라브는 자신의 아들인 블라디미르가 민속 행사인 이것에서 왕이 되길 바란다.

불행하게 된 사실을 용납하지 못하고 자신의 죄를 부인한다. 그러나 코스트카는 부당한 벌이라도 겸허하게 받아들여야 한다고 말한다. 위대한 대의 앞에서는 개인의 헌신이 필요하다고 한다. 공동체를 위한 개인의 희생을 코스트카와 같이 설명하는 것에 대해 어떻게 생각하는가?

10. (373쪽) 루드빅의 인생은 파벨에게 복수하고자 증오심을 키웠는데 막상 파벨을 만났을 때는 그 증오를 발산시키지 못한다. 파벨이 변한 것처럼 보였기 때문인데 증오의 대상이 변해버린 상황에서 루드빅의 증오는 어떨 거라 생각하는가? 미루어진 복수는 환상으로 바뀌는 것인가?

11. (394쪽) 헬레나는 루드빅이 자신을 버렸다는 사실에 자살을 기도한다. 그러나 그것은 변비약 해프닝으로 끝난다. 헬레나가 만약 농담처럼 살아나지 않고 정말 죽게 되었다면 루드빅의 증오와 죄책감은 어떻게 되었을까?

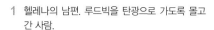

1 헬레나의 남편. 루드빅을 탄광으로 가도록 몰고 간 사람.

2 높은 인기를 얻고 있는 연예인이나 운동선수.

3 우리 편 군대.

4 한 덩어리로 서로 연결되어 있음을 느끼는 마음.

5 물체의 색깔이 나타나도록 해 주는 성분.

7 미국의 소설가(1892~1977). 폭력 세계를 하드보일드풍으로 묘사하였으며, 작품으로 〈우편집배원은 두 번 벨을 울린다〉 따위가 있다.

10 기존의 사회와 정치 체제를 부정함.

11 루드빅은 당원에서 박탈된 후 배정된 지역. 이곳의 탄광에서 일을 했다.

12 놀이의 하나. 시계의 눈금처럼 점수가 매겨져 있는 원반 모양의 과녁에 화살을 던져 맞힌 점수로 승패를 가린다.

14 루드빅은 이 영화를 싫어했는데, 이 영화 포스터 앞에서 루치아를 처음 보았다.

15 루드빅이 시간이 흐른 후에 루치아를 봤을 때 그녀는 ○○○였다.

17 주로 정치적인 내용을 풍자적으로 표현하는 한 컷짜리 만화.

19 자본주의 사회에서, 노동력 이외에는 생산 수단을 가지지 못한 노동자.

21 겉으로 드러내 보임. 표를 하여 외부에 드러내 보임.

22 일정한 수준의 지식과 교양을 갖춘 사람. 또는 지식층에 속하는 사람.

23 러시아의 혁명가로 레닌·스탈린의 일국(一國) 사회주의 건설 이론에 반대. 루드빅이 엽서에 '○ ○○○ 만세'라고 썼다가 당으로부터 당원 자격을 박탈당함.

24 지팡이 또는 단장(短杖)이라고도 한다. 하키용의 타봉(打棒).

28 손 아래. 부하.

29 마르크스·레닌주의를 신봉하는 사람들로 구성된 정당.

30 루드빅은 엽서의 농담 때문에 당으로부터 ○○ ○○을 받는다. 자기의 생각이나 언행에 대하여 좋고 나쁘거나 옳고 그름을 스스로 따져 말함.

31 세상과 인생을 희망적으로 밝게 보는 생각이나 사상.

34 모집단의 특성을 나타내는 값. 어떤 수.

35 달걀과 밀가루로 만든 국수.

57

3

정의

01 안네의 일기

안네 프랑크 지음
이건영 옮김
문예출판사

생각해 보세요

1. 이 책은 실제 안네가 쓴 일기를 모아놓은 것이다. 당신은 일기를 쓰는가? 일기는 개인에게 어떤 의미인가? 안네의 일기는 개인의 일기이지만 또한 나치 시절의 역사를 담은 일기이기도 하다. 개인의 기록이 역사에 어떤 역할을 하는가?

2. 안네의 다락방은 매우 좁았으며 외출과 소리에 대한 모든 자유가 박탈당한 곳이었다. 우리가 가지고 있는 일상생활의 자유에는 어떤 것이 있는가?

3. (22쪽) 안네는 일기장에 이름을 붙이고 친구에게 이야기를 하듯이 일기를 썼다. 이렇게 일기를 쓰는 것은 어떤 효과가 있는가? 당신이 아끼는 물건에 이름을 붙이고 친구처럼 대하는 것이 있는가?

4. (22쪽) 독일군은 왜 유대인을 차별했는가? 역사적으로 알려진 이유는 무엇인가? 당신의 견해는 무엇인가?

5. (76쪽) 안네는 언니만 편드는 듯한 부모에게 서운하다. 당신은 부모나 선생님이 당신과 형제자매, 혹은 친구를 대하는 모습에서 불공평하다고 느낀 적이 있는가? 부모나 선생님은 왜 그렇게 했다고 생각하는가?

6. (135쪽) 당신은 안네처럼 어리다면서 실제로 알고 있는 것까지 무시당한 적이 있는가? 그 때 어떤 생각이 들었는가? 어른들은 왜 어린 사람을 잘 인정하지 않는가?

7. (189쪽) 의도한 바가 아닌데도 가족이 아닌 사람과 같이 생활해본 적이 있는가? 타인과 같이 살게 된다면 어떤 어려운 점이 있는가? 타인과 생활할 때 어떤 점을 가장 고려해야 한다고 생각하는가?

8. (191쪽) 안네는 어느 날 꿈을 꾸고 갑자기 판단 씨네 가족들에 대해 좀 더 객관적으로 바라보겠다고 한다. 당신은 어떤 대상에 대한 인식이 갑자기 바뀌게 된 적이 있는가?

1 페터는 외국어를 뜻도 모르고 사용하는 때가 있는데, 화장실의 물탱크를 쓸 수 없었을 때 썼던 'S.V.P 가스'는 ○○○○이 아니고 프랑스어로 '부탁합니다'란 뜻이다.

4 판 단 아주머니는 안네를 좋아하는 페터를 경멸하는 태도로 ○○○라고 비웃는다.

8 안네는 나중에 ○○○○가 되고 싶어한다.

10 안네는 자기 ○○이 인생이란 항로의 항해사인 셈이고, 어디에 가서 안착하게 될 것인지는 후에 알게 될 거라면서 훌륭한 현모양처 상을 상상한다.

11 그물과 같이 성기게 짠 천. ○○ 스타킹.

13 안네는 페터를 누워서 눈을 감고 있을 때는 어린애 같고, 어물어물하면서 두려워할 때는 귀여운 ○○ 같다면서 좋아한다.

15 페터는 안네가 항상 ○○한 성격으로 자신을 도와주고 있다고 말한다.

16 안네는 재물은 잃을 수도 있으나 마음의 ○○은 베일에 싸여 있다 하더라도 살아 있는 한 어느 때든지 다시 소생하는 것이라며 ○○에 대한 확

신을 갖는다.

18 마음에 흡족함. 모자람이 없이 충분하고 넉넉함.

21 ○○○○란 정해진 수프나 채소류만 먹게 되는 기간이다.

23 ○○는 독일병정이란 뜻을 가진 고양이 이름이다.

24 페터는 안네와 자신이 젊고 어른들의 ○○○을 인정하지 않기 때문에 어른들이 자신들을 시기한다고 말한다.

27 어떤 일에 열렬한 애정을 가지고 열중하는 마음.

28 물의 흐름을 막거나 유량을 조절하기 위하여 설치한 문.

30 뒤셀 씨가 무솔리니와 히틀러의 욕을 쓴 발매 금지의 책을 ○○에게 구해오도록 하는 바람에 안네 일행은 위험에 싸일 뻔 했다.

31 사람이란 아무리 여러 사람에게서 ○○을 받아도 고독할 때가 있는 법인데 그 이유는 그 사람이 그 누구에게도 ○○하는 유일한 사람이 못되기 때문이라고 안네는 말한다.

32 성과 이름을 아울러 이르는 말. 어떤 일에 대한

자기의 입장이나 견해 또는 방침 따위를 공개적으로 발표함. 또는 그 입장이나 견해.

34 안네는 언니에게 쓴 편지에서 ○○이란 고함을 지르는 것보다 조용히 속삭이는 편이 표현하기가 훨씬 수월하다고 한다.

37 갇혀 있는 안네의 일행에게는 독서와 공부와 라디오가 ○○이다.

39 뒤셀 씨는 안네 있는 곳으로 이사온 지 1년째 되는 날 기념으로 ○○을 엄마에게 선물한다.

40 함께 길을 가는 사람.

41 '○○중'은 남이 모르는 가운데를 말한다.

42 유대인들은 가슴에 노란○표를 달고 다녀야 했다.

44 판 단 아저씨와 뒤셀 씨는 안네가 페터의 방으로 가면 그곳을 ○○○○○이라고 놀린다.

45 안네는 정치 문제는 어른들에게 해롭다고 말하지만 ○○○○○만은 존경하며 그의 빈틈없는 연설을 좋아한다.

9. (192쪽) 안네는 성에 대해 호기심을 가지게 되고 처음으로 페터와 성에 대해 이야기하게 된다. 당신은 이성 친구와 성에 대한 이야기를 나누어 본 적이 있는가? 현실에서 성에 대한 이야기가 금기시 되는 이유는 무엇인가?

10. (348) 안네의 일기는 갑작스럽게 끝을 맺는다. 안네가 일기를 쓸 수 없는 상황이 되었기 때문이다. 안네에게 용기와 위로의 편지를 쓰거나, 쓰이지 못한 일기의 뒷이야기를 써보자.

1			2		3		4	5	6		7
			8			9		10			
11	12				13	14					
15			16	17						18	19
	20		21		22				23		
	24		25				28				
27			28	29		30			31		
			32					33			
34	35				36		37			38	
	39			40				41			
42			43								
	44					45					

세로열쇠

1 마음과 몸을 아울러 이르는 말.

3 안네는 세계와 인류를 위해서 일하고 싶다면서 그러기 위해서는 먼저 ○○와 행동이 필요하다고 한다.

5 학문에 능통한 사람. 또는 학문을 연구하는 사람.

6 안네는 키티에게 남에게 쓸데없는 질문을 받거나 기분이 상하게 되는 일이 없도록 명랑하고 ○○○○하게 행동할 수 있다고 말한다.

7 ○○○은 안네가 아홉 살 때 아헨에서 할머니가 '견본'으로서 소포로 보내준 선물이다. 안네는 이것으로 일기장에 글을 쓴다.

9 기계나 설비 따위가 자체 내에 있는 일정한 장치의 작용에 의하여 스스로 작동함. 또는 그런 기계.

11 혁명 또는 그 밖의 정치적인 이유로 자기 나라에서 박해를 받고 있거나 박해를 받을 위험이 있는 사람이 이를 피하기 위하여 외국으로 몸을 옮김.

12 안네는 페터를 생각하며 사람에 대해 존경과 숭배의 마음이 없다면 ○○할 수 없다고 말한다.

14 안네는 뒤셀 씨의 잠자는 모습을 싫어하는데, 뒤셀 씨는 ○○○가 뭍에서 헐떡이는 듯한 소리를

내기 때문이다.

17 옷과 장신구를 아울러 이르는 말. 옷의 꾸밈새.

19 안네의 두 번째 취미는 ○○○○○이다.

20 어떠한 한계나 표준을 뛰어넘음.

22 성 니콜라스의 날에 안네는 사람들의 구두에 구두 소유자의 ○○를 적은 쪽지를 넣어둔다.

24 어른들과 달리 안네와 같은 또래는 좋은 친구의 ○○○만이 자신들을 위로해준다고 말한다.

25 안네는 자신의 엄마가 자신을 걱정하기는 하지만 ○○○○이 둔해서 참말 어머니다운 데가 없다고 말한다.

26 ○○ 손님이란 가끔 점심을 대접받는 사무실 직원이다.

27 페터는 자기가 아둔하고 다른 사람은 모두 영리하다고 생각하는 ○○○에 빠져있다고 안네는 그를 칭찬해주려고 한다.

29 판 단 아저씨가 작성한 안네가 사는 곳의 규칙 중, 모든 ○○○의 언어를 허락하지만 독일어는 사용을 금한다고 적혀 있다.

30 안네가 어른들에게 하루종일 듣는 소리는 ○○

갓난아기라는 것이다.

33 페터의 방은 ○○방이다.

35 불순하거나 더러운 것을 깨끗하게 함.

36 안네의 엄마는 세상의 모든 ○○을 생각하고 자기가 아직 그런 ○○ 속에 던져지지 않았다는 것을 감사하라고 충고한다.

37 안네와 친구들은 유대인들도 갈 수 있는 델피나 ○○○○상점에서 아이스크림을 사곤 하였다.

38 안네는 무서워하고 쓸쓸해하고, 불행을 느끼는 사람들에게 가장 좋은 치료 방법은 어느 곳이든 하늘과 ○○과 신하고만 같이 있을 수 있는 곳을 가는 것이라고 생각한다.

40 안네가 피신하면서 가장 먼저 가방 속에 넣은 것은 ○○○○이다.

41 전쟁에 대한 일기장을 수집한다면 안네 자신의 일기장은 아마도 제목이 ○○○라는 제목의 로맨스로 출판될 거라고 생각한다. 그러면 사람들이 탐정소설로 착각할 거라고 생각한다.

43 안네는 자신들이 숨어 지내는 형편없는 생활에 젖어버리고 사는 것은 ○○나 생활 습관에 무관심해졌다는 뜻이라고 말한다.

02 오래된 미래

오래된 미래
라다크로부터 배우다

Ancient Futures

헬레나 노르베리 호지 지음
김종철 옮김
녹색평론사

생각해 보세요

1. (25쪽) 작가가 느낀 문화의 중요성은 무엇인가?

2. (45쪽) 작가는 라다크에서 생활하며 검약의 의미를 배우게 된다. 당신은 평소에 낭비하지 않는 삶을 살고 있는가? 현대 사회에서 검약이라는 단어는 어떤 가치가 있는가? 검약을 위해선 어떤 실천이 필요한가?

3. (59쪽) 작가는 라다크의 의술과 주술을 신비롭게 표현하고 라다크 사람들의 건강함을 이야기한다. 이런 라다크의 모습에서 어떤 점을 배울 수 있는가?

4. (70쪽) 책에서 말하는 '자발적 중재자'란 무엇인가? 당신이 경험했던 갈등 상황에 이러한 방법을 적용해 본다는 어떻겠는가?

5. (77쪽) 이 책은 라다크의 공동작업에 대해 소개하고 있다. 옛날과 현대의 우리나라의 공동체 활동은 무엇이 있는가?

6. (97쪽) 불교의 중심요소인 공의 철학은 어떤 의미인가?

7. (134쪽) 전통과 현대문물의 차이 중 시간개념의 변화에 대해 이야기하고 있다. 당신이 느끼기에 시간은 어떻게 흐르는가? 어떤 일을 할 때 시간이 빠르게 가거나 느리게 간다고 느끼는가? 여유로운 전통적 삶과 바쁜 현대적 삶 중에 어느 것이 좋다고 생각하는가? 그 이유는 무엇인가?

8. (156쪽) 나이가 같은 또래끼리 집단을 나누는 현대적 방식과 나이 구별 없이 섞어서 집단을 만드는 전통적 방식에는 각각 어떤 장단점이 있다고 생각하는가?

9. (199쪽) 라다크 프로젝트의 궁극적인 목적은 무엇인가?

10. (212쪽) 에필로그의 제목이자 책의 제목인 '오래된 미래'는 어떤 의미를 가지고 있는가?

11. 라다크 사람들은 시간을 넉넉히 가지고

2 시장에 내다 팔기 위하여 재배하는 농작물.

4 라다크인들은 삶의 가치를 물질지수에 두지 말고 ○○지수에 두어야 한다고 말한다.

6 농사를 짓는 데에 필요한 물을 논밭에 댐.

7 변하지 아니하는 존재의 본질을 깨닫는 성질. 또는 그 성질을 가진 독립적 존재. 사물이 발전하거나 앞으로 나아가지 못하고 한곳에 머물러 있는 특성.

9 굶주림.

10 산업의 근대화와 경제 개발이 선진국에 비하여 뒤떨어진 나라.

13 거칠고 촌스럽다.

15 공동으로 하는 짐승 돌보기.

16 라다크의 점성학 계산에 관한 책.

20 사물이 변천함. 정신 분석에서, 어떤 대상에 향하였던 감정이 다른 대상으로 옮아감. 또는 그런 일.

21 말이나 행동, 몸가짐 따위를 신중하게 함. 행실을 삼가고 품위를 지켜 자기를 소중히 함.

24 라마교를 신봉하는 중.

26 옛말.

27 라다크에서 농사일은 공동체 전체가 함께 하거나 '추쪼' 같은 소집단이 함께 하는데, 이런 종류의 공동작업을 ○○라고 한다.

28 필요한 물자를 스스로 생산하여 충당함.

29 많지 아니한 몇 푼의 돈.

31 일이 되어 가는 과정에서 가장 중요한 단계나 대목. 또는 막다른 절정.

33 보통 해발 고도 600미터 이상에 있는 넓은 벌판.

36 사회에서 소외되어 가는 것. 세계경제질서로부터 국가 전체가 점차적으로 배제되는 것을 나타내는 국제적인 차원에서 적용된다.

37 석가모니여래의 왼쪽에 있는 보살. 제불(諸佛)의 지혜를 맡은 보살.

39 라다크인들이 연료료 쓰던 원료.

41 라다크에 이상적으로 적합하여서 전통건축과 조화를 이루고 있는 난방시스템으로, 태양열을 이용한 난방용 벽.

42 공동생활에서 개인들끼리 서로 돕는 일.

	1		2		3		4		5
6					7	8		9	
10			11					12	
			13	14				15	
16	17		18	19			20		
		21	22			23		24	25
26					27				
	28				29			30	
	31				32			33	34
35			36			37	38		
		39			40				
41			42						

있다. 그들은 부드러운 속도로 일을 하고 놀라울 만큼 많은 여가를 누린다. 시간은 느슨하게 측정된다. 많은 것이 빨리 처리되길 바라는 현대인이 시간을 넉넉하고 느슨하게 가질 수 있는 방법은 무엇인가?

12. 라다크가 주는 가장 중요한 교훈은 행복과 관련한 것이다. 그들은 마음의 평화와 삶의 기쁨을 누리는 것을 타고난 당연한 권리라고 생각한다. 라다크인이 되어 현대인들에게 삶의 가치를 이야기 한다면?

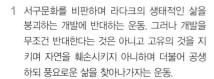

1 서구문화를 비판하며 라다크의 생태적인 삶을 붕괴하는 개발에 반대하는 운동. 그러나 개발을 무조건 반대한다는 것은 아니고 고유의 것을 지키며 자연을 훼손시키지 아니하며 더불어 공생하되 풍요로운 삶을 찾아나가자는 운동.

3 세상의 이러저러한 실정이나 형편.

4 중심 별의 강한 인력의 영향으로 타원 궤도를 그리며 중심 별의 주위를 도는 천체. 스스로 빛을 내지 못하고, 중심 별의 빛을 받아 반사한다.

5 사막 가운데에 샘이 솟고 풀과 나무가 자라는 곳. 농사를 지을 수 있으며 마을이 형성되어 대상(隊商)들이 쉴 수 있다.

6 근원지의 물을 논밭으로 보내는 물길.

8 사회를 하나의 유기체로 볼 때에, 그 조직이나 양식, 또는 그 상태를 이르는 말. 일정한 정치 원리에 바탕을 둔 국가 질서의 전체적 경향.

11 국화꽃이 피는 가을이라는 뜻으로, 음력 9월을 이르는 말.

12 티베트 종교·정치의 최고 지배자 또는 교주를 이르는 말. 살아 있는 부처라고 불리운다. 그의 진정한 종교는 친절이라고 했다.

14 인도, 파키스탄, 스리랑카, 네팔 따위의 화폐 단위.

17 해당 언어에 본디부터 있던 말이나 그것에 기초하여 새로 만들어진 말. 어떤 고장의 독특한 말.

18 자기 외의 사람. 또는 다른 것.

22 전통적인 라다크 사회에서 갈등을 배재하는 방법의 하나는 스스로 '자발적 ○○○'라고 부르는 것이다.

23 라다크의 각 가정은 출생, 결혼, 사망의 시기에 일종의 두레인 ○○○의 도움으로 행사를 치른다.

25 중이 불상을 모시고 불도(佛道)를 닦으며 교법을 펴는 집.

26 라다크의 마을 우두머리.

28 중생을 사랑하고 가엾게 여기는 마음.

30 예비고사에 상대하여 이르던 말로 본시험.

32 부처, 보살, 성현들을 천에 그려서 벽에 거는 그림.

34 근본주의자의 신앙. 전통적인 기본 이념[원리]에 대한 고집.

35 라다크 주민은 대부분이 ○○○계 라마교도이다.

38 불교의 중심요소로 공(空)의 철학을 말한다.

40 여러 사람이 함께 도와주거나 서로 도와줌.

다독다독 *

앵무새 죽이기

하퍼 리 지음

성경 다음으로 독자들의 마음을 바꾸어놓은 책!

하퍼 리 지음
김욱동 옮김
문예출판사

생각해 보세요

1. 작가는 34세에 이 소설을 집필했다. 극중 화자는 여섯 살의 어린 아이다. 이 소설에서 화자를 어린 아이의 1인칭 주인공 시점으로 설정함으로써 얻는 효과는 무엇인가?

2. 스카웃은 학교에 입학하면서 집에서 배운 방식과 다른 교수법에 대해 혼란스러워한다. 한국의 교육제도도 많은 변화를 겪고 있다. 현대의 교육 방식에 대해 근거를 들어 장단점을 지적해 본다면? 그리고 향후 앞으로의 교육에 대한 대안은 무엇이 좋을지 생각한다면?

3. (168쪽) "어린애가 무엇을 묻거든 제발 직접 대답해줘. 대답을 지어내지 말고. 애들은 역시 애들이지만, 답을 회피하는지는 어른들보다도 빨리 알아차리거든. 그리고 답을 회피하면 애들은 혼란에 빠지게 되지." 스카웃의 아버지 애티커스 핀치의 자녀 교육 방법은 나름의 기준이 있다. 애티커스 핀치의 자녀교육법에 대해 어떤 생각이 드는가? 당신이 나중에 아이를 갖게 된다면 어떻게 키우고 싶은가?

4. (175쪽) 모디 아줌마는 왜 애티커스 핀치를 지옥에서 온 악마라고 표현하였나? 농담인가?

5. (188쪽) 제정신을 갖고 있는 사람이라면 자기 재능을 자랑하지 않는 법이라고 한다. 애티커스 핀치는 왜 뛰어난 사격실력을 자랑하지 않았을까? 젬 오빠가 아빠 애티커스 핀치에 대해 이해한 것은 어떤 점인가?

6. (214쪽) 아빠 애티커스 핀치는 젬 오빠에게 용기에 대해 말한다. 당신이 생각하는 용기란 어떤 것인가? 살면서 당신이 가장 용기 있었던 때는 언제인가?

7. 애티커스 핀치의 논리적이고 명확한 변론을 듣고 많은 사람들이 실제 상황에 대해 공감하고 이해했음에도 불구하고 배심원은 톰 로빈슨을 유죄로 평결했다. 배심원들이 그런 결정을 내린 이유는 무엇인가?

8. (460쪽) 게이츠 선생님이 민주주의에 대해 아이들에게 묻는다. 스카웃은 '모든 사람에게 평등한 권리를 부여해주고 어느 누구에게도 특권을 주지 않는 것'이라고 표현한

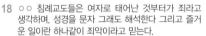

1 톰의 재판이 끝난 후 딜은 커서 ○○○○가 되겠다고 한다.

4 주인공인 나는 향긋한 냄새를 풍기는 ○○○의 세계보다는 아빠의 세계에서 더 편안함을 느낀다. 들은 남자들을 은근히 무서워하면서 남자들을 전적으로 인정하려고 들지 않는 듯했다.

7 알고 있는 사실을 캐어물음. 법원이나 기타 국가 기관이 어떤 사건에 관하여 증인, 당사자, 피고인 등에게 말로 물어 조사하는 일.

8 숲 속 깊은 곳에 살고 있는 메노 파 교도들은 주로 강가에서 물건을 사고팔았으며, 메이콤 읍내에는 좀처럼 나오지 않으며, 옷에 ○○를 달지 않는다.

9 별을 찾음.

11 한국에서 설날 아침에 먹는 음식.

12 버리스 이월을 빗대어 스카웃이 학교엔 가지 않겠다고 하자 아빠는 어떤 상황에서는 평범한 사람들은 이월 집안 사람들에게 어떤 특권을 부여해주는 편이 현명하다고 말을 한다. 마주치기를 꺼리어 피하거나 얼굴을 돌림.

13 길고 오래다. 급하지 않고 느릿하다.

14 스카웃의 아빠는 친구는 선택할 수 있어도 집안은 선택할 수 없기 때문에 ○○은 인정하든 안 하든 ○○일 수밖에 없다고 한다.

15 부 래들리는 젬과 스카웃을 위해 나무의 ○○ 구멍에 여러 가지 선물을 넣어 둔다.

17 부하나 동물 따위를 지휘하여 명령함. 또는 그 명령.

18 ○○ 침례교도들은 여자로 태어난 것부터가 죄라고 생각하며, 성경을 문자 그대로 해석한다 그리고 즐거운 일이란 한결같이 죄악이라고 믿는다.

19 스카웃의 아빠는 ○은 모든 애들이 거쳐야 하는 단계이며, 시간이 흘러 ○이 사람들의 관심을 끌지 못하게 되는 걸 알게되면 ○은 자연히 없어지게 될 거라고 한다. 하지만 성급한 성질은 그렇지 않아서 분별력을 배워야 한다고 한다.

20 젬 오빠는 열두 살이 되면서 이랬다저랬다 하는데다가 시무룩하여 같이 지내기가 어려워지는데 아빠는 오빠가 지금 ○○○라며, ○○○는 인내심을 갖고 대하거나 될 수 있으면 건드리지 말라고 한다.

21 아는 것이 없음. 미련하고 우악스러움.

24 할로윈 축제의 가장행렬 때 스카웃은 ○ 복장을 하였다. 이 복장 덕분에 이월이 공격했을 때 무사할 수 있었다.

25 나무줄기의 중심부에 있는 단단한 부분. 또는 그것으로 된 재목. 보통 붉은색, 누런색, 흑갈색이다.

27 안전을 유지함. 사회의 안녕과 질서를 유지함.

29 확실하거나 분명하지 않음.

31 눈이 가는 곳. 또는 눈으로 보는 방향. 주의나 관심을 비유적으로 이르는 말.

33 어떤 사실을 판단하여 명백하게 밝힘.

36 이월 집안이 버리스 이월은 ○○ 첫날만 학교에 온다.

37 민간인을 상대함. 문벌이나 지체가 좋은 사람.

39 핀치 씨는 스카웃에게 학교에서 재판 문제로 기분 나쁜 말을 듣게 되더라도 고개를 높이 들고 주먹을 아래에 내려놓고 성을 내지 말며, ○○를 가지고 싸우라고 말한다.

40 진리에 맞는 올바른 도리. 개인 간의 올바른 도리. 또는 사회를 구성하고 유지하는 공정한 도리.

41 네모진 모양의 배. 두 척의 배를 나란히 함. 또는 그렇게 만든 배.

42 나무를 다루어 집을 짓거나 가구, 기구 따위를 만드는 일을 업으로 하는 사람.

43 ○○ 아줌마는 애티커스 핀치는 재판에서 이길 수가 없지만 배심원들을 오랫동안 고민하게 하는 유일한 변호사라고 말한다.

44 스카웃의 아빠는 ○○ 하프를 연주할 수 있다.

45 어린이를 위하여 동심(童心)을 바탕으로 지은 이야기. 또는 그런 문예 작품.

46 어떤 행위나 권리의 행사를 자유로이 하지 못하도록 강압적으로 얽어매거나 제한함.

48 맡아보던 일자리를 그만두고 물러날 뜻. 감사하게 여기는 뜻. 잘못을 비는 뜻.

49 연극에서, 등장인물이 말을 하지만 무대 위의 다른 인물에게는 들리지 않고 관객만 들을 수 있는 것으로 약속되어 있는 대사.

51 스카웃은 모디 아줌마에게 톰을 공개적으로 재판하지 않으면 옳지 않다고 말을 한다.

52 돌퍼스 레이먼드 아저씨는 종이 봉지에 ○○를 넣어 마시는데 사람들은 이것이 위스키인 줄 안다.

1		2	3		4		5		6	
	7			8					9	10
11			12						13	
		14			15	16		17		
	18			19		20				
21	22			23		24			25	26
	27	28		29	30		31	32		33	34
35		36			37	38		39		
40				41					42	
			43		44		45			
46	47			48			49			50
					51			52		

다. 당신이 이해하고 있던 민주주의란 무엇인가?

9. 이 소설에서는 등장인물의 특징을 설명할 때 가문을 통해 설명하고는 한다. 이 표현 방식은 어떤 효과가 있는가? 당신은 본인의 가문에 대해 얼마나 알고 있는가?

10. 이 소설은 편견에 의해 고통 받는 사람들에 대해 이야기 한다. 당신은 편견 때문에 불편을 겪은 경험이 있는가? 편견의 상황에선 어떻게 극복해야 하는가?

11. 결말 부분에서 스카웃은 어떤 점을 깨닫고 어떤 의미에서 성장하게 되었을까? 구체적 예를 들어 설명한다면?

12. (172쪽) 작가는 왜 소설의 제목을 '앵무새 죽이기'라고 지었을까?

13. 책의 뒷표지를 보면 유명 인사들의 책 소개가 짤막하게 나와 있다. 당신이 누군가에게 이 책을 소개해줄 때 표현하고 싶은 추천글은?

로 열 세 쇠

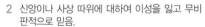

2 신앙이나 사상 따위에 대하여 이성을 잃고 무비판적으로 믿음.

3 큰 문. 주로, 한 집의 주가 되는 출입문을 이른다.

4 일이 되어가는 형편.

5 젬 오빠가 아빠에게 왜 그렇게 늙으셨냐고 묻자 아빠는 ○○을 늦게 시작했기 때문이라고 한다.

6 젬 오빠가 듀보스 할머니에게 읽어 준 책. 딜은 오빠에게 부 래들리의 집에 손만 대고 오면 ○○ ○○을 준다고 한다.

8 물체의 잘라 낸 면. 사물이나 사건의 여러 현상 가운데 한 부분적인 측면.

10 주인공이 어린 시절부터 어른이 되기까지 자신의 인격을 완성해 가는 성장 과정을 그린 소설. ○○소설.

11 부 래들리 집 앞에 있는 나무 이름.

12 어머니 쪽의 친척. 같은 본을 가진 사람 이외의 친척.

14 촌수가 가까운 일가. 배우자, 혈족, 인척을 통틀어 이르는 말.

16 스카웃은 훌륭한 사람이란 그들이 갖고 있는 ○○으로 최선을 다하는 사람이라고 생각하나 고모는 한 지역에 주저앉아 오래 살면 살수록 그 가문이 훌륭하다고 생각한다.

17 캘퍼니아 아줌마는 젬 오빠가 ○○○ 갖는 버릇이 생겼다면서 이것은 모든 사내아이들이 감염되는 전염병이라고 한다.

22 ○○ 아저씨는 캘퍼니아 아줌마의 아들로 교회에서 찬송을 인도한다.

23 법에서는 '이유 있는 의혹'을 말하고 있지만 스카웃의 아빠는 피고에게는 ○○한 의혹이라도 인정해줘야 한다고 말한다. 아무리 그럴 성싶지 않아도 피고에게 죄가 없을 가능성은 언제나 있기 마련이기 때문이다.

26 톰은 이웰 씨를 보고 달아났는데 그것은 ○○을 받게 될까 겁이 났다고 말한다.

28 딜은 스카웃에게 한 남자가 배를 가지고 있어 ○○ 낀 섬으로 노를 저어 그곳에서 아기들을 가져오니까 그 사람에게 아기를 주문하면 된다면서 아기를 하나 데려오자고 한다.

30 잭 삼촌은 스카웃의 발에서 가시를 뺄 때, 재미있는 이야기를 해주며 스카웃이 웃을 때 가시를 뺐는데 그것은 ○○○○이라고 알려진 이론이라고 말한다.

32 딜은 재판에서 자기가 참을 수 없었던 것은 ○○ 검사가 경멸적으로 톰을 대했기 때문이라고 말한다.

34 아빠의 예전 별명.

35 상속인을 한정하여 상속하는 것.

38 학교에서 케이트 선생님이 ○○○○에 대해 묻자 스카웃은 모든 사람에게 평등한 권리를 부여해주고, 어느 누구에게도 특권을 주지 않는 것이라고 답한다.

42 오빠는 래들리 씨가 ○○를 산다고 표현하는데, ○○를 산다는 것은 놀고먹는 사람을 점잖게 설명하는 표현이다.

43 듀보스 할머니는 원래 ○○○ 중독자였으나 죽을 때에는 자신의 의지로 ○○○ 중독을 이기고 돌아가신다.

45 듀보스 할머니는 돌아가실 때 ○○꽃을 젬과 스카웃에게 선물한다.

47 못살게 굴어서 해롭게 함.

48 나라에는 모든 인간이 평등하도록 창조된 한 가지가 있는데, 그것은 ○○ 제도라고 아빠는 법정에서 말한다.

49 품행이 ○○하다는 것은 말이나 행동이 바르고 점잖다는 것이다.

50 캘퍼니아가 젬과 스카웃을 흑인 교회에 데려갔을 때, ○○라는 흑인은 젬과 스카웃에게 화를 낸다.

04 왜 세계의 절반은 굶주리는가

왜
세계의
절반은
굶주리
는가?

헤르만 헤세 지음
정희성 옮김
민음사

생각해 보세요

1. 이 글은 딸의 질문에 대해 아빠가 답을 해 주는 식으로 내용이 전개된다. 작가가 이러한 서술방식을 선택한 이유는 무엇인가?

2. (47쪽) 세계를 위해 노력하는 국제기구들은 무엇, 무엇이 있는가? 그 각각의 역할은 무엇인가? 그들이 세계 기아 문제를 해결하지 못하는 이유는 무엇인가?

3. 굶어본 적이 있는가? 굶는다는 것은 인간의 삶에서 어떤 의미인가?

4. (48쪽) 경제적 기아와 구조적 기아에 대해 이해했는가? 그 의미는 무엇인가? 각각에 대해 고통 받는 나라는 어디인가?

5. (60쪽) 평소에 음식을 남기지 않고 먹는가? 남긴다면 이 책을 읽고 어떤 생각이 드는가? 음식을 남기지 않는 것은 어떤 의미가 있는가?

6. 이 책은 2000년에 발간되었고 우리나라에는 2007년에 번역되었다. 책에 제시된 내용들은 십여 년 전의 자료들이다. 책에 나온

내용들−인구수라든지, 소말리아의 현재 상황이라든지−은 가장 최근에는 어떻게 바뀌었는가, 세계는 어떻게 변화하였는가?

7. (85쪽) 2015년까지는 지구상의 기아 인구가 절반이 될 것이라고 다짐했다고 하는데 실제로 가장 최근에 파악된 기아 인구는 1996년과 비교할 때 어떤 수준인가?

8. 이 책에서 말하는 기아의 원인은 어떤 것들이 있는가? 당신이 도울 수 있는 일은 무엇이 있는가?

9. (92쪽) 현재 북한은 우리와 같은 나라인데 많은 아이들이 굶어 죽었고 만성적인 영양실조에 허덕이고 있다고 한다. 우리는 북한의 기아문제에 대해 어떤 태도를 가져야 하는가? 북한의 기아문제에 대한 해결방법은 무엇이 있는가?

10. (117쪽) 세계은행 부총재 이언 존슨이 "지글러 선생 걱정 말아요. 누구도 그런 돈을 갖고 있지는 않으니까요."라고 말한 까닭

열쇠로가

1 돈이 있는 자들은 양심의 가책을 느끼고 싶어 하지 않기 때문에 자신들의 행위를 정당화하기 위한 이데올로기를 필요로 하는데 이것은 ○○○○○라는 것으로서 규범, 규제, 국민국가, 선거, 일치, 정권교체, 민족주체성을 거부하고 자본, 서비스, 특허를 위한 자유를 추구한다. 이것은 관료제나 모든 종류의 제한을 반대하고 오직 완전하게 리버럴한 시장을 추구한다.

5 단백질 결핍 쇠약증으로 ○○○○는 사람의 신체를 서서히 손상시키는 질병으로 주로 어린아이들에게 찾아오는데, 이 병에 걸리면 성장이 멈추게 되고 머리카락이 붉어지다가 빠지고, 배가 불러오고 이가 흔들리다가 빠지고 서서히 죽어간다.

9 기아를 ○○로 삼는다는 것은 국민들을 폭력적으로 복종시키려고 식량을 의도적으로 끊는 것을 말한다.

11 원시림의 대규모 벌채는 ○○에 심각한 영향을 끼친다. 이것은 기아의 주된 원인이 되기도 한다.

12 살인적인 사회구조인 시장원리주의경제, 폭력적인 ○○○○ 등은 세계를 불평등하고 비참하게 만든다. 은행 자본이 산업 자본과 결합하여 경제를 독점적으로 지배하는 자본 형태.

14 기아에 대해서 ○○적 대응은 도움이 되지 않는다. 기아는 세부적이고 정확한 분석을 필요로 한다.

17 스스로 넉넉함을 느낌. 필요한 물건을 자기 스스로

충족시킴.

19 상카라는 어떤 나라가 자급자족을 하기에 충분한 식량을 생산할 수 있어도 사회○○가 이룩되지 않으면 아무런 소용이 없다고 믿었다.

22 생물의 종(種)은 자연 선택의 결과, 환경에 적합한 방향으로 진화한다고 하는 학설. 다윈이 주장하였다.

25 지구의 인구밀도를 기근이 적당히 조절하고 있다고 믿는 사람들은 기아를 자연이 고안해낸 ○○로 여긴다.

26 ○○는 부드러운 죽음이며, 점차 쇠약해지다가 마지막에는 의식이 없는 상태에서 고통 없이 죽는 것이라고 작가는 자신을 세뇌하곤 했으나 진실이 아니란 걸 깨닫는다.

27 상카라는 곡물 메이저들을 화이트칼라 ○○들이라고 부르기도 했다.

30 기아 중에서 ○○○ 기아는 돌발적이고 급격한 일과성의 경제적 위기로 발생하는 기아를 말한다. 이것의 원인은 외부적 재해이다.

31 시카고 ○○○○○에서는 세계의 주요 농산물이 거래되는 곳인데, 몇몇 금융자본가들에 의해 좌지우지되고 있다.

32 구조적 기아의 원인은 ○○○○에 있다.

34 19세기 후반의 ○○○○으로 생산성은 눈부시게 향상되어, 물질적인 결핍은 사라지게 되었다.

36 ○○○ 부문이란 정해진 일자리나 거주지가 없고, 사회 보장 자격이 없는 사람들로서 안정적인 가정 생활과는 거리가 먼 사람들이다.

38 도둑의 다른 말.

39 세계시장은 ○○을 필요로 한다. 이것은 민중의 집단의지를 통해 마련되어야 한다.

40 자기의 감정이나 욕망을 스스로 억제함.

41 ○○를 돌아가게 하는 엔진은 이윤극대화, 손실에 대한 공포, 파산 리스크에 따르는 신경전, 그리고 무제한의 이윤추구 등이다.

42 생각이나 행동이 감정에 좌우되지 않고 침착함.

43 수입과 지출을 아울러 이르는 말. 거래 관계에서 얻는 이익.

44 수(數), 양(量), 공간, 시간 따위에 일정한 한도나 한계가 있음.

45 어떤 대가도 한 아이의 ○○에 비할 수는 없기 때문에 한 아이를 더 살릴 수 있다면 모든 손해를 보상받게 되는 것이다.

46 프라이부르크학파에서는 경제질서의 ○○한 자유를 이루려면 경쟁질서가 공정해야 하고 자유를 방임해서는 실현할 수 없다고 하였다.

47 생각이나 처지가 확고하지 못하고 흔들림. 어떤 체제나 상황 따위가 혼란스럽고 술렁임.

은 무엇인가?

11. (102쪽, 151쪽) 아옌데도 상카라도 결국 외부의 압력에 의해 죽게 된다. 이러한 개혁가들이 죽지 않고 자신의 이상을 펼칠 수 있었다면 어떤 일이 일어났을까? 왜 세계의 권력자들은 이런 개혁가들을 억압하는가?

12. (154쪽) "너희들의 도둑질을 계속 참는다면 우리는 언제까지고 배가 고플 것으로 생각했고, 손에 넣을 수 없는 새하얀 빵도 유리창을 부수면 손에 넣을 수 있을지 어떨지 확인해보고 싶어졌다"라는 베르톨트 브레히트의 인용구는 무엇을 의미하는가?

13. (163쪽) '경제 합리성'이라는 단어가 뜻하는 바는 무엇인가?

14. (194쪽) '신자유주의'란 무엇인가? 장단점은 무엇이며 세상을 더 좋게 만들 수 있는 방법은 무엇이 있는가?

1	2		3	4		5	6	7
8			9		10		11	
12	13				14	15		16
	17		18			19	20	
21		22		23	24		25	
	28		27			28		29
30					31			
		32		33				
34		35					36	37
			38			39		
40			41		42		43	
44		45		46		47		

1 필요한 물자를 스스로 생산하여 충당함.

3 사무를 주장하여 맡음.

4 기세가 좋은 적극적인 마음. 장한 마음.

6 적당한 때나 기회.

7 정오(正午)부터 밤 열두 시까지의 시간. 정오부터 해가 질 때까지의 동안.

8 어떤 목적이나 사업, 행사 따위에 쓸 기본적인 자금. 또는 기초가 되는 자금.

10 케인스의 'ㅇㅇ주의'는 자본가의 자유뿐만 아니라 노동자의 자유와 권리도 국가가 나서서 관리하고, 빈부격차가 커지는 것을 막기 위해 복지 정책을 도입하며, 경기가 침체되면 공공투자를 늘려 유효수요를 증대시키는 등 자유의 공공성을 지향하였다.

13 자금을 돌려씀. 또는 그 자금.

15 주로 예술 작품에서, 자기의 감정이나 정서를 그려 냄.

16 ㅇㅇ정치란 적은 수의 우두머리가 국가의 최고 기관을 조직하여 행하는 독재적인 정치 체제.

18 무슨 일을 더디게 끌어 시간을 늦춤. 또는 시간이 늦추어짐.

20 작가는 배고픔의 숙명은 존재하지 않으며, 부족한 것은 연대감과 국제 공동체로부터 도움을 받고자 하는 진짜 ㅇㅇ라고 말한다.

21 세네갈은 프랑스로부터 땅콩 농사에만 매달리도록 강요받았는데 이것은 ㅇㅇㅇㅇ(모노컬처)의 속박에서 벗어나지 못한 때문이다.

22 자기 자신에 대한 의식이나 관념.

23 강을 건넘. 국경을 넘어 다른 나라로 감을 비유적으로 이르는 말.

24 몸의 동작이나 몸을 거두는 모양새. 어떤 사물이나 상황 따위를 대하는 자세.

26 상식으로는 생각할 수 없는 기이한 일.

28 오늘날의 부, 즉 경제력은 다혈질적인 투기꾼들이 벌이는 카지노 게임의 ㅇㅇ이다.

29 장 자크 ㅇㅇ는 사회계약론에서 '약자와 강자 사이에서는 자유가 억압이며 법이 해방이다'라고 썼다.

31 음악적 통일을 이루는 음의 연속. 음악적 통일을 이루는 음의 연속이나 노랫가락을 세는 단위.

32 맡겨진 임무. 사신이나 사절이 받은 명령.

33 ㅇㅇㅇ 기아는 장기간에 걸쳐 식량공급이 지체되는 경우를 말하며, 그 나라의 경제발전이 더딘 데 따른 생산력 저조, 급수설비나 도로 같은 인프라의 미정비, 혹은 주민 다수의 극도의 빈곤 등이 원인이 되어 발생한다.

34 토머스 맬서스는 세계 인구가 기하급수적으로 늘어나는데 비해, 식량이 증가는 산술서열을 따르므

로 가난한 가정은 자발적으로 ㅇㅇㅇㅇ을 하여야 한다고 주장했다.

35 모든 ㅇㅇ의 목표는 희생자를 능동적으로 행동하는 자로, 역사의식을 가진 주체로 변화시키는 것이다.

36 보통 수준보다 훨씬 뛰어나다.

37 ㅇㅇㅇ 정책이란 20세기 전반까지 유럽 각국이 아프리카나 그 밖의 대륙의 나라들에 대해 강제적으로 많은 토지를 약탈하고 주민들을 강제노동에 동원하는 플랜테이션을 도입했다.

38 ㅇㅇ는 농촌에서 방출된 가난한 사람들의 마지막 희망이기도 하다.

39 규칙으로 정함. 또는 그 정하여 놓은 것. 내용이나 성격, 의미 따위를 밝혀 정함. 또는 그 정하여 놓은 것.

40 시장의 완전한 ㅇㅇ는 억압과 착취와 죽음을 의미한다. 법칙은 사회정의를 보장해야 한다.

41 어떤 사항이나 판단 따위에 대하여 그것이 진실인지 아닌지 증거를 들어서 밝힘.

42 다국적성과 독점성에 대한 자본주의의 충동은 양극구도(ㅇㅇ체제)가 무너진 뒤에 지구를 정복했다.

43 세계시장의 식량 가격은 수확량, 수송경비의 변동, 투기적 거래, 세계시장의 ㅇㅇ 같은 요소의 영향을 받는다.

포리스트 카터 지음
조경숙 옮김
아름드리미디어

생각해 보세요

1. 할머니의 이름은 '보니 비'이고, 주인공의 이름은 '작은 나무'이다, 자신의 이름을 인디언식으로 지어 본다면?.

2. 할아버지는 야생 칠면조를 잡았을 때, 작은 칠면조를 남기고 큰 칠면조를 놓아 준다. 왜 큰 칠면조를 놓아 주었는가?

3. 사람의 욕심은 끝이 없다. 사람의 욕심으로 인한 불행한 일들에 대해 이야기 해본다면? 사람들의 욕심은 왜 다스려야 한다고 생각하는가?

4. 할아버지가 기르는 개 모드는 냄새를 잘 맡지 못한다. 하지만 청력과 시력으로 사냥을 돕는다. 사람들도 부족한 무언가가 있어도 잘 해낼 수 있는 일이 있을 것이다. 사람들의 능력이 부족할 경우, 그 사람의 다른 능력을 찾아낼 수 있는 과정을 써 본다면? 어떻게 하면 사람들의 단점을 보완할 수 있는가?

5. 지난 일을 모르면 앞일도 잘 해낼 수 없으며, 자기 종족이 어디서 왔는지를 모르면 어디로 가야 될지를 모르는 법이라고 할아버지는 말씀하신다. 우리나라의 역사를 아는 것은 왜 중요한가?

6. 인디언들을 강제 이주시킬 때 인디언들이 걸렸던 눈물의 길을 '눈물의 여로'라고 한다. 인디언들을 인디언 마을에서 몰아낸 사건은 무엇이 어떻게 잘못된 일인가?

7. 할머니는 작은 나무에게 체로키라면 누구나 자기만의 비밀장소를 갖고 있다고 한다. 당신에게도 비밀장소가 있는가? 있다면 어느 곳인가, 없다면 어느 곳에 어떠한 비밀장소를 갖고 싶은가?

8. 할머니는 사람들에게는 두 개의 마음이 있는데, 하나는 몸이 살아가는데 필요한 것들을 꾸려가는 것이고, 또 하나는 영혼의 마음이라고 한다. 영혼의 마음은 상대를 이해하는 데 쓰는 마음이라고 한다. 당신은 영혼의 마음이 무엇이라고 생각하는가?

1 이 책의 주인공 어린이 인디언의 이름.

2 인디언들이 강제 이주당할 때 행진 중에 3분의 1 정도가 죽었다 해서 그 행렬에 붙여진 이름.

5 장난감의 한 가지. 둥근 널빤지 두 쪽의 중심축을 연결하여 고정시키고, 그 축에 실의 한쪽 끝을 묶어 매고 실의 다른 한쪽을 손에 쥐고 널빤지를 올렸다 내렸다 하면서 회전시킴.

6 [이날이다, 저날이다 하는 식으로] 약속이나 기한 따위를 미적미적 미루는 모양.

9 일본의 전통 의상의 한 가지. 소매가 넓으며 폭이 넓은 허리띠를 두르는 여자 옷임.

11 작품 속 할머니 이름.

12 죄인을 섬으로 귀양 보냄. 종이로 벽이나 반자 장지 따위를 바르는 일.

13 고아원에서 주인공 어린 소년을 이렇게 불렀음. 법률상 부부가 아닌 남녀 사이에서 태어난 아이.

15 우리 한민족의 개국신화.

16 적을 치거나 막는 데 쓰이는 온갖 도구.

17 마노나 조가비 따위에, 무늬를 돋을새김으로 새겨 만든 장신구. 저명인사나 인기 배우가 예기치 않은 순간에 극중에 등장하여, 아주 짧은 동안만 하는 연기나 역할.

18 (패를 지어) 이곳저곳으로 떠돌아다니면서 노래와 춤을 파는 사내.

19 식물의 줄기나 잎에 바늘처럼 뾰족하게 돋아난 것.

20 사생에 쓰이는 도화지를 묶은 책.

24 개체적인 자아를 실체인 것으로 믿고 집착하는 일. 자기중심의 좁은 생각이나 소견 또는 그것에 사로잡힌 고집.

26 해가 뜨거나 질 때 하늘이 벌겋게 물드는 현상.

27 전라도·충청도·경기도 남부의 무악(巫樂)에서 유래된 가락의 한 가지. 피리·해금·장구·징·북 등으로 편성되는 합주로, 묘한 안어울림음을 이루는 것이 특색.

29 서로 다른 의견을 가진 사람이, 각각 자기의 설(說)을 주장하며 다툼. 논전(論戰). 논판(論判). 대론(對論).

30 우주진(宇宙塵)이 지구의 대기권에 들어와 공기의 압축과 마찰로 빛을 내는 것.

31 고무나 합성수지 따위로 해면 모양으로 만든 것. 쿠션·그릇닦개 따위로 쓰임.

33 미국 남동부의 애팔래치아 산맥 남쪽 끝에 살면서 농경과 수렵생활을 한 수렵 인디언.

35 불필요한 물을 다른 곳으로 흘려 보냄.

37 주인공이 두 번째로 죽을 뻔한 위기에 처한 것은 이 동물 때문임. 할아버지가 대신 이 동물에게 물림.

38 8월경으로, 곡식들이 충분히 자라서 그냥 두어도 될 때를 일컫는 말.

1				2		3			4
			5						
6	7		8		9	10		11	
						12			
13		14		15				16	
		17					18		
	19				20	21			22
23		24	25					26	
			27		28		29		
30					31				32
			33	34				35	36
37						38			

9. 인디언들은 달마다 특이한 이름을 붙인다. 8월을 '버려두기철'이라고 하는 것처럼 각각의 12월에 재미난 이름을 붙여 본다면?

10. 가을은 '죽어가는 것들을 위해 정리할 기회를 주는 축복의 시간'이라고 한다. 각 계절마다 존재의 이유를 설명해 본다면?

11. 남이 나를 도우려 할 때는 내가 앞장서서 더 많이 일해야 한다고 할아버지는 말씀하신다. 남이 나를 도우려 할 때 나는 어떤 태도를 가져야 하는가?

12. 작은 나무는 사거리에서 만난 기독교 소녀에게 모카신을 선물하지만 소녀의 아버지는 동정 따위는 받지 않는다며 딸에게 못 신게 한다. 할아버지는 그것을 그 사람의 자부심이라고 말을 한다. 기독교 소녀의 아버지의 태도에 대해 어떻게 생각하는가?

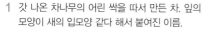

1 갓 나온 차나무의 어린 싹을 따서 만든 차. 잎의 모양이 새의 입모양 같다 해서 붙여진 이름.

2 (먹고 싶거나 갖고 싶은 것을) 보는 것만으로 어느 정도 만족하는 일.

3 달리면 달릴수록 이것의 몸은 더워지고, 그럴수록 강한 냄새의 침이 입에서 뚝뚝 떨어지는데, 그래서 인디언들은 이것의 침을 '뜨거운 자취'라고 불렀다.

4 슬퍼해줄 사람이 없을 때 대신 울어주는 새.

7 살아 있는 동안.

8 (어떤 사상이나 조직·규범 등에서) 벗어남. 빠져나감.

10 인디언들이 만들어 신던 신발로, 한 장의 털가죽으로 둘러싸듯 만든 신발.

11 금은(金銀)·주옥(珠玉)등의 귀중한 물건. '매우 귀중한 사람'을 비유하여 이르는 말.

13 주인공이 가장 좋아하였던 과일.

14 5월에 나비 모양의 꽃이 하얗게 송아리를 이루어 피는 꽃으로 향기가 좋으며 꿀벌들이 꿀을 많이 모을 수 있음.

15 민속에서, '음력 오월 초닷샛날'을 명절로 이르는 말.

16 귀신을 섬기면서 길흉(吉凶)을 점치고 굿을 하는 여자.

18 노예제의 존속을 둘러싸고 북부와 남부 사이에 일어난 내전.

21 양배추의 일종으로 잎이 오글오글하고 결구가 안 됨. 비타민, 미네랄이 많이 들어 있어 주스 만드는 데 씀.

22 이 계절은 죽어가는 것들을 정리할 기회를 준다. 회상의 계절이며 후회의 계절이기도 하다.

23 큰개자리에 속하는 별로 일명 시리우스라고도 함. 겨울 하늘에 가장 밝게 빛나는 항성.

25 코카서스 인종에 딸린 유랑 민족. 유럽 각지에서 방랑 생활을 함. 대부분 쾌활한 성격으로 음악에 뛰어난 재능을 지니고 있음. 보헤미안.

26 말과의 포유동물. 수나귀와 암말 사이에서 난 잡종. 힘이 세며 지구력이 뛰어나 무거운 짐과 먼 길에 잘 견딤. 성질은 온순하고, 병에 잘 걸리지 않으나 생식 능력이 없음.

28 할아버지는 이것의 제조업이 직업이다. 옥수수를 원료로 해서 만드는 이것.

29 의론의 요지나 취지. 논의(論意).

32 여름철에 여러 날을 계속해서 배가 내리는 현상이나 날씨가 계속되는 계절.

34 연애담이나 무용담 따위를 공상적·모험적·전기적(傳奇的)으로 다룬 통속 소설.

35 여러모로 자상하게 마음을 씀. 염려해 줌.

36 작은마마. 어린 아이들이 잘 걸리며 얼굴에 발진이 생기고 수포가 생긴다.

69

06 두 친구 이야기

안케 드브리스 지음
박정화 옮김
양철북

생각해 보세요

1. (286쪽) '헤이그로 가는 표 한 장'은 무엇을 상징하는가?

2. 당신을 위기에서 구해 준 고마운 친구가 있는가? 그 친구를 떠올려 보고 감사를 표현한다면 어떻게 표현하겠는가?

3. 유디트는 엄마에게 학대를 당한다. 부모가 잘해주신다면 사랑에 감사하고, 어려움을 겪고 있다면 도움을 요청해야 한다. 주변에 유디트와 같은 친구가 있는가? 유디트와 같은 친구들이 도움을 요청할 수 있는 기관은 어디인가? 친구가 기관의 도움을 받도록 돕겠는가?

4. 유디트의 엄마는 자기도 차별과 학대를 받는 고통을 겪었으면서 왜 자식에게 똑같이 한 것일까? 폭력은 왜 되물림된다고 생각하는가?

5. (29쪽) 미하엘은 난독증이라는 장애를 가지고 있음에도 그것을 당당히 밝히고 주변 사람과 잘 어울린다. 당신이 생각하는 당신의 단점은 무엇인가? 이러한 미하엘의 모습에서 어떤 것을 느꼈는가?

6. (69쪽) 유디트는 의문투성이의 소녀이다. 베크만 선생님은 부인과의 대화를 통해 유디트에게 더 관심을 가진다. 미하엘과 베크만 선생님의 관심을 통해 유디트의 불행이 알려지고 구원받을 수 있는 실마리가 생긴다. 당신은 주변 사람들에게 관심을 가지고 있는가? 관심을 가지고 주변 사람을 보았을 때 새로 알게 된 점은 무엇인가?

7. (97쪽) 유디트의 엄마는 "너를 때리고 싶지 않아. 하지만 그게 나보다 강해. 나 자신을 멈출 수가 없어."라고 하고 유디트에게 사과한다. 유디트의 엄마의 심리는 어떤 상태일까? 유디트의 엄마는 치료될 수 없는가? 유디트의 엄마는 누구의 도움을 받아야 하는가?

8. (230쪽) 유디트가 스스로의 이름을 되뇐

1 농토와 농사의 규모가 크고 수입이 많은 농가나 농민.

3 유디트의 엄마는 이웃에 사는 노부부를 ○○○○이라고 불렀다.

5 미하엘이 어려서 가출했을 때 잠을 잤던 집의 아줌마는 미하엘에게 누구냐고 물었을 때 답을 하지 않자 ○○한 아침을 먹으면 생각날지도 모른다고 말을 한다.

7 재난 따위를 당하여 어려운 처지에 빠진 사람을 구하여 줌.

9 유디트의 어머니는 어느 날 유디트에겐 빨간 스웨터를 데니스에겐 ○○○를 선물한다.

12 유디트가 결석하자 담임은 미하엘을 통해 유디트에게 ○○○○을 보내준다.

14 몹시 애를 태우며 마음을 씀.

16 미하엘의 이모는 몸에 좋은 것만 먹게 하느라고 ○○ 대신 말린 과일을 먹게 한다.

18 어떤 일이 이루어지거나 일어나는 곳.

20 데니스를 돌봐주던 선생님과 유디트는 ○○○ 때문에 남자친구와 서로 사귀게 되었다.

23 아주 잘 그린 그림. 또는 유명한 그림.

24 마음이 가라앉지 아니하고 들떠서 두근거리다.

26 같은 종류.

27 유디트는 엄마의 집을 떠나 ○○○로 떠나는 기차표를 산다.

29 미의 여신.

31 소형(小型)임을 이르는 말.

33 미하엘이 텔레비전 본 것으로 아빠에게 혼났을 때 벌을 받은 사실을 친구들이 안타깝다고 말하자, ○○○○에서는 여덟 살이 된 어린이는 텔레비전을 볼 수 없다고 이야기를 한다.

34 마음과 몸의 활동력. 본디 타고난 기운. 만물이 자라는 데 근본이 되는 정기.

36 미하엘은 ○○○ 인형을 사서 유디트에게 선물한다.

38 향을 피움. 제사나 예불(禮佛) 의식 따위에서, 향로에 불을 붙인 향을 넣고 향기로운 연기를 피우는 일을 이르다.

40 엄마는 유디트가 다쳤을 때, 유디트가 ○○네 집에서 놀다가 다쳤다고 주치의에게 말하곤 한다.

43 헬렌은 미하엘에게 아빠를 많이 닮았다면서 미하엘은 ○○으로 많은 걸 성취할 수 있을 거라면서 용기를 준다.

44 물건을 보호하거나 가리거나 덮거나 싸는 물건. 가리개. 덮개. 씌우개.

45 탁아소 선생님 남편인 리하르트는 유디트가 가정폭력을 당하고 있을지 모른다면서 자신의 어렸을 적 친구가 자신의 아빠로부터 폭력을 당해서 죽었지만 신문에는 ○○○○으로 죽었다고 보도되었다고 이야기 해준다.

46 미하엘은 아버지와 말할 때, ○가 꽉 묶여버리는 것 같아서 감히 말하지 못했다고 유디트에게 이야기한다.

47 미하엘의 수영 선생님은 미하엘이 수영대회에 자신없다고 말을 하자, 그것은 미하엘이 제대로 ○○하지 않기 때문이라고 한다.

48 미하엘이 유디트를 도와주려고 했던 이유는 순전히 미국에서 있을 때 옆집에 살던 ○○○를 닮았기 때문이었다.

것은 어떤 의미인가?

9. (279쪽) 유디트가 "기다리는 시간이 가장 무서워."라고 말할 때의 마음은 무엇인가?

10. (277쪽) 유디트는 미하엘 덕에 불행한 집에서 탈출할 수 있는 기회를 얻는다. 만약 유디트에게 미하엘이 없었다면 어땠을까? 우리 주변에는 이러한 기회가 없는 사람들이 더 많을 수 있다. 당신이 어려움에 빠진 친구나 이웃을 위해 할 수 있는 일은 무엇인가?

1	2		3			4		5	6
	7	8				9		10	
11				12	13		14	15	
		16				17		18	19
	20	21		22					
	23					24	25		
26			27	28			29		30
	31	32		33					
34	35		36	37					
	38	39		40			41		
42		43				44			
45			46	47			48		

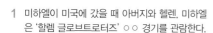

1 미하엘이 미국에 갔을 때 아버지와 헬렌, 미하엘은 '할렘 글로브트로터즈' ○○ 경기를 관람한다.

4 유디트 어머니의 새로운 애인은 밤에 몰래 어머니의 ○○에서 돈을 훔쳐간다.

6 유디트는 집을 떠날 때 가방에 데니스의 ○○, 자명종을 넣어 간다.

8 미하엘의 아버지는 헬렌을 만나. 헬렌이 건강과 거리가 먼 사람이라고 말해서 ○○을 시작했다고 한다.

9 휩쓸어 죄다 없애 버림.

10 미하엘은 집을 나와 헬렌의 집 ○○에서 잠을 잔다.

11 유디트의 엄마는 유디트가 자신의 남동생 ○○와 닮아서 싫어하고 미워한다.

12 삶아서 주식 또는 간식으로 하고, 굽거나 기름에 튀겨 먹기도 한다. 뜨거운 ○○는 정치적·사회적으로 중요한 일이지만 현실적으로 다루기 어려운 미묘한 문제를 일컫는 용어이다.

13 헬렌의 집 마당에는 ○○나무가 있다.

15 유디트네 반에서 교장 선생님이 대신 수업을 한

것은 선생님의 아버지가 ○○수술을 받았기 때문이다.

16 유디트의 엄마는 ○○란 죽은 것이라며 ○○에 대해서는 거의 말하지 않았다.

17 ○○○○는 이모가 아기를 낳을 때 미하엘이 받아준 아기이다.

19 유디트의 동생 데니스의 탁아소 선생님 이름.

20 유디트의 이모는 유디트가 밤에 오줌을 싸자 ○○○ 작전을 알려준다.

21 유디트는 엄마가 급하게 이사를 가자 미하엘에게 ○○로 자신이 사는 곳을 알려준다.

22 미하엘은 어머니가 죽고 미국으로 갈 때 비닐봉지에 ○○○를 숨겨서 가져가다가 아버지에게 들킨다.

25 마하엘의 사촌 쌍둥이 동생은 ○○○와 프랑크이다.

26 데니스의 아버지 벤은 유디트가 엄마에게 맞고 있자 ○○○에 데리고 가서 함께 놀아준다.

28 놀이기구의 하나로 두 줄을 매어 만든 것을 몸을 움직여 앞뒤로 왔다갔다 하면서 타고 노는 것.

어린이 놀이터에 있다.

30 유디트의 어머니 남동생은 ○○○○를 타러 나갔다가 죽는다.

32 유디트 어머니의 새 애인이면서 돈을 훔쳐간 사람.

35 유디트의 두통은 엄마의 ○○과 무척 닮았다. 둘다 예측하기가 어려웠다.

37 유디트의 어머니는 유디트를 실컷 두들겨 패고 다른 사람이 알까봐 ○○○으로 이사를 급히 간다.

39 미하엘은 미국으로 가는 공항에서 당황하는 바람에 ○○○을 깨뜨리고 만다.

41 미하엘의 수영 선생님.

42 불길하고 무서운 꿈.

07 파리대왕

윌리엄 골딩 지음
유종호 옮김
민음사

생각해 보세요

1. 인간 본성의 결함에서 사회의 결함을 찾아내려는 것이 중요하다고 한다. 인간 본성의 결함에서 사회의 결함을 어떻게 찾을 수 있는가?

2. 파리대왕이란 말은 부패와 파괴와 타락과 히스테리와 공포에 몰두하는 악마를 가리키고 있다고 하는데 사람들 본성에는 악마가 있다고 생각하는가?

3. 앞의 2번 문제를 곰곰이 생각해 보았는가? 사람들은 태어날 때부터 본성에 착한 마음이 있다, 라는 말과 태어날 때부터 악한 마음이 있다는 성악설 중에서 어떤 것이 더 타당성이 있다고 생각하는지 하나를 골라 그 의견을 이야기 해보자.

4. 권위를 지니고 있는 아이의 말이 별다른 근거가 없는데도 아이들은 그의 말을 들음으로써 마음의 안정을 추구한다. 때론 불합리하고도 잔혹한 명령도 아이들은 스스럼없이 따른다. 그들이 스스로 생각하려 하지 않고 권위자에게 복종했던 이유는 무엇인가?

5. '봉화'가 상징하는 것은 무엇인가? 아이들은 끝내 '봉화'로 인해 본래 목적을 달성할 수 있었음에도 왜 무리를 나눠 '봉화'를 피우려 했던 이들을 탄압했는가?

6. 이 작품은 상징이 많다. 소라와 안경, 봉화와 멧돼지 사냥은 각각 무엇을 상징하는가? 힘이 없는 이들이 '소라'를 지님으로써 자신의 권리와 발언권을 주장했던 까닭은 무엇인가?

7. 진실되고 지혜롭던 돼지는 아이들의 조롱거리가 된다. 아이들은 돼지를 조롱함으로써 정서적 안정을 찾는다. 끝내 돼지는 난폭해진 아이들의 손에 죽임을 당한다. 이것을 통해 작가가 우리에게 하고자 하는 말은 무엇인가?

8. 랠프는 해군 장교를 만난다. 아이들 중 대장이 누구냐는 해군 장교의 물음에 랠프는

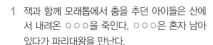

1		2	3	4	5	6	7
			8			9	
10	11	12		13			
	14	15	16			17	18
19			20		21		
	22			23			
24			25			26	27
				28	29	30	
31	32	33		34	35	36	
			37				38
39			40			41	42
	43			44		45	

쫓기는 중이었음에도 불구하고 자신이 대장임을 밝힌다. 어른 행세를 하던 아이들은 진짜 어른을 맞닥뜨리자 끝내 울음을 터뜨리고 만다. 이 상황에서 어떤 아이러니를 발견할 수 있는가?

9. (306쪽)핵분열의 엄청난 파괴력을 알게 된 인류가 과연 영속적인 평화를 누릴 수 있을까 하는 냉전시대의 회의적 분위기가 팽배해 있던 시대에 이 책은 큰 충격을 안겨주었다. 이 책에 나타난 인간의 본성이 당대 사회 구성원들을 회의적으로 몰아넣은 그들이 우려했던 인간의 본성과 어떤 점이 같은가?

1 책과 함께 모래톱에서 춤을 추던 아이들은 산에서 내려온 ㅇㅇㅇ을 죽인다. ㅇㅇㅇ은 혼자 남아 있다가 파리대왕을 만난다.

2. 상대편에게 언짢은 기분이나 태도로 맞서서 대듦. 또는 그런 말이나 행동.

3. 삯을 받고 사람이나 짐을 나르는 데에 쓰는 배. 여객선, 화물선, 화객선 따위가 있다.

4. 머리털이 쑥대강이같이 헙수룩하게 마구 흐트러짐. 또는 그 머리털.

5. 저작권자의 허락 없이 불법으로 복제되어 판매 유통되는 서적이나 테이프, 소프트웨어 따위를 이르는 말.

6. 5월의 꽃의 여왕. 꽃말은 사랑. 욕망. 절정. 기쁨. 아름다움.

7. 잘난 체하며 뽐내고 건방짐.

11. 두 가지 이상을 같은 곳에 넣거나 싸서 봉함.

15. 아이들이 신성한 곳으로 여기는 곳.

16. 사람의 생각으로는 미루어 헤아릴 수 없이 이상하고 야릇함.

17. 움직임이 느릿느릿하다. 경사가 급하지 않다.

18. 굳센 창자라는 뜻으로, 굳세고 굽히지 않는 마음을 비유적으로 이르는 말. 몸이 건강하고 혈기가 왕성함.

21. 어떤 것의 바닥이 되는 부분.

23. 멧돼지 사냥을 하다 실패한 랠프를 ㅇㅇㅇ가 멧돼지에게 하듯 창으로 공격을 하자 랠프도 맞선다. 장난은 거의 죽일 듯 이어진다.

24. 잭이 ㅇㅇㅇ의 머리를 장대에 꽂아 두자, 그곳에 파리가 꼬이는데 파리대왕이 말을 한다.

25. 꼬마들이 울자 ㅇㅇㅇ는 엉덩이를 문지르고 어릿광대짓을 한다. 그러자 공포에 싸여있던 꼬마들도 숙성한 아이들도 함께 웃어댔다.

27. 남의 감정, 의견, 주장 따위에 대하여 자기도 그렇다고 느낌. 또는 그렇게 느끼는 기분.

29. 모여들었다 흩어졌다 함.

30. 아이리스. 붓꽃. 난잡하게 쓴 초서.

32. 세 꼬마들 중 쥐색 얼굴빛을 하고 있던 아이. ㅇㅇㅇ 윔즈 매디슨.

33. 아이들을 모을 때 이것을 분다. 회의에서 ㅇㅇ가 있을 때 발언권을 얻는다.

34. 짙고 산뜻한 붉은색.

36. 새롭고 신기한 것을 좋아하거나 모르는 것을 알고 싶어 하는 마음.

37. 샘세포의 작용에 의하여 특수한 액즙을 만들어 배출함. 또는 그런 기능. 땀, 침, 젖 따위.

39. 일이나 사태가 잘못되어 결판이 남. 또는 그 판국.

40. 사람이나 동·식물 따위가 세상에 나서 살아온 햇수.

42. 책은 ㅇㅇ 열매로 마스크를 만들어 쓴다.

08 가자에 띄운 편지

발레리 제나티 지음
이선주 옮김
남기열라

생각해 보세요

1. (7쪽) 문학의 기능은 교훈을 주는 것이 아니라 보고, 느끼고, 어쩌면 이해할 수 있도록 하는 것이라고 한다. 역사책과 백과사전이 아닌 문학을 통해 이해하는 것은 어떤 점이 다른가?

2. (11쪽) 이 책의 처음 시작은 폭탄 테러 이야기로부터 시작된다. 예쁜 드레스를 입기 전 테러 때문에 죽게 된 신부의 모습을 탈은 잊을 수가 없다. 일상에서 폭탄 테러의 위험이 상존한다면 사람들의 일상은 어떻게 바뀔까? 테러의 경험이 있는 사람에게 그 상처는 어떻게 영향을 미칠까?

3. (20쪽) 유대인들은 3천 년 전에 예루살렘에 살았으며 그건 성서에도 쓰여 있고, 2천 년 동안 나라 없이 떠돌았으니 예루살렘으로 돌아와야 한다고 주장하고, 무슬림들은 성인 무함마드가 여기서 승천했고 자신들은 1,300년 동안 예루살렘에서 살아왔으니 자신들이 살아야 한다고 주장한다. 이들의 주장에 대한 당신의 의견은 무엇인가? 그 근거는 무엇인가?

4. (29쪽) 탈은 친한 에프라트가 자신의 모든 걸 알려 하자 불편하다. 친구란 모든 걸 얘기하고 함께 나누다보면 결국에 가서는 자신만의 비밀 정원은 털끝만치도 가질 수 없게 된다고 하는데 친구 사이에서는 어느 만큼의 친밀감이 이상적인 것일까?

5. (30쪽) 탈은 자신의 괴로움을 잊고자 익명의 팔레스타인 친구에게 편지를 쓴다. 예전에 통신이 발달하지 않았을 때는 사람들이 펜팔이란 이름으로 모르는 사람들에게 편지를 쓰기도 했다. 나를 모르는 어떤 누군가에게 편지를 쓴다면, 어디에 있는 누구에게 쓰겠는가?

6. (32쪽) 탈은 편지를 쓰면서 서로를 알아야 할 수천 가지 이유가 있다고 한다. 두 나라의 평화를 위해 이스라엘과 팔레스타인이 서로에 대해 알아야 하는 이유는 무엇인가?

7. (145쪽) 나임은 런던에 있는 친구가 가족이나 친구가 다쳤거나 죽었다고 알리는 전화 통보를 받을 걱정도 없는 것들을 놀라워한다. 우리가 일상에서 죽음에 대한 공포,

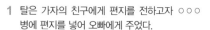

1 탈은 가자의 친구에게 편지를 전하고자 ○○○ 병에 편지를 넣어 오빠에게 주었다.

4 가자맨의 친구 윌리와 파올로가 활동을 하는 단체의 이름. 세계 곳곳에서 고통 받고 있는 사람들의 얘기를 들어주기 위한 심리치료사 집단.

7 반(反) 이스라엘을 내세우는 팔레스타인 무장저항단체. 이 말은 '용기'라는 의미로, 이슬람 수니파(派)의 원리주의를 내세우는 조직체이다. 이들은 팔레스타인의 해방 및 이슬람 교리를 원리원칙대로 받드는 국가를 건설하는 것이 목표이다. 기본적으로 이스라엘과 팔레스타인 자치정부 간의 평화협상을 반대하고, 이를 위한 테러활동을 벌인다.

9 나중에 꼬투리나 증거가 될 말.

11 팔레스타인 사람들은 모두 복수로 존재하며 ○○을 등에 통째로 지고 살아간다고 무겁다면서 가자맨은 슬퍼한다.

14 탈이 슬픔에 빠졌을 때, 탈의 아빠는 ○○은 우리의 고뇌보다 강하기 때문에 우리에게 위안을 준다고 말한다. 어떤 정경이나 상황.

16 탈'이란 이름의 뜻.

17 가자맨은 ○○가 되려고 캐나다로 유학을 떠날 예정이다.

20 신앙이나 사상을 이성을 잃고 믿는 사람.

22 멍하니 정신을 잃음.

24 내전이나 기아 등으로 인하여 생긴 난민들이 모여 사는 곳.

25 낙인.

27 만족스러운 듯이 슬쩍 한 번 웃는 모양.

28 가자맨의 나이.

29 팔레스타인에서 폭탄을 터뜨리는 사람의 나이는 (○○)세 미만이다.

30 탈이 태어난 곳.

32 엉킨 듯이 어지럽게 추는 춤. 또는 그렇게 춤을 춤. 함부로 나서서 마구 날뜀을 비유적으로 이르는 말.

35 국가.

36 파올로와 윌리와 함께 간 레스토랑이 있는 해변가. 탈의 유리병을 발견한 곳과 가까움.

38 탈이 열세 살이 되던 날 할머니가 선물한 책. ○○○○의 일기.

39 폭력을 써서 적이나 상대편을 위협하거나 공포에 빠뜨리게 하는 행위. 폭력. 폭행.

40 '어머니'의 낮춤말.

41 두 대상이나 물체의 사이가 썩 가깝게. 시간이나 길이가 아주 짧게.

43 독일의 초인주의 철학자. '신은 죽었다'라고 선언하였다.

44 나임은 이스라엘에 와서 맨 처음 ○○○공으로 일했다.

테러로부터 안전할 수 있는 것은 얼마나 고마운 일인가? 일상의 안전이 우리에게 주는 것은 무엇인가?

8. (148쪽) 파올로는 분쟁에 있는 나라의 분쟁을 멎게 할 수는 없지만 그들이 갖고 있는 상처가 나아질 수 있도록 심리치료사 집단을 운영하고 있다. 우리는 상처 있는 타인을 위해 어떠한 일을 할 수 있는가? 파올로의 일은 어떤 면에서 가치가 있는가?

9. (168쪽) 이스라엘은 안전이 우선이고 그 다음은 평화가 있을 것이라고 말하고, 팔레스타인은 평화가 우선이고 그런 다음에 안전은 자연히 이루어진다고 말한다. 당신은 어떤 주장이 옳다고 생각하는가? 그 이유는 무엇인가?

10. (198쪽) 나임은 캐나다에서 의사공부를 할 수 있게 되었다. 그는 캐나다에서 새로워지고 싶어 한다. 나임은 의사 공부를 마치고 평화로운 세상을 위해 어떻게 공헌할 수 있을까?

1		2		3		4		5		6	
					7						
8		9	10			11			12		13
			14	15				16			
17	18				19						
20		21		22						23	
			24							25	26
		27				28		29			
30	31			32	33		34		35		
		36	37		38						
39		40							41	42	
	43				44						

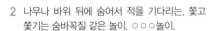

2 나무나 바위 뒤에 숨어서 적을 기다리는, 쫓고 쫓기는 숨바꼭질 같은 놀이. ○○○놀이.

3 하늘 아래 온 세상.

4 탈의 친구는 탈을 위해 심장 박동을 가라앉히고 악몽을 쫓는다면서 ○○○ 향이 나는 초를 가져온다.

5 전문변호사들로 구성된 법률회사.

6 어떤 생각을 해냄. 또는 그 생각.

8 이스라엘 라빈 총리가 총살당한 곳.

10 몹시 빠르고 거세게 부는 바람.

12 생활이나 행동 따위의 지도적 방법이나 방향을 인도하여 주는 준칙.

13 아라비아의 예언자 마호메트가 완성시킨 종교. 이슬람교.

15 조심하거나 삼가도록 미리 주의를 줌. 또는 그 주의.

16 뜻밖의 일에 얼굴빛이 변할 정도로 놀람. 크게 놀람.

18 임금이나 국가의 명령을 받고 외국에 사절로 가는 신하.

19 사람의 힘이 더해지지 아니하고 스스로 존재하거나 저절로 이루어진 부락.

21 가자맨 나임이 살았던 고향.

22 백성을 속임.

23 탈은 자라서 ○○를 만들고 싶어 한다.

24 난초와 대나무를 아울러 이르는 말.

26 '신의 뜻대로'란 뜻을 가진 인사말. 무슬림들은 오직 알라만이 미래의 일을 알고 주관한다고 믿고 있기 때문에 이 표현은 다분히 종교적 특성을 갖고 있다.

27 탈과 나임이 주고받은 편지의 언어.

31 역설(逆說)에 상응하여 전하려는 생각의 반대되는 말을 써서 효과를 보는 수사법. 무순. 역설. 이율배반.

33 수줍거나 창피하여 볼 낯이 없음.

34 탈의 친구 이름.

35 아랍어로 '재앙'이란 뜻.

37 대부분이 암수딴몸으로 다른 동물이나 바위에 붙어사는 강장동물로 폴립생활을 한다.

42 어떤 대상을 이기거나 극복하기 위한 싸움. 사회

운동, 노동 운동 따위에서 무엇인가를 쟁취하고자 견해가 다른 사람이나 집단 간에 싸우는 일.

09 올리버 트위스트 1, 2

찰스 디킨스 지음
박영의 옮김
신원문화사

생각해 보세요

1. (31쪽) 올리버 트위스트가 죽을 더 달라고 하여 받는 학대를 책에서는 훌륭한 혜택을 받는 것처럼 반어적으로 표현하고 있다. 주변에서 흔히 반어적으로 표현하는 경우는 어떤 상황이 있는가? 당신에게 최근 가장 안 좋았던 상황을 반어적으로 표현해 본다면?

2. 이 책의 관리들은 빈민 대상 복지제도에 대해 비리를 저지르고도 정당하다고 여기고 빈민들은 형편없는 대우를 받아도 감지덕지해야 한다고 말한다. 많은 나라에서 극빈자를 위한 복지제도에 여러 투자를 한다. 당신이 알고 있는 복지제도에는 어떤 것이 있는가? 복지제도라는 것에 대해 어떻게 생각하는가? 어떤 것이 최상의 복지라고 생각하는가?

3. (90쪽) 올리버는 어릴 적 같이 지내던 딕으로부터 태어나 처음으로 축복의 말을 듣는데 이것은 살면서 큰 힘이 된다. 당신도 삶의 원동력이 되는 좋은 말을 들은 경험이 있는가? 친한 친구에게 칭찬이나 축복의 말을 건네 본다면?

4. (202쪽) 글의 장면이 전환되는 부분으로, 작가는 작품에 직접적으로 등장해서 장면전환에 대한 서술을 한다. 이러한 작가의 서술 방식은 글을 읽는데 어떤 영향을 미치는가?

5. (209쪽) 딕은 인정에 호소하며 죽은 뒤 올리버 트위스트에게 안부를 전하고 싶어한다. 범블과 맨 부인은 왜 딕의 말에 기분 나빠했을까?

6. (331쪽) 27장에서는 주변 인물들의 애정 관계를 서술한다. 이 부분은 글의 전개에 있어서 어떤 의미가 있는가?

7. (259쪽) 낸시는 올리버 트위스트를 도와주지만 결국 사익스에게 안타깝게 처참한 죽임을 당한다. 브라운로로부터 악의 소굴로 다시 데려온 것도 낸시이고 올리버가 자신의 자리를 되찾게 되는 것도 낸시 덕이다. 당신에게도 인생에 이렇게 큰 도움과 영향

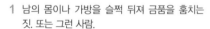

가로열쇠 / 세로열쇠

1 남의 몸이나 가방을 슬쩍 뒤져 금품을 훔치는 짓. 또는 그런 사람.

3 여기저기 모든 방향이나 방면.

6 올리버에게 "하느님, 형을 지켜 주세요." 라면서 태어나 처음으로 축복의 말을 전해 준 양육원의 아이.

7 죽음을 맞이함. 부모가 돌아가실 때 그 곁에 지키고 있음.

8 노파가 아그네스의 주머니를 훔쳐 맡긴 곳.

10 여자들이 얼굴을 가리거나 장식하기 위하여 쓰는 얇은 망사. 비밀스럽게 가려져 있는 상태를 비유적으로 이르는 말.

11 꿈속의 생각. 실현성이 없는 헛된 생각을 함. 또는 그 생각.

14 원수를 갚음.

16 메일리 부인의 집을 도둑질하는데 올리버 트위스트는 몸집의 ○○ 때문에 그 집의 작은 창으로 들여보내졌다.

17 올리버의 이름은 ○○○의 순서에 의해 지어졌다.

18 절실히 느낌.

19 항상 개와 함께 다니는 사람. 낸시는 그를 배반하지 않았지만 그는 낸시를 살해하였다.

20 올리버는 ○을 더 달라고 했다가 매를 맞고 장의사에게 팔려갔다.

21 예시하여 모범으로 삼는 것.

22 책 도둑으로 몰렸을 때 올리버를 구해주고, 끝까지 올리버를 위해 힘을 써준 노신사. 부모를 찾도록 도와준다.

26 바로 지금 처음으로 들음.

28 우유 속에 있는 카세인을 뽑아 응고 발효 시킨 식품. 단백질, 지방, 비타민이 많이 들어 있으며 요리, 제과 따위에 쓰인다.

29 배반을 꾀함. 국가나 군주의 전복을 꾀함.

30 새롭고 신기한 것을 좋아하거나 모르는 것을 알고 싶어 하는 마음.

32 중요하고 긴함.

33 아는 사람.

35 올리버와 같은 아이들은 ○○○에 시달렸다. 19세기 유럽은 산업의 굴레로 아동의 노동력 착취

가 비일비재했기 때문이다.

38 옷감이나 헝겊 따위에 여러 가지의 색실로 그림, 글자, 무늬 따위를 수놓는 일. 범인이 스스로 수사 기관에 자기의 범죄 사실을 신고하고, 그 처분을 구하는 일.

40 게임이나 웹상에서 똑같은 말을 여러 번 반복해서 쓰는 것.

43 말의 가락. 억양(抑揚).

45 올리버의 아버지는 아내인 아그네스의 ○○○를 친구의 집에 맡겨 두었다가 찾지 못 하고 죽었다.

47 심장의 기능이 갑자기 멈추는 일.

49 올리버는 메일리 부인의 집 도둑 사건으로 총에 맞았을 때 ○○에 버려졌다.

50 생활 능력이 없거나 가난한 사람들을 수용하여 구호하는 공적·사적인 시설.

51 남몰래 넌지시 일러바침.

52 스승으로부터 가르침을 받거나 받은 사람.

1		2		3	4		5		6
			7			8		9	
10		11	12			13		14	15
		16			17			18	
	19			20					
21					22		23	24	25
	26			27			28		
	29			30		31		32	
	33	34				35	36	37	
38	39		40	41		42		43	44
45		46		47			48		49
	50					51		52	

을 미친 사람이 있는가?

8. 올리버 트위스트의 출생의 비밀이 밝혀지도록 한 단서들은 어떤 것들이 있는가?

9. 몽크스는 천하의 악당으로 묘사되고 그가 유산을 상속받는 것은 매우 부당한 것처럼 묘사되어 있다. 아름다운 사랑으로 표현되지만 실상은 그의 아버지가 아그네스와 불륜을 저지르고 낳은 사생아가 올리버 트위스트인 것이다. 몽크스는 정말 극악무도한 자일까? 몽크스의 입장에서 생각해 본다면?

10. 이 작품은 오래 세월 많은 인기를 받으며 영화 및 연극 등으로 만들어지기도 했다. 다른 매체로 다루어진 올리버 트위스트를 감상하면 좋을 것이다. 당신이 이 이야기를 드라마로 만든다면 어떤 캐릭터를 살려보고 싶은가? 그 이유는 무엇인가?

1 5파운드의 돈을 주고 올리버를 산 장의사.
2 자세하고 꼼꼼하다. 아주 곱고 촘촘하다.
3 맡아보던 일자리를 스스로 그만두고 물러남.
4 거리낌 없이 제멋대로 행동함.
5 전지나 축전기 또는 전기를 띤 물체에서 전기가 외부로 흘러나오는 현상.
9 배를 그러안고 넘어질 정도로 몹시 웃음.
11 원래 에드워드 리포드란 이름을 가진 올리버의 이복형. 유산 상속을 위해 올리버를 범죄자로 만들려고 함. 유산을 얼마 받고 외국으로 나갔으나 나쁜 길로 빠져 결국 사망하였다.
12 흥분이나 부끄러움으로 얼굴이 붉어짐.
13 아이를 낳을 때에, 아이를 받고 산모를 도와주는 일을 직업으로 하던 여자.
15 사람을 구치소나 교도소에 가두어 넣음.
19 언행이나 선물 따위로 상대에게 고마운 뜻을 나타냄.
21 올리버의 이름을 지어준 관리 이름.
23 고상하고 우아한 멋.
24 메일리 부인의 집에서 올리버를 도와주던 아가

씨. 올리버의 이모.
25 아이들을 상대로 나쁜 일을 일삼는 무리의 우두머리로 유태인이며, 올리버를 범죄자로 만들려는 음모를 가지고 있는 사람.
26 올리버의 어머니 아그네스가 아기를 낳을 때 돌봐주던 노파는 머리카락과 ○○○가 담긴 주머니를 훔쳤다.
27 뛰어난 문학 작품을 많이 써서 알려진 사람.
31 마음속.
34 올리버를 도와주던 노신사는 런던에 머물다가 에드워드 리포드의 거처를 알아보고자 급히 ○○로 떠났다.
36 검은 실크 옷을 입고 장례 행렬을 이끄는 올리버를 시샘하여 괴롭히던 ○○는 후에 런던으로 올라와 낸시를 미행하고 염탐하여 낸시를 죽음에 이르게 한다.
37 남의 주장에 자기의 의견을 일치시키거나 보조를 맞춤. 시 따위의 음률이 같은 것.
38 어떤 일이 비롯된 처음. 처음부터.
39 보통과는 달리 이상하여 의심스럽다.

41 법률 전문가가 아닌 일반 국민 가운데 선출되어 심리(審理)나 재판에 참여하고 사실 인정에 대하여 판단을 내리는 사람.
42 불의나 암흑, 또는 사람을 악으로 유혹하고 멸망하게 하는 것을 비유적으로 이르는 말. 남을 못살게 구는 아주 악독한 사람을 비유적으로 이르는 말.
44 일정하게 사는 곳과 하는 일 없이 떠돌아다니는 사람.
46 그림을 그리는 데 쓰는 여러 도구.
48 숨기어 남에게 드러내거나 알리지 말아야 할 일. 밝혀지지 않았거나 알려지지 않은 내용.
49 장의사에게 팔려간 올리버는 ○○가 되었다. 직업에 필요한 지식, 기능을 배우기 위하여 스승의 밑에서 일하는 직공.

77

10 나무 소녀

다독다독 ＊

벤 마이켈슨 지음
홍한별 옮김
양철북

새각해 보세요

1. (10쪽) 가비는 나무를 특출나게 잘 타시 '라 알리 레 하웁'이라는 별명이 있다. 당신 도 특별히 잘 하는 것이 있는가? 당신의 장 점과 관련하여 어떤 별명을 받고 싶은가?

2. (35쪽) 가비가 묘사한 강의 모습은 어떤 미래를 암시하는가?

3. (43쪽) 마누엘 선생님이 말한 "미국 정부 는 장님이 아니야." 라는 말은 무엇을 함축 하고 있는가?

4. (46쪽) "우리가 어떻게 살아가는지는 알 겠지. 하지만 왜 사는 지도 알겠니?" 마누엘 선생님의 질문에 가브리엘라가 대답했다면 어떤 내용이었을까? 당신이라면 어떤 대답 을 하겠는가?

5. (68쪽) '약속을 지켜야만 할 때가 오리라 는 걸'이란 말에서 어떤 전개를 짐작할 수 있 는가?

6. (111쪽) 당신도 중요한 결정을 할 때 망설

인 적이 있는가? 그런 경험에서, 미누엘 선 생님이 했던 말처럼 그 결정을 옳은 결정으 로 만들기 위해 어떤 노력을 하였는가?

7. (126쪽) 가브리엘라는 나무에 올라간 덕 분에 살 수 있었는데, 다시는 나무에 올라가 지 않겠다고 다짐한다. 이유가 무엇인가?

8. (154쪽) 난민들은 미국을 이상적인 곳처 럼 생각하며 미국으로 가고 싶어 한다. 안경 을 쓴 젊은 남자가 "미국인들만 아니면, 군 인들이 우리 마을을 공격하지도 않았을 겁 니다."라고 말하는 순간 난민들은 그 이야기 에 대해 궁금해 하지도 않고 이야기를 끝내 고 자리로 돌아간다. 난민들은 그렇게 행동 한 이유는 무엇인가?

9. (160쪽) 기적처럼 가브리엘라와 알리시 아는 재회하게 된다. 절망 속에서도 이렇게 기적같이 바라던 일이 이루어지기도 한다. 기적과 같은 뜻밖의 재회에 대한 경험이 있 는가? 있었다면 언제인가?

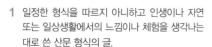

1 일정한 형식을 따르지 아니하고 인생이나 자연 또는 일상생활에서의 느낌이나 체험을 생각나는 대로 쓴 산문 형식의 글.

3 가브리엘라는 난민수용소에서 아이들을 위해 맨 처음 놀이를 통해 ○○을 가르치려고 한다. ○○ 해지려면 놀이가 필요하기 때문이다.

4 가비는 인디언들이 쓰는 언어 외에 공용어를 배 우는데, 다른 지역의 마을들과 언어가 달라 ○○ ○○을 하기 위해서이다.

8 초밥.

9 난민 수용소에서 같은 천막에서 지내다 먼저 돌 아가신 할머니 이름.

11 가비의 막내 여동생.

13 가비는 전쟁 중에 태어난 아기의 우유를 구하러 읍내에 갔다가 광장에 있는 ○○○나무 위로 올 라가 학살 장면을 목격한다.

14 어떤 목적에 따라 정하여진 길. 거쳐 가야 할 교 육 과정이나 절차.

15 무엇을 이루어 보겠다고 마음속에 품고 있는 욕 망이나 소망. 밤이 깊음.

16 가비의 부모는 배운 것은 외우기만 하면 안 되고 ○○를 해야 한다고 한다. 그래야 배운 것을 다 른 식구들에게 설명해줄 수 있기 때문이다.

17 가비의 엄마는 가비에게 ○○의 교훈을 가르쳐 주었다. 다정함은 ○○을 나눈다는 것이다.

18 이끌어 지도함. 사람으로서 마땅히 지켜야 할 도 리. 사물이나 권리 따위를 넘겨 줌.

19 중남미에서 쓰는, 날이 넓은 큰 칼로 농사용이나 무기로 쓴다.

22 마야 전통 의상인 여성용 블라우스.

23 어떤 내용을 소개하여 알려 줌. 또는 그런 일. 사 정을 잘 모르는 어떤 사람을 가고자 하는 곳까 지 데려다 주거나 그에게 여러 가지 사정을 알려 줌.

24 절연(絕緣)이 불완전하거나 시설이 손상되어 전 기가 전깃줄 밖으로 새어 흐름. 또는 그 전류. 여 러 번 싸움.

25 사람은 선택을 할 때 자신의 날개로 탄 ○○이 옳은 거라고 가비의 선생님은 가르쳐 준다.

27 전쟁 중 아기를 받은 가비는 칼이 없어 탯줄을

선인장 ○○○로 자른다.

28 목적지까지의 거리. 또는 목적지까지 걸리는 시 간. 거쳐 지나가는 길이나 과정.

29 가비는 약속이란 ○○에서 빌려 오는 것이라고 믿는다.

30 잘못 사용함.

32 호르헤 오빠는 가비의 ○○○○○의 날에 잡혀 갔다.

36 인격이나 작품 따위에서 드러나는 고상한 품격.

38 인정하여 허가함.

40 편평한 대지의 끝과 하늘이 맞닿아 보이는 경계 선.

42 전쟁 중에 태어난 아기의 이름.

43 남동생이 총상을 입어 피를 많이 흘리자, 가비는 양명아주는 상처를. ○○은 영혼을 치유하도록 상처에 발라준다.

44 전쟁의 충격으로 말을 하지 못 하는 동생을 위 해, 난민촌의 아이들을 위해 가비는 ○을 이용해 서 놀이를 유도한다.

1	2		3			4	5	6	7	
8			9			10		11		12
					13					
		14			15			16		
							17			18
19	20		21		22			23		
24			25							26
		27			28					
				29				30	31	
32	33		34		35			36	37	
		38	39		40	41				
42			43					44		

10. (169쪽) 가브리엘라는 절망적인 상황 속에서 아이들이 놀 수 있게 도와준다. 가브리엘라가 "아이들은 다시 행복해지는 법을 배워야 돼요."라고 말한 것에는 어떤 의미가 있는가? 아이들에게 노는 것을 가르치는 것은 행복과 어떤 관련이 있는가?

11. (195쪽) 가브리엘라는 알리시아와 함께 다시 나무에 오르게 되면서 어떤 심경의 변화를 겪었는가?

12. 이 소설에서 묘사된 비극의 과테말라 내전은 어떤 전쟁인가? 왜 마야인들은 고통을 받았는가?

세로 열쇠

1 가비가 공용어로 배운 언어.

2 설. 한 해의 절기나 달, 계절에 따른 때.

3 권리의 내용을 실현함. 어떤 일을 시행함. 또는 그 일.

5 임금이 신하에게 만나 볼 기회를 줌. 윗사람을 사사로이 뵘

6 물체의 진동에 의하여 생긴 음파가 귀청을 울리어 귀에 들리는 것.

7 꿰뚫어 환히 봄.

9 읍내에서 만난 수녀님의 이름. 가비를 도와주려 했으나 학살당함.

10 부끄러움을 느끼는 마음.

12 가비를 놀린 남자 아이들을 피해 가비가 올라간 나무 이름.

13 가비는 ○○인. 인디오다.

14 미국 국경을 넘으려면 ○○○라는 사람들의 도움을 받아야 한다.

16 갈아 놓은 밭의 한 두둑과 한 고랑을 아울러 이르는 말.

17 모든 일은 반드시 바른길로 돌아감.

18 삶은 가비의 아빠에게 주름살을 주었고, 지혜는 ○○를 주었다.

19 가비를 가르쳐준 학교의 선생님.

20 전국 체육 대회.

21 중동에서 생산되는 원유로 오만유와 함께 현물 시장에서 거래되는 아시아 지역의 대표적인 원유의 하나. ○○○○유.

23 마을에 군인이 쳐들어와서 사람들을 모두 죽일 때 여동생과 함께 도망쳤으나 총상으로 죽은 동생.

26 동굴의 기도에서 가비의 아빠는 ○○이 자신들을 이끌어 주는 안내자라고 한다.

27 전쟁 중 태어난 아기와 가비의 막내 동생을 돌봐준 사람.

28 가비는 보 술을 '○○ 주스'라고 부른다.

31 질문을 하려면 ○○가 필요하다. 씩씩하고 굳센 기운. 또는 사물을 겁내지 아니하는 기개.

33 결혼한 여성에게 붙이는 경칭.

34 선.

35 가비의 엄마는 가비가 나무에 올라가면 ○○를 붙들듯이 꿈도 꼭 붙들라고 이야기한다.

37 장터나 길거리를 돌아다니면서 동냥하는 사람.

39 하는 일 없이 시간을 헛되이 보냄. ○○세월.

41 동굴의 기도에서 가비의 아빠는 ○○가 없다면 다른 어떤 것도 의미가 없다고, ○○를 주라고 기도한다.

4
사회 · 예술

"PUZZLE"

01 변신

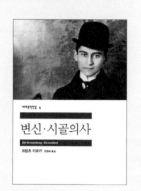

다독다독 *

변신·시골의사
Die Verwandlung · Ein Landarzt
프란츠 카프카 전영애 옮김

프란츠 카프카 지음
전영애 옮김
민음사

생각해 보세요

1. (9쪽) 그레고르 짐자는 어느 날 아침 한 마리 해충으로 변해 있음을 발견한다. 잠자가 해충으로 변했다는 것은 어떤 의미인가?

2. 그레고르 잠자는 가족을 위해 어떤 삶을 살아 왔는가? 그동안 가족들은 그레고르 잠자를 어떻게 대했으며 어떻게 생각했는가? 그레고르 잠자가 벌레로 변하자 가족들은 어떻게 변했는가?

3. (23쪽) 그레고르 잠자는 벌레가 된 후 유난히 귀가 잘 들린다. 다른 감각 기관에 비해 유난히 귀가 잘 들리게 된 상징적 이유는 무엇인가?

4. (29쪽) 그레고르 잠자의 어머니는 아들의 불행한 소식을 듣고 비명을 지르고 쓰러진다. 그후로도 매우 나약하여 잠자를 위해 어떠한 일도 하지 못한다. 한국의 일반적 어머니의 모습과는 매우 대조적인데 잠자의 어머니는 잠자에게 어떤 어머니인가?

5. (30쪽) 그레고르 잠자는 아버지를 찾지 못하게 만들까 봐 두려워하고 순간순간 아버지로부터 치명적인 위험이 날아올까 봐 불안해한다. 이것은 카프카가 평생 아버지를 어려워했던 것과 연관이 있다고 한다. 아버지를 두려워하는 그레고르 잠자에게 위로를 준다면 어떤 위로를 주고 싶은가?

6. (33쪽) 그레고르 잠자가 불행한 상태임에도 그의 가족은 고요한 생활을 영위하고 있다. 가족을 위한 그레고르 잠자의 그동안의 희생은 의미가 있었을까?

7. (44쪽) 그레고르의 어머니는 그레고르를 만나려고 하나 가족들은 만나지 못하게 한다. 어머니의 이 말은 진심이었을까? 가족들이 어머니가 그레고르를 만나지 못하게 한 것은 왜였을까?

8. (49쪽) 그레고르 가족은 그의 방을 말끔히 치워버린다. 그의 모든 것이 그로부터 사라졌다. 가족들이 그레고르의 물건을 치운

 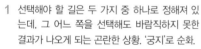 

1 선택해야 할 길은 두 가지 중 하나로 정해져 있는데, 그 어느 쪽을 선택해도 바람직하지 못한 결과가 나오게 되는 곤란한 상황. '궁지'로 순화.

3 일에 관한 내용이나 결과를 말이나 글로 알림.

5 여동생이 잘 연주하던 악기. 그레고리 잠자는 악기를 잘 연주하는 동생을 위해 학교에 보내고 싶어 함.

6 그레고리 잠자의 아버지가 가족을 위해 다시 갖게 된 직업.

9 절망에 빠져 자신을 스스로 포기하고 돌아보지 아니함.

10 꼼꼼히 마음을 써서 일에 빈틈이 없다.

12 관심이나 흥미가 없음.

13 주어진 내용의 글. 손가락 끝마디 안쪽에 있는 살갗의 무늬. 또는 그것이 남긴 흔적. 사람마다 다르며 그 모양이 평생 변하지 아니하여 개인 식별, 인장 대용, 범죄 수사에 중요한 단서가 된다.

14 마음이 편하지 아니하고 조마조마함. 분위기 따위가 술렁거리어 뒤숭숭함. 몸이 편안하지 아니함.

15 하지 아니할 수 없어. 또는 마음이 내키지 아니하나 마지못하여.

17 그레고리 잠자는 자신의 방에서 가구들이 사라지자 이것만은 빼앗기고 싶어 하지 않아 붙들고 있었다.

18 내버려 둠.

20 그레고리의 가족은 그레고리가 죽자마자 마음 홀가분하게 ○○을 떠난다.

21 그레고리 잠자의 방에서 제일 먼저 사라진 가구.

22 어떤 기관이나 단체에서 물자의 관리나 금전의 출납 따위를 맡아보는 사무. 또는 그 부서나 사람.

23 기초가 튼튼하지 못하여 오래 견디지 못할 일이나 물건을 이르는 사자성어. 가정의 기능을 하지 못 하는 '변신' 속의 가정이야말로 ○○○○이다.

24 슬퍼하고 서러워함. 또는 그런 것.

25 어떤 일이나 때가 가까이 닥쳐서 몹시 급하다.

26 살림을 살아 나갈 방도. 또는 현재 살림을 살아 가고 있는 형편.

27 융통성이 없이 올곧고 고집이 세다.

28 잘못을 꾸짖거나 나무라며 못마땅하게 여김.

30 근무하는데 열심히 하려는 마음이 없고 게으름. 회사를 위해 온 힘을 다해 일했으나 그레고리는 회사로부터 ○○○○○이라는 질책을 듣는다.

33 믿지 아니함. 또는 믿을 수 없음.

34 사람의 죽음을 알림. 또는 그런 글.

36 의심을 품음. 또는 마음속에 품고 있는 의심. 상식적으로 자명한 일이나 전통적인 권위를 긍정하지 아니하고, 부정적인 태도로 의심하여 보는 일.

38 그레고리 잠자가 출근하지 않자 회사에서는 ○○○을 보냈다.

39 그레고리 잠자의 여동생 이름.

40 깊이 잘 생각함.

1		2		3	4		5		
				6		7			8
9							10	11	
				12					
13		14				15			16
		17			18				
	19			20		21		22	
	23				24		25		
26				27			28		29
	30	31				32		33	
34	35					36	37		
38			39			40			

것은 어떤 의미인가?

9. (53쪽) 그레고르의 아버지는 언제나 기운이 없었던 사람인데 그레고르가 쓰러지자 꼿꼿이 똑바로 서 있는 사람이 되었다. 이것의 의미는 무엇인가?

10. (54쪽) 그레고르의 아버지는 아들에게 사과를 던져 치명상을 입힌다. 사람들에게 가장 큰 상처를 입히는 것은 가족이라는 말이 있다. 상처를 주는 부모의 말들이 있는가?

11. (78쪽) 그레고르가 사망하자 가족들은 그동안 미뤘던 여행을 떠난다. 그리고 그들의 가족은 점차 생기를 되찾는다. 이들 가족의 여행이 새로운 꿈과 좋은 계획의 확증처럼 비친 까닭은 무엇인가?

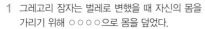

---

1 그레고리 잠자는 벌레로 변했을 때 자신의 몸을 가리기 위해 ○○○○으로 몸을 덮었다.

3 은혜를 갚음.

4 몸으로 견디기 어려운 일들을 통하여 수행을 쌓는 일.

5 '가장자리'의 제주 방언. 부피가 매우 큰 돌.

7 부끄러움을 느끼는 마음.

8 병이 조금씩 나아가는 정도.

9 처음부터 끝까지의 과정.

11 그레고리 잠자의 어머니는 벌레가 된 아들의 모습을 보고 잠시 ○○○○이 된다.

12 수줍거나 창피하여 볼 낯이 없음.

14 석가모니의 제자. 부처의 아들딸. 곧 모든 중생을 이르는 말.

16 도리에 어긋나거나 이치에 맞지 아니함. 또는 그런 일. 인생에서 그 의의를 발견할 가망이 없음을 이르는 말.

18 바람막이.

19 사건의 원인이나 내용을 조사하는 사무를 맡아 보는 계. 또는 그런 사람.

20 불에 태워 없애 버림. 지워서 없애 버림.

21 어떤 사물의 진행을 가로막아 거치적거리게 하거나 충분한 기능을 하지 못하게 함. 또는 그런 일. 신체 기관이 본래의 제 기능을 하지 못하거나 정신 능력에 결함이 있는 상태.

22 언행이 신중하지 못하고 가볍다.

24 참고하기 위하여 준비하여 놓음. 또는 그런 것. 문서 따위에서, 그 내용에 참고가 될 만한 사항을 보충하여 적는 것. 또는 그 사항.

25 바라볼 것이 없게 되어 모든 희망을 끊어 버림. 또는 그런 상태. 그레고리는 ○○으로 죽고 만다.

26 서로 한 번도 만난 적이 없어서 전혀 알지 못하는 사람. 또는 그런 관계.

27 움직임이 느릿느릿하다. 경사가 급하지 않다.

29 천 가지 매운 것과 만 가지 쓴 것이라는 뜻으로, 온갖 어려운 고비를 다 겪으며 심하게 고생함을 이르는 말.

31 도리나 이치에 맞지 않거나 정도가 지나치게 심하다.

32 어떠한 일을 하는 데 적절한 시기나 경우. 겨를이나 짬.

35 쓴 술잔. 쓰라린 경험을 비유적으로 이르는 말. 무릎을 꿇고 머리를 조아리며 절함.

37 확실히 알 수 없어서 믿지 못하는 마음.

02 동물농장

다독다독 ✱

세계문학전집 5

동물농장
Animal Farm
조지 오웰 도정일 옮김

조지 오웰 지음
도정일 옮김
민음사

생각해 보세요

1. (11쪽) 메이저는 자신들이 노동해서 생산한 것을 인간들이 몽땅 도둑질해 가기 때문에 자신들의 삶에 어려움이 있다고 말한다. 동물들의 유일한 적은 인간이며 인간이 사라진다면 고된 노동의 원인은 영원히 제거될 거라 말한다. 동물농장은 인간을 몰아냈다. 과연 그 원인은 제거되었는가? 본질적 원인은 무엇인가?

2. (26쪽) 동물들은 인간을 몰아내고 일곱 계명을 만든다. 이것은 나폴레옹에 의해 변질되는데 어떻게 변질되어 동물들을 지배하는가?

3. (33쪽) 당나귀 벤자민은 어느 돼지 못지않게 잘 읽었지만 그 능력을 발휘하는 법은 없고 당나귀는 오래 산다는 말만 반복한다. 벤자민은 지식인이라 할 수 있는데 지식인이 우매한 국민을 위해 아무런 행동을 하지 않는 것은 괜찮은가? 아는 것에 대한 의무는 없는 것일까? 현시대에 있어 지식인의 책무는 무엇인가?

4. (35쪽) 돼지들은 경영하는 일이 머리를 많이 쓰는 일이며 힘들다고 농장의 좋은 수확물을 혼자 독차지한다. 자본주의에서 대기업의 임원들은 경영을 이유로 엄청난 이윤을 가져간다. 이것의 모순은 무엇인가?

5. (51쪽) 스노볼의 의견에 찬동하는 동물들이 많아지자 나폴레옹은 난폭한 강아지 아홉 마리를 데려와서 동물들을 위협하고 스노볼을 몰아낸다. 폭력은 어떻게 권력을 차지하는가? 폭력과 권력은 어떤 관계인가?

6. (56쪽) 나폴레옹이 지도자가 되고 동물들은 예년과 다름없이 노예처럼 일한다. 그러나 그들은 행복했다. 행복한 이유는 무엇인가? 이들의 오류는 무엇인가?

7. (65쪽) 나폴레옹은 농장의 모든 나쁜 사건은 스노볼의 소행이라고 동물들을 세뇌시킨다. 여론은 사람들의 마음을 어떻게 움직

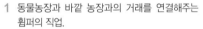

1 동물농장과 바깥 농장과의 거래를 연결해주는 휨퍼의 직업.

4 풍차 전투에 승리하고 나폴레옹은 동물들에게 특별 선물로 ○○ 한 알씩을 분배했다.

5 동물농장 대통령 선출을 위해 동물농장을 ○○○으로 선포한다.

8 쫓겨난 인간이 농장을 찾으려고 일으킨 처음 전투.

10 죽은 사람을 그리며 생각함.

11 어떤 것의 바닥이 되는 부분.

12 쇠붙이로 만든 연장이나 유리 조각 따위의 날카로운 부분. 강하고 날카로운 기세.

14 남의 결점을 다른 것에 빗대어 비웃으면서 폭로하고 공격함. 문학 작품 따위에서, 현실의 부정적 현상이나 모순 따위를 빗대어 비웃으면서 씀.

15 인간세계로 날아다니며 동물세계의 이야기를 전하던 새. 주로 동물농장이 만들어낸 가짜 정보를 주었음.

16 짐수레를 끌던 암말로 천성이 착하고 순하다. 몸을 사리지 않고 일하는 친구를 염려하고 다른 동물들을 돌본다. 그렇지만 그녀의 태도는 현실에 있어서 스스로 변화를 이끄는 게 아니고 그저 끌려가기만 한다.

18 어떤 일을 하는 시간이나 시각에 차이가 지거나 지게 하는 일. 세계 표준시를 기준으로 하여 정한 세계 각 지역의 시간 차이.

19 숨어 있어서 겉으로 드러나지 아니하다.

21 물체가 가볍게 천천히 자꾸 흔들리다. 또는 그렇게 되게 하다. 하는 일 없이 빈둥거리다. ○○거리다.

22 경영체, 특히 기업체를 관리·운영하는 일.

23 네 발은 좋고 두 발은 나쁘다. 란 노래를 부르며 다른 동물들의 생각과 토론을 방해하던 동물.

25 상품의 매매나 도급 계약을 체결할 때 여러 희망자들에게 각자의 낙찰 희망 가격을 서면으로 제출하게 하는 일을 하지 않음.

26 동물농장의 목재는 팔렸으나 인간으로부터 받은 그 돈은 ○○○○였다.

29 북을 치고 춤을 춤. 힘을 내도록 격려하여 용기를 북돋움.

30 스노볼을 몰아내고 동물농장의 리더가 되었다. 독재자 스탈린을 비유한 것이다. 폭력적인 성격으로 독재 정치를 하면서 점점 인간과 닮아 간다.

31 적과 싸우고자 하는 마음. 또는 적에 대하여 느끼는 분노와 증오.

34 남을 가르쳐 이끄는 사람.

36 원수를 갚음.

37 정부나 지도자 따위에 반대하여 내란을 일으킴.

38 그 면(面)에 사는 사람.

39 이십사절기의 하나. 입추와 백로 사이에 들며, 양력 8월 23일경이다. ○○가 지나면 모기도 입이 비뚤어진다. ○○에 비가 오면 독의 곡식도 준다.

40 동물들은 농장을 차지하고 그들 스스로 '○계명'을 만든다. 후에 돼지들이 그 계명들을 그들 편의대로 바꾼다.

41 스노볼은 존즈 일행이 동물농장을 공격했을 때 이것 때문에 등에 부상을 입었다.

1	2	3		4		5		6		7
8			9			10				
									11	
12	13				14			15		
16		17		18			19			20
	21							22		
23			24			25				
	26								27	
28				29		30				
31		32		33						
	34	35					36			
37			38			39		40		41

이는가? 여론으로 사실을 왜곡하는 것이 가능한가? 그 이유는 무엇인가?

8. (76쪽) 동물농장에서 대대적인 숙청이 벌어진다. 복서는 잘못된 일들을 바로 잡기 위해선 자신이 더 열심히 일해야 한다고 생각한다. 동물이 열심히 일해서 생산성이 좋아진다고 시스템이 좋아질 수 있을까? 복서가 이렇게 생각하는 이유는 무엇인가?

9. (123쪽) 동물들은 본채에서 싸우고 있는 돼지와 인간의 얼굴을 분간할 수 없었다. 그것의 이유는 무엇인가?

1 안과 밖을 아울러 이르는 말. 나라 안팎을 아울러 이르는 말.

2 '개암'의 방언(충남). 북두칠성의 여섯째 별. 큰곰자리의 제타성(Zeta星) ≒ 미자르.

3 동물들의 유일한 적. 생산하지 않으며 소비하는 유일한 동물.

4 죽기를 각오하고 싸우거나 죽을 힘을 다하여 싸움. 또는 그런 싸움. 사사로운 이해관계나 감정 문제로 서로 싸움. 또는 그런 싸움.

5 일반에게 널리 공개하여 모집함.

6 어떤 일이 벌어진 장면이나 형편. 바둑이나 장기에서, 반면(盤面)의 형세를 이르는 말.

7 자기가 꾼 꿈 이야기를 하기 위해서 동물들을 불러 모은 늙은 수퇘지. 지식이 해박하고 리더십이 있으며 미래에 대해 현명한 지식을 가지고 있다.

9 전쟁 또는 전투 상황에 대처하기 위한 기술과 방법.

10 남의 뒤를 따라서 좇는 자. 권력이나 권세를 가진 사람이나 자신이 동의하는 학설 따위를 별 판단 없이 믿고 따르는 자.

11 기묘한 재주나 기술. 기구, 기계(機械), 기계(器械) 따위를 통틀어 이르는 말.

12 같은 이해관계나 같은 직업, 취미 따위로 모인 사람들의 단체. '동아리', '모임'으로 순화.

13 주의, 주장 따위를 간결하게 나타낸 짧은 어구. '강령', '구호', '표어'로 순화.

14 동물들이 전기와 동력을 얻기 위해 둔덕에 세운 것.

15 동물농장의 개들은 스탈린 시대의 ○○○○○이다.

17 가늘고 긴 가지가 축축 늘어진다. 잎은 긴 타원형이며 잔 톱니가 있다. 개울가나 들의 습지에 잘 자라는데 한국, 일본, 중국 등지에 분포한다.

18 돼지들은 침대에서 자면 안 된다는 계명을 어긴다. 그리고선 계명을 바꾸는데 ○○이야기를 추가하였다.

20 흰 염소로 글을 잘 읽고 사태를 잘 파악하지만 힘이 없고 착하기만 하다.

24 이 동물은 까마귀로 〈슈가캔디 마운틴〉이라는 하늘나라 이야기에 빠져 있다.

25 나폴레옹을 위해 시를 쓴 동물.

27 동물농장에서 목재를 사간 사람. 동물들을 속였다.

28 어떤 일에 알맞은 자격을 지니지 못한 반.

30 나폴레옹은 권력이 강해진 뒤, 수탉을 ○○○로 앞세우고 등장한다.

32 마음의 본바탕. 마음에 품은 의지. 등잔, 남포등, 초 따위에 불을 붙이기 위하여 꼬아서 꽂은 실오라기나 헝겊.

33 동물농장 안에서 가장 최고령자. 많은 지식을 가지고 있지만 겉으로는 자신이 감정과 생각을 잘 이야기 하지 않는다. 다른 동물들에 비해 똑똑하고 글자도 잘 읽는다. 무뚝뚝하고 절대로 웃는 법이 없다

35 토목, 건축, 기계 따위의 구조나 설계 또는 토지, 임야 따위를 제도기를 써서 기하학적으로 나타낸 그림.

36 "내가 더 열심히 한다"라는 말을 좌우명 삼아 열심히 일했던 말의 이름. 힘세고 우직한 말, 전투와 풍차 건설에 많은 공을 세웠으나 착하기만 한 성격 때문에 불행하게도 죽게 된다.

85

1984
Nineteen Eighty-Four
조지 오웰

조지 오웰 지음
정희성 옮김
민음사

생각해 보세요

1. 1984는 텔레스크린을 통해 사람들의 삶을 감시한다. 현대 사회의 감시카메라의 순기능과 역기능은 무엇인가?

2. (27쪽) 인간은 때에 따라서 의식적으로 증오의 대상을 바꿀 수 있다고 한다. 이것이 가능한가? 윈스턴은 왜 증오의 대상을 바꾸고 싶어 했는가?

3. (28쪽) 이 책 전반에 '전쟁은 평화, 자유는 예속, 무지는 힘'이라는 슬로건이 계속 나온다. 이것의 의미는 무엇인가?

4. (32쪽) 1984에서는 많은 인물이 증발되어 무가 된다. 어떤 것의 기록이 없어졌다고 해서 그런 일이 가능할까? 기록으로 남지 않은 역사는 무가 되는가? 기록으로 남지 않아도 역사가 되는 예는 무엇이 있는가?

5. (43쪽) 윈스턴은 후대의 인간에게 남겨줄 유산은 말을 들려주는 것보다 건전한 정신을 유지하게 하는 것이라고 생각한다. 후대의 인간이 건전한 정신을 유지할 수 있도록 우리는 무엇을 할 수 있는가?

6. (44쪽) 사람을 함정에 빠뜨리는 것은 사소한 실수라고 한다. 사소한 실수가 당신을 큰 함정에 빠뜨린 적이 있는가?

7. (53쪽) 과거를 지배하는 자는 미래를 지배하고 현재를 지배하는 자는 과거를 지배한다고 한다. 그래서 당은 과거를 지배하고자 이중사고를 사용하는데 이중사고란 무엇인가? 그것은 가능한가?

8. (75쪽) 당은 신어를 만들어 사람들의 사고를 다스리고자 한다. 요즘 현대인들은 언어의 다양성을 구사하는 대신 언어나 은어나 줄임말로 언어의 세계를 좁히고 있다. 이들 언어 사용의 문제점은 무엇인가?

9. (100쪽) 윈스턴은 그들이 의식을 가질 때까지 절대 반란을 일으키지 않을 것이며, 반란을 일으키게 될 때까지는 의식을 가질 수 없을 것이라 말한다. 이것의 의미는 무엇인가?

10. (144쪽) 윈스턴은 위기의 순간에 싸워야 할 것은 외부의 적이 아니라 자신의 육체라면서 육체적 고문에 의해 의식이 바뀌는 것에 대해 두려워한다. 육체적 두려움과 인간

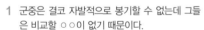

1 군중은 결코 자발적으로 봉기할 수 없는데 그들은 비교할 ○○이 없기 때문이다.

4 사실이 아닌 것을 사실인 것처럼 거짓으로 꾸밈. 진리부의 일.

6 앰플러스는, 영국 시문학사의 한계는 바로 영어의 ○이 모자라는 것이라고 함.

7 동아시아를 지탱하는 철학은 '죽음 숭배'로 그 뜻은 ○○○○이다.

10 당에 맞서는 지하 조직의 이름. ○○당

12 아픈 증세

14 큰 소리로 꾸짖음. 꾸지람.

15 과거의 정권은 감시할 힘이 없었지만, ○○○의 발달로 언론을 쉽게 조작할 수 있었음.

16 겉모양이 깨끗하지 못하고 생기가 없다. 태도 따위가 너절하고 고상하지 못하다.

17 그릇되어 이치에 맞지 않는 일.

19 윈스턴의 당원 이름.

20 세습적으로 나라를 다스리는 최고 지위에 있는 사람.

21 윈스턴에게 불온한 혁명서를 주면서 읽으라고

함. 윈스턴과 혁명운동에 동참하는 것 같지만 결국 윈스턴을 고문하고 죽음에 이르도록 함.

23 큰 관심 없이 대강 보아 넘김.

25 종이나 천에 상표나 품명 따위를 인쇄하여 상품에 붙여 놓은 조각. 프랑스의 작곡가.

26 채링턴 가게에서 윈스턴은 '○ 클레멘트 데인'이란 교회가 그려진 옛 그림에 관심을 갖는다.

27 윈스턴은 101호실 고문실에서 ○고문을 당한다.

28 저항이나 반대하지 못하도록 세력을 빼앗음. 동물의 생식 기능을 잃게 함.

30 도망하여 몸을 피함. 적극적으로 나서야 할 일에서 몸을 사려 빠져나감.

34 그리스 신화에 나오는 인류 최초의 여성. ○○○의 상자 속에는 인류에게 줄 온갖 재앙이 담겨 있었다.

35 살아 있는 조직이나 장기를 생체로부터 떼어 내어, 같은 개체의 다른 부분 또는 다른 개체에 옮겨 붙이는 일.

36 1984년 속의 사회에서 정통주의는 생각하지 않는 것. 요컨대 ○○○이라고 사임은 말한다. 사

임은 이 말로 인해 사라진다.

37 그리스 신화에 나오는 티탄 족의 여신. 아폴론과 아르테미스의 어머니이다.

39 못마땅한 표정을 지으면 ○○○가 되어 처벌 대상이 된다.

41 혁명을 주도했다는 반역자의 대표.

42 19세기 초에 출현한 ○○○○ 이론은 사상 체계의 마지막 단계이다. 사유 재산 제도를 폐지하고 생산 수단을 사회화하여 자본주의 제도의 사회·경제적 모순을 극복한 사회 제도를 실현하려는 사상.

43 언제나 하층계급의 입장에서 볼 때 역사적 변화란 그들의 ○○이 바뀌는 것 외에는 아무런 의미가 없다.

44 발전 속도가 놀라울 만큼 빨라서 눈을 비비고 다시 봄.

45 유럽과 아시아를 아울러 이르는 이름.

의 정신 사이에는 어떤 관계가 있는가?

11. (278쪽) 전쟁은 잉여 소비재를 소비시키고 계층적 사회가 필요로 하는 독특한 정신적 분위기를 조성하는데 우리 시대의 지배자들은 서로간의 전쟁은 하지 않으며 전쟁은 이제 지배 집단이 국민을 상대로 벌이는 싸움이며, 전쟁의 목적도 영토의 정복이나 방어가 아니라 사회 체제를 그대로 유지하는 데 있다고 한다. 전쟁과 이 시대의 관계는 무엇인가?

12. (300쪽) 만약 인간의 평등을 영원히 저지하려면 정신을 광적인 상태로 몰아넣어야 한다고 한다. 정신을 광적인 상태로 몰아넣기 위해 정부가 사용하는 방법은 무엇인가?

13. (356쪽) 당은 소극적인 복종이나 비굴한 굴복이 아닌 자유 의지에 의한 속마음을 장악하고자 한다. 이것은 가능한 일인가?

1		2		3		4	5		6	
		7	8		9		10			11
12	13		14		15				16	
	17			18			19			
20			21		22					
	23	24		25				26		
27		28	29			30	31		32	
	33			34						
35			36					37	38	
	39	40		41						
42			43							
		44		45						

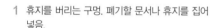

1 휴지를 버리는 구멍. 폐기할 문서나 휴지를 집어넣음.

2 당의 아이들은 부모들에게조차 두려운 존재다. 사상범을 ○○○○하는 아이는 꼬마 영웅이라 불린다.

3 한 번 스치는 정도라는 뜻으로, '약간'을 이르는 말.

5 여러 가지 재료를 이용하여 구체적인 형태나 형상을 만드는 기술.

8 그 밖의 또 다른 것.

9 사람을 죽임.

11 당은 사람들의 모든 행동을 ○○○○○을 통해 감시한다.

13 ○○○○의 시간이 되면 모두들 극도로 흥분하고 화면 속의 인물에 대해 분노를 폭발시킨다. 사람들의 의식을 지배하기 위한 당의 수단.

16 뒤를 따라감. 추함과 아름다움을 아울러 이르는 말.

18 당의 최고 영웅.

22 종이나 천에 상표나 품명 따위를 인쇄하여 상품에 붙여 놓은 조각. 프랑스의 작곡가.

24 ○○를 지배하는 자는 미래를 지배하고, 현재를 지배하는 자는 ○○를 지배한다는 것이 당의 슬로건이다.

29 당 중심의 세계에서 개인은 하나의 ○○에 불과해서 그 개인의 죽음은 아무런 충격이 되지 못한다.

30 말하는 모양이 거침이 없다. 잘난 체하여 주제넘게 거만하다.

31 지배사회는 ○○○○ 구조를 이루고 있다.

32 자본주의 사회에서, 노동력 이외에는 생산 수단을 가지지 못한 노동자.

33 당의 노동자들은 ○○을 가질 때까지는 절대로 반란을 일으키지 않는다. 그래서 당은 노동자들의 ○○이 없어지도록 노력한다.

34 판본의 양식.

35 알면서 모르는 척하는 것. 진실을 알면서도 거짓말을 하는 것, 두 가지를 동시에 믿는 것.

36 아무 잘못이나 죄가 없음.

38 어떤 지방에 대대로 붙박이로 사는 사람. 문명이 미치지 아니하는 곳에 토착하여 사는 사람을 낮잡아 이르는 말.

39 조롱박이나 둥근 박을 반으로 쪼개어 만든 작은 바가지.

40 진리에 맞는 올바른 도리.

43 관심을 가지고 주의 깊게 살핌. 또는 그 시선. 조심하고 경계하는 눈으로 살핌. 또는 그 시선.

04 멋진 신세계

A. **헉슬리** 지음
정승섭 옮김
혜원출판사

생각해 보세요

1. (24쪽) 이 소설은 1932년에 영국에서 쓰여졌다. 포드 기원 632년, 포드를 신성시 하는 세계 등의 표현을 보면 작가는 이 소설의 영감을 어디에서 얻었다고 보는가?

2. 사람들은 평등을 이상적으로 여기면서 이러한 디스유토피아적 소설에서는 왜 차별화된 계급이 있으며 반역이 없는 세상을 묘사하는 것일까?

3. 이 소설의 세계에서 임신을 금기시하는 이유는 무엇인가?

4. 소설에서 일반적인 사람과 야만인 존에게는 어떤 차이점들이 있는가?

5. 쾌락의 도구로 소마라는 약물과 섹스가 선택된 이유는 무엇인가?

6. (234쪽) 존은 왜 레니나를 창녀라고 여기고 격하게 싫어했는가?

7. (256쪽) 존이 소마를 내다 버리는 행위는 어떤 의미가 있는가?

8. (267쪽) 무스타파 몬드는 계급사회의 필요성에 대해 설명한다. 당신은 그의 이야기에 동의하는가? 동의한다면 어떤 점에서 그러한가? 반대한다면 어떤 점에서 그러한가?

9. (284쪽) 존과 무스타파 몬드의 대화에서 당신은 어느 쪽의 주장에 더 공감이 되는가? 공감하는 이유는 무엇인가? 친구들 사이에 이에 대해 서로 다른 의견이 있다면 토론해보자.

10. 야만인 존이 선택할 수 있는 선택지는 2가지뿐이었다. 작가는 개정판의 서문에서 3번째의 선택지를 추가하고 싶다고 했다. 당신이 존에게 세 번째 선택지를 제시할 수 있다면 소설 속 상황에서 어떤 방법을 제시하겠는가?

11. 소설의 결말에서 야만인 존이 자살을 선택한 이유는 무엇인가?

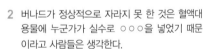

2 버나드가 정상적으로 자라지 못 한 것은 혈액대용물에 누군가가 실수로 ○○○을 넣었기 때문이라고 사람들은 생각한다.

4 역사는 ○○○이며 오래된 것이기 때문에 배울 필요가 없다고 멋진 신세계는 말한다.

7 수정을 시키기 위해 정자는 ○○○ 속에 저장된다.

9 보초를 서는 장소.

10 어질고 사리에 밝은 사람. 철학가. 몸이나 힘이 무쇠처럼 강한 사람.

11 일정한 신분이나 지위를 가지거나 일정한 일을 하는 데 필요한 조건이나 능력.

12 공경하며 삼가고 엄숙하다.

13 "죽느냐, 사느냐 이것이 문제로다" 란 멋진 명구가 실린 소설. 왕자가 부왕을 독살한 숙부와 불륜의 어머니에게 복수하는 이야기이다.

14 문화의 산물. 곧 정치, 경제, 종교, 예술, 법률 따위의 문화에 관한 모든 것을 통틀어 이르던 말이다.

15 자기 자신에 대한 의식이나 관념.

17 일정한 기간 동안 먹을 음식의 종류와 순서를 계획한 것.

19 멋진 신세계는 계층별로 사람들이 나뉘어져 있는데 가장 낮은 단계의 힘든 일을 하는 집단. 까만색 옷을 입는다.

22 머슴이 주인에게서 한 해 동안 일한 대가로 받는 돈이나 물건.

25 확실하거나 분명하지 않음. 갈피를 잡지 못하는 어리석은 생각.

26 강철 없이는 자동차를 만들 수 없고 사회의 불안정 없이는 ○○을 만들 수 없다면서, 멋진 신세계는 안정된 사회이기 때문에 ○○이 필요 없다고 말한다.

27 마구 때림.

28 멋진 신세계에서 사람들은 자신의 감정을 진정시키고자 할 때 ○○○○○하고 외친다.

30 음식. 식량.

32 수레나 쟁기를 끌기 위하여 마소의 목에 얹는 구부러진 막대. 쉽게 벗어날 수 없는 구속이나 억압을 비유적으로 이르는 말.

33 자기 자신의 이익만을 꾀함.

35 사람들의 감정을 조절하는 약. ○○ 1그램이면 우울을 치료한다.

37 존이 열두 번째 생일을 맞았을 때 린다가 선물한 책. 윌리엄 ○○○○○ 전집.

38 상반신만 사람이고 하반신은 말의 모습을 하고 있는, 그리스 신화에 나오는 괴물.

12. 극단적인 이 소설의 세계를 현실에 조화롭게 반영할 수 있는 방법이 있다면 무엇인가?

13. 멋진 신세계의 '공유, 균등, 안정'이란 슬로건은 달콤한 환상을 주지만 실제는 참혹하다. 계급이 같은 한 무리의 노동자들은 모든 면에서 완전히 '균등'하며, 만인은 만인의 소유라는 말대로 서로를 성적으로 얼마든지 '공유'한다. 회의, 의심, 도전, 좌절이 없는 사회는 '안정' 상태를 유지한다. 이것의 모순은 무엇인가?

	1		2	3			4	5			6
7						8					
			9							10	
11					12						
		13					14			15	16
17				18							
		19	20			21		22	23		
	24				25			26			
27			28			29				30	
			31						32		
33	34				35			36			
	37						38				

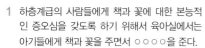

1 하층계급의 사람들에게 책과 꽃에 대한 본능적인 증오심을 갖도록 하기 위해서 육아실에서는 아기들에게 책과 꽃을 주면서 ○○○○을 준다.

3 레니나의 애인 헨리는 버나드를 행동조절에 대해 적당한 반응을 보여 주지 못 한다면서 ○○○에 비유한다.

5 멋진 신세계의 여자들은 17세가 되면 건강을 위해서 ○○○○○을 먹는 것이 권장된다.

6 다른 나라에서 온 사람.

8 헬름 홀츠는 최면교육을 위한 운율어를 만든다. 멋진 신세계를 위한 ○○○을 만드는 일에 아주 탁월하다.

9 멋진 신세계에서는 죽음을 편하게 받아들이도록, 사망일에는 아이들에게 ○○○을 선물한다.

10 하늘과 땅에 있는 것들보다 더 작은 것들을 꿈꾸는 사람. 인간과 세계에 대한 근본 원리와 삶의 본질 따위를 연구하는 학문을 연구하는 사람.

11 자기 자신이 처한 위치나 자신의 행동, 성격 따위에 대하여 깨닫는 일. 자기 자신에 대하여 아는 일.

12 깔보아 업신여김. 스스로 ○○을 받았다고 느끼는 자들은 으레 남을 ○○하는 법이다.

14 멋진 신세계의 ○○은 기계와 의학과 행복을 선택했다. ○○은 살균이다.

16 존은 ○○○○○로 추방당한다.

18 복제인간.

20 실제로 해 봄. 또는 그렇게 하는 일. 과학에서, 이론이나 현상을 관찰하고 측정함. 새로운 방법이나 형식을 사용해 봄.

21 주위보다 고도가 높고 넓은 면적의 평탄한 표면을 가지고 있는 지형.

22 야만인 구역에서 온 존을 사람들은 ○○○라고 부른다.

23 노래와 춤과 연극이 혼합되어 있는 중국의 전통극.

24 카키색 옷을 입는 계급.

25 '용(龍)'의 옛말.

27 양육실에서는 산소의 양을 조절함으로써 아이들의 계급을 결정하는데, 정상적인 산소의 70퍼센트에서는 ○○○가 되고 그 이하면 괴물이 된다.

29 멋진 신세계는 ○○시대라고 한다. ○○ 각하는 무스타파 몬드.

30 야만인 보존지역의 인디언 부락.

31 피임제를 넣은 허리띠. 레니나는 불임녀가 아니기 때문에 녹색 모로코 가죽 탄띠를 맸다.

34 기운차게 뻗치는 형세.

35 대수롭지 않은 짤막한 말.

36 사람이나 짐승을 함부로 치고 때림.

05 너무 완벽한 세상

다독다독 *

라인홀트 치글러 지음
홍이정 옮김
양철북

생각해 보세요

1. (5쪽) 이 작품의 중심 소재인 클론은 왜 '키는 무척 작고 머리는 엄청 크고 남녀 구별이 없다. 여덟 살쯤이면 어른인데 그때부터 차츰 늙기 시작한다. 그리고 아주 오랫동안 노인으로 살아간다.'라는 모습을 하고 있을까?

2. (39쪽) 게르트란은 무엇을 원했는가? 아우룬은 그것을 어떻게 깨닫게 되었는가?

3. 이 작품에서 사회의 대다수를 구성하는 클론들은 중성으로 표현된다. 여성이 된 돌연변이 클론을 주인공으로 설정한 이유는 무엇인가?

4. (74쪽) 비밀 조직 '해돋이'의 수장 겔도스는 남자다. 이것은 어떤 의미가 있는가?

5. (84쪽) 아우룬은 수용소로 오기 전 기억을 떠올려 47번 버스에 탄다. 왜 기억 속에 엘본이 같이 서있는 장면이 떠오르지 않은 걸까?

6. 클론들의 각각의 종류는 어떤 종류의 사람들을 대변한다고 생각하는가?

7. (134쪽) 클론들이 최초로 복제해 낸 클론이 A클론인데, 보톰을 찾으러 떠나는 멕산이 남자인 A클론인 것은 어떤 의미가 있는가?

8. (150쪽) 소설은 클론의 종류와 성별 차이에 따라 성격을 고정적으로 표현한다. "넌 어쩔 수 없이 A클론이라니까." 우리 주변에도 사람의 성격을 고정적으로 분류해서 평가하는 경우가 많다. 어떤 것들이 있는가? 그것이 실제로 맞다고 생각하는가?

9. 이 글의 주인공인 아우룬과 멕산은 왜 7살일까?

10. (155쪽) 아우룬과 멕산은 호르몬의 변화를 겪으면서 감정의 변화와 몸의 변화를 겪게 된다. 당신은 사춘기를 겪고 있는가? 감정과 몸의 변화가 언제부터 시작되었나? 어

1 오스트리아의 음악 연구가가 1862년에 모차르트의 전 작품 목록에 연대순으로 붙인 일련의 번호. ○○번호.
3 지키고 보호함.
5 문예 작품 따위에서 격식과 운치에 어울리는 가락. 사람의 품격과 취향.
7 크실론 요오르는 아우룬에게 게르트란을 옥상의 ○○을 핑계로 죽일 수 있다고 협박한다.
9 멕산이 에비네비 마을에서 좋아한 나이 어린 여자 클론.
10 아우룬이 갇힌 수용소는 ○○○○ 클론을 감시하기 위해 만든 수용소다.
11 슬픔이나 걱정 따위로 속을 썩임. 근심 걱정으로 맥이 빠지고 마음이 산란하여짐.
12 달리는 사람.
13 괴물. 도깨비. 극악무도한 사람.
15 200년 전쯤 클론의 운명을 결정짓는 최고 책임자였으나 지하로 잠적해버린 클론.
17 어떤 일에 주력하고 아직 남아 있는 힘.
18 아우룬은 인간만이 두려움을 느끼며, 맹수를 길

들일 수 있는 유일한 길은 친구의 따뜻한 ○○밖에 없음을 알게 되었다.
22 클론은 생식을 통제하기 위해 ○○으로 만들어졌다.
24 게르트란은 아우룬에게 옥상으로 데려가 ○는 빛과 생명의 비밀을 지니고 있으며 새로운 비밀을 선사한다고 알려준다.
25 멕산과 아우룬은 지하 벙커에서 잠을 잔 다음날 하얀 ○을 본다.
26 자기의 감정이나 욕망을 스스로 억제함.
27 책방의 레오스는 자신들의 지도자를 찾아가는 아우룬에게 길을 알려주는데 그 길은 인간이 살던 시절에 ○○○이 다니던 곳이었다.
31 소송법에서, 법원이 소송 사건의 관계자 양쪽을 대면시켜 심문하는 일.
32 일이 아무 탈이나 말썽 없이 예정대로 잘되어 가는 상태.
33 게르트란이 아우룬을 ○○○라고 부르자 아우룬은 깜짝 놀란다.
34 멕산과 아우룬을 따르는 검둥개.

35 바다를 그리워하다.
37 일정한 뜻을 나타내기 위하여 따로 정하여 쓰는 기호. 재산이 많은 집.
38 이익이 있음. 따로 떨어짐.
39 어떤 것을 미루어 보려고 계획하거나 행동함.
40 멕산은 에비네비 마을에서 마음에 드는 여자 클론에게 ○○를 선물로 준다.
42 안전하게 잘 둠. 조선시대에 먼 곳에 보내 다른 곳으로 옮기지 못하게 주거를 제한하던 일. 또는 그런 형벌.
43 멕산이나 아우룬, 게르트란은 ○○○로 비상신호를 보낸다.
44 ○클론은 잔인하고 폭력적이다.
45 빨린 머리 D클론은 100개 가량의 숫자를 한꺼번에 계산할 수 있어서 한자리에 앉아 계산만 했다. 이 클론을 다들 ○○○○○라 불렀다.
46 X클론은 클론 사회의 ○○을 지키기 위해서 만들어졌다

	1	2		3	4		5	6		7	
8		9				10					
			11								
13	14							15	16		
			17			18	19				20
				21		22	23				
24		25		26				27	28	29	
	30			31					32		
33						34				35	36
37		38		39							
	40	41		42				43			
44		45				46					

떤 변화가 생겼는가?

11. (243쪽) 보톰 교수가 복제인간을 작은 중성인간으로 만든 심리는 무엇인가?

12. (301쪽) 크실론 코요르는 여자인 것을 밝힌다. 크실론 코요르가 여자임을 암시하는 단서는 무엇이 있었는가?

13. 소설 중에 여자는 많지만 남자는 늙은 겔도스와 젊은 멕산 두 명만 등장한다. 작중 인물의 성비불균형은 무엇을 의도한 것인가?

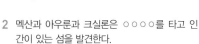

2 멕산과 아우룬과 크실론은 ○○○○를 타고 인간이 있는 섬을 발견한다.

4 새롭고 신기한 것을 좋아하거나 모르는 것을 알고 싶어 하는 마음.

5 세차게 부딪침.

6 한 작품에서 주역을 도와 극을 전개해 나가는 역할을 함. 또는 그 역할을 맡은 사람

7 실험용 클론을 죽이기 위해 만든 ○○○○ 때문에 인간이 모두 죽는다.

8 아우룬이 수용소에 오게 된 것은 ○○○ 변이 때문이다.

11 실제로 경험하지 않은 현상이나 사물에 대하여 마음속으로 그려 보는 힘.

14 클론의 쇄골에 심어진 칩은 ○○○를 통해 읽힌다.

16 피하거나 쫓기어 달아남.

17 수용소 소장 크실론 코요르는 성별이 ○○였다.

19 태도나 분위기가 점잖고 엄숙하다.

20 아우룬은 프리클론 ○○에게서 복제되었다.

21 남의 잘못이나 비밀을 일러바치는 짓.

23 특정 종교에서 신성시하는 장소. 종교적인 유적이 있는 곳.

28 한 달 가운데 스무하룻날부터 그믐날까지의 동안.

29 보톰이 클론을 만들기 위해 보안장치를 철저히 만든 연구소. 사람들은 '○○○을 친 자궁'이라고 놀리기도 했다.

30 클론 이전에 살았던 인간을 클론들은 ○○○○ 사피엔스라고 불렀다.

31 X클론은 머리가 모두 ○○○였다.

33 남의 비위를 맞추어 알랑거림.

34 바다에 이는 물결.

36 백색 클론 몰래 만든 비밀조직의 이름.

39 자기가 하고도 아니한 체. 알고도 모르는 체하는 태도.

41 자기 스스로 만들거나 지음. 또는 그렇게 만든 것.

42 지표면 가까이에 아주 작은 물방울이 부옇게 떠 있는 현상.

43 눈앞.

06 돈 키호테

미겔 데 세르반테스 지음
박철 옮김
시공사

생각해 보세요

1. 글의 시작에서 많은 사람들이 돈 키호테의 등장인물들에게 시를 헌사한다. 당신은 어떤 인물에게 시를 헌사하겠는가? 당신의 헌사의 시는 무엇인가?

2. (38쪽) 돈 키호테는 기사 소설에 너무 빠진 나머지 가산을 탕진하고 미쳐버리고 만다. 당신도 어느 한 가지에 강렬하게 몰두해본 적이 있는가? 무엇이었는가? 언제였는가?

3. (43쪽) 돈 키호테는 자신의 고향의 이름을 따서 새 출발하는 자신의 이름을 짓는다. 당신이 스스로를 세상을 구할 영웅이라고 생각했을 때 세상으로부터 불리게 될 이름을 무어라 불렀으면 좋겠는가?

4. (99쪽) 돈 키호테에서 유명한 장면인 풍차와의 대결이 묘사되고 있다. 당신은 이러한 무모한 도전을 한 경험이 있는가? 이 장면은 무엇을 풍자한 것인가?

5. (113쪽) 작가는 이야기 속에서 다른 이가 돈 키호테에 대해 쓴 글을 발견해서 그것을 옮겨 서술한다고 말하고 있다. 작가가 이러한 서술 방식을 택한 이유는 무엇인가?

6. 돈 키호테가 믿고 있는 기사도란 어떤 것인가? 기사도란 무엇을 상징하고 있는가?

7. 돈 키호테는 미치광이이기도 하지만 메마른 현실에 유일하게 남은 듯한 낭만주의자처럼 느껴지기도 한다. 돈 키호테와 마주친 사람들은 이런 낭만에 어울려 주기도 하고 괴롭히기도 한다. 당신은 어떤 낭만이 있는가?

8. (168쪽) 산양치기 처녀 마르셀라는 그리소스토모가 받은 고통을 모두 자신의 탓으로 돌리는 것은 부당하다고 이야기한다. 당신은 짝사랑을 한 적이 있는가? 자신의 사랑을 상대에게 강요한 적이 있지는 않은가?

9. (237쪽) 산초는 "탐욕이 과하면 자루가 찢어진다는 옛말처럼 욕심이 제 모든 희망을 산산조각 내는군요."라고 말한다. 당신도 과한 욕심과 관련된 경험이 있는가?

10. (282쪽) 용기와 만용의 차이는 나아갈 때와 물러날 때를 아는 것이다. 당신은 이처럼 적절한 때에 물러난 적이 있는가? 어떤 것이 적절한 나아감과 물러남인가?

11. (367쪽) '불행한 자들에게는 아무런 위안도 있을 수 없다는 것이 오히려 위안이 되는 법'이라고 말한 이유는 무엇일까?

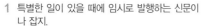

가로 열쇠

1 특별한 일이 있을 때에 임시로 발행하는 신문이나 잡지.

2 꽉 짜이지 아니하여 어울리는 맛이 없고 어설프다. 빽빽하지 못하고 성기다. 사물의 형태나 내용이 부실하다.

3 돈 키호테가 이발사에게서 빼앗아 맘브리노의 투구라 여긴 것은 실제는 ○○○○다.

5 부족을 느껴 무엇을 가지거나 누리고자 탐함. 또는 그런 마음.

6 배뇨 횟수가 잦음. 또는 그런 일.

7 '용(龍)'의 옛말.

8 사상이나 이론 따위가 깊이가 있고 오묘하다.

10 현명한 아버지로부터 유산을 물려받아 군인이 되기로 한 그는 알제리에서 포로가 되었는데, ○○○○는 그를 자유의 몸이 되게 하였으며 그와 결혼하였고 기독교로 개종하였다.

12 온몸이 상처투성이가 됨. 일이 아주 엉망이 됨을 비유적으로 이르는 말.

14 석가모니가 제자를 위하여 마련한 모든 계율. 두건처럼 머리에 딱 달라붙게 뒤집어쓰는 모자.

15 밤에 잠을 자지 아니하고 번을 서는 일. 또는 그런 사람.

17 친구 안셀라의 무모한 호기심으로 인해 그의 아내 카밀로의 정조를 시험하려다 사랑에 빠진 사람.

19 남에게 종속되어 따라다니는 사람. 산초 판사.

21 돈 키호테의 책을 태우면서 조카딸이 말하길, ○○이 되면 양치기가 되어 노래를 부르고 피리를 불며 산과 들을 돌아다닐지 모르며, ○○의 병에 걸리면 절대 고칠 수 없다고 했다.

22 용기가 있으며 씩씩하고 기운차기 짝이 없음.

24 돈 키호테는 문(文)에 대해 "학자들의 고난은 주로 ○○이다. 학자가 되면 배고픔에, 추위에, 헐벗은 차림의 상황에 처하게 된다." 라고 말을 했다.

25 말이나 태도가 흐리터분하여 분명하지 않음.

27 돈 페르난도와 결혼하였으나 그로부터 버림을 받아 슬픔으로 길을 떠난 ○○○○는 돈키호테를 만나 미코미코나 공주가 되어 재치있게 돈키호테의 귀가를 도와준다. 결국 여행길에서 자신의 사랑인 돈 페르난도의 사랑을 다시 얻는다.

28 자동차·기차·배·비행기 따위의 탈것을 이용하여 사람이 오고 가는 일이나, 짐을 실어 나르는 일. 서로 소식이나 정보를 주고받음.

30 돈키호테는 풍차를 보고 달려가서 공격했는데 이는 풍차를 ○○으로 생각했기 때문이다.

31 이곳저곳을 널리 돌아다님. 여러 가지 경험을 함. 돈 키호테는 ○○기사가 되어 길을 떠난다.

32 사회의 진보가 최고조에 이르러 행복과 평화가 가득 찬 시대. 그리스 사람이 인류의 역사를 금, 은, 청동, 철의 네 시대로 나눈 가운데서 첫째의 시대를 이르는 말. 일생에서 가장 번영한 시기.

33 카밀라의 하녀인 레오넬라는 훌륭한 ○○의 조건은 '박식함, 독신, 부지런함, 비밀스러움'이라며 남편의 친구에게 마음이 움직이는 카밀라를 부추긴다.

34 사람이 살고 있는 곳이나 기관, 회사 따위가 자리 잡고 있는 곳을 행정 구역으로 나타낸 이름.

36 남의 어려운 처지를 자기 일처럼 딱하고 가엾게 여김. 이성과 한 번도 관계를 하지 아니하고 그대로 지키고 있는 순결. 또는 그런 사람.

38 돈 키호테가 사랑하는 여인의 이름.

40 돈 키호테는 스스로를 ○○○○○○○라고 불렀는데, 그의 사랑하는 여인에게 편지를 쓸 때 제일 밑에는 꼭 이 서명을 사용했다.

41 공연히 조그만 흠을 들추어내어 불평을 하거나 말썽을 부림. 또는 그 불평이나 말썽.

1		2		3			4
	5			6			7
8	9			10		11	
	12		13				14
			15		16	17	18
19		20				21	
	22		23		24		25	26
				27			
28	29		30				31
32				33		34	35
		36	37		38		39
40						41	

12. (503쪽) 안셀모는 무모한 호기심으로 인해 친구도 아내도 잃고 비참한 죽음을 맞게 된다. 이러한 무모한 호기심거리는 어떤 것이 있는가? 그 호기심을 충족하는 과정에서 어떤 것을 잃을 수 있는가?

13. (660쪽) 돈 키호테는 기사소설에 헛바람 든 미친 사람으로 취급 받는다. 이 발사가 산초에게 너도 같이 미친 것이 아니냐고 하자 산초는 아니라고 말한다. 산초는 어떤 생각으로 돈 키호테를 따라다니며 종자 역할을 자처하는가?

14. (689쪽) 마음속으로만 생각하는 감사는, 실천 없는 신념이 아무런 의미가 없는 것처럼 죽음과 같다고 말한다. 당신은 좋은 감정이 있을 때 그것을 잘 표현할 수 있는가? 감정을 표현하는 것은 어떤 면에서 중요한가?

15. 글의 초반에서의 돈 키호테와 산초에 대한 인상과 책을 끝까지 읽은 후의 인상에는 어떤 차이가 있는가? 각각의 등장인물들은 어떤 사람을 상징한다고 생각하는가?

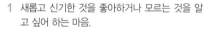

1 새롭고 신기한 것을 좋아하거나 모르는 것을 알고 싶어 하는 마음.

2 '엉망'을 강조하여 이르는 말.

3 스페인어에서 부인, 즉 결혼한 여성을 부르는 호칭.

4 루신다라는 여인을 사랑하였으나 그녀로부터 사랑을 못 얻어 숲을 떠돌다 야수와 같은 생활을 하던 누더기 기사.

6 가난하여 아무것도 없음. 상여가 나갈 때까지 관을 놓아 두는 방.

9 태도나 행동이 건방지거나 거만하며 어려워하거나 조심스러워하는 태도가 없이 무례하고 건방지다.

11 인간 정신의 밑바닥에 있는 원시적·동물적·본능적 요소. 프로이트의 정신 분석학 용어로, 쾌락을 추구하는 쾌락 원칙에 지배되며 즉각적인 욕구 충족을 목적으로 한다.

13 잘 때 몸을 덮기 위하여 피륙 같은 것으로 만든 침구의 하나. 솜을 넣기도 한다.

14 올바른 이치나 도리에서 어그러짐.

16 마음이 시달려서 괴로움. 또는 그런 괴로움. 〈불교〉마음이나 몸을 괴롭히는 노여움이나 욕망 따위의 망념(妄念).

17 돈키호테의 야윈 말 이름.

18 다른 사람.

19 일의 마지막.

20 남의 감정, 의견, 주장 따위에 대하여 자기도 그렇다고 느낌. 또는 그렇게 느끼는 기분.

22 씩씩하고 굳센 기운. 또는 사물을 겁내지 아니하는 기개.

23 8세기경에 이베리아 반도를 정복한 이슬람교도를 막연히 부르던 말. 본디는 모로코의 모리타니아, 알제리, 튀니스 등지의 베르베르인을 주체로 하는 여러 원주민 부족을 가리켰다.

24 왼쪽에서 오른쪽으로 나 있는 방향. 또는 그 길이.

26 강한 인상을 주어 마음을 사로잡을 수 있는 힘.

27 도시에서 사는 사람.

28 가톨릭교의 최고위 성직자. 사도 베드로의 후계자이며 그리스도의 대리자이고, 전(全) 가톨릭 교회의 우두머리인 로마 대주교이다.

29 일정한 장소를 지나다니지 못하게 함. 일정한 시간 동안 일반인이 거리를 지나다니거나 집 밖으로 활동하는 것을 못하게 하던 일.

30 엄청나게 큰 동굴.

34 어떤 목표물에 주의를 집중하여 봄. 어떤 일에 온 정신을 모아 자세히 살핌.

35 14행의 짧은 시로 이루어진 서양 시가. 13세기에 이탈리아에서 발생하여 단테와 페트라르카에 의하여 완성되었으며, 셰익스피어·밀턴·스펜서 등의 작품이 유명하다.

37 바른 뜻. 또는 올바른 생각. 〈철학〉개인 간의 올바른 도리. 또는 사회를 구성하고 유지하는 공정한 도리.

39 자기중심의 좁은 생각에 집착하여 다른 사람의 의견이나 입장을 고려하지 아니하고 자기만을 내세우는 것.

07 걸리버 여행기

조나단 스위프트 지음
권지현 옮김
주변인의 길

생각해 보세요

1. 소인국 걸리버를 보면 자신의 힘으로 소인국에 많은 영향을 미친다는 것을 알 수 있다. 우리 인간들도 지구에 존재하는 많은 소인국에 영향을 미칠 수도 있다. 인간이 지구에 미치는 영향은 무엇이 있는가?

2. (86쪽) 소인들은 사람들을 뽑을 때 능력보다는 도덕성을 더 중시한다. 정부란 사람들에게 필요한 기구이므로 인간으로서의 기본 상식만 있어도 어느 직책이든 맡을 수 있다고 한다. 몇 명의 천재가 나라를 통치하는 것 보다는 진리와 정의, 절제와 같은 덕을 가지고 있고, 오랜 경험과 선의로 이런 덕행을 실천하는 사람은 누구나 국가를 위해 일할 수 있다는 것인데, 사람들을 뽑을 때 어떻게 하면 좋을 거라 생각하는가? 사람을 뽑을 때의 기준을 말한다면?

3. (제3부 제1장) 걸리버는 천공의 섬 라퓨타에 가게 되는데, 라퓨타는 하늘에 떠 있는 나라이다. 만약 하늘에 떠 있는 나라를 세운다면 어떤 방식으로 만들 수 있을까? 과학적 상식과 상상력을 발휘해서 하늘에 떠 있는 나라를 만들어 본다면 어떻게 만들겠는가?

4. (제3부 제2장) 라퓨타의 생각하는 사람들은 내면의 세계에 몰두하다 보면 다른 소리를 듣지 못한다. 그땐 하인이 바람주머니로 가볍게 때려주거나 오른쪽 귀를 살짝 쳐주어야 한다. 몰입하는 사람들에 대한 이야기를 해본다면?(몰입의 필요성, 과도한 몰입, 몰입과 관련한 사건 등)

5. (제3부 제2장) 인간은 자신과 전혀 상관없는 일, 그래서 선천적으로든 후천적으로든 전혀 적응할 수 없는 일에 대해 더 궁금해 하고 더 자만해지기 마련이라고 한다. 사람들이 궁금해 하는 일에는 어떤 것이 있는가?

6. (제3부 제10장) 스트룰드부룩 사람들은 죽지 않는 사람이다. 사람들이 죽지 않고 오래 사는 일에 대해 어떻게 생각하는가? 100세 세상에서 노인으로 사는 것에 대해 어떻게 생각하는가? 현대사회에서 노인에 대한 행복한 대안은 무엇인가?

7. (제4부 제1장) 말의 나라 후이늠에서 말

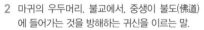

2 마귀의 우두머리. 불교에서, 중생이 불도(佛道)에 들어가는 것을 방해하는 귀신을 이르는 말.
4 소인국 이름.
6 말의 나라에서 말들의 이름.
7 지구의 중심(重心)을 지나는 지축에 직각인 평면과 지표가 교차되는 선. 지구의 적도 평면을 천구상에 연장했을 때 그 평면이 천구의 면에 닿는 가상의 교선(交線).
9 걸리버의 원래 직업.
11 감전(感電)을 피하기 위하여 전기 기기를 전선으로 이어 땅에 연결하는 일. 또는 그 장치. 어스.
14 금빛의 작은 점이 여기저기 박혀 있는 검푸른 빛이 나는 광물. (다른 것에서) 떨어짐. 또는 떨어져 존재함. 단체(單體) 또는 기(基)가 다른 원소와 화합하지 않고 분리되어 존재하거나 화합물에서 분리되는 일.
16 굶주림.
18 '융합' 또는 '합친다'라는 뜻으로 서로 다른 문화가 만날 때마다 새로운 형태의 것이 탄생하는 것.

20 거인국에서의 걸리버 이름으로 난쟁이의 뜻.
22 큰 사람들의 나라.
24 주로, 여자의 다리 곡선에서 느끼는 아름다움.
26 물리적으로, 블러 현상이란 변화의 속도가 너무 빨라 경계가 뒤섞여 흐릿해지는 상태를 말한다.
27 지방(脂肪) 또는 유지(油脂)를 분해해서 만드는 무색투명한 끈끈한 액체. 약용·공업용·화장품 원료로 쓰이며, 특히 다이너마이트의 주원료가 됨.
29 본디부터 살던 사람. 본바닥 사람.
30 동아리. 집단. 분단(分團).
31 있는 정성을 다함. 신이나 부처에게 정성을 드림.
34 물 따위의 액체를 자아올리거나 떠내다. 그릇 속에 든 곡식이나 밥 따위를 떠내다.
37 하늘에 떠 있는 나라를 움직이는 힘.
38 혼자서 중얼거림. 연극에서 배우가 상대자 없이 혼자서 대사를 말함. 또는 그 대사. 모놀로그.
39 영원한 생명을 갖고 태어난 사람.
40 '어린 보모'라는 뜻으로 거인국에서 걸리버를 보살펴 주던 소녀.

	1		2	3		4		5		6	
	7	8		9							
					10				11	12	
	13		14					15		16	17
	18			19		20	21				
		22									
	23							24	25		
	26		27		28		29				
		30			31	32				33	
	34	35		36		37			38		
	39										
					40						

들은 사람들의 올바르지 않은 인성에 대해 혐오하는 이야기를 한다. 그래서 인간을 야만인 야후라고 부른다. 인간의 야만성에 대해 어떻게 생각하는가? 비판한다면?

8. 작가 조나단 스위프트는 인간혐오증이 있었다. 조나단 스위프트에게 인간에 대한 사랑이 생기도록 따뜻한 편지를 쓴다면?

9. 걸리버가 여행에서 만난 아카데미 과학자는 똥을 다시 에너지로 만들 수 있는 방법을 연구하고 있었다. 에너지가 사라져간다는 세상에서 에너지 대안은 언제나 중요한 과제다. 에너지 재생산에 대한 새로운 아이디어가 있다면? 연구할 수 있다면 무엇을 연구하고 싶은가? 그리고 이 나라 사람들은 냄새나는 과학자에 대해 절대 인상 쓰지 않는 법을 지켜야만 한다. 만약 우리나라에서 과학자를 위한 법을 만든다면 어떤 법을 만들고 싶은가?

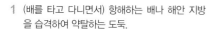

1 (배를 타고 다니면서) 항해하는 배나 해안 지방을 습격하여 약탈하는 도둑.

3 걸리버가 거인의 나라에서 머리빗의 재료로 쓴 것.

5 경험이 없어서 일에 서투른 사람을 얕잡아 이르는 말.

6 아무렇게나 하는 대접. 냉대(冷待). 냉우(冷遇). 박대(薄待). 소대(疏待).

8 돈이나 재물을 걸고 따먹기를 다투는 짓. 노름. 돈내기. (거의 불가능하거나 위험한 일에) 요행수를 바라고 손을 대는 일.

10 말의 나라에서 인간을 칭하는 말.

12 일부 명사 뒤에 붙어, 그것을 '지키는 사람'이라는 뜻을 나타냄. 자기를 잘 알아주는 친구. 자기를 잘 이해해 주는 참다운 친구.

13 하늘을 떠다니는 섬의 이름.

15 투자 신탁의 신탁 재산. 또는 기관 투자가가 관리하는 운용 재산.

17 학술·예술에 관한 지도적이고 권위 있는 단체. 학술원(學術院). 대학이나 연구소 따위를 두루

이르는 말.

19 후식으로 쓰이는 서양식 생과자. 곡분(穀粉)에 달걀·우유·크림·설탕 따위를 넣고 과실·채소를 더해 구운 것.

21 트랙 경기의 한 가지. 한편을 이룬 네 선수가 일정한 거리를 나누어 맡아 차례로 배턴 등을 이어받아 달려서 그 빠르기를 겨루는 경기.

23 유통 단계에서 상품의 매입과 재판매를 업으로 하는 사람을 통틀어 이르는 말. 자기의 계산과 위험 부담 아래 증권을 사고파는 사람. 카드 도박에서 카드를 돌리는 사람.

24 본문의 어떤 부분을 설명하거나 보충하기 위하여 본문의 아래쪽에 따로 베푼 풀이.

25 선택받은 백성. 이스라엘 백성이 스스로를 하느님의 선택을 받은 백성이라는 뜻으로 이르는 말.

26 작은 사람들의 나라에서 걸리버가 여러 척의 배를 가져온 나라이면서, 나중에 걸리버를 받아 준 나라.

27 하늘을 나는 섬에서 만난 섬의 이름으로, 마녀 또는 마술사의 섬.

28 정당한 법적 수속에 의하지 아니하고 잔인한 폭력을 가하는 일.

32 불교에서 온갖 번뇌를 끊고 정리(正理)를 깨달은 사람을 일컫는 말. 기독교에서 순교자나 거룩한 신자를 높이어 일컫는 말.

33 마음속에 숨기고 있던 것을 털어놓음.

35 실내 놀이의 한 가지. 시계의 눈금처럼 점수가 매겨진 원형의 과녁에 작은 화살을 던져 그 맞춘 점수로 승패를 가림.

36 밀을 굵게 갈아 반죽하여 띄운 것. 술을 빚는 발효제로 쓰임.

38 거인국의 나라에서 걸리버가 든 상자를 물어다 바다에 떨어뜨린 새.

08 달과 6펜스

달과 6펜스
The Moon and Sixpence

서머싯 몸 지음
송무 옮김
민음사

생각해 보세요

1. 제목 〈달과 6펜스〉에서 '달'과 '6펜스'가 상징하는 것은 각각 무엇인가?

2. 스트릭랜드는 전 부인의 도움을 받아, 보다 안정적인 환경에서 그림을 그릴 수 있었음에도 무일푼 상태로 홀로 떠난 까닭은 무엇인가?

3. (8쪽) 나는 예술에서 가장 흥미로운 부분은 예술가의 개성이라며, 개성이 특이하다면 천 가지 결점도 기꺼이 용서해 주고 싶다고 말한다. 예술가의 개성과 결점과의 관계를 어떻게 생각하는가?

4. (102쪽) 스트로브는 아름다움이란 예술가가 온갖 영혼의 고통을 겪어가면서 이 세상의 혼돈에서 만들어내는 경이롭고 신비한 것이기에 그것을 알아보려면 예술가가 겪은 과정을 똑같이 겪어 봐야 하며 지식과 감수성과 상상력이 있어야 한다고 말한다. 그러나 나는 예술작품은 본능적으로 느낄 수 있다고 말한다. 예술작품의 아름다움은 본능으로 느끼는 것인가, 지식과 감수성과 상상력이 있어야 가능한 것인가?

5. 스트로브는 스트릭랜드를 동경하며 동정하는 마음에 그에게 호의를 베푼다. 그러나 스트릭랜드는 스토로브의 호의를 경멸한다. 그 둘을 그토록 대립되는 인물상으로 설정한 작가의 의도는 무엇인가?

6. 스트릭랜드는 죽음에 대한 두려움을 단 한 번도 내비치지 않는다. 그렇다면 그가 살면서 진정으로 두려워한 것은 무엇인가?

7. (212쪽) 스트릭랜드는 자신이 찾는 미지의 그것에 좀더 가까이 가기 위해 망설임 없이 단순화시키고 뒤틀었다. 사실이란 그에게 중요하지 않았다. 자기와는 관계없는 무수한 사실들 사이에서 그는 자신에게 의미 있는 것만을 찾았다. 우주의 혼을 발견하고 그것을 표현해 내지 않고서는 견딜 수 없던 것이다. 사실을 자신에게 의미 있는 것만을 찾아서 표현한 예술작품임에도 우리가 그 작품에 열광하며 감동하는 이유는 어디에 있다고 생각하는가?

8. 다른 이에게 무심했던 스트릭랜드가 왜

	1	2		3		4	5
6		7	8			9	
		10			11		
12					13		14
		15					
	16			17	18		
19	20	21	22		23		24
	25			26		27	
28			29		30		
	31	32			33		34
35		36		37		38	39
				40			

자신의 아내 아타에게만은 눈물을 보였다고 생각하는가?

9. (221쪽) 사랑에 빠진 기간에도 남자는 다른 일들을 하며 그 일들에 신경을 쓴다. 다른 일이 생기면 그 활동을 위해 사랑을 일시적으로 미루어둔다. 그때그때 하는 일에 정신을 집중할 수가 없어, 사랑이 현재의 일을 침범하면 못마땅해한다. 예술을 대하는 태도도 남자와 여자의 차이가 있다고 생각하는가? 있다면 어떤 점이라고 생각하는가? 아니라면 예술을 대하는 태도가 각각 다른 이유는 무엇인가?

10. 작가는 작중에 끊임없이 스트릭랜드와 충돌하는 인물을 내놓는다. 그러나 스트릭랜드는 대도시를 떠나 타히티에 머물고 난 뒤로 다른 인물들과 별다른 대립구도를 보이지 않는다. 이 변화를 통해 작가가 말하고자 했던 것은 무엇인가?

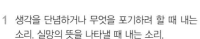

세로열쇠

1 생각을 단념하거나 무엇을 포기하려 할 때 내는 소리. 실망의 뜻을 나타낼 때 내는 소리.

2 아직 듣지 못함. 아름다운 문장. 또는 아름다운 글귀.

3 병이 없이 건강함.

4 배의 키를 조종함.

5 술의 신 바카스를 수행하는 반신반인이며, 여자와 술을 좋아한다고 한다. 음악도 좋아한다.

8 보금자리.

10 프랑스 파리에 있는 국립 미술 박물관.

11 '용'의 옛말.

12 사진사, 미술가, 공예가, 음악가 등의 작업실. '녹음실', '제작실'.

13 스트릭랜드가 스트로브가 있던 도시에서 떠난 곳.

14 스트릭랜드가 결혼한 원주민 여성.

18 망하여 없어진 나라의 백성.

20 어떤 사물의 가치나 진위 따위를 구별하여 알아내는 눈.

22 정신이나 기분 따위를 북돋워서 높임.

24 부끄러움을 느끼는 마음.

26 살구보다 조금 크고 껍질 표면은 털이 없이 매끈하며 맛은 시큼하며 달콤하다.

28 어떤 집단 내의 사람들 사이가 원만하지 않음을 비유적으로 이르는 말.

30 일곱 날.

32 스트릭랜드에게 결혼할 원주민 소녀를 소개시켜 준 여자.

34 미개한 사회에서 신성하거나 속된 것, 또는 깨끗하거나 부정하다고 인정된 사물·장소·행위·인격·말 따위에 관하여 접촉하거나 이야기하는 것을 금하거나 꺼리고, 그것을 범하면 초자연적인 제재가 가해진다고 믿는 습속(習俗). 특정 집단에서 어떤 말이나 행동을 금하거나 꺼리는 것.

37 입을 나둔다는 뜻으로, 말하지 아니함을 이르는 말.

39 스트릭랜드가 처음 살았던 도시.

09 오페라의 유령

다독다독 *

가스통 르루 지음
성귀수 옮김
문학세계사

생각해 보세요

1. (9쪽) 작가는 프롤로그에서 마치 실제 있었던 일을 조사하여 이야기를 하는 듯이 책 내용을 소개한다. 이 소설이 실제로 있었던 일을 바탕으로 했든 안했든 이러한 프롤로그는 독자에게 어떤 영향을 미치는가?

2. (20쪽) 이 소설은 오페라 극장에 출몰하는 유령 같은 존재를 소재로 이야기를 풀어나간다. 당신은 유령을 믿는가? 당신이 경험하거나 알고 있는 초자연적인 일이 있는가?

3. (44쪽) 유령으로 짐작되는 목소리와 크리스틴의 대화를 통해 둘의 앞으로의 관계를 짐작할 수 있는가?

4. (43쪽, 82쪽) 크리스틴은 왜 처음에는 라울을 모른 척 했는가?

5. (131쪽) 카를로타는 왜 노래를 제대로 부르지 못했는가?

6. (168쪽) 크리스틴은 라울을 사랑하면서, 에릭을 동정하고, 끝내는 에릭을 따라 사라져버린다. 크리스틴의 심정은 무엇인가?

7. (223쪽) 오페라의 유령 에릭은 끔찍한 외모 때문에 천부적인 음악적 재능에도 숨어 지내고 비틀린 심성을 지니게 된다. 이렇게 외모에 가려져 재능을 꽃피우지 못한 사람의 이야기를 알고 있는가? 현대사회에서 외모는 모든 가치관에 우선한다는 말이 나올 만큼 성형이 일반적이 되고 있다. 현대사회에서 외모란 무엇인가?

8. (227쪽) '아폴론 조각사의 칠현금 위에 우두커니 앉아서, 마치 그 줄을 단단히 움켜잡고 있는 것처럼…'이라는 부분은 어떤 의미인가?

9. (244쪽) 오페라의 유령 에릭은 왜 하필 크리스틴이 "나의 영혼을 저 하늘나라로 데려가다오!" 라는 절정 부분에서 그녀를 납치했을까?

10. (297쪽) 이 소설에서 페르시아인의 역

1 오페라의 유령이 거처하는 곳. 에릭은 그곳은 지옥의 ○○라 불렀다.

4 크리스틴의 아버지가 ○○○○○에 대해 이야기를 해줬기 때문에 크리스틴은 자신에게 노래를 가르쳐주는 목소리를 바로 ○○○○○라고 생각한다.

8 어떤 일이나 책임을 꾀를 써서 벗어남.

9 매우 뛰어난 기술이나 재주. 신비롭고 불가사의한 운기.

11 크리스틴은 가면무도회장의 방에서 라울에게 우리의 ○○을 걸고 여기서 나가면 안 된다고 말한다.

12 법관들은 오페라의 유령이 가져간 돈을 지리부인이 가져갔다고 하면서 ○○혐의로 체포한다고 말한다.

14 에릭은 자신이 원하는 곡을 완성한 후에는 ○에 들어가 죽겠다고 말한다.

15 ○○○○○ 교수 부부는 부모 없는 크리스틴을 돌봐준다.

17 에릭의 아버지의 원래 직업은 ○○기술자였다.

18 남을 돕는 일.

20 마젠데란 ○○빛 시절은 페르시아 마젠데란에서 에릭이 설계한 환상적인 비밀궁전의 이름이다.

22 마르그리트 역은 처음 ○○○○였으나 아파서 크리스틴이 대신 공연하게 된다.

24 힘들여 애쓰는 것을 위로함.

26 에릭이 창안한 방 중에서 가장 끔찍한 것은 ○○○이라고 부르는 방이다.

28 오페라의 유령은 2층 ○번 박스석을 비워놓으라고 한다.

29 라울은 크리스틴을 처음 보면서 자신이 ○○○를 건지러 바다로 뛰어든 소년이라고 말한다.

31 크리스틴의 아버지는 생전에 애지중지하던 ○○○○과 함께 묘지에 묻혀 있다.

33 크리스틴과 라울은 ○○이란 여관에서 만난다.

35 무엇에 관계되는 바로 그것.

37 에릭은 자신이 준 ○○를 항상 손가락에 끼고 있어야만 모든 위험으로부터 안전할 것이라고 말한다.

39 머리뼈.

41 범인이 스스로 수사 기관에 자기의 범죄 사실을 신고하고, 그 처분을 구하는 일.

44 숨기어 남에게 드러내거나 알리지 말아야 할 일. 밝혀지지 않았거나 알려지지 않은 내용.

45 ○○○○인은 에릭의 목숨을 구해준 사람이다.

1		2		3		4	5		6	7
	8		9	10			11		
				12	13		14		
	15			16		17		18	
19							20		
		21		22		23			24	25
	26							27	
			28			29	30		
31		32		33	34			35	
			36		37	38		39	
40			41	42					43
44		45				46		

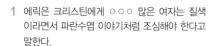

세로열쇠

할은 무엇인가? 페르시아인이 없었다면 이야기가 어떻게 전개되었을까? 페르시아인이 유령의 정체를 짐작하면서도 별다른 조치를 취하지 않은 이유는 무엇인가?

11. (399쪽) 생사를 가르는 두 개의 열쇠가 전갈과 메뚜기의 형상인 건 어떤 의미인가?

12. (400쪽, 403쪽, 404쪽) 글에서 기울임체로 언급되는 '펄쩍'들은 어떤 의미인가?

13. 소설을 다 읽고 나서 풀리지 않은 미스터리가 있었는가? 이 소설에서는 어떤 미스터리가 있었는가? 이것을 보면서 다음 속편을 상상할 수 있는가?

14. 이 소설의 모티브는 여러 고전 작품 속에서 찾아볼 수 있다. 어떤 작품들이 떠오르나? 어떤 점에서 비슷한가?

가로열쇠

1 에릭은 크리스틴에게 ○○○ 많은 여자는 질색이라면서 파란수염 이야기처럼 조심해야 한다고 말한다.

2 에릭의 어머니가 에릭에게 첫 생일선물로 ○○을 사준다.

3 에릭과 라울은 사랑을 하면서 다들 그렇게 불행해지는 것은 사랑을 하면서도 사랑받고 있다는 ○○이 없기 때문이라고 말한다.

5 크리스틴의 아버지는 딸에게 ○○ 읽는 법부터 가르쳤다고 한다.

6 종교적 신화에서, 천국에서 인간 세계에 파견되어 신과 인간의 중간에서 신의 뜻을 인간에게 전하고, 인간의 기원을 신에게 전하는 사자(使者).

7 여관에서 크리스틴과 라울을 본 주인아줌마는 하느님이 세상을 열심히 살라고 허락해준 시간을 젊은이들은 하찮은 ○○○○이나 하면서 낭비한다고 딱하다고 한다.

8 코담배를 피우던 《음전》 무대감독 ○○○○는 무대계단에서 잠이 든다.

10 크리스틴은 처음 '마르그리트' 역을 하고 나서

○○한다. 실신.

13 습관적으로 물건을 훔치는 버릇.

16 악보에서, 한 음 한 음씩 또렷하게 끊는 듯이 연주하라는 말. 기호는 음표 위에 '·'을 찍는다.

18 크리스틴은 라울에게 가면무도회에 ○○○ 복장을 하고 오라고 한다.

19 오페라의 유령이 분장한 망토에는 내 몸에 손대지 마시오! 나는 지나가다 들른 ○○ 죽음이외다, 라는 문구가 쓰여 있었다.

21 자기도 모르는 사이에 물건 따위를 잃어버림.

23 오페라의 유령은 크리스틴의 앞에서 자신이 속여 왔다고 고백하며 하프를 들더니 데스데모나의 ○○○를 노래한다.

25 오페라의 유령은 '○○○○ 돈주앙'이란 작품만 완성되면 다시는 깨어나지 않을 거라고 말한다.

26 펀잡의 올가미는 ○○○의 창자를 꼬아서 만든 것이다.

27 몸을 날리어 높은 곳으로 오름.

30 두 지배인이 돈을 넣어둔 봉투에는 지폐 대신 스무 장의 익살○○ 20장이 들어 있었다.

32 마젠데란에서 에릭은 사형 언도를 받은 사형수들과 경기장 안에서 ○○○ 하나 만으로 그 사람들은 모두 시체로 만들곤 했다.

34 고려·조선 시대에, 지배층을 이루던 신분.

35 오페라의 유령은 가면무도회에서 ○○ 분장을 한다.

36 오페라 극장에서 연기를 잘 하던 백마인 ○○○는 어느 날 사라지는데 오페라의 유령이 데려간 것이었다.

38 오페라의 유령은 ○○ 부인에게 여러 가지 심부름을 시킨다.

39 마르그리트 역을 크리스틴에게 주기 위해 오페라의 유령은 원래 노래를 하던 가수의 목소리를 ○○○ 목소리로 바꾸어 놓는다.

40 에릭은 페르시아에서 어린 ○○를 즐겁게 하기 위해 일한다.

42 일정하게 정하여 놓은 때 없이 그때그때 상황에 따름.

43 페르시아인은 에릭을 ○○애호가라고 부른다.

99

10 젊은 예술가의 초상

제임스 조이스 지음
이상옥 옮김
민음사

생각해 보세요

1. 실제했던 아일랜드 독립투사 '찰스 파넬'은 누구인가?

2. (82쪽) 스티븐이 돌란 신부에게서 정당하지 못한 처벌을 받자 아이들은 이 사실에 대해 느낀 부당함을 '정치적 농담'으로 표현한다. 이 상황을 통해 작가가 전하고자 하는 바는 무엇인가?

3. (85쪽) 스티븐은 돌란 신부의 만행을 아이들 말대로 교장에게 일러바쳐야 할지 갈등한다. 그러나 일러바치고도 계속 스티븐이 불이익을 받게 된다면 오히려 아이들에게서 조롱을 받을 것이라 생각한다. 왜 스티븐은 부당함을 고발하고도 이에 실패했을 때 주변의 비난을 받게 될 것이라 생각했는가?

4. (103쪽) 어린시절 스티븐은 어느 날, 자신이 성장을 통해 나약함과 무경험으로부터 벗어나게 될 것을 예감한다. 무엇이 어린 스티븐이 성장을 예감하도록 만들었을까? 당신에게도 이런 경험이 있는가?

5. (131쪽) 청소년기 스티븐은 주변 사람들의 기대와 자기 자신의 바람 사이에서 갈등한다. 순종적으로 다른 이들의 기대에 부응하려 노력하지만 마음만은 행복하지 않았던 그의 모습과 당신의 모습에서 닮은 점이 있는가?

6. '우리는 스스로 느끼는 것만큼 느끼는 법이다' 아버지가 한 이 말이 뜻하는 바는 무엇인가?

7. 매춘을 한 뒤로 스티븐은 7가지 죄악에 빠진 자신을 경멸하고 두려워한다. 그가 이렇게 두려움을 느끼고 괴로워했던 이유는 무엇인가?

8. (322쪽) 스티븐은 린치와 이야기하던 도중 '동일한 물체가 모든 사람에게 아름답게 보이지 않을 수는 있지만, 어떤 아름다운 물체를 찬미하는 모든 사람들은 모든 미적 이

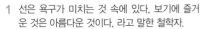

1 선은 욕구가 미치는 것 속에 있다. 보기에 즐거운 것은 아름다운 것이다. 라고 말한 철학자.

3 성직자는 부교장에게, 부교장은 교장에게, 교장은 관구장에게, 관구장은 예수회의 총장에게 찾아가 고해를 하는 것은 예수회의 ○○○○다.

5 스티븐은 사랑하는 그녀가 위스키 같다면, 늙고 식어버리면 시들어 죽은 몸, 산에 내린 ○○ 같다고 노래한다.

6 어떤 면에서 그런대로 타당하다고 생각되는 이치. 같은 이치.

7 성직자는 스티븐에게 학문에는 인문사회계 과목과 실용 과목이 있는데 불 지피는 기술은 ○○ 과목이라고 한다.

8 아버지는 스티븐에게 무슨 일을 하든 ○○들과 어울리라고 말한다.

9 스티븐은 ○○○의 영혼이 절망하고 있는 것은 지쳐빠진 허리에서 나온 자식이기 때문이라고 생각한다.

11 스티븐이 순결을 잃은 나이.(숫자)

12 스티븐이 교장에게 찾아간 것은 ○○ 때문에 학감에게 부당한 처벌을 받았기 때문이다.

14 꿈.

16 이 세상의 함정이란 ○를 짓는 길이다.

17 템플은 "일찍이 씌어진 문장 중에서 가장 심오한 것은 동물학의 마지막 문장으로, ○○은 죽음의 시작이다"라고 말한다.

18 잘 보호하고 간수하여 남김.

21 학감은 스티븐에게 '삶의 여러 가지 문제에 대해 ○○하는 데에는 위험. 어떤 것에 대하여 깊이 생각하고 이치를 따짐'이 따른다고 말한다.

22 아는 것이 없음. 미련하고 우악스러움.

24 보다 높은 학년에 있는 학생.

25 부피가 매우 큰 돌.

26 일을 이룸. 또는 일이 이루어짐.

28 사람의 어깨에서 팔까지 또는 궁둥이에서 다리까지의 양쪽 부분. 새의 활짝 편 두 날개. ○○를 펴다.

30 개념적으로 사유하는 능력을 감각적 능력에 상대하여 이르는 말. 인간을 다른 동물과 구별시켜주는 인간의 본질적 특성이다.

31 일이나 현상 따위가 사람의 힘이나 지혜 또는 보통의 이론이나 상식으로는 도저히 이해할 수 없을 만큼 신기하고 묘함. 또는 그런 일이나 비밀.

33 그 지닌 바의 정도나 신분에 알맞은 격식.

35 방문하여 찾아봄.

36 부적절한 예술은 동적인데 미적 정서는 ○○이다.

38 단티는 찰스 아저씨와 성직자들과 정치에 대한 이야기를 하면서 그것이 ○○라고 말한다.

41 기묘하고 이상하다.

43 ○○은 더디고 어두운 탄생이며 육체의 탄생에 비해 더 신비하며, 이 나라에서는 한 사람의 ○○○이 탄생할 때 그물이 그것을 뒤집어 씌워 날지 못하게 한다고 스티븐은 말한다.

44 기운이 없어지고 풀이 죽음.

47 어떤 일이 단 한 번만으로 그치는 성질.

48 숨기고 있는 사실을 강제로 알아내기 위하여 육체적 고통을 주며 신문함.

49 플라톤은 아름다움을 ○○의 광채라고 했다.

50 스티븐은 ○○○ 정서란 두 방향으로 바라보는 한 얼굴이며 각각 공포와 연민을 향하고 있다고 말한다.

51 질문이나 의문을 풀이함. 또는 그런 것.

해의 단계 그 자체를 충족시키고 또 그 것과 합치되는 특정 관계를 그 물체 속 에서 보고 있을 거라는 가정'을 말한다. 이 '가정'이 뜻하는 바는 무엇인가?

9. 스티븐은 독서와 사색을 통해 자신 의 내면을 충분히 살핀 후 자신의 미래 와 운명을 스스로 결정한다. 아무리 희 생적인 부모라 해도 자식의 인생을 대 신 살아줄 수는 없다. 진정으로 성숙한 인간이 되려면 외롭게, 홀로 각자의 유 년시절을 벗어나는 체험을 해야 한다고 한다. 당신은 당신의 유년시절로부터 어떻게 벗어나고 있는가? 어떻게 벗어 났는가? 그것에 가장 큰 도움을 준 것 은 무엇인가?

1	2			3		4		5	
6			7				8		
	9	10		11		12		13	
14	15		16		17				
	18	19	20	21			22		
23			24			25			
	26	27		28	29	30			
31	32	33	34						
35		36	37				38	39	
	40	41	42	43					
44	45	46		47			48		
49	50					51			

세로열쇠

1 제임스 조이스가 태어난 나라.
2 방사성 물질의 양을 나타내는 단위.
3 위엄이 있는 모양이나 모습. 훌륭하고 뛰어난 용모나 모양.
4 빨리 달림.
5 사는 곳은 다른 데로 옮김.
7 실제로 얻는 이익.
8 어떤 일에 대한 느낌이나 생각. 생물이 자신의 몸과 주위에서 일어나는 각종 변화를 감지하고 종합하여 적절한 반응을 일으키도록 하는 기관.
10 닥치는 대로의. 되는 대로의. 임의로.
12 편히 쉼.
13 스티븐은 아일랜드가 제 새끼를 잡아먹는 늙은 ○○○라고 말한다.
15 지옥의 변두리에 있는 곳으로 기원전에 살았던 사람들이나 세례를 받지 못 하고 죽은 아이들이 가는 곳.
17 다른 사람 앞에 당당히 나설 수 있거나 자랑할 수 있는 체면.
19 감히 범할 수 없는 높고 엄숙한 성질.

20 어떤 사물이 다른 사물과의 관계 속에서 가지는 위치나 상태.
21 개인의 사사로운 일상생활. 데이빈은 스티븐이 하코트 가에서 자신의 ○○○ 이야기를 들려주었을 때 저녁밥을 먹을 수 없었다 한다.
22 중국의 노장 철학에서, 자연에 따라 행하고 인위를 가하지 않는 성질. 인간의 지식이나 욕심이 오히려 세상을 혼란시킨다고 여기고 자연 그대로를 최고의 경지로 본다.
23 스티븐이 ○○○○○○ 회장직을 맡고 있었기 때문에 교장은 하느님의 부름을 받고 종교생활을 하길 바란다.
25 스티븐은 최고의 시인이 ○○○이라고 했다가 친구들에게 이단자 취급을 당한다.
27 이 세상의 어떤 왕이나 황제도 하느님을 모시는 ○○의 권세만은 가지지 못하고 성모 마리아까지도 하느님의 ○○가 가진 권세만은 가지지 못했다고 교장은 스티븐에게 말한다.
29 개가 먹는 차반인 똥이라는 뜻으로, 언행이 몹시 더러운 사람을 속되게 이르는 말.

32 남을 비웃고 헐뜯어서 말함.
34 강렬하고 갑작스러워 누르기 어려운 감정.
37 알맞은 시기.
39 종교의 원리나 이치를 서로 묻고 대답하는 일. 세례(洗禮)나 학습을 받을 때 주고받는 문답.
40 성질이 명랑하지 못하고 의뭉스럽다. 분위기가 어두컴컴하고 스산하다.
42 전통이나 권위에 반항하는. 또는 그런 것. 정통으로 인정되지 않는. 또는 그런 것.
43 여러 장군들이 나폴레옹에게 일생에서 가장 행복했던 날이 언제였냐고 했을 때, 나폴레옹은 첫 ○○○를 하던 날이었다고 답변한다.
45 기운이 다하여 힘이 없음.
46 불에 타서 사라짐. 또는 그렇게 잃음.
48 세례 받은 신자가 지은 죄를 뉘우치고 신부를 통하여 하느님께 고백하여 용서받는 일.

5

철학

"PUZZLE"

01 모모

미하엘 엔데 지음
한미희 옮김
비룡소

생각해 보세요

1. 모모는 많은 사람들이 자신을 찾아오게 할 정도로 매력적인 '재능'을 갖고 있었다. 이 '재능'이란 다른 사람들의 말에 귀 기울이는 것이다. 모모가 다른 이의 말을 들어주는 것만으로도 사람들의 애정을 받을 수 있었던 이유는 무엇인가?

2. 수다쟁이 기기와 과묵한 베포는 전혀 다른 사람인데도 둘 다 모모가 가장 사랑하는 친구이다. 그 이유는 무엇인가?

3. (49쪽) 베포는 모든 불행은 의도적이거나 의도적이지 않은 수많은 거짓말에서 생겨난다고 믿는다. 그렇다면 오직 진실만이 불행을 피해갈 수 있는 것일까? 스스로에게 물음을 던진다면?

4. (73쪽) 기기는 모모에게 요술 거울을 혼자 들여다본 사람은 언젠가는 죽는 존재가 되지만 둘이서 거울을 보면 다시 영원한 생명을 얻을 수 있다는 이야기를 들려준다. 이 이야기가 은유하는 바는 무엇인가?

5. (182쪽) 모모든 거북을 따라가지만 세찬 압력에 잘 따라가지 못한다. 이때 거북 카시오페이아가 뒷걸음쳐 보라고 말한다. 모모가 뒷걸음치자 힘들이지 않고 앞으로 나갈 수 있었다. 이것은 우리 삶에서 어떤 일을 상징하는가?

6. 회색 신사들에게 시간을 저금하면서부터 사람들이 바쁘게 살면 살수록 시간은 빠르게 흘러갔다. 그러나 사람들은 그것을 체감하지 못하고 서둘러 시간을 보낸다. 이 상황을 현대인의 시간과 결부시킬 수 있는가? 결부시킬 수 있는 점은 무엇인가?

7. 회색 신사들은 실제 사회에서 무엇을 상징하는 존재인가?

8. '언제나 없는 거리'에선 아무리 빨리 가려해도 빨리 가려하면 할수록 느려지고 천천히 걸을수록 빠르게 나아가진다. 그 까닭은 무엇인가?

3 호라 박사는 모모에게 시간이 나오는 곳을 알려주는데, 별의 ㅇ가 머무는 동안 시간의 꽃이 피는 것을 보게 된다.

4 시간도둑들은 시간을 더 이상 훔칠 수 없게 되면 그들이 태어난 ㅇ로 돌아가야 한다.

6 아무 데도 없는 집 주변에서는 시간이 ㅇㅇㅇ 흐른다.

10 시간도둑들은 언제나 없는 거리에 들어서자마자 흔적도 없이 사라지는데, 시간의 ㅇㅇㅇㅇ 때문이다.

12 회색 신사들은 살아 있는 시간들은 ㅇㅇ시킬 수가 없기 때문에 시가에 불을 붙여 피운다.

13 모모의 머리는 칠흑같이 새까만 ㅇㅇㅇㅇ다.

14 자세한 부분.

15 회색 신사들은 아이들을 모모로부터 떼어 내기 위해서 간접적인 방법으로 ㅇㅇ들을 이용한다.

17 산 따위의 맨 꼭대기. 특별한 변동이나 탈이 없이 제대로인 상태.

18 기기의 이야기 속 요술 거울은 둘이서 보면 영원한 ㅇㅇ을 얻을 수 있다.

19 카시오페이아는 시간의 도둑이 사라지고 시간의 꽃 폭풍이 일어나자 모모에게 ㅇ으로 날아가라는 글씨를 보여준다.

21 회색 신사들은 ㅇㅇㅇ 푸지의 시간을 속임수를 써서 빼앗아 간다.

22 기기는 같은 이야기를 또 하는 것은 너무 ㅇㅇ하다고 생각해서 절대 같은 이야기를 되풀이하지 않았다.

23 근심 걱정으로 맥이 빠지고 마음이 산란하여짐.

24 기기의 이야기 속 기롤라모 왕자는 딱 ㅇㅇ 앞선 나라에 산다.

26 모모는 아이들과 원형극장에서 놀 때, 원주민 소녀 모모잔이 되어 용기 있는 사람이 떠도는 태풍에게 ㅇㅇㅇ를 불러주면 태풍을 잠재울 수 있다고 말한다.

27 'ㅇㅇ조모'란 사물의 요런 면 조런 면을 말한다.

30 술책이나 수를 잘 꾸미는 사람.

31 마련할 수 있는 모든 것. ㅇㅇ의 준비를 하다.

34 모모가 호라 박사에게 찾아가는 길을 물었을 때 카시오페이아가 길은 ㅇㅇ에 있어, 라는 글로 길을 알려준다.

35 모모는 나이를 물었을 때 ㅇ 살, 백두 살이라고 대답한다.

37 호라 박사는 모모가 보고 들었던 시간은 모든 사람들 저마다의 ㅇㅇ속에 있다고 말한다.

38 기기는 관광 안내원에서 ㅇㅇㅇㅇ이란 새로운 직업을 얻는다.

39 회색 신사들은 ㅇㅇㅇㅇㅇ을 먹고 살아간다.

		1		2		3		4		5
6							7		8	
		9		10		11				
		12						13		
	14			15			16			
17						18				19
		20		21				22		
		23						24		25
26				27	28		29			
				30			31	32		
	33		34			35			36	
37			38			39				

9. 회색 신사들의 의도대로 탁아소에 맡겨진 아이들은 자기들이 원하는 모든 것을 포기하고 어른들이 원하는 대로 살게 된다. 이것은 현재 '학교'와 얼마나 닮아있는가?

10. (286쪽) 호러 박사의 거북 카시오페이아는 언제나 반시간 앞의 일을 알고 있다. 우리가 시간을 거스르는 일은 가능할까? 시간을 앞질러 반시간 앞의 일을 알게 된다면 어떤 일들을 미리 알고 싶은가?

11. (322쪽) 호라 박사는 모모에게 한 갓 자기 안에 있는 시간에 그치는 존재가 아니라 훨씬 더 큰 존재임을 알려준다. 호라 박사가 모모에게 전하고자 했던 뜻은 무엇인가?

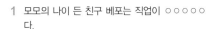

1 모모의 나이 든 친구 베포는 직업이 ○○○○○ 다.

2 시간을 아끼는 사람들을 위해 대도시의 모든 구역에는 ○○○가 세워졌다. 아이들은 놀다가 붙잡히면 ○○○에 넘겨졌다.

5 시간의 꽃들이 있는 곳으로 가려면 언제나 ○○ ○○○를 통과해야 한다.

6 호라 박사는 회색 신사로부터 모모를 지켜주기 위해 ○○을 시켜 모모를 데려오게 한다.

7 카시오페이아가 모모에게 처음 보여준 글자는 '○○ 가자'이다.

8 사람이 시간을 도둑맞으면 '○○○○○○○○'이란 병에 걸리는데 이 병에 걸리면 아무런 감정도 느끼지 못하고 무관심해지며 잿빛이 되고 온 세상이 낯설게 느껴진다.

11 예기치 못한 사이에 급히.

14 과거와 현재, 미래란 3형제가 함께 사는 집은 ○○○이다.

15 회색 신사들에게 가장 어려웠던 일은 모모의 친구인 ○○○들을 자기네 계획대로 유도하는 것이었다.

16 호라 박사가 가지고 있는 회중시계는 드물게 찾아오는 ○○의 시간을 정확하게 알려 준다.

17 경찰관들은 베포를 ○○○○들을 치료하는 병원으로 끌고 간다.

18 삶과 죽음을 아울러 이르는 말.

20 기기가 모모를 찾으려고 하자, 회색 신사는 기기에게 불쌍한 애송이 기기, ○○○ 기기라고 말한다. 실현성이 없는 헛된 생각을 즐겨 하는 사람.

25 카시오페이아는 시간의 꽃이 필요 없는데 그것은 시간의 ○○에 존재하기 때문이다.

27 호라 박사는 무엇이든 볼 수 있는 ○○○○을 갖고 있다.

28 기기가 관광 안내원이란 일을 할 때 필요한 도구라고는 ○○밖에 없었다.

29 회색 신사들은 베포에게 모모를 돌려받으려면 ○○시간을 저축해야 한다고 말한다.

32 카시오페이아는 미래를 ○○○ 먼저 내다 볼 수 있다.

33 ○○이 뭐라는 걸 알게 된다면 사람들은 더 이상 ○○을 두려워하지 않으며, ○○을 두려워하지 않으면 아무도 사람들의 인생을 훔칠 수 없다고 호라 박사는 모모에게 말한다.

34 야구장에서, 본루·일루·이루·삼루를 연결한 선의 구역 안. ○○와 외야.

36 기기의 이야기 속 기롤라모 왕자는 ○○나라에 산다

105

다독다독 *

존 스타인벡 지음
권혁 옮김
돋을새김

생각해 보세요

1. (7쪽) 이 작품은 우화를 소개하는 것처럼 이야기를 시작한다. 이런 방식은 어떤 효과가 있을까? 이러한 서술 부분의 여부는 일반 소설과 어떤 차이가 있는가?

2. (24쪽) 이 작품에서 의사는 탐욕스럽고 인정 없는 존재로 그려지고 있다. 당신이 경험한 의사의 이미지는 어떠한가? 이상적인 의사의 모습은 무엇인가?

3. (44쪽) 키노는 아기 코요티토를 치료하기 위해 좋은 진주를 구하고 싶다. 아기가 아프지 않고 평소처럼 지내던 중에 진주를 발견한 것이라면 이야기는 어떻게 달라졌을까? 오히려 인간의 본질적 욕망을 비추고자 했을 때는 아기가 아프지 않았거나 등장인물 속에 없는 것이 이야기의 주제를 더 선명하게 하지 않았을까? 이에 대한 의견은 어떠한가?

4. (51쪽) 키노는 거대한 행운을 맞이하여 미래에 대한 여러 가지 계획을 선언한다. 당신에게 그러한 행운이 찾아온다면 어떤 계획을 세우고 싶은가?

5. (79쪽) 키노는 진주를 쉽게 포기하지 못한다. 인간은 재물을, 그것도 꼭 필요한 재물을 포기할 수 있는가? 현대사회에서 재물을 포기하게 하는 명분에는 무엇이 있는가?

6. (112쪽) 키노는 거대한 행운을 잡았음에도 그것이 바로 실현되지 않자 현실에 맞서 싸워 쟁취할 것이라 말한다. 당신이 키노였다면 어떻게 생각하고 어떻게 행동했겠는가?

7. (114쪽) 주애너는 키노의 허락을 받지 않고 몰래 진주를 버리려 한다. 주애너는 왜 그랬을까? 주애너가 진주를 몰래 버리는데 성공했다면 이야기가 어떻게 달라졌을까? 키노가 보는 상황에서 주애너가 진주를 버리는데 성공했다면 이야기가 어떻게 달라졌을까?

1 격식이나 관습에 얽매이지 아니하고 행동이 자유로움.

3 모래톱에 함정을 파고 숨어 있다가 미끄러져 떨어지는 개미 따위의 곤충을 큰 턱으로 잡아 체액을 빨아먹는 곤충.

5 키노의 종족들은 과거에 있었던 일이거나 존재했던 모든 것들을 ○○로 만들었다.

6 키노의 형은 키노가 진주 상인이 사기꾼이라고 분노하자, 그것은 진주 상인을 거부한 게 아니라 ○○○○ 전체, 생활방식 전부를 거부한 거라고 걱정한다.

7 뒤얽혀 복잡해진 사정.

9 떡이나 쌀 따위를 찌는 데 쓰는 둥근 질그릇.

10 미사 때에, 사제를 도와서 시중드는 사람.

12 사물이 지니고 있는 쓸모. 진주의 ○○.

16 미친 듯한 기미. 미친 듯이 날뛰는 기질을 속되게 이르는 말.

18 어지럽게 갈래가 져서, 한번 들어가면 다시 빠져나오기 어려운 길.

20 쓴 것이 다하면 단 것이 온다는 뜻으로, 고생 끝에 즐거움이 옴을 이르는 말.

22 간절히 바람.

25 보리가 익을 무렵에 오는 비.

26 배롱나무. 100일 동안 피는 꽃이라 하여 붙여진 이름.

28 다함이 없을 만큼 매우.

30 한 시대의 일반적인 사상의 흐름.

32 위치, 방향, 순서 따위가 반대로 됨. 일의 형세가 뒤바뀜.

33 사물이나 가업 따위를 후대의 자손에게 남겨 주어 이어 나감. 또는 그런 물건.

34 마음과 몸을 아울러 이르는 말.

36 ○이란 가난한 사람들에게 굶주림 다음 가는 적이기 때문에 키노의 아기가 아픈 소식은 빠르게 퍼져갔다.

37 순한 이치나 도리. 또는 도리나 이치에 순종함.

38 밀의 낟알. 어떤 일에 작은 밑거름이 되는 것을 비유적으로 이르는 말.

40 신들은 인간의 계획을 좋아하지 않으며 성공도 ○○한 것이 아니면 좋아하지 않는다.

41 모든 남자와 여자는 우주라는 성곽의 일정한 부분을 지키기 위해 하느님께서 보낸 ○○과 같다고 신부는 설교했다.

42 진주 상인들은 진주의 크기가 너무 크기 때문에 ○○○○○과 같다고 하면서 진기한 물건일 뿐이라고 한다.

	1			2	3		4	
5			6					
	7		8				9	
				10	11	12		
	13	14	15		16	17	18	19
20	21		22	23				
			24			25		
		26	27		28		29	
30	31					32		
		33				34		35
36	37			38	39			
	40		41		42			

8. (136쪽) 키노가 발을 그대로 놓아두고 개미들이 지나가는 것을 바라보았던 장면의 의미는 무엇인가?

9. (170쪽) 아기 코요티토가 죽고 키노는 결국 진주를 버리게 된다. 이 작품에서 진주는 무엇을 상징하는가?

1 쌍으로 된 생선의 알주머니.
2 둘레를 빙글빙글 돎. 훌륭하게 가르쳐 잘못을 뉘우치게 함.
3 조직, 구조 따위를 목적에 맞도록 고쳐 다시 만듦.
4 대기 속에서 빛의 굴절 현상에 의하여 공중이나 땅 위에 무엇이 있는 것처럼 보이는 현상.
5 색깔은 이미지를 상징하는데 ○○○은 질병과 연약함을 상징한다. 코요티토의 부어오른 팔 색깔.
6 사양하여 받지 아니함.
7 인격화한 동식물이나 기타 사물을 주인공으로 하여 그들의 행동 속에 풍자와 교훈의 뜻을 나타내는 이야기.
8 음악적 통일을 이루는 음의 연속이나 노랫가락을 세는 단위.
9 자기가 하고도 아니한 체, 알고도 모르는 체하는 태도.
11 비스듬히 비추는 광선.
13 의사가 병원 밖의 환자가 있는 곳으로 가서 진찰

함.
14 조개의 속살에 ○○가 박히는 사고가 생길 때 진주는 만들어진다.
15 코요티토를 위험에 빠뜨린 곤충.
17 기운과 의지력이 다하여 스스로 가누지 못할 지경이 됨.
19 키노는 진주를 팔기 위해 마을의 중심부를 피해서 기적을 행하는 성모 마리아 상이 있는 ○○○ 방향으로 향한다.
20 세례 받은 신자가 지은 죄를 뉘우치고 신부를 통하여 하느님께 고백하여 용서받는 일.
21 사물의 특성이나 참과 거짓, 좋고 나쁨을 분별하여 판정함. 보석 ○○.
23 넓고 멀다. 막연하고 아득하다. ○○대해.
24 하는 일 없이 세월을 보냄. 어떠한 것에 재미를 붙여 심심하지 않게 세월을 보냄. 아주 하찮고 작음.
27 열대나 아열대의 해안과 하구 주변에서 자라는 숲. 호흡뿌리와 지주근(支柱根)을 가지고 있는 것이 많아서 조석에 따라 물속에 잠기기도 하고

나오기도 하는 특이한 경관을 보인다.
28 안개가 걷히듯 흩어져 없어짐. 계약이 ○○되다.
29 액체 속에 있는 물질이 밑바닥에 가라앉음. 또는 그 물질.
31 좋거나 나쁜 일이 생길 기미가 보이는 현상.
32 얼마쯤 믿으면서도 한편으로는 의심함.
33 남을 대신하여 일을 처리함. 또는 그런 사람.
35 아주 많은 돈이나 값어치. ○○○을 준다도 싫어.
37 다른 것이 조금도 섞이지 아니하고 제대로 온전하다.
39 〈아르바이트〉의 약어.

03 자유론

다독다독 ✱

존 스튜어트 밀 지음
서병훈 옮김
책세상

생각해 보세요

1. (20쪽) 이탤릭체로 쓰여 진 지배자들에게 행해진 '그런 조치'는 구체적으로 무엇인가?

2. (22쪽) 책에서 말하는 '다수의 횡포'란 무엇인가? 영화나 소설, 주변에서 그러한 상황을 경험한 적이 있는가?

3. (24쪽) 책에서 말하는 '관습'은 무엇인가? 주변에서 관습으로 이해되는 부분이 있는가?

4. (30쪽) 존 스튜어트 밀은 자신이 생각한 '자유'의 정의를 밝히고 이에 대해 설파하고자 한다. 당신이 생각하는 자유란 무엇인가?

5. (31쪽) 밀은 본인이 생각한 자유에 대한 원리는 정신적으로 성숙한 사람에게만 적용될 수 있다고 하였다. 밀이 말한 미성숙한 사람의 범위에 대해 어떻게 생각하는가?

6. (34쪽) 밀이 말하는 자유의 기본 영역 3가지는 무엇인가? 이것의 구체적 예는 무엇인

가? 당신은 이 세 가지 영역에서 자유를 누리고 있다고 생각하는가?

7. (100쪽) 인간의 정신적 복리란 무엇인가? 다른 의견을 가질 자유와 그것을 표현할 수 있는 자유가 인간의 정신적 복리를 위해 어떤 점에서 중요한가? 당신은 책에서 제시된 이유들에 공감하는가? 다른 이유가 더 있다면 무엇인가?

8. (107쪽) 책에서 말하는 '사회성'과 '개별성'은 무엇인가? 당신은 각각의 단어를 어떻게 이해하고 있는가?

9. (141쪽) 밀은 사회가 개인에 대해 행사할 수 있는 권한의 한계를 어디까지라고 말하는가? 당신이 생각하는 한계는 어느 수준인가?

10. (175쪽) 밀이 자유론에서 주장하는 두 개의 핵심 격률이란 무엇인가?

11. (199쪽) 밀은 정부의 간섭을 반대하며

 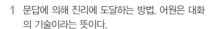

1 문답에 의해 진리에 도달하는 방법. 어원은 대화의 기술이라는 뜻이다.

3 남을 어떤 일이나 행동에 나서도록 부추기는 사람.

4 자기에게 이익이 되지 않으면 주변 사람들과 왕래도 하지 않는 등, 이웃에 대해 무감각해지면서 인간은 기본적으로 이기적인 존재로 전락했는데, 이것은 한마디로 ○○○인 복종의 교리이다.

6 특권을 가진 관료가 국가 권력을 장악하고 지배하는 정치 제도. 또는 그런 정치. 권위적·획일적·형식적 경향을 지닌 제도나 기구를 비판적으로 이르는 말이다.

7 본을 받을 만한 대상.

8 일이 일어나기 전. 또는 일을 시작하기 전.

10 모양, 빛깔, 형태, 양식 따위가 여러 가지로 많은 특성.

11 전문적으로 하는 것이 아니라 틈틈이 취미로 하는 재주나 일.

12 제멋대로 굴며 몹시 난폭함.

14 수많은 사람의 무리. ○○만이 권력자라는 말에

어울리는 유일한 존재.

15 어떤 문제에 대하여 여러 사람이 각각 의견을 말하며 논의함.

17 모두가 한결같아서 변함이 없도록 함.개인의 다양한 심리, 사고, 행동을 무시하고 일정한 틀에 넣어 인위적으로 규격화하고 동질화하는 경향.

19 인간이 할 수 있는 모든 좋은 것은 복종과 관련이 있으며, 의무가 아닌 것은 죄악이라고 주장한 사람. 신의 절대적 권위를 강조하고 예정설을 주장하였으며, 예정설에 따른 금욕의 윤리와 같은 엄한 규율을 만들었다.

21 많은 사람 가운데에서도 극히 일부만이 새로운 실험을 주도할 뿐인데, 이들 소수야말로 세상의 ○○과 같은 존재이다. 짠맛.

22 개인이 가지고 있는 고유의 성질이나 품성.

24 이해관계를 이모저모 모두 따져 보는 일.

26 제주 지역에 있는 기생화산을 이르는 제주 사투리.

27 외부적인 구속이나 무엇에 얽매이지 아니하고 자기 마음대로 행동함. 또는 그런 상태.

28 근원이 다른 물줄기가 서로 섞이어 흐름. 또는

그런 줄기.

30 독창적인 성향이나 성질.

32 어떤 일을 행하거나 타인에 대하여 당연히 요구할 수 있는 힘이나 자격. 공권, 사권, 사회권.

34 사회는 발전을 가로막는 장애물들을 제거하기 위해 공인된 ○○○를 앞세워 자신이 보유한 힘을 집단적으로 운용한다.

36 말로써 온갖 음담패설을 늘어놓거나 욕설, 협박 따위를 하는 일.

38 슬퍼하고 서러워함. 또는 그런 것.

39 이미 시험문제로 나옴.

40 외부 세계의 자극을 받아들이고 느끼는 성질.

42 각 시대는 수많은 의견을 잉태하는데, 과거가 현재에 의해 부정되듯이 현재는 미래에 의해 ○○될 것이다. 이리저리 뒤집힘.

43 사람들은 흔히 어떤 사안이 의심할 여지없이 확실하다면서 더 이상 생각하지 않으려 하는데, 확정된 결론은 깊은 ○에 빠진다.

44 아랫사람에게 동정심이 있는 태도로 대하려는 생각.

"PUZZLE"

세 가지 이유를 말하고 있다. 당신은 정부의 역할에 대해 어떻게 이해하고 있는가? 정부의 역할은 무엇이라고 생각하는가?

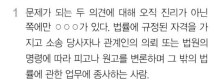

세로열쇠

1 문제가 되는 두 의견에 대해 오직 진리가 아닌 쪽에만 ○○○가 있다. 법률에 규정된 자격을 가지고 소송 당사자나 관계인의 의뢰 또는 법원의 명령에 따라 피고나 원고를 변론하며 그 밖의 법률에 관한 업무에 종사하는 사람.

2 법원에 소속되어 소송 사건을 심리하고, 분쟁이나 이해의 대립을 법률적으로 해결하고 조정하는 권한을 가진 사람.

3 선수를 쳐서 상대편을 제압함.

4 자기의 생활이나 체험을 직접 쓴 기록.

5 땅 위에 눈이 녹지 않고 쌓여 있는 기간.

7 사람이 본디부터 가진 성질.

9 권세를 혼자 쥐고 제 마음대로 함. '독선적 행위', '마음대로 함'으로 순화.

10 많은 사람. '뭇사람'으로 순화.

11 사회 대중의 공통된 의견.

13 적병을 사로잡음. 짐승이나 물고기를 잡음.

14 마주 대하여 이야기를 주고받음. 또는 그 이야기.

16 사물이나 사람 또는 어떤 상황이나 현상이 각각

따로 지니고 있는 특성.

18 개별적인 것이나 특수한 것이 일반적인 것으로 됨. 또는 그렇게 되게 함.

20 자기 자신에 대한 의무라는 말이 사려 깊음 이상의 그 무엇을 의미한다면 바로 이것의 뜻이다. 남에게 굽히지 아니하고 자신의 품위를 스스로 지키는 마음.

21 특정 지역에 밀집한 주민이나 건조물을 분산시킴.

23 세차게 부딪침.

24 어떠한 결론이나 결과에 이른 까닭이나 근거. 구실이나 변명.

25 오래되어 굳어진 좋지 않은 버릇. 또는 오랫동안 변화나 새로움을 꾀하지 않아 나태하게 굳어진 습성.

26 그릇되어 이치에 맞지 않는 일.

27 자기 자신의 태도나 행동을 스스로 반성함.

28 종교적인 원리나 이치. 각 종교의 종파가 진리라고 규정한 신앙의 체계를 이른다.

29 헤아릴 수가 없을 만큼 많음. 또는 그렇게 많은

수효.

30 남에게 기대지 아니하는 자기 한 몸. 또는 자기 혼자.

31 통속적으로 쓰는 저속한 말.

32 남을 복종시키거나 지배할 수 있는 공인된 권리와 힘. 특히 국가나 정부가 국민에 대하여 가지고 있는 강제력을 이른다.

33 인종에 대한 편견이나 국가적 이기심 또는 종교적 차별을 버리고 인류 전체의 복지 증진을 위하여 온 인류가 서로 평등하게 사랑하여야 한다는 주의.

35 판단이나 결론 따위를 이끌어 냄.

36 말하는 목소리.

37 폭동을 일으키거나 폭동에 가담한 사람의 무리.

38 어떤 일에 열렬한 애정을 가지고 열중하는 마음.

40 감동하여 충심으로 탄복함.

41 어떤 일에 열렬한 애정을 가지고 열중하는 마음.

109

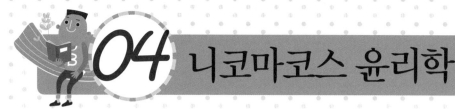

니코마코스 윤리학

아리스토텔레스 지음
홍석영 옮김
풀빛

새겨 보세요

1. (18쪽) 행복은 여러 종류의 조건들과도 관련이 있다. 그런 까닭에 사람들은 행복을 덕이 아닌 행운과 같은 것이라고 생각하기도 한다. 행복의 조건에는 어떤 것들이 있는가?

2. (19쪽) 일생을 통해 완전한 덕을 지키며 활동하고, 동시에 외부적인 여러 가지 선도 지닌 사람은 행복하다고 하는데, 외부로부터 어려움과 고통을 겪을 때 어떻게 견뎌야 하는가?

3. (23쪽) 옳은 행위를 해 봐야 올바르게 되고 절제 있는 행위를 해 봐야 절제 있게 되며 용감한 행위를 해 봐야 용감하게 된다고 한다. 이것의 의미는 무엇인가?

3. (28쪽) 실패는 여러 방면에서 가능하고 성공은 오직 한 방면에서만 가능하다고 한다. 이것의 의미는 무엇인가?

4. (29쪽) 구체적인 상황에서 중용은 어떤 모습인가? 어떻게 중용을 지킬 수 있는가?

5. (42쪽) 골치 아픈 일을 피하는 것은 마음이 약한 탓이고, 이런 사람이 죽음을 택하는 이유는 그것이 고귀해서가 아니라 오히려 고통에서 벗어나기 위해서라고 한다. 어떤 일을 선택하거나 견디는 이유는 용기라고 한다. 이러한 용기의 힘은 무엇이 있는가?

6. (55쪽) 절제하는 사람은 무엇에 도움이 되고 어떻게 행동하는 사람인가?

7. (59쪽) 관후한 사람은 자신의 재물을 소홀히 다루지 않는다. 그 이유는 무엇인가?

8. (86쪽) 수치심은 부끄러움을 아는 것이다. 나이 먹은 사람은 부끄러운 일을 하면 안 된다고 한다. 그 이유는 무엇인가?

9. (88쪽) 정의는 사람들로 하여금 옳은 일을 하도록 하고, 옳게 행동하게 하여 또 옳은 것을 원하게 하는 성품이다. 그렇다면 옳은 행위와 옳지 않은 행위는 어떤 때 판단할 수 있는가?

10. (112쪽) 지적인 덕은 우리가 '판단력이 있는 사람'이라고 할 때의 판단력이다. 판단

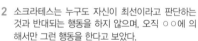

2 소크라테스는 누구도 자신이 최선이라고 판단하는 것과 반대되는 행동을 하지 않으며, 오직 ○○에 의해서만 그런 행동을 한다고 보았다.

3 짐승 같은 사람은 주로 ○○○들 가운데서 볼 수 있다. 미개하여 문화 수준이 낮은 사람. 교양이 없고 무례한 사람을 낮잡아 이르는 말.

5 줄 끝에 추를 매달아 좌우로 왔다 갔다 하게 만든 물체.

7 어떤 일을 바람. 또는 그 바라는 것.

8 정신의 덕에서 도덕적인 덕은 주로 ○○의 결과이다.

10 실제로 존재함. 또는 그런 존재. 사물의 본질이 아닌, 그 사물이 존재하는 그 자체.

11 친절과 관련해서 자기 자신의 이익을 위해 그렇게 행동하는 사람은 ○○꾼이다.

12 학문적 인식의 대상은 필연적이며 ○○한 것이다. 필연적인 것은 모두 ○○한 것이기 때문이다.

14 덕은 ○○이다. 덕은 ○○을 택하여 행동하는 성품이다. 지나치거나 모자라지 아니하고 한쪽으로 치우치지도 아니한, 떳떳하며 변함이 없는 상태나 정도.

16 모욕을 당하고도 참고, 친구가 모욕을 당하는데도 참는 사람은 ○○와 마찬가지다.

17 사람들이 육체적 쾌락을 추구하는 이유는 쾌락이 ○○을 몰아내기 때문이다.

19 고마움을 나타내는 인사.

21 선한 사람이 되기 위해서는 여러 행위를 함에 있어 ○○○ 선택한 결과나 그 행위 자체를 목적으로 해야 한다.

23 금전 관계에서 중용은 ○○이다. 너그럽고 후함.

24 학문적 인식은 논리적으로 ○○될 수 있는 것이다.

26 어떤 상태나 상황을 그대로 보존하거나 변함없이 계속하여 지탱함.

28 ○○이란 욕망, 분노, 공포, 태연함, 질투, 환희, 사랑, 증오, 동경, 경쟁심, 연민 등 쾌락 또는 고통이 따르는 감정들이다.

30 무엇을 내주거나 갖다 바침.

31 방송·신문·잡지 따위에서, 현지 보고나 보고 기사를 이르는 말.

33 참된 본디의 형체. 사물이 발전하거나 나아가지 못하고 한자리에 머물러 그침.

34 조용하고 평안함.

36 자기와 남을 아울러 이르는 말.

38 지적인 덕에는 학문적 인식, 기술, 실천적 지혜, 철학적 지혜, ○○○이라는 다섯 가지가 있다.

40 외국에서 사는 중국 사람.

42 도둑.

43 우리가 모든 일의 목적으로 삼는 것, 무슨 일을 하든지 그것 때문에 선택하는 것, 바로 그것을 ○이라고 할 수 있다.

44 품성과 행실을 아울러 이르는 말.

46 우리는 정념이 아닌 덕과 ○○ 때문에 칭찬이나 비난을 받는다. ○○은 행동의 실마리를 파괴하는 힘을 가지고 있다.

47 자제력이 없는 것은 ○○에 의한 것이 아니기 때문에 악덕이 아니다.

49 어떤 견해나 의견에 같은 생각을 가짐. 또는 그 생각.

51 사람들은 행복을 외부적인 여러 가지 조건이 필요하다고 생각하기 때문에 덕이 아닌 ○○과 같은 것이라고 생각하기도 한다.

52 ○○이란 참된 이치에 따라 제작할 수 있는 상태를 말한다.

53 자기를 관찰하고 반성함.

54 목소리로만 연기하는 배우. 영화의 음성 녹음이나 라디오 드라마 따위에 출연한다.

56 ○○이란 우리가 여러 가지 감정을 느낄 수 있는 것. 즉 노여워하거나 괴로워하거나 불쌍히 여기는 것이다.

57 자연적인 재해나 사회적인 피해를 당하여 어려운 처지에 있는 사람을 도와줌.

58 고대 그리스의 정치가이자 시인인 ○○은 최후를 보아야만 비로소 행복에 대해 말할 수 있다고 했다.

1		2		3	4		5	6
		7			8	9	10	
11		12			13	14	15	
	16				17	18	19	20
21	22		23		24	25	26	27
		28			29	30	31	
	32			33			34	35
36		37			38	39	40	41
	42			43	44	45		
	46		47		48	49	50	
51		52		55			54	55
	56		57		58			

력은 공평한 것을 올바로 가려내는 힘이다. 이것은 어떤 효용성이 있는가?

11. (144쪽) 선한 사람은 '자신을 사랑하는 사람'이 되어도 문제가 없지만, 악한 사람은 '자신을 사랑하는 사람'이 되어서는 안 된다고 한다. 그 의미는 무엇인가?

12. (150쪽) 행복은 어떤 상태가 아니라 오히려 하나의 활동이라고 한다. 이것의 이유는 무엇인가?

13. (162쪽) 선한 사람이 되기 위해 좋은 환경에서 좋은 교육을 받고 좋은 습관을 기르며, 여러 가지 가치 있는 일을 하면서 의식적으로든 무의식적으로든 나쁜 행위를 하지 않고 살려면, 이성과 올바른 명령에 따르는 생활을 해야 한다. 이를 위한 사회적 장치는 무엇인가?

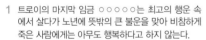

1 트로이의 마지막 임금 ○○○○○는 최고의 행운 속에서 살다가 노년에 뜻밖의 큰 불운을 맞아 비참하게 죽은 사람에게는 아무도 행복하다고 하지 않는다.

2 두려움이나 태연함의 모자람은 ○○함이다.

3 크게 무엇을 이루어 보겠다는 희망.

4 이전부터 전하여 내려오는 습관. 예전의 풍습, 습관, 예절 따위를 그대로 따름.

5 ○○성은 자신이 맺은 약속이나 계약을 얼마나 진실하게 지키느냐의 문제가 아니라, 자신과 아무 상관없는 일들에서도 얼마나 공정하게 행동하는가에 관계있는 것이다.

6 자기의 생활에서 남을 중심으로 생각하는 사람은 노예의 특징인데, 이런 사람들은 ○○○이 없는 사람이다.

7 바라고 원함. 또는 바라고 원하는 일.

9 운동 경기 따위를 구경하기 위하여 모인 사람들.

12 영광스러운 명예.

13 뜻이 높고 고상하다.

15 ○○한 사람이 무서운 것을 참고 견디며 용기 있는 행위를 하는 것은 고귀한 목적 때문이다.

16 담거나 묶지 않고 흩어져 있는 채로 그냥. '노루'의 옛말.

18 아픈 증세.

20 ○○에는 긍정과 부정이 있는 것처럼, 욕구에는 추구와 회피가 있다.

22 ○○○○ 사람들은 어떤 사람을 아주 높이 찬양할 때 흔히 '신적인 사람'이란 말을 쓴다.

23 어떤 일에 대한 견해나 생각. 현실에 의하지 않는 추상적이고 공상적인 생각.

25 이성이란 근본 ○○를 파악할 수 있게 해주는 것이다.

27 아리스토텔레스는 ○○를 사랑하는 사람이 가장 행복한 사람이라고 했다.

29 행복은 그 ○○로서 추구할 뿐, 다른 어떤 것 때문에 추구하지는 않는다.

31 지적인 덕이 있는 사람은 판단력이 있는 사람이라고 할 때, 판단력은 ○○한 것을 올바로 가려내는 힘이다.

33 ○○적 쾌락에는 명예를 좋아하는 것, 학문을 좋아하는 것 등이다.

35 ○○함은 노여움과 관계된 중용으로서, 쉽사리 마음이 흔들리지 않으며, 감정에 좌우되지 않고, 순리에 따라 옳은 태도로 노여워해야 할 일에 적당한 시간 동안만 노여워한다.

36 궁극적인 선은 ○○적이다. 여기서 ○○이란 어떤 한 개인, 즉 고립된 생활을 하는 한 사람만을 만족시키는 것이 아니라, 부모와 자녀, 아내, 친구, 나아가 동포들까지도 만족시켜야 한다는 것을 의미한다.

37 무엇을 할 것인가를 판단할 때 그 실마리가 되는 것은 그 행동의 ○○인데, 쾌락이나 고통으로 곤란해진

적인 있는 사람은 이 실마리를 잘 보지 못한다.

39 ○○은 정념에 대해 잘 처신하거나 잘못 처신하게 해주는 것이다. 즉, 정념에 대해 어떻게 행동하느냐에 따라 정해진다.

42 지적인 덕은 주로 ○○을 통해 얻어지는 것이다.

45 실천적 지혜는 '인간에게 좋은 것과 나쁜 것이 무엇인지 잘 알고, 참된 이치에 따라 ○○할 수 있는 상태'다.

46 비가 내릴 듯한 좋지 않은 구름. 사람들의 생활에 불행이나 고통을 가져오는 세력이나 그런 분위기를 이르는 말.

47 신선이 행하는 술법.

48 ○○적 생활은 명상하고 깊이 생각하는 삶이다. 고요한 마음으로 사물이나 현상을 관찰하거나 비추어 봄.

50 인간의 정신에는 행위와 진리를 다스리는 세 가지가 있는데 바로 ○○, 이성, 욕구이다.

51 ○○은 덕이 있는 활동으로서 자신의 삶 전체에 걸쳐 완전한 덕을 실천함으로써 비로소 얻게 되는 것이다.

52 사람의 몸으로 활동할 수 있는 정신과 육체의 힘.

53 ○○력이 없는 사람은 자기가 하는 일이 나쁘다는 것을 알면서도 정념 때문에 그것을 하는데, ○○할 줄 아는 사람은 자기의 여러 가지 욕정이 나쁘다는 것을 알고 이서에 의해 그것들 따르지 않는다.

55 정의의 가장 참된 형태는 ○○다.

05 버스 정류장

다독다독

가오싱젠 지음
오수경 옮김
민음사

생각해 보세요

1. (10쪽) 사람들은 버스정류장에서 버스를 기다린다. 정류장 팻말 옆에는 철제 난간이 세워져 있다. 십자 철제 난간의 의미는 무엇인가?

2. (24쪽) 아이 엄마는 남편의 가정에 대한 무관심과 무능력에 대해 이야기한다. 그리고 여자로서 운명적으로 기다려야 하는 것을 탓하지만, 그러면서도 아이를 위한 헌신적 태도를 버리지 않는다. 요즘의 젊은 엄마와 소설 속 아이 엄마의 차이는 무엇인가?

3. (28쪽) 버스정류장은 다성부 연극의 형태를 시도하고 있다. 이것의 효과는 무엇이라고 생각하는가? 연극도 뮤지컬처럼 다성부의 발성이 관객에게 잘 전달된다고 생각하는가?

4. (31쪽) 버스를 기다리고 있는 사람들에게 1년이란 시간이 훌쩍 지나갔다. 기다리는 사람들이 의식하지 못하는 가운데 시간이 흐르는 것은 어떤 이유인가?

5. (46쪽) 청년은 버스정류장에 있는 나무 팻말 때문에 이렇게 됐다며 절망한다. 나무 팻말은 사람들에게 어떤 의미가 있는가? 나무 팻말은 시간이 흐른 후에 글자가 없어진다. 나무 팻말의 글자가 없어진다는 것은 또 어떤 의미인가?

6. (55쪽) 젊은 아가씨는 꽃무늬 원피스를 입고 싶어 하고, 아이 엄마는 젊은 아가씨에게 입고 싶으면 기다리지 말고 그걸 입으라 말한다. 젊은 아가씨가 어떻게 하면 자신의 사랑을 찾을 수 있을 거라 생각하는가? 사람들의 진정한 삶은 끊임없이 유예되곤 하는데 그 이유는 무엇인가?

7. (62쪽) 비가 억수로 쏟아져 사람들은 방 수천 아래서 함께 비를 피한다. 함께 비를 피하는 것의 의미는 무엇인가?

8. (74쪽) 숙련공은 사람이 무언가를 기다린다는 것은 뭔가 바라는 게 있기 때문이라고 한다. 만약 바라는 것이 없다면 그땐 비참하

 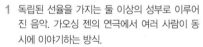 

가로 열쇠

1 독립된 선율을 가지는 둘 이상의 성부로 이루어진 음악. 가오싱 젠의 연극에서 여러 사람이 동시에 이야기하는 방식.

3 버스를 기다리면서 자신의 전자시계가 일 년이란 시간이 흘렀다고 이야기해주는 청년.

5 육체나 물질에 대립되는 영혼이나 마음.

7 19세기 후반 이후 미국을 중심으로, 실제 결과가 진리를 판단하는 기준이라고 주장하는 철학 사상. 행동을 중시하며, 사고나 관념의 진리성은 실험적인 검증을 통하여 객관적으로 타당한 것이어야 한다는 주장으로, 제임스, 듀이 등이 대표적이다.

9 풍채나 기세가 위엄 있고 떳떳함.

12 아가씨는 남자와의 첫 약속으로 공원 입구 길 건너편, 세 번째 ○○○ 아래서 만나기로 했다.

13 정해진 시간 또는 순서에 따라 자동차나 기차 따위를 일정한 선로 또는 구간에 나누어 보냄.

14 장기는 물리면 안 되고, 사람은 ○○을 잃으면 안 된다고 노인은 마 주임에게 말한다.

16 이로운 점.

17 마 주임이 노인에게 준 구하기 힘든 담배의 상표. ○○○은 모두 뒷구멍으로 거래되고 있다.

18 아이 엄마는 늘 ○을 손에서 놓지 못 한다. 아이 엄마는 ○이 너무 무겁다.

19 사실을 있는 그대로 적음. 책 따위의 첫머리에 그 책의 취지나 내용을 적은 글.

20 시내의 석간신문은 다음날 ○○○에 도착하고 마 주임의 회사로 배달된다.

21 아가씨는 언제나 ○이 많았고, 아이 엄마는 너무 피곤하고 졸려서 ○이 없었다.

22 자신의 손은 ○○을 하는 손이라고 숙련공은 말한다.

23 장기판의 최고수. 노인은 ○○○이 자신보다 장기가 한 수 아래라고 말한다.

25 숙련공은 ○○일을 한다.

27 알맞은 때.

29 옛날 사람들은 태사의를 썼으나 도시 사람들에겐 ○○가 대유행이다.

30 정류장 표지를 세워놓고 승객을 안 태우는 버스 회사는 승객을 ○○○ 취급한다고 마 주임은 불평한다.

33 아가씨를 만나기로 한 남자는 ○○표 자전거에 기대서서 기다리기로 했다.

34 청년이 난간에 앉아 ○을 서지 않자 노인은 이건 ○ 설 때 기대는 난간이라고 한다.

35 비가 오자 사람들은 ○○○ 아래로 비를 피한다.

37 담배를 피우는 사람.

39 마 주임은 안경잡이에게 ○○○○이니 고발 편지를 쓰라고 한다.

40 수입과 지출을 아울러 이르는 말. 거래 관계에서 얻는 이익.

42 여기저기 모든 방향이나 방면.

44 마 주임은 시내의 ○○○에 초대받아 밥 먹고 술을 마시려고 했다.

45 노인이 갖고 있는 시계.

46 사실과 다르게 전함.

며 절망한다고 한다. 사람들이 무언가를 바라는 것은 무엇을 의미하는가?

9. (78쪽) 사람들은 마지막에 서로 끌어주고 부축하며 함께 떠나려 한다. 이 사람들은 버스를 탔을까? 아니면 걸어서 목적지에 갔을까? 아니면 목적지를 바꾸었을까?

10 버스는 사람들 앞을 지나가지만 결코 서지 않는다. 버스가 이 사람들을 태우지 않은 이유는 무엇일까?

11. 버스정류장에서 사람들은 버스를 타고자 한다. 버스정류장과 버스의 상징적 의미는 무엇인가?

1		2		3	4				5	6
		7	8				9	10		
	11					12				
13					14					15
16			17				18		19	
	20					21		22		
23	24			25	26				27	28
		29			30	31				
32	33			34			35		36	
37			38		39				40	41
	42			43				44		
45								46		

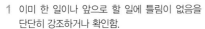

1 이미 한 일이나 앞으로 할 일에 틀림이 없음을 단단히 강조하거나 확인함.

2 몸, 마음, 행동 따위가 튼튼하지 못하고 약함. 내용이 실속이 없고 충분하지 못함.

3 한곳에 자리를 잡고 편안히 삶. 현재의 상황이나 처지에 만족함.

4 존경하는 뜻.

5 정치적인 주의나 주장이 같은 사람들이 정권을 잡고 정치적 이상을 실현하기 위하여 조직한 단체.

6 새로 조직한 당.

8 범죄의 혐의가 있어서 수사 기관의 수사 대상이 되었으나, 아직 공소 제기가 되지 아니한 사람. 피의자.

9 따뜻한 말이나 행동으로 괴로움을 덜어 주거나 슬픔을 달래 줌.

10 바람 앞의 등불이라는 뜻으로, 사물이 매우 위태로운 처지에 놓여 있음을 비유적으로 이르는 말.

11 서로 엇갈리거나 마주친 곳.

12 사용할 수 있음. 정한 분량보다 더 씀.

13 아이 엄마의 아이 이름.

14 마 주임은 시내의 소식을 ○○을 통해 안다.

15 눈에 보이지 않는 내면을 성찰하여 구체적으로 표현하는 일. 외적 형상의 유사함보다는 내적인 본질, 정신을 표현하고자 하는 중국의 고유한 미학 개념.

17 바둑이나 장기 따위에서, 전체적인 승부의 형세를 이르는 말.

19 동양 연극의 구조는 ○○○○이라고 가오싱젠은 말한다.

20 좋은 유전 형질을 보존하여 자손의 자질을 향상시키는 일. 어리석인 사람.

24 모르는 체하고 하려는 대로 내버려 둠으로써 슬며시 인정함.

26 공장에서 노동에 종사하는 사람.

28 시, 음악, 무용, 영화 따위와 같이 시간이 경과하는 가운데 표현되는 예술. 그래서 연극은 ○○예술이다.

29 '초등학교'의 전 용어. 중국 서주(西周) 때, 소년들에게 초등 교육을 실시하던 학교.

31 다른 나라에서 온 사람.

32 아직 흡족하지 못하거나 만족스럽지 않음.

33 외국인에 대한 출입국 허가의 증명.

36 천수관음(과거세(過去世) 중생을 구제할 수 있는 천 개의 눈과 천 개의 손을 갖기를 발원하여 이루어진 관음)의 유래, 발원, 공덕 따위를 말한 경문.

38 다른 것을 본뜨거나 본받음.

39 서울 이외의 지역. 어느 방면의 땅.

41 시간이 오래 걸리거나 같은 상태가 오래 계속되어 따분하고 싫증이 나다.

42 네 계절.

43 사람의 한 평생의 운수.

44 운명은 ○○과 같은 것이라고 안경잡이는 말한다.

06 소피의 세계

요슈타인 가아더 지음
장영은 옮김
현암사

생각해 보세요

1. 과거, 초기 철학자들이 모든 자연 현상을 종교적 신화로 설명했던 이유는 무엇인가?

2. 이 책에서 설명하는 '자유의지'와 '운명'의 차이점은 무엇인가? 둘 중 무엇을 추구하느냐에 따라 사람에게 어떤 변화가 생기는가? 또, 이 두 가지 개념이 자신에게 어떻게 적용되는가?

3. 어떠한 공학설비도 없이 데모크리토스가 '원질'과 '변화' 문제의 해답을 찾아낼 수 있었던 까닭은 무엇인가?

4. '히포크라테스 선서'에서 비롯한 발상이 오늘날에 아직까지 '의료 윤리'에 영향을 끼칠 수 있었던(or 끼치고 있는) 까닭은 무엇인가?

5. (162쪽) 아리스토텔레스는 자연 만물은 특정한 형상을 실현할 가능성을 지니고 있다고 보았다. 이 말속엔 사물의 현상이 사물의 가능성뿐만 아니라 사물의 한계를 지니고 있다는 뜻이 숨겨져 있다. 이것을 '닭과 달걀 이야기'처럼 주변 사물에 대입한다면 어떻게 설명하겠는가?

6. 아리스토텔레스 윤리학에서 강요하는 '중용의 도'는 무엇인가? 이를 어떻게 실천해야 하는가? 이것은 우리에게 어떤 유익한 점을 남기는가?

7. 아리스토텔레스의 '여성상'이 남성위주로 자리 잡힌 연유는 무엇인가? 이것은 과연 타탕하고 유익한가?

8. 금욕적이고 냉소적인 견유학파와 달리 에피쿠로스학파는 쾌락을 중시했다. 현대 사회는 이 두 학파 중 어떤 사상에 더 근접해 있고 무엇이 배제되었는가?(그러나 에피쿠로스학파가 단순히 물리적 쾌락만을 추구하지 않았음을 염두에 두어야한다.)

9. 소피가 스스로를 하나의 세계로 여기고 신적인 존재와 같다는 걸 깨달음으로서 겪

1 프로그램이나 하드웨어의 성능을 보여 주기 위한 시범.

2 예언의 신.

4 그리스 인들은 가장 유명한 ○○○의 신탁이 사람의 운명을 밝혀줄 수 있다고 믿었다.

5 최고의 선은 쾌락이며 최대의 악은 고통이라고 했던 학파. 정원 철학자.

8 소피에게 철학 편지를 보낸 사람. 뮐러 ○○.

9 특정 작품의 소재나 작가의 문체를 흉내 내어 익살스럽게 표현하는 수법. 또는 그런 작품.

10 어떤 지역에서 생산되는 물건. 어떤 행위나 상황 따위에 의한 결과로 나타나는 현상.

11 소형(小型)임을 이르는 말.

12 털 따위로 짜서 깔거나 덮을 수 있도록 만든 요. 담요.

14 알렉산더가 원하는 것이 무엇이냐고 했을 때, 자신이 쉬고 있는 통의 햇빛을 가리지 말라고 했던 견유학파.

16 아리스토텔레스가 고안한 스무 번까지 질문을 하면서 문제의 답을 알아맞히는 놀이.

18 초밥의 일본말.

19 고대 그리스 인의 신앙적 대상인 초인적 존재. 신과 인간 사이에서 태어나 죽어서 신령이 된다고 하며, 서사시 속에서 주로 영웅으로 묘사되었다.

21 헤라클레이토스는 ○이 세계 전체를 포괄하는 어떤 것이며, 바로 그 자체 내부에서 부단히 변하는 모순에 가득 찬 자연이라고 했다.

24 용.

25 소피의 편지에서 철학 선생은 우주가 커다란 마술사의 모자에서 끄집어낸 ○○와 같다고 말한다.

26 나쁜 짓을 하는 도둑이나 악한 따위의 무리가 활동의 본거지로 삼고 있는 곳.

27 우편, 전신, 전화 따위로 정보나 의견을 주고받음.

30 기름 부은 자란 뜻의 사람. 구원을 해주는 사람. 그리스도.

32 죽은 사람의 혼령.

33 아테네의 자유민으로서 교양이나 학예, 특히 변론술을 가르치는 일을 직업으로 삼던 사람들을 이르는 말.

34 생물계의 두 갈래 가운데 하나로 인간을 제외한 존재.

37 단 한 명의 최고위 국가 원수를 수반으로 하는 정치. ○○ 정치.

38 이성이 세계에 대한 우리의 앎의 원천이라고 믿는 주의.

40 이 단어는 '별로부터 불길한 영향을 받고 있는' 것을 뜻한다.

게 된 변화는 무엇인가?

10. 괴테는 역사의 뿌리를 알지 못하는 이는 깨달음 없는 삶을 살게 된다고 말한다. 어째서 우리는 역사를 앎으로서 깨달음을 얻고 살아야 하는가?

1			2						3	
	4					5	6			7
8					9				10	
		11						12		
	13			14		15				
16		17								
	18			19		20		21		22
23			24			25			26	
27	28		29		30	31		32		
		33						34		35
36	37					38				
39				40						

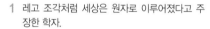

1 레고 조각처럼 세상은 원자로 이루어졌다고 주장한 학자.

2 소크라테스는 스스로 아무것도 모르는 상대 역을 해냄으로써 다른 사람이 어쩔 수 없이 자신의 이성을 이용하도록 유도했는데, 이렇게 짐짓 아무것도 모르는 양, 혹은 실제보다 더 어리석은 척 꾸미는 것을 소크라테스의 ○○○○○라고 한다.

3 이것은 지혜를 사랑하는 사람이란 뜻이다. 철학자.

5 잘하지 못하여 그릇된 점. 또는 조심하지 아니하여 그르치는 행위. 오류.

6 프로듀서.

7 몹시 어수선하고 쓸쓸하다. 날씨가 흐리고 으스스하다.

12 프랑스의 화가(1840~1926). 마네, 세잔 등과 함께 신예술 창조 운동에 힘썼으며, '색조의 분할'이나 '원색의 병치'를 시도하여 인상파 기법의 전형을 개척하였다.

13 만물의 바탕 위에 놓여있는 어떤 것. 스토아학파에서, 숙명적·필연적으로 사람을 지배하는 신.

15 글이나 그림 따위를 신문이나 잡지 따위에 실음.

17 행동이나 일 따위를 시작함.

19 소피에게 편지 심부름을 하는 개의 이름.

20 ○○○는 기둥을 뜻하는 말로. 감정에 사로잡히지 않고 쾌락과 고통에 동요하지 않으며 의연한 자세로 운명을 받아들이는 태도를 이른다.

22 소피는 철학 이야기가 담긴 편지를 주로 ○○에서 읽었다.

23 자연 철학자는 철학을 ○○에서 해방시켰다.

26 소피가 찾아간 숲의 집은 ○○의 집이다.

28 삶이 왜 지금처럼 되었는지 설명하고 있는 신들의 이야기.

29 타인의 고통에 대해 무감각한 주의.

31 침대의 아래위로 덧씌우는 흰 천.

32 자연이 변화하는 진행과정에 개입하는 '힘', ' 정신'을 고려하지 않고 오로지 물질적인 것만 믿는 주의.

35 소크라테스가 사용했으며 대화법의 첫 단계. 지식을 갖고 있는 자가 지식을 가지고 있지 않은 자에게 자신이 어떠한 것에 대하여 모르고 있다는 사실 자체를 깨달을 때까지 어려운 단계의 질문에서 쉬운 단계의 질문으로 계속해서 물어 가는 방법이다.

36 두 가지 이상의 사물이 서로 합동하여 하나의 조직체를 만듦. 또는 그렇게 만든 조직체.

37 세습적으로 나라를 다스리는 최고 지위에 있는 사람.

38 아침부터 저녁까지.

07 카드의 비밀

요슈타인 가아더 지음
백설자 옮김
현암사

생각해 보세요

1. (20쪽) 한스는 자기 자신을 찾으려는 모든 이에게 자신이 있던 그 자리에 머무르라고 충고하고 싶다고 한다. 그러지 않으면 길을 잃을 위험이 높기 때문이다. 한스가 이렇게 말한 이유는 무엇인가?

2. 독일병사의 사생아를 낳은 한스의 할머니와 독일병사의 사생아였던 한스의 아버지가 마을로부터 핍박받았던 이유는 무엇인가?

3. 한스의 아버지가 조커카드만을 모아 온 이유는 무엇인가?

4. (155쪽) 한스의 아버지는 이 세상에 존재하는 이들 중에 운 좋지 않은 이들은 없다고 말한다. 이 말의 의도는 무엇인가?

5. (176쪽) 한스는 꼬마책 속 마법의 섬의 멍청한 난쟁이들과 같이 세상 사람들이 의식을 잃고 있는 것 같다고 생각한다. 무엇 때문에 '전혀 달라 보이는' 두 세상 사람들을 어린 한스는 동일시해서 보았는가?

6. '무지갯빛 레모네이드'가 은유적으로 설명하는 것은 무엇인가?

7. 한스의 아버지는 왜 매일 술을 마셔야 했고 그가 술을 마시고 끊는데 어떤 과정이 존재했고 그것이 의미하는 바는 무엇인가? 이에 대한 작가의 서술 의도는 무엇인가?

8. 여기서 말하는 '자기 자신을 찾는다는 것'은 무엇을 말하는가? 당신 역시 스스로도 '자기 자신을 찾았다'고 말할 수 있는가?

9. 한스는 아버지의 허영심이 조커가 되려는 것에 관련이 있다고 한다. 한스가 그렇게 생각한 이유는 무엇인가?

10. 조커가, 이 세상에서 어떤 역할을 하는 자들인지 이 책에서 의미하는 바는 무엇인가?

11. 한스의 아버지는 누구나 '시간의 이빨'에 물려 사라지게 된다고 말한다. 그러나 '무엇'만은 '시간의 이빨'을 피해간다고 한스는 생각한다. 여기서 말하는 '무엇'이란 무엇인가?

12. (210쪽) 한스는 꼬마책과 관련한 비밀을 아버지에게 누설하지 않았던 것에 대해 곰곰이 생각한다. 당신은 당신만 알고 있는 비밀이 있다면 어떻게 그 비밀을 누설하지 않

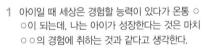

1 아이일 때 세상은 경험할 능력이 있다가 온통 ○○이 되는데, 나는 아이가 성장한다는 것은 마치 ○○의 경험에 취하는 것과 같다고 생각한다.

3 아버지는 철학자를 ○○를 추구하는 사람이라고 말한다.

4 나는 놀이동산에서 ○○○가 있는 곳으로 간다. ○○○는 여자 점쟁이를 뜻한다.

5 조커는 "우리는 하늘 아래 비밀스러운 어떤 ○○ 속에서 살고 있지요!"라고 말을 한다.

6 스페이드의 직업은 ○○○이다.

8 집안 살림에 쓰는 온갖 물건.

9 금화, 화폐.

10 카드는 ○○장이다. 한스가 무지갯빛 레모네이드를 마신 후 ○○년 만에 알베르트가 마시고 또 ○○년 후에 내가 마셨다. 숫자 2개를 한 칸에 쓰세요.

11 나는 엄마를 만나 ○○에 비친 엄마의 영상이 엄마를 유인해서 엄마가 아티나로 갔다고 말을 해 준다.

13 집의 맨 꼭대기 부분을 덮어 씌우는 덮개.

14 킹, 퀸, ○만이 양쪽 방향으로 말할 수 있다.

16 알베르트는 어머니 장례식 때 눈물을 흘리지 않았다면서, ○○가 슬픔에 대한 최상의 약이라고 말을 한다.

19 오늘의 하루 바로 전날.

21 사원에 들어가기 전에 아버지는 나에게 입구 아래에 있는 성스러운 ○○을 마시라고 한다. 이 ○○을 마시면 지혜와 시적 재능을 얻게 된다고 한다.

22 알베르트는 자신이 만든 유리를 ○○○○라고 부른다.

24 아버지는 나에게 자신의 가족은 늘 누군가가 빠져있다면서 이것을 ○○의 저주라고 말을 한다.

27 나는 엄마를 패션계의 환상에서 구해낼 수 있었던 것은 수수께끼지만, 모든 것 가운데 가장 위대한 것은 ○○이므로 이것 때문에 가능할 수 있었을 거라고 생각한다.

29 카드의 숫자는 카드 옷에 있는 ○○의 숫자이다.

31 아버지는 ○○○에 있는 큰 공장에서 기계공으로 일을 했었다.

33 아폴론의 신전에는 속을 파낸 돌이 하나 있는데 그것을 그들은 ○○○이라 불렀다. 이 신전을 세계의 중심으로 여겼기 때문이다.

35 아버지는 술 마시기를 중단하면서 ○○한 철학자가 될 것이라고 한다.

39 클럽 잭과 하트 킹은 자신들이 ○○의 피조물이라는 것을 인식하지 못하고 실재라고 생각한다.

41 카드 중에서 ○○○○는 검은색이며 불행을 가져온다.

43 아버지는 어머니는 천사이고 ○은 악마의 저주라고 말하는데 나는 ○이 아버지를 죽음에 빠뜨릴 것이라고 생각한다.

45 카드 중에서 오직 ○○만이 제대로 된 대화의 기술을 통달하고 있다.

46 주유소에서 만난 난쟁이는 나에게 노루의 뱃속에서 오래된 ○○○○을 발견했는데 그것으로 확대경을 만들었다면서 나에게 선물한다.

48 아버지는 카드를 얻을 때 조커만 얻고 다른 사람들에게 나머지 카드를 모두 주기도 하는데 나는 이것을 보고 ○○는 좋은 거래를 하고 있다고 생각한다.

49 아버지는 ○○ 병사의 사생아다.

50 나는 카드 중에서 ○○○○○를 볼 때마다 엄마를 떠올린다.

고 간직하겠는가?

13. (275쪽) 조커는 난쟁이들에게 조커 놀이를 위해 한 문장씩 낭독하라 말한다. 클럽 에이스는 운명은 자기 자신을 집어삼킬 만큼 허기진 한 마리 뱀이다, 라고 말하고, 스페이드 킹은 운명을 꿰뚫어 보려는 자는 운명에서 살아남아야 한다, 라고 말한다. 당신은 어떤 말이 가장 지혜롭다고 생각하는가? 그 이유는 무엇인가?

14. (319쪽) 난쟁이들은 조커가 자신들에게 진실을 이야기한 건 매우 슬픈 일이라고 말한다. 그것은 주인님이 죽어야 함을 의미하기 때문이라는데 이것은 무엇을 의미하는가?

15. (359쪽) 한스는 히소이 섬의 집에 있는 조커는 자신과 아버지가 하트 에이스를 찾으려고 온 유럽을 돌아다니는 한 아무 소용이 없다고 한다. 이것의 의미는 무엇인가?

1	2		3			4			5
	6	7			8			9	
10		11	12				13		14
	15		16	17		18		19	20
21				22	23				
	24	25					26		27
28		29	30		31	32			
33	34		35	36				37	38
			39	40			41		42
43		44		45					
	46			47				48	
49			50						

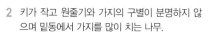

2 키가 작고 원줄기와 가지의 구별이 분명하지 않으며 밑동에서 가지를 많이 치는 나무.

4 ○○은 아이를 어른으로 만든다. 또 ○○은 오래된 사원을 무너뜨리고 더 오래된 섬을 바다 속에 가라앉히기도 한다. 우리가 '○○의 이빨'이라고 말을 하는 것은 ○○이 씹고 또 씹기 때문이다.

5 아버지와 나는 아테네에서 어머니를 찾게 될지 ○○을 던지며 내기를 한다.

7 거두어 감.

8 아버지는 신을 믿는데 그 이유는 신이 산에 이름을 남겨 두진 않았어도 ○○은 남겨 뒀기 때문이라고 한다.

9 단추 두 개짜리는 ○○○는 섬의 비밀을 누설하지 않지만 꼬마빵은 누설한다고 중얼거린다.

12 답답하고 분함. 또는 그런 마음.

15 꼬마책 속 이야기에서 제빵사 한스의 집에 갔을 때 그는 ○○○에서 나를 기다리고 있었다.

17 무섭게 밀려오는 큰 파도. 어떤 무리들이 무서운 기세로 달려 나가는 모습을 비유적으로 이르는 말.

18 ○○는 빨강색이고 빵을 굽는 직업을 갖고 있다.

20 클럽 5는 ○○○는 마법의 섬의 보물을 숨기고 있다고 말한다.

23 델포이에 오는 사람은 사제에게 자신의 질문을 말하고, 사제는 그 물음을 ○○○에게 전하고, ○○○는 그에 대한 답을 전해준다. 그리고 사제는 그에 대해 질문한 사람들에게 해석을 해준다.

25 글에서 하나로 묶을 수 있는 짤막한 단위.

26 4년에 한 번 2월은 29일까지 있다. 이달을 ○○이라고 한다. 내 생일은 윤일이다.

28 아버지는 나와 여행을 하면서 ○○ 휴식을 하는 동안 여러 가지 이야기를 해준다.

30 추운 정도.

32 빛을 모으거나 분산하기 위하여 수정이나 유리를 갈아서 만든 투명한 물체. 오목 ○○, 볼록 ○○.

34 '척추 장애인'을 낮잡아 이르는 말.

36 거칠고 험하게 생긴 모양이나 상태.

37 커피나 음료, 술 또는 가벼운 서양 음식을 파는 집.

38 아버지는 사원 입구에서 ○○ 한 장을 사는데, 이것은 2,000년 전 이곳의 모습을 보여주는 ○○였다.

40 서로 도움.

41 그리스 신화에 나오는 괴물. 상반신은 여자이고 하반신은 날개가 돋친 사자의 모습으로, 행인에게 수수께끼를 내어 풀지 못하면 죽였다고 한다.

42 다른 나라에서 온 사람.

44 다이아몬드 7은 "진실은, ○○ 세공사 아들이 자신의 상상물을 광대로 취급했다는 것이다."라고 말한다.

46 오직 하나밖에 없음.

47 특정한 고급 관료에 대한 경칭.

08 우파니샤드

다독다독 *

편집부 지음
이재숙 옮김
풀빛

생각해 보세요

1. 우파니샤드의 강의법은 신을 등장시켜 비유, 은유, 상징 그리고 함축을 통해서 설명할 수 없는 브라흐만을 설명하고자 하는 것이다. 이것은 이해에 어떤 도움이 되는가?

2. (18쪽) 신들에게 지내는 제사에서 의례가 중요할까, 정성이 중요할까? 나께찌따의 예를 근거로 들어 설명한다면?

3. (39쪽) 야자왈끼야 성자는 인생의 마지막 단계에서 재산을 나누어 주고자 하는데 두 번째 부인인 마이뜨레이는 세상 모든 재산을 얻는다면 그것으로 영원한 생명을 얻을 수 있는지 묻는다. 야자왈끼야 성자는 삶을 살아가면서 가장 큰 재산에 대해 이야기한다. 그것은 무엇인가? 그 이유는 무엇인가?

4. (51쪽) 근원 존재를 알게 되면 더 이상 의식은 없어진다는 말의 의미는 무엇인가?

5. (68쪽) 근원이 된 어떤 것이 존재했기 때문에, 다른 존재들이 처음에는 없다가 만들어진 것이 아니라 이미 존재한 것이 밖으로 모습이 드러났다고 이해해야 한다고 아버지는 아들 슈웨따께뚜에게 말한다. 이것을 통해 사람의 근원, 세상의 근원에 대해 설명해 보시오.

6. (78쪽) 아버지는 슈웨따께뚜에게 몸의 감각과 숨에 대한 이야기를 통해 보이지 않아도 중요한 문제가 세상에는 얼마든지 있음을 이야기하며, 감각을 만족시키는 자극에 끌려다니지 않도록 스스로 중심을 잡아야 한다고 말한다. 삶에서 이러한 태도는 어떻게 중요한가?

7. (94쪽) 우파니샤드는 세상이 환영이니 버리라고 하지 않는다. 오히려 열심히 세상을 살라고 한다. 다만 세상이 환영과 같이 변화무쌍하다는 것을 알고 집착하지 말라고 한다. 우파니샤드의 이러한 인생관은 현대의 인생관과 어울리는가?

8. (108쪽) 세상을 살아가면서, 세상을 보는 눈이 나의 몸에 있기 때문에 나를 중심으로 생각하는 것이 당연하지만, 현명한 사람은 언제나 그것을 경계한다고 한다. 이것은 무

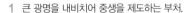

1 큰 광명을 내비치어 중생을 제도하는 부처.

3 고대인의 사유나 표상이 반영된 신성한 이야기. 우주의 기원, 신이나 영웅의 사적(事績), 민족의 태고 때의 역사나 설화 따위가 주된 내용이다.조용하고 잠잠한 상태.

4 반인반신의 음악의 신.

7 사람의 몸에서 가장 중요한 역할을 하는 감각 기관이 무엇인지를 시험하였는데 그중 가장 중요한 것.

8 재앙으로 말미암아 받는 피해. 지진, 태풍, 홍수, 가뭄, 해일, 화재, 전염병 따위에 의하여 받게 되는 피해를 이른다.

10 남의 어려운 처지를 안타깝게 여기는 마음.

11 천둥의 신.

12 몸으로 견디기 어려운 일들을 통하여 수행을 쌓는 일.

16 인도 바라문교 사상의 근본 성전이며 가장 오래된 경전.

17 제정 러시아 때 황제(皇帝)의 칭호.

18 바람의 신.

19 매우 근심함. 또는 그런 마음. 미리 막아서 지키려는 마음.

20 사람이 내재적으로 갖고 있는 성욕. 또는 성적 충동. 프로이트 정신 분석학의 기초 개념으로, 이드(id)에서 나오는 정신적 에너지, 특히 성적 에너지를 지칭한다.

22 과거세(過去世) 중생을 구제할 수 있는 천 개의 눈과 천 개의 손을 갖기를 발원하여 이루어진 관음. ○○관음.

24 조용하고 잠잠한 상태.

26 건축물에서, 주춧돌 위에 세워 보·도리 따위를 받치는 나무. 또는 돌·쇠·벽돌·콘크리트 따위로 모나거나 둥글게 만들어 곧추 높이 세운 것. 집안이나 단체, 나라 따위에서 의지가 될 만한 중요한 사람이나 중심이 되는 것을 비유적으로 이르는 말.

27 저승에서, 지옥에 떨어지는 사람이 지은 생전의 선악을 심판하는 왕.

29 좌선할 때 앉는 방법의 하나. 왼쪽 발을 오른쪽 넓적다리 위에 놓고 오른쪽 발을 왼쪽 넓적다리

위에 놓고 앉는 것.

31 고대 인도의 대표적인 창조 이론인 ○○○ 철학에서는 창조된 만물에는 자연이 본래 가지고 있는 세 가지 속성(진성, 동성, 암성)이 들어있다고 한다.

32 자기 자신 혹은 자신의 참모습.

33 아직 드러나지 않은 근원. 생명이 밖으로 얼굴을 내밀기 전의 알과 같다.

37 인간이 활동하는 근원이 되는 힘.

38 인도·유럽 어족 가운데 인도-이란 어파에 속한 인도·아리아 어 계통으로 고대 인도의 표준 문장어. 전 인도의 고급 문장어로 오늘날까지 지속되는데, 불경이나 고대 인도 문학은 이것으로 기록되었다.

1		2		3		4	5		6
						7			
8	9			10			11		
			12			13			14
15		16			17			18	
19			20		21			22	
		23			24	25		26	
	27			28		29			30
								31	
32				33		34			
			35						36
	37				38				

엇을 의미하는가?

9. (144쪽) 육신에 대한 집착을 버리면 욕심이 없어지고, 욕심이 없어지면 그로 인한 모든 변화와 고통도 없어진다고 말하는데 육신을 가진 인간이 이러한 집착을 버리는 일이 가능할까?

10. (117쪽) 눈이 보이는 자신의 모습이 아뜨만이라고 하는데, 이것의 의미는 무엇인가?

11. (129쪽) 신화는 상징을 사용하는 이야기다. 신화의 이야기는 사람들에게 이야기 자체가 아니라 그 안에 담긴 의미를 기억하기 위한 것이라 한다. 우리나라 단군신화를 상징과 함께 설명한다면?

12. (193쪽) 요가는 자기 자신을 발견해 나가는 과정이라며, 몸과 마음이 내면의 자기 자신을 발견하는 데 조금도 방해가 되지 않도록 가볍게 만들어야 한다고 한다. 이것의 의미는 무엇인가?

1 실제로 있지 아니하는 것.

2 자신이나 자신과 관련 있는 것을 스스로 자랑하며 뽐냄.

3 새로운 시대의 가정.

5 조물주가 자식들인 인간들에게 가르쳐 준 교훈은 담미야뜨, 닷따와, ○○○○(동정심을 가져라)이다.

6 사실과 다르게 전함.

9 윤회를 그만하게 되는 것.

10 같이 길을 감. 같이 길을 가는 사람.

12 지겟다리 위에 뻗친 가지.

13 업(業). 미래에 선악의 결과를 가져오는 원인이 된다고 하는, 몸과 입과 마음으로 짓는 선악의 소행.

14 어떤 현상이나 사물을 직접 설명하지 아니하고 다른 비슷한 현상이니 사물에 빗내어서 설명하는 일.

15 싸우기를 좋아하는 귀신으로, 항상 제석천과 싸움을 벌인다. 지하에 사는 악마.

18 어떤 자리에 '깃드는 자'라는 의미.

21 물건을 도거리로 맡아서 팖. 또는 그렇게 하는 개인이나 조직.

22 뇌성과 번개를 동반하는 대기 중의 방전 현상.

23 세상 전체의 참모습.

25 고대 인도에서부터 전하여 오는 심신 단련법의 하나. 자세와 호흡을 가다듬는 훈련과 명상을 통하여 초자연적인 능력을 개발하고 물질의 속박으로부터 자유로워지는 것을 목표로 한다.

26 두 다리를 앞으로 뻗고 앉음.

28 서로 교제하여 사귐.

30 세상이 연극 무대처럼 진짜 집이 아니고, 잠시 머무는 곳이기 때문에 환영과도 같다고 이르는 말. 본래 존재하는 것이 아니라 사람이 만들어 낸 것. 환영(幻影)과 허위(虛僞)에 충만한 물질계. 또는 그것을 주는 여신의 초자연력을 이르는 말.

31 추상적인 개념이나 사물을 구체적인 사물로 나타냄. 또는 그렇게 나타낸 표지(標識)·기호·물건 따위.

32 불의 신.

34 기원전 2500년에서 기원전 1500년 무렵까지 인도의 강 유역에서 번영하였던 세계 최고(最古)의 문명.

35 담배, 돈, 부시 따위를 싸서 가지고 다니는 작은 주머니. 가죽, 종이, 헝겊 따위로 만든다.

36 인도아리아어(語) 계통으로 고대인도의 표준문장어.

09 인간 실격

다자이 오사무 지음
김춘미 옮김
민음사

다독다독*

생각해 보세요

1. 어렸을 때부터 인간을 극도로 두려워했던 요조는 '익살'로 자신을 무장한다. 그가 많은 방법 중 '익살'을 택했던 이유로는 '익살'이 가지는 허구(언제나 진실 되지 않아도 된다는 점)도 있지만 그 밖에 다른 이유도 있다. 그것은 무엇인가?

2. 요조는 '소가 꼬리로 쇠등에를 탁 쳐서 죽이듯이' 언제고 노여움이라는 무시무시한 정체를 드러내는 인간의 본성에 공포를 느낀다. 요조가 단지 심약한 사람이기 때문에 인간의 이런 면을 두려워한 것일까? 이런 의문이 들었다면 당신도 요조와 비슷한 감정을 느낀 적이 있을 것이다. 그 기억은 무엇인가?

3. (23쪽) 존경받는다는 건 '거의 완벽하게 사람들을 속이다가 전지전능한 어떤 사람한테 간파당하여 산산조각이 나고 죽기보다 더한 창피를 당하게 되는 것'이라고 요조는 정의한다. 이것은 실제 존경받는다는 것과 어떤 연관이 있고 요조의 심성이 어떻게 작용해 나타난 것인가?

4. (27쪽) 요조는 인간의 삶이 불신으로 충만(정말이지고 산뜻하고 깨끗하고 밝고 명랑한 불신이라 요조는 표현한다.)한 것이라고 말한다. 이것은 단지 요조가 인간을 두려워하기 때문이 아니라 '무엇'이 그로 하여금 이런 생각을 이끌어 냈다고 할 수 있다. 이것은 무엇인가?

5. (62쪽) 겁쟁이는 솜방망이로도 상처를 입기 때문에 행복마저도 두려워한다. 이 생각 때문에 요조는 평생 행복마저도 마음껏 누리지 못하고 비참하게 살아간다. 그의 말대로라면 우리는 '겁쟁이'로서 행복을 어떻게 받아들여야 하는가?

6. (82쪽) 요조는 자신이 남들에게 호감을 살 줄은 알지만 남을 사랑하는 법에는 결함이 있다고 말한다. 동시에 그는 과연 다른 인간들에게도 남을 사랑할 줄 아는 능력이 있

1 꽃의 반의어.
3 도쿄의 옛 이름.
5 요조의 거짓을 처음 알아챈 사람.
7 다른 것과 통하지 못하게 사이를 막거나 떼어 놓음. 전염병 환자나 면역성이 없는 환자를 다른 곳으로 떼어 놓음.
8 요조의 아버지는 요조가 자라 ○○가 되길 바란다.
9 잊지 않도록 마음에 깊이 새겨 둠.
10 한 겁(劫) 동안 끊임없이 고통을 받는다는 지옥. 무간지옥.
11 똑바로 침.
12 잘못이나 실수가 없도록 말이나 행동에 마음을 씀.
13 믿지 아니함. 또는 믿을 수 없음.
15 요조는 시즈코와 살면서 술에 빠져 사는데, 자신을 개보다도 고양이보다도 열등한 동물인 ○○ ○라고 자조한다.
17 아름다운 여자. 아름다운 빛깔.
18 주먹을 쥐고 웃고 있는 사람은 없다며, 사진 속

의 소년을 웃고 있는 ○○○라고 작가는 말한다.
19 사람들과 사귀며 세상을 살아가는 방법이나 수단. 요조는 자신이 사람을 두려워하여 피하고 속이는 것이 똑똑하고 교활한 ○○○○이나 마찬가지일지 모른다고 말한다.
20 중생의 번뇌를 없애는 불법을 약에 비유하여 이르는 말.
22 미술 학도이면서 요조에게 술과 담배와 여자와 전당포와 좌익 사상을 알게 한 친구.
24 요조는 호리키 때문에 ○○○○ 비밀 모임에 가입하고 동지로서의 일을 한다. 마르크스로 맺어진 사상.
26 요조가 처음 완성한 흠칫하고 음산한 그림.
27 요조가 자살 사건으로 가족으로부터 외면당할 때 ○○는 가족 대신의 역할을 한다. 이는 요조 가족의 요청 때문이다.
28 요조가 폐인이 되어 시골집에 살 때 있었던 늙은 식모.
30 개인의 이익.
32 요조는 자신의 불행이 ○○을 못 하는 데서 찾아

온 것이라고 탄식한다.
34 죄의 반의어. 일본어로 죄는 '쓰미', ○은 '미쓰'이다.
35 '○ 떨어지는 날이 인연 끊어지는 날'이라는 속담이란 ○이 떨어졌을 때 남자 쪽에서 여자를 버리게 된다는 것이다.
36 서양풍의 객실이나 응접실. 상류 가정의 객실에서 열리는 사교적인 집회. 특히 프랑스에서 유행하였다.
37 요조와 결혼한 처녀.
38 생김새 따위가 기이하고 묘하다.

는지 의문을 갖는다. 어째서 요조는 이런 의문을 갖게 되었는가?

7. 요조가 레지스탕트 운동에 참여하는 모습을 보여주는 대목에서 작가의 청년 시절에 실제 레지스탕트 운동을 벌였던 것과 접목해 작가의 사상을 파악해 볼 수 있는가?

8. 요조는 아내 요시코가 강간당하는 걸 목격하고도 자신은 어떤 것도 주장할 권리가 없다고 생각하며 무력하게 공포에 떨며 울기만 한다. 이 모습은 권력 앞에 실의에 빠져 자신의 마땅한 권리를 주장하지 못하는 사회 구성원들의 무력함과 닮아있다. 여기서 요조란 인물은 너무도 심약한 한 사람이 아니라 무력하고도 겁 많은 이 사회 구성원들에 대한 경멸을 던지는 하나의 메시지로 볼 수도 있다. 요조를 변호한다면 어떻게 변호할 수 있는가?

1	2		3	4		5		6
	7				8			9
		10					11	
12						13		14
				15		16		
	17						18	
19					20	21		
			22				23	
	24		25				26	
27					28	29		
	30	31		32	33			34
35		36			37		38	

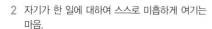

2 자기가 한 일에 대하여 스스로 미흡하게 여기는 마음.

4 요조는 친구가 선물한 ○○○ 그림을 보면서, 지옥의 말을 그릴 거라며 ○○○그림을 그려야겠다고 생각한다.

5 두 사물이나 사람 사이를 이어 주는 역할을 하는 것.

6 생명을 위협하는 타격. 일의 흥망. 성패에 결정적인 영향을 주는 손해나 손실.

8 남자의 아름다운 얼굴을 비유적으로 이르는 말.

10 뜻밖의 일에 얼굴빛이 변할 정도로 놀람.

11 요조가 여자가 없는 곳에 데려다 달라고 했을 때, 가족들은 요조를 ○○○○으로 데려다 준다.

12 지게미와 쌀겨로 끼니를 이을 때의 아내라는 뜻으로, 몹시 가난하고 천할 때에 고생을 함께 겪어 온 아내를 이르는 말.

14 ○○○는 행복마저도 두려워하는 법이다. 솜방망이에도 상처를 입는 것이다.

15 뛰어난 학식이나 재능을 비유적으로 이르는 말. ○○을 나타내다.

16 요조가 마르크스주의자가 된 것은 ○○○적인 분위기가 맘에 들어서이다.

17 공간 및 시각의 미를 표현하는 예술.

21 ○○ 여자는 요조에게 모르핀을 주사하게 한다.

22 친절한 마음씨. 또는 좋게 생각하여 주는 마음.

23 요조는 '긴타 씨와 오타 씨의 모험'이란 ○○를 그린다.

24 남을 위하여 수고한 것을 생색내며 스스로 자랑함.

25 기운을 제대로 펴지 못하고 움츠러드는 태도나 성질.

26 절망에 빠져 자신을 스스로 포기하고 돌아보지 아니함.

29 요조가 처음 사랑을 느낀 여자. 사기범의 아내로 요조와 함께 자살을 기도해서 바다에 빠져 죽는다.

31 타인과의 관계가 두려운 요조는 ○○을 이용해 인간과의 관계를 연결하고자 한다. 그야말로 천 번에 한 번밖에 안 되는 기회를 잡아야 하는 위기일발의 진땀나는 서비스였다.

33 허리를 꺾는다는 뜻으로, 절개를 굽히고 남에게 굽실거림을 이르는 말.

다독다독 *

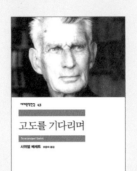

세계문학전집 43

고도를 기다리며
Ta en attendant Godot

사뮈엘 베케트 옮긴이 오증자

사뮈엘 베게트 지음
오증자 옮김
민음사

생각해 보세요

1. (13쪽) 제 발이 잘못됐는데도 구두 탓만 하는 것이 인간이라면서 블라디미르는 에스트라공을 나무란다. 에스트라공과 구두의 관계는 무엇인가?

2. (16쪽) 복음서를 쓴 네 사람 중에 하나만이 구원받은 도둑놈 이야기를 썼다. 사람들은 왜 나머지 세 사람 이야기는 제쳐놓고 그 사람 말만 믿는 것일까?

3. (21쪽) 블라디미르는 에스트라공의 악몽 이야기를 질색이라며 하지 못하게 한다. 친구와의 관계에서 친구의 힘든 이야기를 듣고 싶지 않을 때는 어떻게 하면 좋겠는가?

4. (28쪽) 블라디미르와 에스트라공은 고도를 기다린다. 고도는 말을 몰고 올 것이며 자신들을 배불리 먹이고 따뜻하게 재워줄 거라 믿는다. 그들이 기다리는 고도는 어떤 의미인가? 당신이 무언가를 기다린다면 당신에게 고도의 존재는 무엇인가?

5. (30쪽) 에스트라공은 자신들이 고도에게 꽁꽁 묶인 것은 아니냐고 한다. 이들은 고도에게 묶인 것일까? 묶여 있다면 풀려날 수 있을까?

6. (45쪽) 포조는 아무리 하찮은 인간이라도 만나며 다 배울 점이 있고 마음이 넉넉해지고 더 많은 행복을 맛보게 된다며 자신에게 무언가 안겨준 게 있을지 모른다고 말한다. 이 사람들이 만나서 서로에게 좋은 점이 있다면 무엇인가?

7. (47쪽) 럭키가 자신의 몸을 편하게 하지 않는 이유는 주인의 동정을 사기 위해서라고 한다. 럭키의 태도와 포조의 해석에 대해 다른 의견이 있는가? 그 이유는 무엇인가?

8. (49쪽) 포조는 럭키와 자신의 운명이 바뀌지 말란 법도 없다고 하는데 실제 포조와 럭키의 운명이 바뀐다. 이렇게 바뀌게 되는 운명에 대한 다른 이야기를 알고 있는가?

9. (51쪽) 세상의 눈물의 양엔 변함이 없다고 한다. 이것은 인간의 평등과 관련이 있는가? 이것의 의미는 무엇인가?

10. (83쪽) 고도의 부탁으로 온 소년은 오늘 밤엔 못 오고 내일은 꼭 오겠다고 전해달라고 한다. 소년이란 존재의 의미는 무엇이고 고도 씨가 내일 오겠다고 전하는 의미는 무엇인가?

11. (103쪽) 에스트라공은 모래밭 한가운데서 거지같은 인생을 보내왔기 때문에 자신

1 슬픔이나 걱정 따위로 몹시 마음이 괴롭거나 슬픔.

3 사뮈엘 베케트가 태어난 나라.

7 글을 소리 내어 읽음.

9 이리저리 흩어지고 찢기어 갈피를 잡을 수 없음.

11 사람의 마음속에 있는 엄청난 번뇌를 이른다.

13 주인공 둘은 반복적인 일상 속에서 시간의 흐름을 느끼지 못 해 "목이나 매고 말까?"를 되뇌이면서도 당근과 ○○를 가지고 싸운다.

14 머릿속에 새겨 넣듯 깊이 기억됨.

16 어떤 행위를 오랫동안 되풀이하는 과정에서 저절로 익혀진 행동 방식.

18 다른 사람의 의뢰를 받고 어떤 일을 대리 또는 매개하는 사람.

20 축하하기 위하여 베푼 자리.

21 고도가 오늘은 아니지만 내일 올 거라며 전해주는 인물.

22 포조는 나중에 ○○이 된다.

23 부대장이나 지휘관의 명령을 받아 작전 명령 이외의 모든 명령의 처리와 각종 행정 업무를 맡아보는 참모 장교.

24 희곡에서, 해설과 대사를 뺀 나머지 부분의 글. 인물의 동작, 표정, 심리, 말투 따위를 지시하거나 서술한다.

25 깨어 정신을 차림.

26 재난 따위를 당하여 어려운 처지에 빠진 사람을 구하여 줌.

27 새롭고 신기한 것을 좋아하거나 모르는 것을 알고 싶어 하는 마음.

29 불만이나 불평을 혼잣말처럼 하소연 하는 것을 말한다. 원래는 죽은 이의 넋이 저승에 잘 가기를 비는 굿을 할 때, 무당이 죽은 이의 넋을 대신하여 하는 말.

30 불길하고 우울한 유머. 사람을 웃기면서도 인간 존재의 불안·불확실성을 날카롭게 느끼게 하는 것으로, 인간에 대한 불신·절망이 숨어 있다.

32 아라비아 반도의 북서쪽에 있는 호수. 물이 나가는 데가 없고 증발이 심한 까닭에 염분 농도가 바닷물의 약 다섯 배에 달하여 생물이 살 수 없는 곳.

35 연극의 원칙을 무시하고 무의미한 언어를 사용하여 인간 존재의 밑바닥에 깃든 허무와 불안을 나타내는 연극.

36 주인공 둘은 언제나 죽음에 대해 이야기하는데 ○○는 무거우니까 살아남을 거라고 한다.

37 생각할 수 있는 범위 안에서 가장 완전하다고 여겨지는 상태. ○○적이다.

38 적이 모여 있는 진지나 진영.

40 예스러운 정취. 고상하고 아름다움.

42 목매달아 죽은 남자의 성기에서 떨어진 물에서 돋아난다는 전설의 식물.

43 주인공 둘은 나무와 허리끈으로 ○○을 생각한다.

44 럭키는 나중에 ○○○가 되어 나타난다.

1	2		3			4		5		6
	7	8						9		
10		11	12					13		
14	15				16	17		18		19
20			21			22				
		23		24						25
	26					27	28			
29				30	31			32	33	
							34			
				36		37			38	39
		40			41					
42						43		44		

은 경치의 차이를 알아볼 수 없다고 한다. 힘든 인생은 왜 경치의 차이를 알아볼 수 없는가?

12. (113쪽) 에스트라공은 자신의 구두가 무슨 색깔인지 잘 모른다고 한다. 이것의 의미는 무엇인가?

13. (134쪽) 기다리는 시간은 길다고 한다. 어떤 순간에 시간이 아주 길고 느리게 느껴진 적이 있는가? 그것의 이유는 무엇이라고 생각하는가?

14. (159쪽) 사뮈엘 베게트는 아일랜드인이지만 글을 쓸 때 영어, 프랑스어로 번갈아가며 글을 썼다. 그것은 모국어보다 습득해서 배운 언어가 스타일 없이 쓸 수 있어 쉽기 때문이라고 하는데, 언어생활에서 모국어로 인한 편견이 있다면 어떤 것이 있을까? 다른 나라 언어와 한국어의 특징적 차이는 무엇이라고 생각하는가?

15. 포조는 럭키에게 '생각하라'는 명령을 내린다. 이런 명령이 가능한가? 럭키의 난해한 말의 의미는 무엇인가?

2 〈고어〉 속까지 비치어 환하다.

4 포부, 희망, 이상, (장래의) 꿈.

5 오리나 되는 짙은 안개 속에 있다는 뜻으로, 무슨 일에 대하여 방향이나 갈피를 잡을 수 없음을 이르는 말.

6 옹졸하고 천하여 서투르다.

8 혼자서 중얼거림. 배우가 상대역 없이 혼자 말하는 행위. 또는 그런 대사. 관객에게 인물의 심리 상태를 전달하는 데 효과적이다.

9 더할 나위 없이 순함. 또는 매우 고분고분함. 더할 수 없이 순결하다.

10 포조가 럭키에게 "○○○○"라고 명령하면 럭키는 끊임없는 생각을 단조로운 어조로 끝없이 이야기 한다.

12 타고난 운수로 인하여 어쩔 수 없이 당하는 일.

15 사람들 사이에 맺어지는 관계.

17 일을 맡아서 주관함.

19 자기의 마음을 반성하고 살핌.

23 이치에 맞지 아니하는 극작품이라는 의미로, 1950년대 미국이나 유럽에서 일어난 일군의 극작가의 작품에 붙인 이름. 구성이나 성격 묘사가 불합리하고 기이하여 전통적인 기법을 거부하며 인간 실존의 환상과 몽상적 세계를 묘사하고 있는 연극.

26 에스트라공은 ○○ 때문에 항상 고생한다. 이것을 벗고서 편안해 한다.

27 유럽 문학의 최고(最古) 서사시 〈일리아드〉와 〈오디세이〉의 작자.

28 마음속으로 생각하는 일. 또는 그 생각. 마음에 맞지 않아 어깃장을 놓고 싶은 마음.

30 등장인물 중 유독 사색적이며 철학적인 인물로, 주변의 인물들에 대해 모두 기억하고 시간의 개념을 이해하며 삶의 의미를 끊임없이 탐구하고 추구한다.

31 망설여 일을 결행하지 아니함. 일을 결행하는 데 날짜나 시간을 미룸. 또는 그런 기간.

33 익살스럽고도 품위가 있는 말이나 행동이 있는. 또는 그런 것.

34 이 작품은 내용과 형식이 매우 단순한 듯해도 깊이가 있어 초연될 당시 "광대들에 의해 공연된 파스칼의 ○○○"이라는 평을 받았다.

39 차가운 것이 몸에 닿거나 무서움을 느낄 때에, 또는 오줌을 눈 뒤에 으스스 떠는 몸짓. 몹시 싫증이 나거나 귀찮아 떨쳐지는 몸짓.

40 에스트라공의 애칭.

41 럭키의 멈추지 않는 생각이 ○○를 벗으면 멈춘다.

부록

"PUZZLE"

01

봄 봄

• 김유정 지음

1		2		3		4		5			6
7	8			9			10			11	
		12						13			
		14			15					16	
17				18				19	20		
	21					22	23				
24	25		26				27	28		29	
	30			31			32	33			
	35		36		37			38			
	39		40								
41		42				43			44		
	45		46					47			

가로열쇠

2 욕을 잘 한다고 해서 붙여진 봉필 영감의 별명.

4 봉필 영감은 ○ 있으면 양반이라면서 양반행세를 한다.

5 나는 봉필 영감이 딸과 혼례를 시켜준다는 말에 화를 냈다가도 ○○하곤 한다. ○○하다는 수그러들다는 뜻이다.

7 용변을 본 후 물이 나와서 세척해주는 기구.

9 혼인의 예식을 치르는 것.

10 나는 ○○님한테 찾아가 나의 사정 이야기를 하고 도와달라고 한다.

11 관아에 나가서 나랏일을 맡아 다스리는 자리. 또는 그런 일.

14 1년 가운데 달, 날, 요일, 이십사절기, 행사일 따위의 사항을 날짜에 따라 적어 놓은 것.

15 궁한 나머지 생각다 못하여 짜낸 계책.

17 위력이나 기세를 떨쳐 보임.

18 떼를 지어 남의 과일, 곡식, 가축 따위를 훔쳐 먹는 장난.

19 나는 점순이가 위아래로 뭉툭한 것이 ○○○ 같다고 생각한다. ○○○가 제일 맛 좋고 예쁘기 때문이기도 하다.

21 세상을 살아가는 데 가져야 할 몸가짐이나 행동.

22 판결. 일이 바른 길로 들어섬을 의미함.

24 그럴듯하게 내세운 명목이나 명칭.

26 조상의 신주(神主)를 모셔 놓은 집.

27 봉필 영감은 나의 ○○이 될 사람이다.

29 사람의 결점. 점순이의 한 가지 ○는 몸이 너무 빨리 빨리 노는 것이다.

30 일이 순조롭지 않아 매우 어렵게 된 처지나 환경.

31 점순이의 나이. 숫자로 쓰세요.

32 이제 막. 금방.

34 봉필 영감은 점순이의 ○가 자라지 않아서 혼인을 시킬 수 없다고 말한다.

35 부드럽고 무르며 연한 성질.

37 마음속으로 하는 궁리나 계획. 점순이와 혼인을 안 시키는 장인의 ○○은 돈을 아끼고 일을 시키기 위한 것이다.

38 나는 점순이가 바보라고 하자, ○○이 나서 일을 못한다고 봉필 영감에게 엄살 부리고 대든다.

39 실질적 손해.

40 도무지 융통성이 없고 고집이 세어 어찌할 수 없음.

41 어떤 일이 일어나기 전 또는 어떤 기회나 때가 무르익기 전에 미리. ○○ 겁을 먹는다.

42 봉필 영감은 내가 일을 하지 않으니까 남의 농사 버리면 ○○ 간다고 협박한다.

43 건성. 대충.

45 잘못한 일에 대하여 이리저리 돌려 말하는 구차한 변명. 봉필 영감이 점순이가 자라지 않아서 혼인을 안 시키는 것은 순전히 ○○이다.

46 봉필 영감은 내가 수염을 잡아채자 ○○○○를 부르며 놓으라고 한다.

47 논을 혼자 ○○라는 뜻은 혼자서 논밭의 흙을 골라 노글노글하게 만드는 것이다.

세로열쇠

1 구장님의 수염은 ○○ 꼬랑지 같이 생겼다.

3 진위(眞僞), 선악(善惡)을 식별하여 바르게 판단하는 능력. 성(性)이 다른 것.

5 장인의 높임말.

6 마실. 놀러감.

8 나는 점순이네 집에 ○○○○로 들어가서 그 집 일을 해주고 있다.

10 일부러 애써.

12 ○○○○으로 돌아치다는 속을 끓이며 여기저기 바쁘게 돌아다니는 것을 말한다.

13 저지른 잘못에 대하여 책임을 느끼는 마음.

15 사물의 이치를 깊이 연구함. 마음속으로 이리저리 따져 깊이 생각함. 또는 그런 생각.

16 남의 남녀 사이에 서로 얼굴을 마주 대하지 않고 피함.

17 자기가 하고도 아니한 체, 알고도 모르는 체하는 태도. ○○○를 떼다.

18 나는 ○○○에 돌을 올려놓고 점순이가 빨리 자라기를 치성 드린다.

20 나는 장인에게 빙모님은 ○○만 한 데 어떻게 애를 낳았냐고 따진다.

23 소송을 관청에 냄. 억울한 일을 호소함. 탄원서. 나는 사경 받으러 ○○ 가겠다고 한다.

25 겉으로 내세우는 구실. 실속 없이 그럴듯하게 불리는 허울만 좋은 이름.

26 머슴에게 주는 돈. 연봉.

28 괴로움을 참음.

30 (옳고 그름에 상관없이 덮어놓고) 편을 든다. 점순이는 자기 아버지의 ○○을 든다.

33 크고 넓게 전체를 내다봄. 경기장, 극장, 공연장, 미술관 따위를 빌리거나 빌려 줌.

35 자꾸. 계속해서. 장인이 내가 수염을 잡자 소리를 ○○ 질렀다.

36 북을 치고 춤을 춤. 힘을 내도록 격려하여 용기를 북돋움.

36 겉으로 드러나지 아니한 속마음이나 일의 내막.

39 김유정의 소설에 등장하는 마을.

40 허물이 없이 아주 친하다.

41 장인은 내가 배가 아프다고 엄살을 피우자 ○○막대기로 찍어서 넘기고 넘기고 한다.

42 허물이나 잘못을 뉘우치도록 나무라며 경계함. 부정이나 부당한 행위에 대하여 제재를 가함.

43 '건더기'의 변한 말.

44 외양이 똑 ○○라는 말은 외양이 똑 그렇다, 닮았다는 뜻이다.

126

02
완득이

- 김려령 지음
- 창비

	1	2		3			4		5
6						7		8	
				9			10		
11		12			13				14
15					16				
		17				18		19	
20	21					22		23	
24				25		26		27	28
		29	30		31				
32		33						34	
35	36			37		38			
39					40			41	

가로 열쇠

1 약간 움직임. 얼굴이 예쁜 사내아이.

3 사람들은 완득이 어머니를 ○○사람이라 부른다.

4 완득이는 킥복싱 학원비를 내기 위해 ○○ 배달을 한다.

6 완득이 어머니는 ○○○ 사람이다.

7 몹시 서두르며 부산하게 구는 행동.

8 서로 엇갈리거나 마주침.

9 정윤하는 완득이만 준호가 그린 ○○를 보지 않았다고 완득에게 친절하다.

10 담임 똥주는 ○○ 선생이다.

12 똥주는 아버지에게 완득이가 ○○○을 기발하고 깜찍하게 잘 썼다고 하자, 아버지는 완득이가 소설가가 될 거라 바란다.

13 아버지가 완득이에게 서로의 춤과 킥복싱을 인정해 주자고 했을 때, 완득이는 ○○○이 아버지와 자신을 키웠으며 사람을 노력하게 하는 것이라고 한다. 자기를 남보다 못하거나 무가치한 인간으로 낮추어 평가하는 감정.

15 아버지가 친구가 있냐고 물었을 때, 완득이는 똘아이 ○○를 떠올린다.

16 핫산은 완득이에게 항상 ○○님 오셨냐고 인사를 한다.

17 궁한 나머지 생각다 못하여 짜낸 계책.

18 관장은 완득이가 체격 조건도 좋고, 근성도 남다르고, 제 안에 ○을 품고 있어서 받았다고 말한다.

19 쇠로 만든 가는 줄.

20 교회 옆 ○○○ 쉼터는 핫산과 같은 외국인 노동자가 있는 곳이다.

22 아버지는 민구 삼촌의 ○ 선생이다.

23 완득이는 어머니와 처음 만났을 때 ○○을 먹는다.

24 정윤하는 완득이가 싸움하는 것을 보고 진짜로 노는 ○○○인 줄 안다. 언행이 어설프고 들떠서 미덥지 못한 사람을 낮잡아 이르는 말.

25 담배, 돈, 부시 따위를 싸서 가지고 다니는 작은 주머니. 가죽, 종이, 헝겊 따위로 만든다.

27 재난을 피하여 멀리 옮겨 감.

29 핫산은 알고보니 고용주가 고용한 ○○○이었다.

31 바로잡아 고침.

33 똥주가 경찰서에서 나오자 아버지는 ○○를 사다 준다.

34 색소폰 불던 영감은 아버지에게 ○○를 보면 그 사람을 안다고 ○○도 없는 인간이 제 모습을 어떻게 알 수 있겠냐고 충고한다.

35 겉으로는 비슷하나 속은 완전히 다름. 또는 그런 것.

37 사고파는 물품. 장사로 파는 물건.

38 완득이는 어머니에게 ○○이라 칭한다.

39 정식 절차를 밟지 않거나, 기한을 어기면서 다른 나라에 머무는 일.

40 먹은 음식이 위에서 잘 소화되지 아니하여서 생긴 가스가 입으로 복받쳐 나옴. 또는 그 가스.

41 킥복싱 학원의 간판은 자음글자 ○이 하나 떨어져 있다.

세로 열쇠

1 킥복싱에서 연습을 위해 배트의 중앙을 잘 맞추는 일. 관장은 완득이를 위해 ○○를 대준다.

2 ○○ 남자 핫산은 인도네시아 사람이다.

3 어떤 힘이나 조건에 굽히지 아니하고 거역하거나 버팀.

4 완득이는 어머니를 위해 ○○을 사준다.

5 앞집 아저씨가 티코에 낙서를 한 것은 ○○ 문제 때문이다.

6 삼베, 무명, 명주 따위의 피륙을 짜는 틀.

7 각 민족 사이에 전승되어 오는 신화, 전설, 민담 따위를 통틀어 이르는 말.

8 정윤하와 완득이가 처음 데이트 한 장소.

9 솟아오르는 온갖 느낌.

10 기숙사에서 기숙생들의 생활을 지도하고 감독하는 사람.

11 아버지는 티코 자동차를 사와서는 취하지 말고 천천히 달리자며 바퀴에 ○○를 붓는다.

13 식물이 수정한 후 씨방이 자라서 생기는 것. 대개는 이 속에 씨가 들어 있다.

14 똥주는 교회를 다니면서 자신이 ○○○라고 한다.

15 묵은 풍속, 관습, 조직, 방법 따위를 완전히 바꾸어서 새롭게 함.

16 자신의 결함이나 잘못에 대하여 스스로 깊이 뉘우치고 자신을 책망함.

17 사물의 이치를 깊이 연구함. 마음속으로 이리저리 따져 깊이 생각함. 또는 그런 생각.

19 쇠로 만든 낯가죽이라는 뜻으로, 염치가 없고 뻔뻔스러운 사람을 낮잡아 이르는 말.

20 국가.

21 세상(世上)을 예스럽게 이르는 말.

24 새나 곤충의 몸 양쪽에 붙어서 날아다니는 데 쓰는 기관. 공중에 잘 뜨게 하기 위하여 비행기의 양쪽 옆에 단 부분.

25 스포츠와 싸움은 다르다며, 종이 한 장 차이를 넘지 못 하면 ○○이 된다고 관장은 완득에게 맞는 연습을 해야 한다고 한다.

26 정윤하와의 스캔들 때문에 왕따가 되어 전학을 간 친구.

28 정신지체인 남민구 삼촌이 이름을 말하면 사람들은 모두 ○○○으로 알아듣는다.

29 마음속. 생각의 시초.

30 욕심이 많은 사나이.

31 똥주는 완득이를 경제사정곤란이란 이유로 학비 감면에 ○○○도 받을 수 있게 해줬다. 그런데 그 ○○○을 가끔 똥주가 뺏어간다.

32 아버지는 전쟁이 나면 ○○○을 뒤집어쓰라고 했다.

34 아주 가깝고 두터운 정분.

36 공개하지 않고 비밀리에 하는 방법.

37 똥주는 완득이에게 자신의 약점은 스스로 말하지 않고 다른 사람이 그걸 들추면 ○○가 된다고 말한다.

38 완득이는 미술 시간에 ○○을 보고 느낌을 발표하라고 하자, 뭘 봐? 하는 것 같다고 대답한다.

03

동백꽃

● 김유정 지음

	1	2		3	4		5
6			7			8	
	9				10		
	11			12	13		
14	15		16		17		18
	19	20	21		22		23
24					25	26	27
	28	29	30		31	32	33	34
35			36	37		38	39
		40	41		42		43	44
45	46		47			48		49
	50				51		

가로 열쇠

2 점순이는 주인공에게 ○○를 주며 "느 집엔 이거 없지." 라고 말한다. 주인공이 이것을 받지 않자 점순이는 눈물을 흘린다.

3 됨됨이가 변변하지 못하고 덜된 사람.

6 차례를 정함. 또는 그 차례.

7 '선천성 기형'을 일상적으로 이르는 말.

8 한복의 저고리 깃 위에 조붓하게 덧대어 꾸미는 하얀 헝겊 오리. 남의 어려운 처지를 자기 일처럼 딱하고 가엾게 여김.

9 거의 죽게 된 처지나 형편.

10 '머리'를 속되게 이르는 말.

11 많이'의 방언(전남).

12 새장이나 닭장 속에 새나 닭이 올라앉게 가로질러 놓은 나무 막대. 새벽에 닭이 올라앉은 나무 막대를 치면서 우는 차례를 세는 단위.

13 거두어 감.

14 서로 만남. 가장 높은 봉우리.

17 좀 크게 뭉쳐서 쌓인 물건의 부피. '몸집'을 낮잡아 이르는 말.

19 당우(堂宇)의 이름. 집의 이름에서 따온 그 주인의 호.

21 다른 사람의 농지를 빌려 농사를 짓고 그 대가로 사용료를 지급하는 사람.

23 식물이 잘 자라도록 땅을 기름지게 하기 위하여 주는 물질. 똥, 오줌. 썩은 동식물, 광물질 따위가 있다.

25 1935년 11월에 조선일보사에서 창간한 월간 종합지로 '동백꽃'도 이 잡지에 발표.

27 두 팔과 두 다리를 통틀어 이르는 말.

28 펄펄 뛸 만큼 대단히 성이 남. 일이 뜻대로 잘될 때, 우쭐하여 뽐내는 기세가 대단함.

31 생식기가 불완전한 남자.

33 뒤에 오는 말이 앞의 내용과 상반됨을 나타내는 말. 양쪽 면의 한 면.

35 믿게 봄. 시기하여 봄.

36 자기 혼자만이 옳다고 믿고 행동하는 일.

38 풀, 짚 또는 가축의 배설물 따위를 썩힌 거름.

40 자갈보다 좀 더 큰 돌을 일컫는 전라도 사투리.

42 죽음을 무릅쓰고 치열하게 싸움. 또는 그런 싸움.

43 단 한 번의 매.

45 남이 저에게 해를 준 대로 저도 그에게 해를 줌.

47 몸, 마음, 행동 따위가 튼튼하지 못하고 약함. 내용이 실속이 없고 충분하지 못함. 믿음성이 적음.

49 수줍거나 창피하여 볼 낯이 없음.

50 풀이나 나무 따위를 얽거나 엮어서 담 대신에 경계를 지어 막는 물건.

51 익살스럽고도 품위가 있는 말이나 행동

세로 열쇠

1 하물며.

2 (모양이나 생각이) 매우 억세고 사나운.

3 말이나 행동이 얼뜨고 어리석은 사람.

4 임금에게 옳은 말로 간하는 신하.

5 살아 있는 나무에 붙어 있는, 말라 죽은 가지.

6 농사지을 땅을 얻어. ○○를 얻어.

7 뒤쪽의 경치. 사건이나 환경, 인물 따위를 둘러싼 주위의 정경. 앞에 드러나지 아니한 채 뒤에서 돌보아 주는 힘.

8 어떤 긴 물체가 작은 토막으로 잘라지거나 끊어지는 모양.

9 살림이 가난하여 집안이 쓸쓸하다.

10 상대편에게 언짢은 기분이나 태도로 맞서서 대듦. 또는 그런 말이나 행동.

13 숟가락과 젓가락을 아울러 이르는 말. 시저. 숟가락.

15 안방과 건넌방 사이에 마루를 놓을 자리에 흙바닥을 그대로 둔 곳.

16 술잔을 서로 주고받음. 서로 말을 주고받음. 또는 그 말. 남의 말이나 행동, 계획을 낮잡아 이르는 말.

18 지주를 대리하여 소작권을 관리하는 사람. 점순이 아버지.

20 점순이가 불던 것. 버들가지 껍질 따위로 만든 피리의 일종.

22 사람이 만듦. 또는 그런 물건.

23 거의 절반. 거의 절반 가까이.

24 '씨양이질'의 준말. 한창 바쁠 때에 쓸데없는 일로 남을 귀찮게 구는 짓.

26 세상에 널리 알림. 또는 그런 일. 상품이나 서비스에 대한 정보를 여러 가지 매체를 통하여 소비자에게 널리 알리는 의도적인 활동.

29 주인공은 수탉이 쌈을 잘 하게 하기 위해 ○○○을 먹임.

30 간장, 된장, 고추장 따위를 담아 두거나 담그는 독.

32 살구보다 조금 크고 껍질 표면은 털이 없이 매끈하며 맛은 시큼하며 달콤하다.

34 '볏'의 사투리.

37 생생한 피. 선지피.

39 엄중히 처단함.

41 땅 위로 내민 돌멩이의 뾰족한 부분.

44 옷을 입을 때 매고 여미는 따위의 뒷단속.

45 어떤 일로 인하여 생기는 재난. 지은 죄의 앙갚음으로 받는 재앙.

46 기분이나 분위기 따위가 음침하고 우울하다.

48 어떤 현상이나 실체가 없어졌거나 지나간 뒤에 남은 자국이나 자취.

04

운수 좋은 날, 빈처

- 현진건 지음
  - 술 권하는 사회

1		2		3			4	
			5			6		
	7		8		9	10	11	
12				13				14
		15					16	
	17				18		19	
20				21		22	23	
		24	25			26	27	28
		29					30	
31				32		33	34	35
		36				37	38	
39					40		41	

가로 열쇠

1 빈처에서 주인공의 처형은 ○○○○를 아내에게 선물한다.
3 술 권하는 사회에서 아내는, 남편에게 술을 권하는 것은 화증과 ○○○○라고 한다.
5 술 권하는 사회에서 아내는, 남편이 공부를 하는 것은 모든 것을 이루어주는 도깨비의 ○○ 방망이 같은 것이라고 생각한다.
6 빈처에서 아내는, ○○○ 행복에만 만족하려고 애를 쓰지만 기실 부족한 것 때문에 고생을 한다고 남편은 생각한다.
8 작가 현진건은 박종화, 나도향 등과 함께 ○○동인으로 활동했다.
9 술 권하는 사회에서 남편은 자신에게 술을 권하는 것은 ○○○라고 대답한다.
12 세상을 괴롭고 귀찮은 것으로 여겨 비관함.
13 실속은 없으면서 큰소리치거나 허세를 부림.
15 운수 좋은 날에서 아내는 죽는 날, 남편에게 ○○○이 먹고 싶다고 한다.
16 한 줄기. 같은 줄기.
17 갑작스럽게 내리는 무섭고 급한 호령.
19 자기의 의견이나 주의를 굳게 내세움. 또는 그런 의견이나 주의.
20 같이 길을 감. 같이 길을 가는 사람.
21 빈처에서 아내는 ○○○의 처 노릇을 하려는 독특한 결심으로 가난한 삶에 대한 구차한 소리를 잘 하지 않는다.
23 천지 만물을 생성하는 원천이 되는 기운. 민족 따위의 정신과 기운. 생기 있고 빛이 나는 기운.
25 빈처에서 아내는 ○○의 생신에서 만났던 처형 때문에 없으면 없는 대로 살아도 의좋게 지내는 것이 행복이라고 말을 한다.
26 전문적으로 가짜를 진짜처럼 만드는 사람.
28 운수 좋은 날에서 남편은, 병이란 놈에게 ○을 주어 보내면 재미를 붙여서 자꾸 온다고 아픈 아내에게 ○을 쓰지 않는다.
29 할머니의 죽음에서 할머니 곁에 있던 중모는 쉬고 있는 우리들에게 꾸중을 하는데, ○○○ 우월을 빼

앗긴 우리는 대꾸를 할 수 없다.
30 빈처에서 우리집은 천변 ○○○에 있고, 처가는 안국동에 있다.
32 운수 좋은 날에서 아들의 이름은 ○○○.
34 특별한 명목이 없는 여러 가지 일반적인 사무. 또는 그런 일을 맡은 사람.
36 현진건은 처녀작 ○○○를 발표하고 작가 생활과 기자 생활을 시작했다.
37 김새. 병이나 심한 괴로움 따위로 얼굴에 끼는 거뭇한 얼룩점.
39 물건이 거듭 쌓이거나 일이 계속 일어남을 나타내는 말.
40 운수 좋은 날은 차가움과 따뜻함, ○과 죽음 등 대립적인 것들의 이미지를 배경으로 하층민들의 생활상을 생생하게 보여준다.
41 운수 좋은 날은 ○○이란 잡지에 발표되었다.

세로 열쇠

1 풀과 나무가 무성한 푸른 산.
2 빈처에서 아내는 처갓집에 갈 때, 비단이 아닌 ○○ 옷을 입고 간다.
3 흠. 법률 또는 당사자가 예기한 상태나 성질이 결여되어 있는 일.
4 빈처에서 나는 아내의 사랑이야말로 이기적 사랑이 아니고 ○○○ 사랑이라고 생각하여 행복해 한다.
5 잔칫집이나 상가(喪家) 따위에 돈이나 물건을 보내어 도와줌. 또는 돈이나 물건. 남을 거들어서 도와주는 일.
6 회의를 일시 중지함. 국회의 개회 중에 한때 그 활동을 멈춤.
7 할머니의 죽음에서 나는 어느 아름다운 봄날, 영화 구경을 막 나가려 할 때, 오전 세 시 조모주 ○○란 전보를 받는다.
9 어떤 조직체에서 조로 편성한 단위의 책임자나 우두머리. 힘을 도와서 더 자라게 함. 주로 부정적인 의미로 쓴다.
10 옛날의 성인. 중국의 주공(周公)을 이르는 말.
11 회사의 사업이 뻗어 나가는 기세. 또는 회사의 세력. 일이 되어 가는 형세.
12 할머니의 죽음에서 할머니는 돌아가시기 전에 중모

에게 ○○이 듣기 싫다고 외지 말라고 한다.
13 어떤 일을 시도하였다가 아무 소득이 없이 일을 끝냄. 또는 그렇게 끝낸 일.
14 원래의 뜻은 콩과 보리도 구분 못한다는 뜻에서 왔다 그러나 지금은 뜻이 변하여 너무 순진하여서 숫기가 없다는 뜻으로 쓰인다.
15 {뒤에 오는 '―다 하더라도' 따위와 함께 쓰여} 가정해서 말하여. 주로 부정적인 뜻을 가진 문장에 쓴다.
16 현진건은 베를린 올림픽 마라톤 경기에서 손기정 선수의 사진에서 ○○○를 없앤 사건으로 동아일보 신문 기자직을 그만 두게 된다.
17 운수 좋은 날에서 인력거꾼은 행운을 만나면서도 ○○이 박두한 것을 예감하며 두려워한다.
18 낮에 마시는 술.
19 술 권하는 사회에서 나는 이 사회에서는 할 것이 ○○ 노릇밖에 없다고 탄식한다.
20 술 권하는 사회에서 남편은 중학을 마치고 ○○서 대학까지 졸업하고 돌아온다.
21 여러 가지 기예를 닦아 남에게 보이는 일을 직업으로 하는 사람. 배우, 만담가, 곡마사와 같은 사람을 이른다.
22 무서운 내용의 꿈. 또는 꿈에 나타나는 무서운 것. ○○ 눌리다.
24 빈처에서 아내는 처형이 양산을 갖고 와서 이런저런 말을 하자, 남편에게 ○○○를 좀 하라고 이야기를 한다.
25 손바닥의 자국. 호적.
27 운수 좋은 날에서 아내는 ○○을 먹고 체한 뒤로 심하게 앓기 시작한다.
30 빈처에서 나는 보수 없는 ○○와 가치 없는 창작으로 사는 일에 대해 신경 쓰지 못 한다.
32 사람의 지혜가 열려 새로운 사상, 문물, 제도 따위를 가지게 됨. 조선 시대에, 갑오개혁으로 정치 제도를 근대적으로 개혁한 일.
33 자기 자신의 이익만을 꾀함.
35 불국사 삼층 석탑에 대해 쓴 현진건의 장편소설.
36 기쁨과 슬픔을 아울러 이르는 말.
38 아직 꽃이 피지 않음. 토지 또는 어떤 분야가 개척되지 않음. 사회가 발전되지 않고 문화 수준이 낮은 상태.

05 화수분

- 전영택 지음
  - 딸
  - 남생이

1		2		3			4
			5			6	
7		8		9	10	11	
12			13				14
	15					16	
17			18		19		
20		21		22		23	
	24	25		26	27		28
	29					30	
31			32		33		34	35
	36				37	38	
39				40		41	

가로 열쇠

1 수돗집 곰보는 선창가에 나갈 때 두루마기 속에 ○○○○를 감추고 나갔다.

3 〈딸〉에서 한설야는 아들과 딸을 차별하지 않으려는 ○○○○의 정신을 표현하였다.

5 〈남생이〉에서 노마의 아버지는 선창에서 ○○ 져 나르는 일을 했었다.

7 급히 만듦.

9 노마는 아버지가 돌아가시고 착한 일을 하려고 영이에게 ○○○를 준다.

11 프롤레타리아 예술가 동맹은 ○○○○이란 책을 펴내면서 노동자들의 입장에서 세상을 바라보려는 노력을 문학 작품 속에 담아냈다.

13 경골어류의 몸속에 있는 얇은 혁질의 공기주머니. 뜨고 가라앉는 것을 조절하는 기능 외에 종류에 따라서는 청각이나 평형 감각 기관의 역할을 한다.

14 전영택은 인간을 위한 예술을 앞세운 ○○○○○ 작가였다.

18 알맞은 시기. 적군의 비행기.

19 비밀이나 잘못된 일 따위가 드러난 판국.

21 교도소나 유치장에 갇힌 사람에게 사사로이 마련하여 들여보내는 음식.

22 〈남생이〉에서 노마 네는 절터가 있는 작은 ○○이란 마을에서 선창가로 왔다.

23 병 없이 건강하게 오래 삶.

25 〈화수분〉에서 ○가게 마누라는 어멈에게 딸을 다른 집으로 보내자고 말을 한다.

26 전영택의 ○란 작품은 육이오 전쟁 때 윗마을과 아랫마을로 갈라지는 민족 분단의 아픔을 그린 작품이다.

28 화수분의 둘째 형 이름은 ○○다.

30 전문적으로 하는 것이 아니라 즐기기 위하여 하는 일. 아름다운 대상을 감상하고 이해하는 힘.

32 〈화수분〉에서 얼어 죽은 젊은 부부 사이의 살아있는 딸을 ○○○○가 데려간다.

34 〈화수분〉에서 서울 강화 사람을 따라간 큰딸.

36 신령스러운 물건이나 짐승.

37 아랫도리에 입는 옷의 하나.

39 행방불명. 행복과 불행.

40 〈남생이〉에서 작가는 올바른 삶의 자세와 방향을 설정하지 못해 방황하는 ○○한 사람들의 삶에 동정의 시선을 보내는 동시에 그런 ○○을 낳게 한 사회의 모순을 고발한다.

41 노란 빛깔.

42 화수분이란 뜻은 재물이 계속 나오는 ○○○○를 말한다.

46 〈딸〉에서 그는 딸의 태어난 시각을 알리고 ○○○으로 뛰어간다.

47 〈남생이〉에서 노마는 집에 있는 아버지가 불쌍해서 아버지를 위해 구멍가게에서 ○○○○를 산다.

세로 열쇠

1 서로 갈리어 떨어짐.

2 한설야는 평생 공산주의의 ○○○○을 추구한 작가였다. ○○○○은 기본적으로 사회 정의와 평등을 추구한다. 그리하여 사회의 모순을 고발하고, 가난한 사람들에게는 애정 어린 시선을 보내며, 남녀 간의 성의 차별도 극복하려고 노력한다.

4 두 식 또는 두 수가 같음을 나타내는 부호 '='를 이르는 말.

5 나사탑의 모양의 집을 가진 연체동물이며 바닷가에 산다.

6 마음에 꺼려서 하지 않거나 피함. 어떤 약이나 치료법이 특정 환자에게 나쁜 영향이 있는 경우에 그 사용을 금지하는 일.

8 학문이나 예술, 기술 따위의 분야에 대한 지식이나 경험이 깊은 경지에 이른 정도.

10 노마 어머니는 노마 아버지가 쓰러지자 선창가에서 땅에 떨어진 곡식을 줍는 ○○○○이 된다.

12 어떤 일에 뜻을 같이하여 모인 사람.

13 영이 할머니는 노마 아버지를 위해 잔등에 노란 ○○을 붙인 남생이를 갖다 준다.

15 도를 갈고 닦는 사람.

16 주식회사의 자본을 구성하는 단위.

17 꼭 알맞다.

19 노마 어머니는 선창가에서 병에다 술을 담아 가지고 다니면서 파는 ○○○○를 한다.

20 금융 기관에서, 예금한 사람에게 출납의 상태를 적어 주는 장부.

24 거두어 감.

27 노래와 춤을 아울러 이르는 말. 노래하면서 춤을 춤.

29 재산이 많고 지위가 높음.

31 아닌 게 아니라 과연.

32 사람이 먹을 수 있는 풀이나 나뭇잎 따위를 통틀어 이르는 말. 고사리, 도라지, 두릅, 냉이 따위가 있다.

33 화수분의 맏형의 이름.

35 건드려서는 안 될 것을 공연히 건드려서 스스로 걱정이나 해를 입음.

36 노마 아버지는 자기네 가족이 불행하게 된 것은 ○○ 할머니 때문이라고 생각한다.

37 〈남생이〉에서 수돗집 곰보는 별명이 ○○○다.

38 지극히 어렵다. 일을 얼른 처리하지 아니하고 질질 끌며 미루기만 함.

39 대문간에 붙어 있는 방.

41 한설야는 공장 ○○○들의 삶을 그린 〈씨름〉, 〈공장 지대〉, 〈삼백육십오 일〉 등의 작품을 썼다.

42 나라를 보호하여 지킴. 나라의 은혜를 갚음.

43 일정 기간 동안 의식적으로 음식을 먹지 아니함.

44 옛말.

45 노마 아버지는 노마 어머니를 선창가에 못 나가게 하고 ○○갑 붙이는 일을 한다.

06

사랑손님과 어머니

● 주요섭 지음

1	2		3	4		5		6			7
8				9	10		11			12	
		13							14		
15		16			17		18				19
	20			21		22	23				
24			25				26			27	
					28				29		
30		31		32					33	34	
			35				36				
	37				38	39			40	41	
42			43	44		42					
46			47				48				

가로열쇠

1 〈임종〉은 염상섭이 ○○지에 발표한 작품이다.
3 일정한 수나 한도 따위를 넘음.
6 표본실의 청개구리는 우리나라 최초의 ○○주의 소설이다.
8 범인을 잡으려고 수사망을 펴서 잡으려고 하는 사람.
9 〈벙어리 삼룡이〉에서 새댁은 벙어리의 충성된 마음이 고마워서 ○○○○를 만들어 준다.
12 같은 일을 여러 차례 거듭하여야 할 때에 맨 처음 대강 하여 낸 차례.
14 어렵고 궁한 상태.
15 북어를 묶어 세는 단위. 한 ○는 북어 스무 마리를 이른다.
16 고아원, 병원, 연구원 따위의 '원(院)' 자가 붙은 기관이나 국회의 외부.
18 엄마는 아저씨가 선물했다는 꽃을 꽃병에 꽂아서 ○ 위에 올려놓는다.
20 낮은 재주나 솜씨. 또는 그런 솜씨를 가진 사람.
22 나도향의 할아버지는 경사스러운 손자라는 뜻으로 나도향의 이름을 ○○○로 지어주셨다.
24 염상섭이 쓴 서울의 이름난 만석꾼 조씨 집안의 몰락 이야기를 다룬 소설.
25 〈임종〉이란 작품은 죽음을 앞둔 한 인간의 심리적 변화를 자세히 묘사한 일종의 ○○소설이다.
26 술잔을 서로 주고받음. 서로 말을 주고받음. 또는 그 말.
27 어떤 한도에 이르거나 미치지 못함.
28 일정한 형체를 갖춘 모든 물질적 대상.
30 ○○○은 도쿄 유학생인 이인화가 아내의 위독하다는 전보를 받고 서울에 오기까지의 여정을 그린 작품이다.
32 경골어류의 몸속에 있는 얇은 혁질의 공기주머니. 뜨고 가라앉는 것을 조절하는 기능 외에 종류에 따라서는 청각이나 평형 감각 기관의 역할을 하며, 발음·호흡 따위의 작용과도 연관을 가지고 있다.

33 위장병.
35 집의 안채와 떨어져 있는, 바깥주인이 거처하며 손님을 접대하는 방.
37 상식으로는 생각할 수 없는 기이한 일.
38 어린이가 입도록 만든 옷.
40 긴장된 상태나 급박한 것을 느슨하게 함.
43 벙어리는 주인의 아들에게 얻어맞으면서도 그는 자신의 어린 ○○○이라면서 참고 순종한다.
45 고려 및 조선 시대에, 중국 원나라·명나라의 요구로 여자를 바치던 일. 또는 그 여자.
46 어머니는 선물 받은 꽃이 시들자 그 꽃을 ○○○ 갈피에 끼워둔다.
47 의로 맺은 형제.
48 임종의 순간에 ○○○은 새로운 재단에 대한 이야기를 하면서 병인을 부사장으로 추대할 것이라는 이야기를 전한다.

세로열쇠

1 신 따위의 치수.
2 나는 주일날 ○○○에서 성냈던 것에 대한 앙갚음을 하려고 벽장에 숨는다.
4 사람들은 아버지가 없는 나를 ○○ 딸이라고 부른다.
5 가난하여 혼기를 놓친 총각이 과부를 밤에 몰래 보에 싸서 데려와 부인으로 삼던 일.
7 〈벙어리 삼룡이〉에서 주인은 자신이 언제든지 ○○이 얕은 것을 한탄하여 신부를 ○○이 높은 곳에서 데려온다.
10 어머니는 나와 함께 주기도문을 외울 때 자꾸만 ○○에 들지 말게, 란 기도문을 반복한다.
11 벙어리는 불이 난 집에서 색시를 구출한 뒤 ○○으로 올라간다.
12 슬픈 사랑.
13 남녀 사이에 서로 얼굴을 마주 대하지 않고 피함.
14 벙어리는 색시가 있는 안방으로 출입을 못하게 되자

○○○이 나게 되었다. 그 ○○○은 보고 싶은 심정으로 변하였다.
16 벙어리는 죽은 개처럼 끌려서 쫓겨나자 비로소 자신이 믿고 바라던 모든 것이 자기의 ○○라는 것을 알았다.
17 처마 끝에 다는 작은 종. 속에는 붕어 모양의 쇳조각을 달아 바람이 부는 대로 흔들리면서 소리가 난다.
19 옥희가 아저씨에게 무슨 음식을 가장 좋아하냐고 묻자 아저씨는 ○○○○을 가장 좋아한다고 말한다.
20 상대편을 낮게 대우함. 상대편에게 낮은 말을 씀.
21 잠잘 때 입는 옷.
23 어머니는 발각발각하는 종이가 들어 있는 것 같은 하얀 ○○○을 아저씨에게 갖다 주라고 한다.
24 우주에 있는 온갖 사물과 현상.
28 나도향이 쓴 ○○○○는 뛰어난 구성에다 인물의 성격 묘사가 돋보이는 작품이다. 마을에서 가장 부자이며 세력가인 신치규 노인과 그 집에서 막일을 하는 이방원 내외 사이에 벌어지는 애정 행각과 비극적 결말을 다룬 작품.
29 몸을 편안하게 하고 마음을 위로함.
31 〈임종〉이란 작품의 시점은 ○○○○○이다.
32 일정하게 사는 곳과 하는 일 없이 이리저리 떠돌아다님.
34 앓는 사람을 돌보아 주는 일.
35 염상섭은 일상생활의 모든 부분을 세밀하게 묘사하는 독특한 개성을 지녔는데, 그래서 사람들은 그를 ○○○○ 문학의 완성자라고 불렀다.
36 어머니 뱃속에서 아버지를 여의고 태어난 딸.
39 눈동자.
41 옥희 엄마는 자신이 새로 결혼을 하면 다른 사람들이 ○○○이라고 욕을 하고 손가락질을 한다고 옥희만 사랑하겠다고 한다.
42 좋은 점이나 착하고 훌륭한 일을 높이 평가함. 또는 그런 말.
44 아저씨는 떠날 때 옥희에게 ○○을 선물로 주고 간다.

131

07

배따라기

● 김동인 지음

	1		2	3		4		5			6
7					8	9					
		10								11	
	12			13	14			15			
16			17		18	19					
		20				21	22			23	24
25	26				27		28	29			
	30	31						32	33		
34		35		36		37	38		39	40	
41					42				43		44
	45						46				
47			48						49		

가로열쇠

2 소설에서, 이야기 속에 또 하나의 이야기가 들어 있는 소설. 마치 그 구조가 액자 모양과 같다고 하여 붙은 이름이다.

5 쇠붙이로 만든 연장이나 유리 조각 따위의 날카로운 부분. 강하고 날카로운 기세.

7 우리나라 최초의 순수 문예 동인지. 김동인, 주요한, 전영택 등이 창간하였다.

8 중국 양나라 주흥사(周興嗣)가 지은 책. 사언(四言) 고시(古詩) 모두 1,000자(字)로 되어 있으며, 자연현상으로부터 인류 도덕에 이르는 지식 용어를 수록하였고, 한문 학습의 입문서로 널리 쓰였다.

10 화공은 골짜기에서 만난 처녀에게 ㅇㅇㅇ라는 구슬이 마음에 있는 바를 다 이룰 수 있게 해주는 보물로서 그 구슬이 처녀의 눈을 뜰 수 있게 하리라고 말한다.

11 뒤쪽의 경치. 사건이나 환경, 인물 따위를 둘러싼 주위의 정경. 앞에 드러나지 아니한 채 뒤에서 돌보아 주는 힘.

12 화공이 떨어뜨린 먹물로 그려진 처녀의 눈동자는 ㅇㅇ의 눈빛이었다.

13 붉은 산이란 작품은 어떤 ㅇㅇ 수기이다.

16 화공이 골짜기에서 만난 아름다운 처녀는 앞을 못 보는 ㅇㅇㅇ이었다.

18 화공은 ㅇㅇ 다른 표정의 얼굴을 그리고 싶어 했다.

20 어떤 일을 한 뒤에 얻어지는 좋은 결과나 만족감. 또는 자랑스러움이나 자부심을 갖게 해 주는 일의 가치.

21 신청하였던 일이나 서류 따위를 취소함.

23 기관차에 객차나 화물차를 연결하여 궤도 위를 운행하는 차량. 사람이나 화물을 실어 나른다.

25 여러 사람을 이끌고 감.

28 해안이나 도시에서 멀리 떨어진 대륙 내부의 땅. '두메', '두메산골'로 순화.

30 배따라기에서 주인공의 아내는 팔월 보름 장을 보러 가는 남편에게 ㅇㅇ을 사달라고 부탁한다.

32 사람이 살고 있는 곳이나 기관, 회사 따위가 자리 잡고 있는 곳을 행정 구역으로 나타낸 이름.

35 보물이 묻혀 있는 섬.

37 운수가 좋지 않음. 또는 그런 운수.

39 창고에서 물품을 꺼냄. 생산자가 생산품을 시장에 냄.

41 경지나 주거지 따위의 사람의 생활과 활동에 이용하는 땅.

42 인류가 이룩한 물질적, 기술적, 사회 구조적인 발전. 자연 그대로의 원시적 생활에 상대하여 발전되고 세련된 삶의 양태를 뜻한다.

43 화공은 ㅇㅇ의 얼굴을 그리려는 욕망으로 친잠 상원에 들어가 채상하는 궁녀의 얼굴을 찾아 보았다.

45 배따라기에서 주인공의 아내는 ㅇ 때문에 오해를 받고 바다에 빠져 죽는다.

46 암적인 존재.

47 옛날 의식에서 쓰던 정식 음악.

48 '교도관(矯導官)'의 전 용어.

49 국가 통치 체제의 기초에 관한 각종 근본 법규의 총체.

세로열쇠

1 어떤 부분을 특별히 강하게 주장하거나 두드러지게 함.

3 김동인은 ㅇㅇㅇㅇ 작가인데, ㅇㅇㅇㅇ는 인간의 삶과 사회 문제를 있는 그대로 묘사하는 것에 중점을 둔 문학상의 한 흐름으로, 작가는 소설 속에 전혀 끼어들지 않고 사건을 있는 그대로 담담하게 그려 낸다.

4 눈이 내리는 날. 눈이 내리는 하늘.

5 머리말.

6 보잘것없이 메마르고 스산한 풍경.

7 별명이 '삵'이라 불리는 익호의 죽음 앞에 사람들은 ㅇㅇ를 부른다.

9 의분을 참지 못하거나 지조를 지키기 위해 스스로 목숨을 끊음.

10 멀리 보이는 경치. 또는 먼 데서 보는 경치.

11 배가 떠나는 모습을 나타낸 춤에 따라 부르는 노래.

12 멀리 보이는 경치. 또는 먼 데서 보는 경치.

14 죽은 사람처럼 창백한 얼굴빛.

15 익호는 죽어가면서 붉은 산과 ㅇㅇ이 보고 싶다고 한다.

16 다른 사람의 농지를 빌려 농사를 짓고 그 대가로 사용료를 지급하는 사람.

17 방이나 칸살의 옆을 둘러막은 둘레의 벽.

19 풀, 나무, 광석 따위를 찾아 베거나 캐거나 하여 얻어 냄.

22 오후.

24 교도소나 구치소에 갇힌 사람에게 음식, 의복, 돈 따위를 들여보냄. 또는 그 물건.

26 작가는 화공의 이름을 ㅇㅇㅇ라고 짓는다.

27 김동인은 ㅇㅇ을 위한 문학, 즉 문학의 순수성을 주장하며 일생 동안 그것을 위해 노력했다.

29 송 첨지는 ㅇㅇ에게 찾아갔다가 송장이 되어 돌아왔다. 익호도 그 ㅇㅇ에게 갔다가 똑같이 죽음을 맞이한다.

31 걸핏하면 우는 아이.

33 송 첨지는 ㅇㅇㅇ이 좋지 못하다고 맞았다. 논이나 밭에서 나는 곡식. ·

34 이상향. 어느 곳에도 없는 장소.

36 가냘프고 고운 여자의 손을 이르는 말.

37 옳고 그름을 따지지 아니함.

38 배따라기를 부르던 뱃사람은 ㅇㅇ이 제일 힘이 세다고 한다.

40 뜻이나 품격 따위가 높고 우아함. ㅇㅇ한 미녀의 얼굴.

44 남녀 사이에 얼굴을 마주 대하지 않고 피하는 것.

45 배따라기를 부르던 뱃사람의 동생과 아내는 ㅇ 때문에 오해를 받고 불행에 빠진다.

46 바위에 뚫린 굴.

08

메밀꽃 필 무렵, 수탉

● 이효석 지음

1		2	3		4	5		6	7
	8					9	10		11	12
13					14					
	15			16			17	18		
19			20							
		21	22				23		24	25
26	27		28	29					30	
	31	32		33						
34		35	36			37		38		
39				40						41
	42		43			44				
45			46							

가로 열쇠

1 이 작품의 공간적 배경은 ○○에서 대화까지에 이르는 길이다.

2 쌀 따위의 곡식을 담아 두는 세간의 하나. 나무로 궤짝같이 만드는데, 네 기둥과 짧은 발이 있으며 뚜껑의 절반 앞쪽이 문이 된다.

4 같은 사람. 어떤 일에 뜻을 같이하여 모인 사람.

6 몹시 화가 나서 크게 소리 지르거나 꾸짖음. 또는 그 소리.

8 여럿이 나직한 목소리로 서로 정답게 이야기하는 소리. 또는 그 모양.

9 여러 사람이 함께 도와주거나 서로 도와줌.

11. 몹시 한탄하거나 탄식하는 소리. 몹시 감탄하는 소리.

13 언행이 어설프고 들떠서 미덥지 못한 사람을 낮잡아 이르는 말. 아무렇게나 날림으로 하는 일.

15 뜻밖의 일에 자지러질 정도로 깜짝 놀람.

16 해안이나 도시에서 멀리 떨어진 대륙 내부의 땅.

17 깊은 바다. 보통 수심이 200미터 이상이 되는 곳을 이른다.

19 마음에 있는 것을 죄다 드러내어서 말함.

20 현실적이 아니고 환상적이며 공상적인. 또는 그런 것.

21 자기 고향이 아닌 고장. 타향.

23 천지의 조화를 주재하는 온갖 신령.

26 모내기

28 먼 길에 지치고 시달려서 생긴 피로나 병.

30 절을 주관하는 승려.

31 꽃과 새를 아울러 이르는 말. 꽃을 찾아다니는 새. 불새.

33 먹다가 그릇에 남긴 밥. 가늘고 긴 막대.

35 미친 듯한 기미. 미친 듯이 날뛰는 기질을 속되게 이르는 말.

37 의지할 만한 사람이 아무도 없음.

39 기운이나 감정 따위가 격렬히 일어나 높아짐.

40 작품의 공간적 배경인 이 길은 인생의 행로와 비슷하다. 주인공이 출발해서부터 대화까지에 이르는 거리.

42 꾸지람. 까닭 없이 남을 탓하고 원망.

44 작은 사람이 넋이 나간 듯이 가만히 한자리에 서 있거나 앉아 있는 모양.

46 짐을 싣는 수레.

47 여러 장으로 돌아다니면서 물건을 파는 장수를 낮잡아 이르는 말.

세로 열쇠

2 집 뒤 울타리의 안. 뒤뜰.

3 주동적인 처지가 되어 이끎.

5 사람이 하는 일. 사람의 힘으로 자연에 대하여 가공하거나 작용을 하는 일.

7 몹시 탄식함. 또는 그런 탄식.

8 사람이 어떤 입장에서 마땅히 행하여야 할 바른 길. 어떤 일을 해 나갈 방도(方道).

10 조마조마하여 마음을 졸임. 또는 그렇게 졸이는 마음.

12 서낭신을 모신 집.

14 이 작품의 서술은 ○○○○○○ 시점이다.

16 태도나 행동이 건방지거나 거만함. 또는 그 태도나 행동.

18 남을 해치고자 하는 짓. 해코지가 표준말.

19 대대로 그 땅에서 나서 오래도록 살아 내려오는 사람.

22 관가에 속하여 있던 노비.

23 천 가지 매운 것과 만 가지 쓴 것이라는 뜻으로, 온갖 어려운 고비를 다 겪으며 심하게 고생함을 이르는 말.

24 죽은 사람의 위패.

25 경치가 좋기로 이름난 곳.

27 어떤 일로 인하여 생기는 재난. 지은 죄의 앙갚음으로 받는 재앙.

29 윗사람과 단둘이 만나는 일.

32 1935년 11월에 조선일보사에서 창간한 월간 종합지. 1936년 9월에 이효석은 이 월간지에 '메밀꽃 필 무렵'을 발표했다.

34 억지로 우겨서 남을 굴복시킴. 또는 그런 행위.

36 우리나라의 기상 상태를 관측하고 예보하는 사무를 맡아보는 기관.

37 일의 이치. 석가모니나 성자의 유골. 후세에는 화장한 뒤에 나오는 구슬 모양의 것만 이른다. 부처의 법신의 자취인 경전.

38 하는 일 없이 놀고먹음.

41 두건처럼 머리에 딱 달라붙게 뒤집어쓰는 모자.

42 어떤 일이 일어나기 전 또는 어떤 기회나 때가 무르익기 전에 미리.

43 예전에, 시골 동네의 우두머리를 이르던 말.

09

미스터 방

- 채만식 지음
  - 소망
  - 불효자식

1		2		3		4		5		6
7	8			9		10				
	11	12	13				14			
15		16		17					18	
	19		20			21				
22					23			24		
		25		26			27		28	
29	30						31	32		
33			34		35					36
	37			38		39				
	40		41			42			43	
	44				45			46		

가로열쇠

2 미스터 방의 원래 이름은 방○○이다.
7 강이나 바다의 바닥에서 오랫동안 갈리고 물에 씻겨 반질반질하게 된 잔돌.
9 〈소망〉이란 작품에서 아내의 남편은 의사 직업을 가진 사람에게 병자 고름 긁어서 돈이나 긁는다며 ○○○○이라고 한다.
11 미스터 방의 아버지 직업은 ○○○○였다.
14 목적을 이룰 때까지 뒤쫓아 구함. 근본까지 깊이 캐어 들어가 연구함.
15 말이나 소에게 먹이는 풀. 부룩쇠는 소에게 ○을 먹인다.
16 정거장은 버스나 ○○를 타는 곳이다.
17 젊은 사람. 또는 자기보다 나이가 열 살 이상 아래인 사람. 아들이 아버지에게 자신을 낮춰 부르는 말.
18 여러 사람이 우러러보는 명망(名望).
19 물건을 만드는 데 들어가는 것.
20 〈소망〉에서 아내의 남편이 꼼짝 않고 집안에 처박혀 있는 것은. ○○가 자신을 볶으니까 ○○와 맞겨루기 위해서라고 한다.
21 한국 사람을 백의민족이라 부르는 것은 ○○ 옷을 즐겨 입었기 때문이다.
22 아름답지 못하고 추잡한 것.
23 백 주사의 아들 백선봉의 집을 8·15 그날 밤, 군중이 그의 집을 습격하였을 때 쏟아져 나온 물건이 엄청났는데, ○○은 오십 타나 나왔다고 한다.
24 곡식이나 채소 따위의 씨. 앞으로 커질 수 있는 근원을 비유적으로 이르는 말. 어떤 가문의 혈통이나 근원을 낮잡아 이르는 말.
25 '○○○○ 오이 지듯'이란 속담은 빚을 많이 진 것을 비유한다.
28 교도관의 옛 이름. 최씨 부인은 불효자식 칠복이를 면회 가서 ○○에게 칠복이 대신 자신을 가두라고 울며 승강이를 한다.
29 칠복은 어머니를 찾으러 ○○로 간다.
31 한 집안에 딸린 구성원. 가족.
33 여러 가지 보배. 또는 온갖 보물. '오십보○○'란 말은 조금 낫고 못한 정도의 차이는 있으나 본질적으로는 차이가 없음을 이른다.
34 굽히거나 지지 않으려고 맞서서 버티거나 항거함.
35 채만식의 대표 장편 소설로 1930년대 한국 사회의 한 흐름을 사실적 문체로 날카롭게 풍자하였다.
37 기부금이나 성금 따위를 모음.
38 미스터 방은 머슴살이를 하다가 돈벌이를 하겠다고 부모에게 처자식 맡기고는 ○○으로 떠나 버린다.
39 건강이 회복되도록 몸을 보살피고 병을 다스림. 여러 가지 재료를 잘 맞추어 먹을 것을 만듦.
40 '겹'의 제주도 방언. ○○사돈은 제주도 말로 겹사돈을 뜻한다.
41 어떤 집안이나 개인이 사회에서 차지하고 있는 신분이나 지위.
42 〈소망〉은 ○○소설인데, ○○소설은 이야기 속에 등장하는 사람들이 소재나 그림자쯤으로 어른거리기만 할 뿐 아무도 직접적으로 나서지는 않는다.
43 부룩쇠는 ○○ 속에 있는 어머니를 발견하다가 ○○에 부딪치고 만다.
44 어머니를 찾는 부룩쇠에게 거지는 ○○을 사주면 어머니를 찾아주겠다고 한다.

세로열쇠

1 인물과 사회의 결점, 모순, 불합리 따위를 빗대어 비웃으면서 쓴 문학을 ○○문학이라 한다. 채만식은 ○○문학의 대표적 작가이다.
3 전기의 힘으로 밝은 빛을 내는 등.
4 교양이 없거나 식견이 좁고 세속적인 일에만 신경을 쓰는 사람을 속되게 이르는 말.
5 남의 말에 덩달아 호응하거나 동의하는 일.
6 죽어서 백골이 되어도 잊을 수 없다는 뜻으로, 남에게 큰 은덕을 입었을 때 고마움의 뜻으로 이르는 말.
8 베어 놓은 갈대 줄기. 또는 그 갈대 줄기의 묶음.
9 낮은 재주나 솜씨. 또는 그런 솜씨를 가진 사람.
10 작가가 밑바닥 인생의 삶을 그리는 것은 그들의 힘들고 고통스러운 삶이 단지 그들만의 잘못이 아니라 사회의 부조리와 모순 때문이라는 것을 말하고 싶었기 때문인데, 이것을 보여주려는 문학을 ○○○문학이라 한다. 〈불효자식〉이란 작품도 ○○○문학이라

할 수 있다.
12 미스터 방은 헌 신을 꿰매어 고치는 일을 직업으로 하는 ○○○ 장수를 하다가 해방을 맞는다.
13 앞으로의 뜻으로, 미래의 어느 때를 나타내는 말.
14 미스터 방은 조선의 재미있고 유명한 소설이 무엇이냐고 묻자 ○○○이라고 대답한다.
17 미스터 방은 S○○ 의 통역관이 된다.
18 엄마를 찾아 나선 어린 부룩쇠가 윤호장 영감을 만난 곳은 ○○○○이다.
19 〈소망〉의 아내는 가족의 ○○를 위해서 소풍을 같이 가자고 하지만 남편은 자기에겐 고통이라고 거절한다.
21 거짓말의 사투리.
22 가난했지만 품위를 잃지 않은 작가 채만식을 친구들은 ○○○○○이라고 불렀다.
23 미스터 방이 ○○한 물이 상사의 얼굴 위로 쏟아져 욕을 먹는다.
25 부당하게 비싼 이자를 받는 돈놀이.
26 둘레. 어떤 시기나 기회가 닥쳐옴.
27 예전의 방식이나 형식. 케케묵어 시대에 뒤떨어짐. 또는 그런 것.
30 걸핏하면 우는 아이.
32 말라서 땅에 떨어져 쌓인 솔잎. 소나무의 가지를 땔감으로 쓰려고 묶어 놓은 것.
35 비석, 기와, 기물 따위에 새겨진 글씨나 무늬를 종이에 그대로 떠냄. 또는 그렇게 떠낸 종이.
36 심부름을 가서 돌아오지 않는 사람. 또는 그런 경우를 일컫는 말.
37 부룩쇠는 설 명절이면 윤호장 영감에게 돈을 타면 그 돈으로 가게에서 ○○○을 사 먹는다.
38 모든 것. 떨어지지 아니하는 한 몸이나 한 덩어리.
39 늙기도 전에 머리가 세는 것.
40 〈불효자식〉에서 칠복은 출옥한 뒤 다시 사기죄에 가담하는데, '자칭 ○○의 사기단'이라는 신문기사가 실린다.
41 땅속이나 땅속을 파고 만든 구조물의 공간. '저승'을 비유적으로 이르는 말.
42 이빨에 독이 있어 독액을 분비하는 뱀.
43 어떤 분야에 상당한 지식과 경험을 가지고 오직 그 분야만 연구하거나 맡음. 또는 그 분야.

10
백치 아다다

- 계용묵 지음
  - 창랑정기
  - 동물집

1		2	3	4	5
	6		7		8
	9		10		11
12		13		14		15	16
	17			18	19	20
	21	22		23		24
25	26		27	28			29
	30	31		32		33	34
35					36	37		38
39	40			41		42		43	44
	45		46		47	48	
49		50				51	

가로열쇠

1 아다다의 원래 이름.
2 어떤 사실과 관련하여, 그 후에 벌어진 경과에 대하여 덧붙이는 이야기.
4 〈동물집〉에서 남이 형님이 우리 닭의 날갯죽지 밑에 ○○○을 발라 놓아서 우리 닭이 닭싸움에서 지고 만다.
6 계용묵의 작품 〈병풍에 그린 닭이〉, 〈청춘도〉 등에서의 주인공들은 선량한 사람들이지만 주위의 편견이나 억압, 자신의 무지로 인해 불행에 빠지거나 패배를 거듭할 뿐, 아무런 해결책도 구하지 못하는 소극적인 인물들뿐인데, 이러한 경향은 작품 세계에 적극적으로 뛰어들지 않고 ○○○적인 입장을 유지하려는 계용묵 문학의 특징이나 한계라 할 수 있다.
7 수룡은 돈을 ○○○에 넣어 둔다.
8 추위나 밝은 빛을 막으려고 안팎으로 두껍게 종이를 발라 미닫이 안쪽에 덧끼우는 미닫이.
9 뇌에 장애나 질환이 있어 지능이 아주 낮고 정신이 박약한 것. 또는 그런 사람.
11 〈창랑정기〉에서 내가 뒤뜰에서 발견한 것은 길다란 ○이다.
12 아다다에게 있어 밭에다 조를 심는 것은 ○○의 씨를 심는다는 것과 같아서 수룡이 밭을 사자고 하자 마음이 좋지 않다.
13 매우 사랑하고 소중히 여기는 모양.
15 초자연적인 절대자, 창조자 및 종교 대상에 대한 신자 자신의 태도로서, 두려워하고 경건히 여기며, 자비·사랑·의뢰심을 갖는 일.
18 우편이나 전신 따위의 통신. 사람의 몸뚱이.
20 사방의 중심이 되는 한가운데. 중심이 되는 중요한 곳.
21 아다다는 수룡의 돈을 ○○에 빠뜨린다.
23 〈동물집〉에서 나는 싸움닭으로 인해 남이와 사이가 악화되어 남이를 혼내주려고 그의 어깨에 ○을 떨어뜨린다.
24 비과학적이고 종교적으로 망령되다고 판단되는 신

앙. 또는 그런 신앙을 가지는 것. 점복, 굿, 금기 따위가 있다.
25 이십사절기의 하나. 입춘(立春)과 경칩(驚蟄) 사이에 들며, 날씨가 풀리고 봄바람이 불어 새싹이 나는 절기.
27 〈백치 아다다〉를 통해 작가는 ○○ 위주의 세상을 비판한다.
29 낡고 썩어서 못 쓰게 됨. 오래되어서 빛깔이 바래고 구지레하게 됨.
30 일정하게 정하여 놓은 때 없이 그때그때 상황에 따름.
32 〈창랑정기〉는 ○○○○에 연재된 작품이다.
36 〈창랑정기〉에서 사람들은 동네에 무슨 불길한 일이 일어나면 ○○○○에 동티가 난 것이라 하여 무서워들 하였다.
39 계용묵은 인간의 선함과 ○○함을 옹호하면서 인간 존재와 삶의 의미를 추구하는 특징의 글을 썼다.
41 계용묵은 외국 문학 작품을 즐겨 읽으며 소설을 발표했는데 이때, 〈조선문단〉에 ○○○이 당선되었다.
43 사람의 마음이란 언제나 일상 꼿꼿하게 뻗쳐만 있을 수는 없으니 긴장의 뒤에는 반드시 ○○가 오는 것이요. ○○는 새로운 큰 긴장의 전주곡이라 할 수 있다.
45 지난날, 혼례 때 신부를 따라가던 계집종.
47 마음이 답답한.
49 〈동물집〉에서 어렸을 적에 나는 ○에 끌려간 적이 있어 그후 여러 날을 앓아누웠다.
50 〈창랑정기〉에서 내가 칼을 가져다주자 서강 대신은 이 집이 옛날에 ○○○이 살았던 집이라고 하였다.
51 ○○란 사람의 심사를 산란케 해주기도 하고 거칠어진 정서의 거친 벌을 다시 곱게 빗질해줄 수도 있고 어지러운 생각을 외가닥 길로 인도해 주는 수도 있는 것이다.

세로열쇠

1 굳게 믿음. 또는 그런 마음.
2 두 가지 사물이나 사람을 들어서 말할 때, 뒤에 든 사물이나 사람. 후세의 사람.

3 쓸개관이나 쓸개주머니에 생기는, 돌처럼 단단한 물질.
4 몸이나 마음의 괴로움과 아픔.
5 손을 보호하거나 추위를 막거나 장식하기 위하여 손에 끼는 물건. 천, 가죽, 털실 따위로 만든다.
6 내버려 둠.
9 하늘의 운행.
10 확대경을 장치하여 놓고 그 속의 여러 가지 재미있는 그림을 돌리면서 구경하는 장치나 장난감. 알쏭달쏭하고 묘한 세상일을 비유적으로 이르는 말.
12 비바람을 무릅쓰고 한결같이 일을 함.
14 어떤 집안이나 개인이 사회에서 차지하고 있는 신분이나 지위.
15 매우 조심스러움.
16 매우 마음에 차지 아니하거나 야속하게 여겨 즐거워하지 아니함.
17 뛰어난 여자 가수나 여배우.
19 수룡은 아다다를 데리고 ○○○ 섬으로 간다.
22 근처, 부근, 가까운 곳이란 뜻.
26 〈동물집〉에서 닭에겐 ○○가 인삼이라며 쌀보다 낫다고 엄마는 말씀하신다.
28 질흙으로 빚어서 구워 만든 동이.
31 물건을 얹어놓기 위하여 선반처럼 만든 것.
33 은혜를 갚음.
34 어떤 일이나 사물 현상이 일어나는 바로 그때. 〈불교〉매우 짧은 시간.
35 〈창랑정기〉에서 나랑 같이 놀던 소녀의 이름.
37 복된 좋은 운수의. 생활에서 충분한 만족과 기쁨을 느끼는 흐뭇한 상태의.
38 해로움이 없음.
40 나라와 나라 사이에 교제를 맺음.
42 얇은 쇠붙이를 속이 비도록 동그랗게 만들어 그 속에 단단한 물건을 넣어서 흔들면 소리가 나는 물건.
44 사는 곳을 다른 데로 옮김.
46 사람으로서의 따뜻한 정이나 인간미가 없음.
48 마음속이 답답하여 일어나는 화.

11

수염

- 박태원 지음
  - 쥐 이야기
  - 백금

1	2			3	4		5		6	7
	8	9		10					11	
12				13			14		15	
						16				
	17			18				19	20	21
			22				23		24	
25		26			27			28		
				29		30			31	
	32				33			34		
35			36	37						39
		40			41	42		43		
44			45						46	

가로 열쇠

1 그릇 따위를 얹어 놓기 위하여 부엌의 벽 중턱에 드린 선반.
3 지붕 밑이나 위층 바닥 밑을 편평하게 하여 치장한 각 방의 천장.
5 박태원의 세태 소설 대표작으로 ○○○○이 있다.
8 좋은 일에는 흔히 방해되는 일이 많음. 또는 그런 일이 많이 생김.
11 차가 사람이나 물건을 싣고 오고 가는 편.
13 천재에게 박해가 피할 수 없는 것과 같이 위대한 사업에는 언제든 ○○○이 수반되는 것이라며 나는 수염의 가치가 위대해지길 바라며 ○○을 견딘다.
14 최 노인은 유학을 다녀온 촉망받는 젊은이였지만, 보잘것없는 ○○○를 하고 있다.
16 〈쥐 이야기〉는 소설집 ○○에 실린 작품이다.
17 사람이 마땅히 지키고 행하여야 할 도덕적 의리.
18 〈쥐 이야기〉에서 그의 아내는 일반 시민을 김 부자는 ○○○를 상징하고 있다.
19 수염을 기를 때 나의 자존심을 가장 치명적으로 상해 놓은 것은 ○○○다.
22 〈백금〉에서 나는 딸의 이름을 지을 때 아들이면 ○○이라고 지으려고 했었다.
23 최서해의 작품 중에서 프롤레타리아 대표작인 ○○은 가난과 굶주림 속에 놓은 섬 마을 사람들의 절박한 내면심리를 잘 표현한 것.
24 〈쥐 이야기〉에서 아버지 쥐는 ○○이 있는 데는 힘이 있어야 한다고 주장하며 힘이 중요함을 강조한다.
25 오리나 되는 짙은 안개 속에 있다는 뜻으로, 무슨 일에 대하여 방향이나 갈피를 잡을 수 없음을 이르는 말.
27 본이름 외에 부르는 이름. 예전에, 이름을 소중히 여겨 함부로 부르지 않던 관습이 있어서 흔히 장가든 뒤에 본이름 대신으로 불렀다.
28 아버지 쥐는 고기 대신 김 부자네 안방에 들어가 ○을 훔친다.
29 야살스럽게 구는 짓.
30 곽쥐는 양지쪽에서 졸고 있는 ○○○의 수염을 잡아채서 동무들을 놀래준 일이 있다.
31 〈수염〉이란 작품은 박태원의 단편 소설 대부분을 차지하는 신변 소설 또는 ○○ 소설의 시작을 알리는 첫 작품으로서 그 의의가 있다 하겠다.
33 고향을 떠나다.
34 박태원은 〈소설가 ○○ 씨의 일일〉이란 소설을 썼는데, 이는 모더니즘의 경향에서 벗어나 평범한 사람들의 삶을 사실적인 수법으로 자세하게 그린 소설이다.
35 의지할 곳이 없는 외로운 홀몸.
38 곽쥐는 마누라가 이사가 무섭다며 바가지를 긁자 무서워하는 것은 곤달걀 지고 ○ 밑을 못 가는 격이라며 아내를 나무란다.
40 크게 느끼어 마음이 움직임.
41 자선 사업이나 공공사업을 돕기 위하여 돈이나 물건 따위를 대가 없이 내놓음.
42 곧바로 가지 않고 멀리 돌아서 감.
44 ○○하다는 것은 잔털 따위가 드물게 나서 가무스름한 것을 말한다.
45 최 노인은 효도스런 자식이 고약한 ○○만 못하다며 자신의 신세를 한탄한다.
46 어떤 행동이나 견해, 제안 따위가 옳거나 좋다고 판단하여 수긍함.

세로 열쇠

2 예전에, 은자(隱者)나 시인(詩人), 묵객(墨客) 등이 현실을 도피하여 생활하던 시골이나 자연.
4 남을 깊이 사랑하고 가엾게 여김. 또는 그렇게 여겨서 베푸는 혜택.
6 바람의 힘을 기계적인 힘으로 바꾸는 장치.
7 궤도가 좁고 규모가 작은 철도 위를 달리는 열차.
9 박태원은 모더니즘 작가이자 ○○○○ 작가였다. 일반적으로 현실을 있는 그대로 묘사재현하려고 하는 창작 태도.
10 신경이나 근육이 형태의 변화 없이 기능을 잃어버리는 상태.
12 조선 프롤레타리아 예술가 동맹은 1925년부터 1935년 사이에 공산주의 계급 문학을 옹호하며 활동한 문학예술 단체로 ○○라고 부르기도 한다.
14 익산에 ○○오거리가 있는데 예전에 이곳에서 약초를 팔던 시장이 있던 곳이다.
15 곽쥐는 가난한 ○○○네 집에서 김 부자네 집으로 이사를 왔다.
16 일반 백성들이 사는 집.
17 강경애는 고전소설을 읽고 마을 사람들에게 이야기해 주는 말솜씨가 뛰어나 ○○○ 소설쟁이란 별명을 얻었다.
18 암수, 승부, 우열, 강약 따위를 비유적으로 이르는 말.
20 어떤 일이나 사물이 생겨남.
21 맡겨진 임무. 사신이나 사절이 받은 명령.
22 총이나 포, 활 따위가 쏘는 족족 들어맞음. 백발○○.
25 그릇되게 해석하거나 뜻을 잘못 앎. 또는 그런 해석이나 이해.
26 곽쥐는 ○○은 악한 일이 아니라 할지라도 힘이 없는 것은 사실이므로 일종의 죄악이랄 수 있다고 한다.
30 이기영은 농촌 소설에서도 뛰어난 재능을 보였는데, 그 대표작이 ○○인데, 이 작품은 식민지 시대 농민들의 삶을 통해 시대의 아픔을 탁월하게 그려 냈다는 평가를 받습니다.
31 마음을 쓰는 속 바탕.
32 열렬한 정신이나 격렬한 정열 따위를 비유적으로 이르는 말.
33 최서해의 작품 중 ○○○는 살길을 찾아 만주로 떠난 가난한 부부의 눈물겨운 삶을 박진감 있게 묘사한 작품이다.
34 박태원은 이태준, 정지용, 김기림들로 구성된 ○○○에 이상과 함께 참여했다.
36 감 중에서 단단하고 단맛의 감.
37 강경애가 쓴 〈산남〉은 ○○○에 발표된 작품이다.
39 〈수염〉이란 작품에서 나는 수염을 기르며 스스로 ○○ 많은 인물인 것에 세 번이나 감탄하게 된다.
42 곽쥐 네는 가끔 맛난 요리 생각이 나면 ○○ 사냥질을 나선다.
43 〈쥐 이야기〉는 쥐를 주인공으로 삼았다는 점에서 일종의 ○○소설이라 할 수 있다.

12 양반전

- 그림형제 지음
- 펠릭스 호프만 그림
- 한미희 옮김
- 비룡소

1		2		3	4		5		6
			7		8	9			
10	11		12		13		14	15		16	
17					18	19		20	21		22
				23		24					
25			26					27			
		28					29			30	
		31	32			33			34		
35				36				37		38	
			39			40					
41		42								43	44
		45									

가로열쇠

1. 양반전은 한문으로 쓰여 진 ○○○○이다.
3. 세상에 잘 알려지지 않은 잘못이나 비리 따위를 드러내어 알림.
5. 고을에 순찰사 들러서 조사하다가 관청의 곡식 천석이 빈 것을 발견하고 양반을 투옥하도록 시킨 사람.
8. 지극히 위선적이고 간교한 양반의 전형이다. 빚을 갚을 능력이 없는 양반을 대신하여 빚을 갚는 천부를 칭찬하면서도 천부가 양반권을 취득하는 과정에서 양도증서를 써 주는 척하고 실은 양반권의 취득을 은근히 방해하고 있다.
10. 아무것도 없이 텅 비다. 실속이 없이 헛되다.
12. 이 소설의 작가. 호는 연암.
14. 하늘이 민을 낳을 때 민을 넷으로 구분했는데 가장 높은 것이 바로 ○○이다.
16. 부자는 ○을 주고 양반권을 샀다.
17. 하는 일 없이 놀고먹음.
18. 배반을 꾀함. 국가나 군주의 전복을 꾀함.
20. 마구 뒤섞여 있어 갈피를 잡을 수 없음. 또는 그런 상태. 하늘과 땅이 아직 나누어지기 전의 상태.
24. 부자가 양반이 되어 생기는 권리나 의무, 사실 따위를 증명하고자 만든 문서.
25. 일정한 방법이나 형식.
26. 촌부는 양반에 대한 이야기를 듣고 양반을 ○○○○이라 욕하며 도망쳤다.
27. 물가에 세운 누각. 적군의 동정을 살피려고 성 위에 만든 누각.
29. 관가(官家)의 건물.
30. 존경하는 뜻.
31. 예전에, 학식은 있으나 벼슬하지 않은 사람을 이르던 말. 학식이 있고 행동과 예절이 바르며 의리와 원칙을 지키고 관직과 재물을 탐내지 않는 고결한 인품을 지닌 사람을 이르는 말.
33. 제멋대로 굴며 몹시 난폭함.
35. 도(道)를 닦아서 현실의 인간 세계를 떠나 자연과 벗하며 산다는 상상의 사람.
36. 품성과 행실을 아울러 이르는 말.
37. 실제 생활에 이용되고 백성의 생활을 향상시킬 수 있는 방법을 연구하는데 애쓰던 사상.
40. 백성끼리 분쟁이 있을 때, 관부에 호소하여 판결을 구하던 일.
41. 큰 소리로 꾸짖음. '꾸지람', '크게 꾸짖음'으로 순화.
42. 우리나라와 중국에서 관리를 뽑을 때 실시하던 시험.
43. 올바르지 아니하거나 옳지 못함.
45. 이 작품의 시점.

세로열쇠

2. 신분이 낮은 사람이 자기보다 신분이 높은 사람을 상대하여 자기를 낮추어 이르던 일인칭 대명사.
4. 여럿 가운데에서 특별히 뛰어남.
5. 국가나 관청에서 가지고 있는 곡식.
6. 양반이란 ○○을 높여 부르는 말.
7. 담배, 돈, 부시 따위를 싸서 가지고 다니는 작은 주머니.
9. 몸과 마음을 갈고닦아 품성이나 지식, 도덕 따위를 높은 경지로 끌어올림.
10. 여러 사람에 관련된 일. 국가나 공공 단체의 일.
11. 자신의 존재 기반인 현실로부터 떨어져 있어 현실을 올바르게 반영하고 있지 아니한 사상이나 이념.
12. 지식이 넓고 아는 것이 많음.
13. 한편으로 원망하면서도 한편으로는 사모함. 원대한 계책. 또는 그런 계책을 세움.
15. 상민 집안에서 양반의 집안과 혼인함을 이르던 말.
19. 어떤 사실이나 주장이 옳지 아니함을 그에 반대되는 근거를 들어 증명함. 또는 그런 증거.
21. 양반은 문과에 나가서 홍패를 받는데, 이것을 ○○라고 부른다.
22. 과거문(科擧文)에 사용되어 문과 시험의 규범이 된 책으로, 양반이 되면 마치 얼음 위에 박을 굴리듯이 술술 외워야 한다고 했다.
23. 논의 가장자리에 높고 길게 쌓아 올린 방죽 위에 난 길.
25. 어떤 일을 하거나 문제를 풀어 가기 위한 방법과 도리.
27. 높은 벼슬아치 밑에서 심부름을 하던 일. 아녀자나 기생이 높은 벼슬아치에게 몸을 바쳐 시중을 들던 일.
28. 주인공이 살던 곳. 강원도 ○○.
29. 두렵고 무서움. 처마 끝의 무게를 받치기 위하여 기둥머리에 짜 맞추어 댄 나무쪽.
32. 지위나 신분이 낮고 천하다. 천박하고 상스럽다.
33. 모로 감. 아무 거리낌 없이 제멋대로 행동함.
34. 중국의 공자를 시조(始祖)로 하는 전통적인 학문.
35. 이 작품은 양반의 ○○○○가 문란한 것을 비판하였다.
37. 사실에 토대를 두어 진리를 탐구하는 일. 공리공론을 떠나서 정확한 고증을 바탕으로 하는 과학적·객관적 학문 태도를 이르는 것.
38. 문무 양반(文武兩班)을 일반 평민층에 상대하여 이르는 말이다. 벼슬이나 문벌이 높은 집안의 사람.
39. 조선시대에, 무관이 쓰던 모자의 하나. '모자'를 속되게 이르는 말.
42. 과전법에 따라 관원에게 나누어 주던 토지. 과실나무를 심은 밭.
44. 부처나 보살이 사는, 번뇌의 굴레를 벗어난 아주 깨끗한 세상.

⑬ 허생전

• 박지원 지음

1		2		3	4			5	6		7
		8			9	10	11		12	13	
14				15		16			17		
				18	19						
		20			21	22		23			24
25	26			27						28	
	29			30			31				
32			33				34				
		35			36	37				38	39
40				41		42			43		
		44		45					46	47	
	48						49			50	

가로 열쇠

3 허생은 말하길, 조선은 외국과 ○○을 하지 않기 때문에 살기 어렵다고 했다.

5 자연적인 재해나 사회적인 피해를 당하여 어려운 처지에 있는 사람을 도와줌.

7 빈 섬에 사람이 없는 것을 걱정하자 허생은 ○이 있으면 사람은 절로 모인다고 했다.

8 식물의 줄기가 널리 뻗음. 전염병이나 나쁜 현상이 널리 퍼짐.

9 사(士)와 대부(大夫)를 아울러 이르는 말. 벼슬이나 문벌이 높은 집안의 사람.

12 배에 물건을 싣고 강을 오르내리며 하는 장사. 또는 그런 장수. '임금'을 달리 이르는 말.

14 허생이 변씨에게 빌린 돈.

16 행실이 점잖고 어질며 덕과 학식이 높은 사람. 예전에, 높은 벼슬에 있던 사람을 이르던 말. 예전에, 아내가 자기 남편을 이르던 말.

17 따로따로 나누지 않고 한데 합쳐서 몰아치는 일. 되사거나 되팔지 않기로 약속하고 물건을 사고파는 일.

18 이루어 낸 결실.

21 한 번 스치는 정도라는 뜻으로, '약간'을 이르는 말.

23 어영대장으로 허생에게 어진 인재를 구하니 벼슬길에 나가자고 추천하던 사람.

25 허생은 변씨가 자신에게 이자를 돌려주려 하자 자신을 ○○○라 여긴다고 화를 낸다.

28 누이동생. 손아래 누이의 남편.

29 허생은 나라 안에 ○○가 다니질 못해서 온갖 물화가 제자리에 나서 제자리에서 사라진다고 애통해 했다.

30 마음의 작용으로 얼굴에 드러나는 빛. 어떠한 행동이나 현상 따위가 일어날 것을 예측할 수 있게 하여 주는 눈치나 낌새.

31 봉건 시대에 일정한 영토를 가지고 그 영내의 백성을 지배하는 권력을 가지던 사람.

33 일이 진행되어 가는 동안. 어느 한쪽으로 치우치지 아니하는 바른 길.

34 잔치나 술자리에서 노래나 춤 또는 풍류로 흥을 돋우는 것을 직업으로 하는 여자.

36 허생에게 빈 섬을 알려 준 사람.

38 돗자리를 만다는 뜻으로, 빠른 기세로 영토를 휩쓸거나 세력 범위를 넓힘을 이르는 말.

40 나뭇가지를 엮어서 만든 문.

42 허생은 변씨에게 돈을 빌려 ○○○○으로 썼다.

44 허술하고 초라한 작은 집에서 살아가는 일.

46 ○○은 도(道)를 살피게 하지 않으며 사람의 얼굴이 좋아지게 하지 않는다며 허생은 돈을 주려는 변씨에게 자신을 ○○로 괴롭히지 말라 한다.

48 허생은 도둑떼에게 바닷가에 ○○○를 단 배에서 돈을 마음대로 가져가라 했다.

49 허생은 십년공부를 작정했으나 아내의 성화로 ○○공부로 집을 나간다.

50 얼굴에 엄정한 빛을 나타냄. 또는 그런 얼굴빛.

세로 열쇠

1 박지원이 지은 책. 중국 청나라에 가는 사신을 따라 러허(熱河) 강까지 갔을 때의 기행문. 이 작품이 실려 있음.

2 허생은 풍작이 들어 남은 곡식을 근처 일본의 섬에 가서 은돈 ○○○을 받고 판다.

4 인류 사회의 변천과 흥망의 과정. 또는 그 기록.

6 허생이 망건의 재료를 모두 사들인 곳.

10 조선 시대에, 임금의 적자(嫡子)를 이르던 말. 또는 그에게 준 벼슬. '군주(君主)'를 높여 이르는 말. 큰 무리.

11 허생은 종로 거리에 나가 한양에서 제일 가는 ○○를 찾았다.

13 아주 비참할 정도로 형편없는 불쌍한 거지.

15 집을 나온 허생은 처음 경기와 호남의 갈림길이고 삼남의 요충지인 이곳에 거처를 마련했다.

19 허생이 처음 사들인 물건.

20 겉만 보기 좋게 꾸미어 드러냄.

22 허생은 망건의 재료로 쓰는 이 물건을 모두 사들였다.

23 기구를 편리하게 쓰고 먹을 것과 입을 것을 넉넉하게 하여, 국민의 생활을 나아지게 함.

24 이 작품은 사회의 구조적 모순과 취약한 ○○ 구조를 비판하였음.

26 죽음을 무릅쓰고 지킴.

27 허생은 흉년이 든 일본의 이곳에 가서 남는 식량을 팔았다.

28 물건을 사 모아 차지하고 물건 값이 오르거나 공급이 부족해질 때까지 기다려 더 높은 가격을 받기 위해 물건을 팔지 않는 것.

31 허생의 아내는 사대부의 허위적 삶을 비판하며 작품이 말하고자 하는 문제점을 처음 ○○하였다.

32 실제로 소용되는 학문인 기술의 존중과 국민 경제 생활의 향상에 대하여 주장하던 사상.

35 이익이 남는 돈.

37 수공업에 종사하던 장인. 장인바치.

39 지위가 높고 권세가 있음. 또는 그런 사람. 권문귀족.

41 넓고 멀다. 뚜렷한 구별이 없다.

43 선천적으로 타고난, 남보다 훨씬 뛰어난 재주. 또는 그런 재능을 가진 사람. 풍수해, 지진, 가뭄 따위와 같이 자연의 변화로 일어나는 재앙.

44 능력은 부족하면서도 남에게 지기 싫어하는 마음. 잘난 체하며 방자한 기운.

45 그릇 따위를 얹어 놓기 위하여 부엌의 벽 중턱에 드린 선반.

47 {주로 '알다', '모르다'와 함께 쓰여} 세상의 이러저러한 실정이나 형편.

14
열하일기

● 박지원 지음

1		2		3		4	5		6	7
	8	9			10		11	12		
			13		14					
15	16	17		18		19			20	
	21				22	23		24		
25		26				27	28			29
30				31						
		32			33			34		
35	36				37		38			
		39		40			41	42		43
44				45	46		47			
	48				49			50		

가로 열쇠

1 조선 영조·정조 때에, 실학의 한 파. 청나라의 앞선 문물제도 및 생활양식을 받아들일 것을 주장한 학파로, 특히 상공업의 진흥과 기술의 혁신에 관심을 쏟았다. 박지원, 홍대용이 대표적.

3 기구를 편리하게 쓰고 먹을 것과 입을 것을 넉넉하게 하여, 국민의 생활을 나아지게 함.

6 박지원이 연암 땅에 살 곳을 마련하게 된 이유는 일찍부터 ○○에 뜻이 있었기 때문이다.

8 옛날 이 여자가 초승달과 같이 아주 조그만 발로 춤을 추는 것이 어찌나 아름답던지 그 때부터 온 나라의 여인들이 전족을 하는 풍습이 생겼다.

10 하룻밤에 아홉 번이나 강을 건넜다는 말.

14 짧은 시일.

15 괴롭고 힘든 곳 또는 그런 상태를 비유적으로 이르는 말.

18 병자호란이 있던 다음 해에 잡혀 온 우리 백성들이 스스로 한 마을을 이루고 살아오던 곳.

20. 하루에 구만 리(里)를 날아간다는, 매우 큰 상상(想像)의 새. 북해(北海)에 살던 곤(鯤)이라는 물고기가 변해서 되었다고 한다.

21 손을 보호하거나 추위를 막거나 장식하기 위하여 손에 끼는 물건. 천, 가죽, 털실 따위로 만든다.

22 종속국이 종주국에 때를 맞추어 예물을 바치던 일. 또는 그 예물.

24 중국에 들어가는 사람에게 붙는 새로운 칭호로, 박지원처럼 놀이삼아 가는 사람을 ○○이라 불렀다.

26 고려에서 탁타를 굶겨 죽인 다리 이름이 탁타교인데, 이것이 와전되어 ○○○라고 흔히 불렸다.

27 중국 사람이 가장 좋아하던 조선의 선물. 심경(心經)의 열을 푸는 환약.

30 꽃과 잎이 서로 볼 보지 못 한다 하여 이름 붙여진 꽃.

32 이것을 보지 않고서는 중국이 큰 나라라는 것을 제대로 느끼기 어렵다. 중국 북쪽의 성. 명나라가 몽골의 침입에 대비하여 쌓은 성으로 2,700km의 길이다.

35 혓바닥에 끼는 흰색이나 회색, 황갈색의 이끼 모양 물질.

37 수레가 다니지 못 하는 것을 박지원은 열하일기에서 ○○○의 잘못이라고 말하였다.

39 박지원이 처음 건넌 강의 이름.

41 시원한 느낌. 회화에서, 대상물의 부피나 무게에 대한 느낌. 또는 그 느낌이 나도록 그리는 일.

44 짐을 운반하는 손수레. 수치, 위치, 방향 따위가 일정한 기준에서 벗어난 정도나 크기.

45 방적 공정의 하나로 먼저 조사(粗絲)로 잣는 일. 소면(梳綿)의 섬유를 조방기로 다시 가늘게 늘여서 꼬는 일이다.

47 국경의 출입구.

48 두 개가 한 짝이 되는 짝기와.

49 모든 사물의 이치. 사물에 대한 이해나 판단의 힘.

50 박지원이 여행한 곳 중, 고구려의 옛 도읍지.

세로 열쇠

1 동리자라는 예쁜 청춘과부와 놀아나다 봉변을 당한 선비.

2 충격적인 일이 끼치는 영향 또는 그 영향이 미치는 정도나 동안을 비유적으로 이르는 말. 과장(科場), 백일장, 시장(市場) 따위가 끝남. 또는 그런 때.

3 갈아 놓은 밭의 한 두둑과 한 고랑을 아울러 이르는 말.

4 뒷날.

5 공연히 야단스럽게 굴거나 꾸짖음. 일이 매우 곤란하게 됨.

6 눈앞의 형편 아래. 바로 지금.

7 축하의 뜻을 나타내기 위하여 게양하는 기. 무섭거나 두려워 기운이 움츠러짐.

9 으스스하고 쓸쓸하다. 가을의 ○○바람.

11 못마땅하여 군소리를 듣기 싫도록 자꾸 하다.

12 세월을 보냄. 도피.

13 아름답고 곱다. 전설에서, 바다의 깊은 곳에 있어 물이 끊임없이 새어 든다는 곳.

16 일하는 데 거치적거리거나 방해가 되는 장애.

17 〈열하일기〉 중 〈허생전〉이 실려 있는 부분.

18 조선인들은 이제묘를 지날 때면 음식에 ○○○를 넣어 만든 음식을 먹는다.

19 여럿이 함께 일을 할 때의 진행 속도나 조화(調和). 보태어 도움.

20 조선시대에, 이념과 이해에 따라 이루어진 사림의 집단을 이르던 말.

23 헛간. 공산주의 청년동맹을 이르는 북한말.

24 빌리거나 차지했던 것을 되돌려 줌. 되돌아감.

25 서릿발처럼 가늘고 눈처럼 흰 것이란 뜻으로 국수집 선전 문구에 쓰이던 한자.

28 원래 청나라가 일어난 터전이며, 동서남북으로 영고탑, 열하, 조선, 바다와 연하여 있는 곳.

29 담배는 원래 독초인데 입 안의 벌레를 퇴치시키는 신령스런 풀이라 하여 이렇게 불렸다.

31 위에서 중심이 되어 집단이나 단체를 지배·통솔하는 사람. 장수 가운데 우두머리.

33 일을 이룸. 또는 일이 이루어짐.

34 청나라가 중국을 통일하고 승덕을 ○○라 이름했다.

36 사람이 타는 수레.

38 가라앉은 것을 떠오르게 하는 대책이나 방법.

40 어떤 부분을 특별히 강하게 주장하거나 두드러지게 함.

42 변한에 속한 나라의 하나. 지금의 경상북도 김천시 일대에 있었는데, 신라가 조분왕 2년(231)에 토벌하여 감문군(甘文郡)으로 삼았다.

43 봉황성은 고구려의 옛 말과 연관되어 있는데 ○○○으로도 불렸다.

44 물을 길 때 어깨에 메고 다니는 것.

46 여자가 쓰는 화장품. 바느질 기구, 패물 따위의 물건.

15

구운몽

● 김만중 지음

	1	2		3		4		5	6		7
						8	9				
10				11						12	
13			14					15			
			16		17			18			
		19					20				
21	22			23			24	25		26	
	27		28							29	30
31		32	33		34			35			
36		37		38			39			40	
	41						42	43			
44			45				46				

가로열쇠

1 적을 속이기 위하여 자신의 괴로움을 무릅쓰고 꾸미는 계책.

5 한바탕의 봄꿈이라는 뜻으로, 헛된 영화나 덧없는 일을 비유적으로 이르는 말.

8 부처 앞에 공양을 드림. 또는 그런 일.

11 성진은 사례하러 용궁에 갔다가 돌아오는 길에 연화봉에서 노는 위부인의 ○○○를 만나 수작한다.

12 둘째가는 사람이나 사물. 문학, 예술, 학문에서 독창성이 없이 모방하는 일이나 그렇게 한 것. 또는 그런 사람.

13 종이, 붓, 먹, 벼루의 네 가지 문방구.

16 인생이 덧없음.

18 양반이 썼고 이야기의 배경이 양반들의 사회인 소설.

19 불교에서 실체가 없고 자성(自性)이 없음을 이르는 말로 불교의 사상.

21 작가는 적적할 ○○를 위로하기 위해 이 작품을 하룻밤에 썼다고 한다.

23 먹거나 몸을 담그거나 하면 약효가 있는 샘물.

24 대승의 교리를 기본 이념으로 하는 불교.

27 지혜의 정체(正諦)를 금강의 견실함에 비유하여 해설한 불경. 선종에서 특히 중요시한다.

29 계(戒)를 받은 사람이 그 계율을 어기고 지키지 아니함.

32 김만중의 호.

35 몽자류 소설은 현실과 ○을 넘나드는 내용을 담는다.

36 암컷과 수컷의 눈과 날개가 하나씩이어서 짝을 짓지 아니하면 날지 못한다는 전설상의 새. 남녀나 부부 사이의 두터운 정을 비유적으로 이르는 말.

38 재산이 많고 지위가 높으며 귀하게 되어서 세상에 드러나 온갖 영광을 누림.

40 어떤 일이나 사물 현상이 일어나는 바로 그때. 매우 짧은 시간.

41 도(道)를 닦아서 현실의 인간 세계를 떠나 자연과 벗하며 산다는 상상의 사람. 세속적인 상식에 구애되지 않고, 고통이나 질병도 없으며 죽지 않는다고 한다.

42 김만중은 남해에 ○○ 당시 이 작품을 썼다.

44 조선 후기에 남영로가 지은 몽자류(夢字類) 소설.

45 소유의 일곱 번째 부인으로 동정 용왕의 막내딸.

46 성진이 8선녀에게 꺾어준 꽃. 성진이 꽃을 꺾자 8송이의 꽃송이가 8개의 구슬로 변해 그것을 선녀에게 나눠 줌.

세로열쇠

2 성진의 스승으로 양소유를 꿈에서 깨어나게 함.

3 어떤 일을 꾸미고 이루어 나가는 교묘한 방법.

4 구운몽의 사상은 ○○○○○○이 혼합되어 담겨 있다.

6 군사를 거느리는 우두머리.

7 주인공이 입몽(入夢) 과정을 거쳐 꿈속에서 새로운 인물로 태어나 새로운 삶을 체험한 뒤, 각몽(覺夢) 과정을 거쳐 심각한 깨달음을 얻게 되는 환몽 구조를 갖는 소설.

9 고려 및 조선 시대에, 중국 원나라·명나라의 요구로 여자를 바치던 일. 또는 그 여자.

10 성진이 정 경패를 사로잡기 위해 여장하여 접근, 자신의 마음을 알리기 위해 연주한 악기.

14 벗. 어리석은 사람.

15 정 소저는 나중에 ○○공주가 된다.

17 아미타불을 모신 법당.

20 누각과 대사와 같이 높은 건물.

22 액체나 기체를 입 안에 한 번 머금는 분량을 세는 단위. 기부금이나 성금 따위를 모음.

25 성진이 오른 벼슬. 옛 중국의 벼슬. 우리나라의 정승에 해당한다.

26 같은 종교의 갈린 갈래.

28 옛 성현들이 유교의 사상과 교리를 써 놓은 책.

30 전래 동화에서, 달 속에 있다고 하는 상상의 나무의 꽃. 장원급제하여 양소유가 머리에 꽂은 꽃.

31 일이 되어 가는 과정에서 가장 중요한 단계나 대목. 또는 막다른 절정. 괴로움과 슬픔. 돌아가신 아버지와 어머니.

33 마음속에 지니고 있는, 미래에 대한 계획이나 희망.

34 눈앞에 없는 것이 있는 것처럼 보이는 것. 오는 사람을 기쁜 마음으로 반갑게 맞음.

37 《삼국유사》에 실려 있는 신라 때의 설화. 꿈속의 이야기를 통하여 세속적 욕망은 덧없는 것이며 고통의 근원이라는 무상관을 표현하였다.

39 부드러운 기색으로 꾀어냄.

43 절하여 엎드림. 하인.

16
박씨전

• 작자 미상

1	2			3	4		5	6		7	
8					9					10	
		11						12			
13	14	15			16			17		18	19
	20			21			22			23	
		24	25		26				27		
28			29			30					
31	32	33						34			
	35			36		37			38		
39			40		41						
		42						43	44		45
46					47						

가로열쇠

1 동양화에서, 매화 · 난초 · 국화 · 대나무를 그린 그림. 또는 그 소재.
3 박씨전은 조선시대 ○○ 왕이 있던 시대가 배경이다.
5 여자가 남편 없이 혼자 밤을 지냄.
8 본부인이 아닌 딴 여자가 낳은 아들.
9 박씨전은 조선시대 전쟁 중에서 ○○○○이 배경이다.
10 박씨전은 ○○소설이다. ○○소설은 영웅의 일생이라는 서사 구조를 갖고 있는 작품을 이른다.
11 박씨는 남편으로부터 ○○를 받았다. 인정 없이 모질게 대함.
13 본래는 나라를 기울여 위태롭게 한다는 뜻이었으나, [임금이 혹하여 국정을 게을리함으로써 나라를 위태롭게 할 정도의] 썩 뛰어난 미녀를 말함.
16 박처사는 박씨 부인의 액운이 다 하자 ○○을 외워서 모습을 변하도록 하였다.
17 미리 준비가 되어 있으면 걱정할 것이 없음.
20 공경하여 축하함.
21 박씨 부인은 ○나라를 대상으로 싸운다.
22 실제 없는 것이 있는 것처럼 나타나 보이거나 실제와는 다른 것으로 드러나 보이는 모습. 헛된 생각.
23 짐승, 특히 소의 네 다리뼈. 주로 몸을 보신하는 데 쓴다.
24 열차의 운행을 위한 갖가지 시설과 교통수단을 통틀어 이르는 말.
29 영화나 텔레비전 드라마 따위의 대본. 각본(脚本).
31 매우 기뻐하고 즐거워함.
34 일정한 규율과 질서를 가지고 조직된 군인의 집단.
35 섭취한 음식물을 분해하여 영양분을 흡수하기 쉬운 형태로 변화시키는 일.
37 싸움에서 용감하게 활약하여 공을 세운 이야기.
38 박 처사는 박 소저를 찾아올 때 ○○을 타고 이동한다.
39 주식회사의 자본을 이루는 단위.
40 산이 첩첩이 둘러싸인 깊은 산속.
43 [지게미와 쌀겨로 끼니를 이을 때의 아내라는 뜻으로] '가난할 때 고생을 함께하며 살아온 본처(本妻)'를 이르는 말.
46 '눈앞에 닥친 위기의 순간'을 이르는 말.
47 [따라 죽지 못한 사람이란 뜻으로] 남편이 죽고 홀몸이 된 여자. '춘추좌씨전'의 '장공편(莊公篇)'에 나오는 말임. 과부.

세로열쇠

1 유교의 경전으로 《대학(大學)》《논어(論語)》《맹자(孟子)》《중용(中庸)》과 《시경(詩經)》《서경(書經)》《주역(周易)》을 말한다.
2 행실이 점잖고 어질며 덕과 학식이 높은 사람. 예전에, 높은 벼슬에 있던 사람을 이르던 말.
4 피로하여 지쳐 버린 병사.
5 행실이 바르고 선량하며 인정이 많다.
6 물난리. 수놓은 치마.
7 텔레비전으로 방송하는 일.
11 아주 못생긴 얼굴. 또는 그런 사람. 흔히 여자에게 많이 쓴다.
12 미리 준비하여 갖춤.
14 나라와 나라의 영역을 가르는 경계.
15 (노선의 전부 또는 대부분을) 땅속에 굴을 파서 부설한 철도.
17 어떤 행위에 대하여 보상이 있음.
18 사사로움이 없이 공정함. 무예를 익히어 그 방면에 종사하는 사람.
19 사람이 보다 나은 방향으로 변하여 전혀 딴사람처럼 됨.
22 박처사는 액운이 풀려 ○○이 벗겨져 천하일색이 되었다.
25 간편하게 휴대할 수 있도록 만든 음식 그릇. 또는 그 그릇에 담긴 음식. 주로 점심그릇.
26 석가모니나 성자의 유골. 후세에는 화장한 뒤에 나오는 구슬 모양의 것만 이른다. 부처의 법신의 자취인 경전.
27 박소저는 도술을 이용하여 이시백을 암살하러 온 호국공주 ○○○를 쫓아낸다.
28 고래(古來)로 드문 나이란 뜻으로, 일흔 살을 이르는 말. 두보의 〈곡강시(曲江詩)〉에 나오는 말이다.
30 어디에 있는지 찾을 길이 막연하거나, 갈피를 잡을 수 없음을 이르는 말.
32 기쁜 소식.
33 떨어진 꽃. 또는 꽃이 떨어짐.
34 박씨전은 ○○소설이기도 한데, ○○소설이란 주인공의 군사적 활약상을 주요 내용으로 하는 소설을 통틀어 이르는 말.
36 크게 이김.
39 조그마한 정육면체로 각 면에 하나에서 여섯까지의 점을 새겼는데, 이를 손으로 던져 위쪽에 드러난 점의 수로 승부를 겨룸.
41 물건이나 일이 매우 많음을 비유하여 이르는 말.
42 (지진이나 화산의 폭발, 폭풍우 따위로 인하여) 갑자기 큰 물결이 일어 해안을 덮치는 일.
44 강과 산이라는 뜻으로, 자연의 경치를 이르는 말.
45 세상 밖에 나서지 않고 조용히 묻혀 사는 선비. 절에서 임시로 지내는 도사(道士). 일을 처리함. 또는 그 처리.

17

홍길동전

- 허균 지음
- 방현석 편저
- 김세현 그림
- 웅진씽크빅

가로 세로

1	2	3	4	5	6
	7				8
		9			10
11	12	13		14	15
	16		17	18	19	20
21		22	23		24	25
		26		27		28
29	30		31			
				32	33	34
35	36		37		38	39
	40	41				
42		43		44		

가로열쇠

1 아버지를 아버지라고 부르고 형을 형이라고 부름.
4 주인공의 영웅적인 일생을 그린 소설.
6 홍길동전의 지은이.
7 (마음이) 평안함. 나라 사이가 화목함.
8 구름과 안개. '아주 의심스러운 일'을 비유하여 이르는 말.
9 창이나 칼의 날. 봉한 자리에 도장을 찍음. 또는 그 도장.
10 중국 전국시대에 배출된 제자백가(諸子百家)의 한 사람으로 도덕정치인 왕도(王道)를 주장함.
11 탐욕이 많고 행실이 깨끗하지 못한 벼슬아치.
14 어떤 관계로 한데 모인 여러 사람.
15 정처 없이 떠돌아다님. 방랑(放浪).
16 마음의 속내. 감정이 우러나는 속 자리. 혈액 순환의 원동력이 되는 기관.
17 [한시나 부(賦) 따위와 같이] 운자를 갖춘 글. (산문에 상대하여) 율을 가진 글을 이르는 말.
19 요사스럽고 괴상함. 요망한 마귀.
22 어린아이를 기름.
25 표음문자(表音文字)의 음절을 이루는 단위인, 하나하나의 글자. 아들과 어머니.
26 군대에서, 전투 명령을 제외한 모든 기타 행정 업무를 맡아보는 참모 장교.
27 이 소설은 우리나라 최초의 ○○○○이다.
28 자기 혼자만의 생각에서 벗어나, 제삼자의 처지에서 사물을 보거나 생각하는 일.
29 나라의 정사(政事). 나라의 형편.
31 큰 물결과 작은 물결. '어수선한 사건이나 사고', '심한 변화나 기복'을 비유하여 이르는 말.
32 나균(癩菌)의 침입으로 생기는 만성 전염병. 나병(癩病).
35 현재 분화(噴火)가 진행되고 있는 화산. ↔사화산·휴화산.
37 분하고 억울함. 몹시 원망스러움.
38 자질구레한 물건. '어린아이'를 홀하게 이르는 말.
40 거의 중간쯤 되는 데.
42 말과 비슷하나 몸이 좀 작고 귀가 크며 머리에 긴 털이 없음. 체력이 강하고 병에 대한 저항력이 높아 부리기에 알맞음.
43 (돌발적인 사건 따위를 급히 알리기 위하여) 정기적으로 발간하는 것 외에 임시로 발간하는 신문 따위의 인쇄물.
44 홍길동전의 주제이기도 함. 적자(嫡子)와 서자(庶子)를 차가 있게 구별함.

세로열쇠

1 [범이 날카로운 눈초리로 먹이를 노린다는 뜻으로] 틈만 있으면 덮치려고 '기회를 노리며 형세를 살핌'을 비유하여 이르는 말.
2 사치스럽고 화려함.
3 균형이 잡혀 있는 일. 수평(水平).
4 지체 높은 사람의 '아내'를 높여서 일컫는 말.
5 〈마음속〉의 속된 말. 소갈딱지.
6 거짓되어 터무니없다.
12 어떤 사물에 마음이 끌리어 주의를 기울이는 일.
13 한방에서, '내장'을 통틀어 이르는 말.
15 (사람을) 속여 꾀어냄.
18 (어떤 일에 대한) 전문적인 지식이 없거나 관계가 없는 사람.
20 사모를 쓰고 단령포를 입은 다음 각대를 띠고 목화를 신은 옷차림을 말한다.
21 홍길동이 찾은 이상 국가.
23 1896년 2월 11일부터 약 1년간에 걸쳐 고종과 태자가 러시아 공사관에 옮겨서 거처한 사건.
24 수학에서, 집합을 이루는 낱낱의 대상이나 요소. 화학에서, 한 종류의 원자로만 만들어진 물질, 또는 그 물질의 구성 요소.
25 (어떤 음모에 가담하거나 남의 사주를 받고) 사람을 몰래 찔러 죽이는 사람.
30 꽃이나 과일 또는 기물 따위를 소재로 하여 그린 그림.
32 (서로 마음이 맞아) 같이 모이는 한 동아리.
33 홍길동이 제수받고 싶어하던 벼슬.
34 어떤 결과를 가져옴.
35 홍길동이 조직하여 부자나 오리(汚吏)의 재물을 빼앗아 가난한 사람을 도와주던 의적(義賊)의 무리.
36 산의 드나드는 목의 첫머리.
39 남에게 이바지함. 남에게 이익을 줌.
41 환자나 노약자를 보살펴 돌보아 줌.

18
서대주전

- 작자 미상
- 김용택 편저
- 웅진씽크빅

1		2	3		4	5			6		
		7			8			9			
10	11					12				13	14
15			16							17	
						18					
19		20			21				22	23	
	24						25				
			26	27					28		
29		30				31		32			
33			34								
		35								36	
37				38			39				

가로 열쇠

2 죄나 잘못을 따져 묻거나 심문함.
4 타남주는 자신들의 동굴에서 모든 것을 훔쳐간 서대주를 신고하기 위해 원님에게 ○○○을 쓴다.
6 서대주 일당이 훔친 것은 ○○○ 족속의 식량과 재산이다.
7 실제로 경험하지 않은 현상이나 사물에 대하여 마음속으로 그려 봄.
8 최초로 지진파가 발생한 지역. 지진의 원인인 암석 파괴가 시작된 곳으로, 위도와 경도지표에서부터의 깊이로 표시한다.
9 원님은 서대주의 말만 듣고 타남주를 ○○ 보낸다.
10 칼날 같은 혀라는 뜻으로, 날카로운 말을 비유적으로 이르는 말.
12 사령이 서대주를 잡으러 갈 때 ○○과 토신이 길을 알려 준다.
13 맑고 고결하다.
15 한가하고 고요하다.
16 타래로 되어 있는 실뭉치.
17 산속에 있는 절.
18 거짓이 없이 참되고 바름.
19 장끼는 한겨울에 배가 고파 눈 위에 있는 ○을 먹으려다 죽게 된다.
20 임금의 진지를 짓던 주방.
21 전문적으로 하는 것이 아니라 즐기기 위하여 하는 일.
22 일정하게 정하여 놓은 때 없이 그때그때 상황에 따라.
24 타남주는 날쌘 부하를 생쥐처럼 분장시켜 서대주 소굴로 보내는데, 멍청한 ○○○는 의심 없이 자신들의 도적질에 대해 이야기 한다.
25 서대주 일당은 타남주의 동굴에서 ○○을 비롯해 온

갖 재물을 훔쳐 간다.
26 어림없이 사리에 맞지 아니함. 천부당○○○.
28 날씨나 바람이 온화하고 맑다.
29 설법하는 중. 불법에 통달하고 언제나 청정한 수행을 닦아 남의 스승이 되어 사람을 교화하는 중.
30 죽은 사람의 몸을 씻긴 뒤에 옷을 입히고 염포로 묶는 일.
32 충성스럽지 아니함.
33 중국 삼국 시대에 장비, 유비와 의형제를 맺고 적벽전에서 조조의 군대를 격파하는 등 많은 공을 세운 사람.
34 서로 다르다.
35 세상 만물은 모두 제 나름의 ○○○을 타고난다면서, 장끼는 자식들에게 들판에서 먹을거리를 찾아보라고 한다.
37 도둑이나 죄인을 묶을 때에 쓰던, 붉고 굵은 줄.
38 장끼의 장례식날, 까투리의 새끼 꿩을 잡아간 새.
39 서대주는 자신을 잡으러 온 사령에게 ○○○ 한 쌍을 선물한다.

세로 열쇠

1 눈 내리는 깊은 겨울의 심한 추위.
2 남의 죽음에 대하여 슬퍼하는 뜻을 드러내어 상주(喪主)를 위문함. 또는 그 위문. 조문.
3 사람이 죽어서 장사 지낼 때까지의 일.
4 쓴 것이 다하면 단 것이 온다는 뜻으로, 고생 끝에 즐거움이 옴을 이르는 말.
5 바라고 원함. 또는 바라고 원하는 일.
6 여러 가지 모양이나 양식.
9 사람이 죽은 뒤에 남는다는 넋.
11 서대주의 많은 족속은 계속해서 ○○○로 생활하니 사람들은 그들을 보는 족족 잡아 죽이고자 했다.

12 산과 바다에서 나는 온갖 진귀한 물건으로 차린 맛이 좋은 음식.
13 푸른 산에 맑은 물이라는 뜻으로, 막힘없이 썩 잘하는 말을 비유적으로 이르는 말. 원님 앞에서의 서대주 말은 ○○○○라 비유했다.
14 유래가 있는 옛날의 일. 또는 그런 일을 표현한 어구. 우리의 옛글은 ○○와 같이 유래가 있는 일들을 적절하게 인용하였다.
16 타남주가 추위에 떨며 일어나 보니 자신의 모든 족속들이 ○○○○ 하나 걸치지 않고 있었다.
20 수입과 지출을 아울러 이르는 말.
21 서대주의 집 안쪽에는 '술에 취해 한가히 노는 곳'이라는 뜻의 ○○○이 있었다.
23 서대주 족속은 사람들이 모두 죽이고자 하니, ○○○과 같이 더러운 곳에서 사람의 눈을 피해 살았다.
24 종이, 붓, 먹, 벼루의 네 가지 문방구.
25 지체가 높고 귀한 사람을 찾아가 뵘.
27 까마귀가 까투리에게 결혼하자며 귀찮게 하자, ○○○ 영감이 까마귀를 꾸짖는다.
28 꿩의 별명은 '화려한 짐승'이란 뜻의 ○○이다.
29 서대주전은 나랏일을 맡아 벌을 내리는 ○○들이 진실을 밝히는데 최선을 다하기를 바라는 글이다.
31 장끼는 까투리의 꿈에 ○○○○가 자신의 머리 위에 뜬 것은 장원급제의 뜻이라며 좋은 꿈으로 해석한다.
32 어떤 일에 몰두하여 조금도 쉴 사이 없이 밤낮을 가리지 아니함.
34 꿈에 삼밭이 나오면 삼으로 만든 ○○을 입을 일이 있다며 까투리는 걱정을 한다.
35 먹통에 딸린 실줄. 먹을 묻혀 곧게 줄을 치는 데 쓴다.
36 피하여 달아남.

금오신화

- 김시습 지음
- 나희덕 편저
- 웅진씽크빅

1		2		3	4			5	6
	7			8			9		
10					11			12	13
		14	15		16		17		
	18		19	20					21
22					23	24		25	
		26			27		28		
29	30			31	32			33	
		34	35			36			37
38		39							
	40					41		42	
43			44					45	

가로열쇠

1 용궁에서 우레를 만드는 것은 ○이다.
2 ○○○○○은 김시습이 어린 시절 세종 임금에게 불려가 칭찬을 받았던 과거를 추억하는 이야기라고 보기도 한다.
5 어떤 일에 관련된 사람의 이름, 주소, 직업 따위를 적어 놓은 장부. 사람이 죽은 뒤에 심판을 받는 곳.
7 경주에 사는 박생이란 사람은 ○○과 함께 불교, 유교, 극락, 지옥과 역사 등에 깊은 이야기를 나눈다.
8 이생규장전은 이생이 ○○을 들여다본다는 뜻이다.
9 용왕님의 잔칫날, 게인 곽 개사와 ○○인 현 선생이 노래하고 춤을 춘다.
10 일정한 경로를 한 바퀴 돎. 도망쳐 달아 남.
11 문학에 뛰어나고 시문을 잘 짓는 사람. 용궁은 한생이 뛰어난 ○○라서 초대를 한 것이다.
12 시간이 오래 걸리거나 같은 상태가 오래 계속되어 따분하고 싫증이 나는 마음.
14 이생이 최랑의 집에서 머물다 돌아왔을 때, 이생의 아버지는 꾸짖으며 이생을 ○○지방으로 가서 농사 감독이나 하라고 보낸다.
16 부부로서의 짝.
17 전기에 감응함. 전기가 통하고 있는 도체(導體)에 신체의 일부가 닿아서 순간적으로 충격을 받는 것으로. 화상을 입거나 목숨을 잃기도 한다. 어떤 느낌이 마음을 움직여 전달됨.
19 김시습의 호.
21 우리나라 고유의 제조법으로 만든 종이. 닥나무 껍질 따위의 섬유를 원료로 한다.
22 훌륭한 전각.
23 전라도 남원 땅 양생은 부처와 ○○놀이를 해서 이기고 사랑하는 여인을 만나게 된다. 백제 때에 있었던 놀이의 하나. 주사위 같은 것을 나무로 만들어 던져서 그 끝으로 승부를 겨루는 것으로, 윷놀이와 비슷하다.
25 한생은 용왕의 초대를 받아 용궁 구경을 하고 용왕을 위해 ○○○을 지어주고 크게 칭찬을 받는다.
26 이생과 최랑이 혼인할 때 중매인을 통해 청혼을 먼저 한 것은 ○○의 부모다.

28 양생이 아가씨를 만나 인연을 맺은 곳은 ○○○이란 절이다.
29 받은 은혜에 대하여 감사히 여겨 사례함.
31 달이 밝고 바람이 없는 밤. 심야.
34 괴로운 처지를 하소연할 곳이 없음. 또는 그런 사람. 아무런 까닭이 없음.
36 금오신화가 영향을 받았다는 중국 명나라 때 구우가 쓴 단편 전기 소설집.
38 오랫동안 자꾸 반복하여 몸에 익어 버린 행동.
39 경주의 박생이 잠든 사이에 간 곳으로 나중에 박생은 이곳의 왕이 된다.
40 뜻을 새겨 가며 자세히 읽음.
41 갑자기 세차게 쏟아지다가 곧 그치는 비. 특히 여름에 많으며 번개나 천둥, 강풍 따위를 동반한다.
43 송도에 있는 선남선녀인 이생과 최랑을 두고 사람들은 '풍류남아 이시 도령, ○○○○ 최시 처자'라면서 칭송을 했다.
44 금오신화는 우리나라 최초의 ○○○○○이다.
45 사실과 다르게 전함.

세로열쇠

2 용궁에서 바람과 구름과 우레를 만드는데, 이 중에서 구름은 ○○의 능력으로만 가능하다.
4 어떠한 의무나 책임을 짐.
4 시간이나 거리 따위를 본래보다 길게 늘림. 어떠한 일을 하는 데에 사용하는 도구.
6 개성의 글 잘 쓰는 홍생은 어느 날 대동강 ○○○에 올라 시를 읊다 조선의 공주를 만나 사랑에 빠진다.
7 염불할 때에, 손으로 돌려 개수를 세거나 손목 또는 목에 거는 법구(法具). 마음으로 기원하는 일.
9 매우 거창한 일. 숨어 살며 벼슬을 하지 않는 선비. 아무 일도 하지 않고 놀고 지내는 사람을 속되게 이르는 말.
10 박생은 '○○론'이란 글을 지었는데, 이 글은 유교를 강조하고 불교에서 말하는 극락과 지옥을 부정하는 내용을 담고 있다.
11 글과 글씨를 아울러 이르는 말. 글을 짓거나 글씨를 쓰는 일.

12 돈 모양으로 오린 종이. 죽은 사람이 저승 가는 길에 노자(路資)로 쓰라는 뜻으로 관 속에 넣는다.
13 한생이 용궁에 갔을 때, 궁궐 문에 '○○○○'이라 쓰여 있었는데 이것은 인자함을 품은 문이라는 뜻이다.
15 오빠와 누이를 아울러 이르는 말.
16 일정한 기준에 따라 나누어 줌. 주식회사가 이익금의 일부를 현금이나 주식으로 할당하여 자금을 낸 사람이나 주주에게 나누어 주는 일.
17 마음속 깊이 감동받아 일어나는 흥취.
18 사방을 바라볼 수 있도록 문과 벽이 없이 다락처럼 높이 지은 집.
20 ○○노인은 부부의 인연을 맺어 주는 전설상의 늙은이다. 중국 당나라의 위고(韋固)가 달밤에 어떤 노인을 만나 장래의 아내에 대한 예언을 들었다는 데서 유래한다.
21 돈 잘 쓰고 잘 노는 사람. 한량은 원래 아직 무과에 급제하지 못한 호반(虎班)의 사람을 뜻하던 말이다.
22 양생과 헤어지면서 아가씨는 ○○○라는 절에서 자기의 부모와 함께 만나자고 한다.
24 넘치도록 가득함.
25 서로 생각하고 그리워 함.
27 개성에 사는 홍생은 ○○에 가는데 ○○에서 친구와 만나 잔치를 벌이고 뱃놀이를 하다 사랑하는 여인을 만난다.
30 아가씨는 양생에게 헤어지면서 ○○○을 주면서 자신의 부모와 만나자고 한다. 이 ○○○은 아가씨의 부모가 딸이 죽자 무덤에 함께 묻은 것이다.
32 용왕은 한생에게 밤에는 빛나는 구슬인 ○○○ 두 개와 흰 비단 두 필을 작별 선물로 준다.
33 양생이 사랑한 아가씨는 이미 죽은 ○○이었다. 사람이 죽은 뒤에 남는다는 넋.
34 아들이 없는 집안의 외동딸.
35 굳어 덩어리진 소금.
36 금오신화는 ○○○○인데, 이는 현실에서 일어날 수 없는 기이한 이야기를 전하는 소설을 말한다.
37 시(詩)나 노래에 응하여 대답함.
40 여자로서 행실이 곧고 마음씨가 맑고 고움.
42 이생은 최랑에게 처음 편지를 전할 때 시를 적어 ○○ 조각에 매달아 담 안으로 던져 전한다.

20 사씨남정기

• 김만중 지음

1		2	3		4	5		6	
	7			8			9		
		10			11				12
13		14		15			16		
17	18		19			20			
		21			22				
23	24		25		26		27		
				28			29	30	
31	32		33				34		
35				36	37	38			
39		40			41			42	
43				44					

가로열쇠

1. 소상 지방에서 나는 붉은 점무늬 대나무. 순임금의 두 왕비인 아황과 여영이 순임금이 죽자 이곳에서 피눈물을 흘려 대나무에 튀었다는 전설이 있다.
4. 두 고를 내고 맞죄어 매는 매듭. 교씨는 옥가락지를 훔쳐 ○○○을 맺어서 냉진에게 주어 유한림에게 보인다. 이 옥가락지 때문에 유한림은 사씨를 의심하게 한다.
6. 사실이 아닌 것을 사실인 것처럼 꾸며 대어 말을 함. 또는 그런 말.
7. 자비심으로 조건 없이 절이나 중에게 물건을 베풀어 주는 일. 또는 그런 일을 하는 사람.
8. 온갖 힘을 다하려는 참되고 성실한 마음.
9. 비석에 새긴 글. 문법에 맞지 않는 글.
10. 위험한 일이 일어나지 않도록 미리 조심하고 보호함.
11. 대궐 문 앞에 달려 있는 큰 북으로 원통한 일을 당한 백성이 하소연할 때 친다.
14. 교씨가 사씨의 아들을 죽이라고 시켰을 때 죽이지 않고 갈대 수풀에 버린 여종. 나중에 한림에게 이 사실을 알려 주나 교씨에게 들키자 자살한다.
15. 교씨를 도와 사씨를 몰아내고 교씨와 몰래 정을 통하고 엄 승상 밑에서 온갖 나쁜 일을 하다 결국 사형당한다.
16. 죄인을 먼 시골이나 섬으로 보내어 일정한 기간 동안 제한된 곳에서만 살게 하던 형벌.
17. 아주 친한 친구 사이의 사람을 이르는 말. 중국 춘추 시대의 관중과 포숙아의 우정이 아주 돈독하였다는 고사에서 유래한다.
19. 과거에서, 갑과에 첫째로 급제함. 또는 그런 사람. 글을 제일 잘 지어 성적이 첫째임. 또는 그런 사람.
20. 교씨가 사씨를 죽이려고 두 부인의 가짜 편지를 보내 위기에 처했을 때, 꿈에 시아버지가 나타나 피하라고 이르면서 6년 뒤 ○○○에서 위급한 사람을 구하라고 한다.
21. 산 속에 있는 절.
22. 학문에 능통한 사람. 또는 학문을 연구하는 사람.
23. 두 손바닥을 마주 대어 손을 가슴에 모으고, 경사스러운 일을 축하함.
25. 액체 상태의 물질이나 전류 따위가 흘러 움직임. 자유로이 옮겨 다님.
26. ○ 부인은 유한림의 고모인데, 사씨를 신뢰하고 아낀다. 유한림이 올바른 판단을 하도록 돕는다.
27. 조상의 신주(神主)를 모셔 놓은 집.
28. 올바르지 아니하거나 옳지 못함.
29. 행실이 점잖고 어질며 덕과 학식이 높은 사람. 예전에, 높은 벼슬에 있던 사람을 이르던 말. 예전에, 아내가 자기 남편을 이르던 말.
31. 유한림의 혼사를 결정할 때, 유현은 사람의 재주와 인품은 그 사람의 ○에 나타난다면서 중매쟁이를 통해 사 소저의 ○을 얻어오게 한다.
32. 여러 차례.
34. 집에서 쫓겨난 사씨는 친정으로 가지 않고 유씨 조상의 ○○ 아래의 마을에 머문다.
35. 맡겨진 임무.
36. 초파일에 절에서 밤새도록 탑을 돌며 부처의 공덕을 기리고 제각기 소원을 비는 행사.
39. 남의 어머니를 높여 이르는 말.
40. 향기가 있는 큰 꽃이 피고 빛깔에 따라 백나왕, 적나왕 따위로 구별된다. 가구재, 건축재로 쓴다.
41. 사기(邪氣)가 이미 몸 안에 들어온 상태. 첩자에게 거짓 정보를 주어 적을 혼란시키는 일.
43. 자신의 아들을 죽이고 중국의 여자황제가 된 사람.
44. 세게 메어치거나 내던지는 짓.

세로열쇠

1. 사씨는 자살을 결심하고 ○○○에 몸에 빠져 죽는다고 글을 새긴다.
2. 아주 짧은 시간. 모두에게 보여 알림.
4. 사씨는 중국 호남성에 있는 큰 호수인 ○○○에 있는 군산사에 머문다.
5. 타고난 마음씨. 참되고 변하지 않는 마음의 본체(本體).
6. 교씨는 유한림의 마음을 붙잡기 위해 ○○○를 연주힌다. 그러나 사씨가 가정을 흐리게 한다고 하지 말라 한다.
10. 같은 종류의 물건을 파는 사람이 여럿일 때 가장 싸게 팔겠다는 사람에게서 물건을 사들이는 일.
11. 관청에 출근함.
12. 절에 시주하는 사람. 절에서 밥 짓는 일을 주로 하는 사람.
13. 사씨남정기를 지은 작가 김만중의 호.
14. 종교의 교리를 설명함. 또는 그런 설명. 어떤 일의 견해나 관점을 다른 사람이 수긍하도록 단단히 타일러서 가르침. 또는 그런 가르침.
15. 어떤 목적을 달성하기 위하여 사람이나 물건을 집중함. 어떤 일을 하기 위해 사람들을 모이게 하는 일.
16. 귀한 손님.
17. 사씨의 인품을 알아보기 위해 관음보살 그림을 보내 사씨에게 ○○○을 짓도록 한다.
18. 어떤 일이나 문제든지 명철하게 포착하고 분석·평가하며 해결 대책을 능숙하게 세우는 뛰어난 슬기와 계략.
19. 두 부인의 아들.
20. 교씨가 머무는 곳은 ○○○이라 이름 지었는데, 이는 아들을 많이 낳는 집이란 뜻이다.
21. 유한림은 나라에 흉년이 들자 ○○ 지방으로 가서 어려운 백성들을 보살피게 된다.
22. 유한림이 머문 곳은 물이 안 좋았는데 어느 날 밤, 샘이 솟았는데 그 때 한림학사 유연수가 처음 마신 물이란 뜻의 ○○○이라 불렸다.
24. 유모와 몸종은 사람의 모든 운세는 ○○에 달렸으니 근심한다고 해결되는 일이 아니라며 사씨가 물에 빠져 죽으려는 것을 말린다.
25. 제사를 지내기 위해 처음 읊는 말.
28. 사씨가 시주한 돈으로 ○○○이라는 탑을 세운다.
29. 사씨가 머문 절은 ○○사이다.
30. 작고 연약한 사람을 사랑하여 어루만짐. 스스로 해명함.
32. 사실이 아닌 일로 이름을 더럽히는 억울한 평판.
33. 사씨남정기는 ○○○○와 장희빈을 모델로 하여 지은 책이다.
35. 유한림은 사씨를 쫓아낼 때 ○○에 가서 조상에게 고한다.
37. 갑자기 돌이 무더기로 내리 덮치는 사태.
38. 두 사람이나 나라 따위의 중간에서 거짓말이나 나쁜 말로 서로를 멀어지게 하는 짓.
39. 남을 깊이 사랑하고 가엾게 여김. 또는 그렇게 여겨서 베푸는 혜택. 중생에게 즐거움을 주고 괴로움을 없게 함.
40. 교씨는 유한림의 마음을 어지럽히기 위해 집에 ○○ 인형을 몰래 감춰 둔다.
42. 사씨가 어려움에 처했을 때 구해주고 돌봐준 스님.

21

박지원 단편

- 박지원 원작
- 박수밀 편저
- 고광삼 그림
- 웅진씽크빅

1	2		3	4	5		6
7		8		9		10	
11			12			13	
	14		15		16		17
		18		19			
20				21		22	23
		24				25	
26			27		28		
29				30		31	32
		33			34		35
36	37			38		39	
40			41			42	

가로 열쇠

1 민 노인은 말하길 나이 마흔이 되자 ○○가 마음에 동요를 일으키지 않던 나이라고 말하며 아무 것도 이룬 것은 없으나 공부를 게을리 하지 않는다.

2 반계 ○○○은 전쟁이 나면 군대 식량을 연결해 줄 수 있는 재능이 있었지만 바다 구석에서 세월을 보내다 죽었다면서 허생은 조정에 나가 일을 해보라는 변씨의 말을 거절한다.

5 광문은 아주 못생겼고 말주변도 없었지만 인기가 많았는데 당시 아이들이 서로 약 올리거나 장난칠 때는, 네 형이 ○○이며 놀려댔다. ○○은 광문의 다른 이름이다.

7 이미 한 말을 자꾸 되풀이함.

9 통역하는 일을 맡은 관리. 북경의 인심에 대한 이야기에서 북경 사람에게 돈을 빌려 갚지 않고 거짓으로 역병에 걸렸다고 말했던데 실제 ○○○ 집안사람 모두 역병으로 죽었다.

10 농민들이 농번기에 농사일을 공동으로 하기 위하여 부락이나 마을 단위로 만든 조직.

11 허생은 섬에서 나올 때, ○을 아는 자들은 모두 함께 배에 태워 데리고 나왔는데 ○은 모든 재앙의 씨앗이라는 이유에서였다.

13 허생은 변산 지방에 수천 명의 ○○ 떼가 들끓을 때, 이 사람들을 모두 데리고 빈 섬으로 가서 풍요로움을 누릴 수 있도록 해준다.

14 민 노인은 집이 가난한 사람이 ○○이라고 한다.

15 매우 큰 바위.

16 허생은 빈 섬으로 사람들을 데리고 들어갈 때, 각자 백 냥을 가지고 ○○○ 한 명과 소 한 필씩을 구해 오라고 한다.

17 빈 섬으로 가는 허생은, ○을 갖춘 사람은 사람이 몰려들기 마련이라며, ○이 없는 것이 걱정이지 사람이 없다고 걱정하는 것은 필요 없다고 말한다.

18 손에서 가장 키가 작은 손가락. 하지만 가장 대장인 손가락.

19 술이나 음료수 따위의 맛을 알기 위하여 시험 삼아 마셔 보는 일.

20 말하는 태도나 버릇. 말에서 느껴지는 감정 따위의 색깔.

21 옥갑야화는 ○○에서의 인심에 대한 이야기를 하고 있다.

22 민 노인은 말하길 영원히 죽지 않는 ○○약으로는 밥만한 것이 없다고 한다.

24 이미 정해져 있는 분수로 인간의 힘으로는 어쩔 수 없는 것.

25 뜻밖의 일에 얼굴빛이 변할 정도로 놀람.

26 마음이 변함.

27 민 노인은 두꺼비와 토끼 이야기를 인용하며 ○을 많이 읽는 자가 가장 오래 사는 사람이라고 말한다.

28 문무 양반(文武兩班)을 일반 평민층에 상대하여 이르는 말이다. 벼슬이나 문벌이 높은 집안의 사람.

29 탄력이 있는 물체가 되받아 튕김. 어떤 상태나 행동 따위에 대하여 거스르고 반항함.

30 변승업은 자신의 집이 돈이 많아 나라의 권력인 셈이니 ○○을 헐어 버리지 않는다면 장차 화가 미칠 것이라며 ○○을 헐어 버린다.

31 앞일에 대해 쓸데없는 걱정을 함. 또는 그 걱정.

33 허생은 변씨에게 돈을 갚을 때, 원금과 이자만 받으려 하자 자신을 ○○○라 여기냐며 화를 낸다.

35 강이나 바다의 바닥이 얕거나 폭이 좁아 물살이 세게 흐르는 곳.

36 박지원이 지은 책. 중국 청나라에 가는 사신을 따라 러허(熱河) 강가까지 갔을 때의 기행문.

38 양반전의 계약서에는, 양반은 표주박 굴러가는 듯한 낭랑한 소리로 ○○○○를 외워야 한다고 쓰여 있다. ○○○○는 중국 송나라 때 여조겸이 지은 책.

40 변씨는 허생에게 남한산성에서 청나라에 당했던 치욕인 ○○○○에 대해 지혜를 쏟아낼 때라면서 재주를 펼쳐 보라고 말한다.

41 ○○의 체면 사람은 아첨으로 사귀는 것이라며 선귤자 이덕무는 예덕 선생과의 사귐을 귀하게 여긴다.

42 선귤자 이덕무는 사람과의 만남에서 칭찬만 하게 되면 ○○이 되어 맛대가리가 없다고 말한다.

세로 열쇠

2 말이나 행동. 몸가짐 따위를 신중하게 함. 행실을 삼가고 품위를 지켜 자기를 소중히 함.

3 죽음에 이르러 말을 남김. 또는 그 말.

4 분하고 억울함.

5 사소한 사물이나 일에 얽매이지 않고 세속을 벗어난 활달한 식견이나 인생관에 이름. 또는 그 식견이나 인생관. 사물에 통달한 식견이나 관찰.

6 박지원은 조선이 ○○가 사방으로 다니지 않아 모든 물품이 생산된 곳에서 바로 소비된다고 안타까워했다.

8 광문이가 약방에서 일하게 되었을 때, 약방 ○○에게 의심을 받았으나 진실이 밝혀진 뒤에는 부끄러워하며 광문이를 더욱 칭찬하게 되었다.

11 밭과 밭 사이에 길을 내려고 흙으로 쌓아 올린 언덕. 매우 두껍고. 넉넉하거나 풍부하다.

12 박지원의 호.

13 흰색과 보라색 꽃이 피는 초롱꽃. 뿌리는 음식재료이나 약초로 쓰인다.

14 중국의 옛 전설 속의 제왕으로 삼황(三皇)의 한 사람. 농업·의료·약사(藥師)의 신, 주조(鑄造)와 양조(釀造)의 신이며, 또 역(易)의 신, 상업의 신이라고도 한다.

15 광문은 원래 ○○이며, 다른 ○○들의 왕초다.

16 이덕무는, 훌륭한 사람은 얼굴을 맞댈 필요가 없고, 다만 ○○으로 사귀고 그 사람의 인격으로 사귈 뿐이며, 이것은 도덕과 의리의 사귐이라 한다.

18 선귤자 이덕무에겐 예덕 선생이라 부르는 벗이 있는데, 그는 마을의 똥거름을 쳐내는 일을 하는데, 마을 사람들은 그를 ○○○라 불렀다.

19 선귤자 이덕무는 ○○에는 아침저녁으로 같은 일을 해도 실로 운수가 다르다고 쓰여 있는데, 똥거름을 쳐내면서도 정해진 분수로 열심히 살고 있는 이 사람을 예덕 선생이라 부른다.

20 허생은 제주도로 건너가서 ○○을 모조리 사들인다. ○○은 망건을 만드는 재료다.

21 조선 영조·정조 때에, 실학자들이 청나라의 앞선 문물제도 및 생활양식을 받아들일 것을 내세운 학풍.

22 잃지 아니함.

23 어떤 것에 대하여 깊이 생각하고 이치를 따짐. 죽은 사람처럼 생각하거나 행동함.

24 ○○은 소문이 자자한 기생이었으나 광문이가 없으면 흥이 나지 않아 춤을 추지 않았다.

25 남의 비위를 맞추어 알랑거림.

26 몽골 인이나 만주인의 풍습으로, 남자의 머리를 뒷부분만 남기고 나머지 부분을 깎아 뒤로 길게 땋아 늘임. 또는 그런 머리.

28 일과 물건을 아울러 이르는 말. 물질세계에 있는 모든 구체적이며 개별적인 존재를 통틀어 이르는 말.

30 눈치 빠른 재주. 또는 능란한 솜씨나 말씨.

31 도움이 되도록 이바지함. 물건을 부쳐 줌.

32 민 노인을 초청하는 나는 ○○○에 걸려 있었는데 민 노인의 즐거운 이야기에 병을 잊게 된다.

33 나무로 만든 짝의 말을 붉은 글자와 푸른 글자의 두 종류로 나누어 판 위에 벌여 놓고 서로 번갈아 가며 공격과 수비를 교대로 하여 승부를 가리는 놀이.

34 사람과의 관계에서 단점만 늘어놓으며 흉보면 ○○한 사람이 된다고 한다.

36 열이 몹시 오르고 심하게 앓는 병. 두통. 식욕 부진 따위가 뒤따른다.

37 법률 또는 당사자가 예기한 상태나 성질이 결여되어 있는 일. 어떤 사람. 어떤 것.

38 일을 하거나 길을 가는 따위의 행동을 할 때 함께 짝을 함. 또는 그 짝. 어떤 사물이나 현상이 함께 생김.

39 의심스럽고 이상하다.

정답

연어

카	메	라		꼬		우	쭐	대	기
누	나		물	수	리			형	상
리		방	영		대	강	당		상
이		거	울	무	용	지	눌		노 력
구	비		심	해			혼	곤	
동	아	줄		결	코		회	신	죽
성	냥		상	심		희	귀		마 음
	하	류		과	망		배		
불	곰			학		사	경		옆
시		속		가	자	미	랑		
착	신	욕	망		모	천		도	전
	호	기	심		떼	운	명	철	학 자

허클베리 핀의 모험

왕	실	의	걸	작		메	리	제	인
자	책			렬		갓	돌	더	종
와		관		난	파	선		편	차
거		뗏	목		밀	애		새	별
지	방		공	고		모	처	럼	
울		남	작		눈	물	판		
뱀		북		기		아	웃	사	이 더
톰	소	전	리	품		정	글		
여	장	논	쟁		모	래	톱		러
갱			선	험		펠	프	스	
돼	지		소	나	타				
단	검	악	한	소	설	락		왓	츠

어린왕자

여	뱀	처	녀	관		호	기	심
우	물	풍	자	세	계	대	전	신
	망	원	경			화		양
초		보	아	뱀		부		장
허	지	구	프		물	끄	러	미
영	리	합	리	주	의		러	
쟁	반	석	카		외	로	움	옷
이		서	양		명			음
	야	광		점	령		가	로 등
공	간		불	둥		초	시	고 깔
	비	상		시	인	상		풍 선
소	행	성		착		활	화	산 해

좁은 문

사	감	가	애		청	순		함
자	색	수	정	십	자	가	교	구
명		성	원	양		너	도	밤 나 무
시		연	분		울			언
테	시	에	르		복		반	어 법
콜		아	벨		음	유		둠
콜	브		서		회	의	주	의 사
거		노	르	망	디		버	오 사
품	행	테	이	블		솔	직	
	고		일	기			길	미
속	수	무	책		주	안	점	묘
수	도	사	적		자	의	식	고 적 합

거울 나라의 앨리스

검	은	고	양	이		다	이	너		아
	인		털	실	뭉	치		방		모 기
일		?		직		밀	랍	인	형	사
곱		보	로	고	브		비			습
살			비			방		코	르	크
반	달				허	울	끼			비
	걀		참	나	리		크	리	스	마 스
환		선	회		띠		림			킷
영	광			버				체	스	
	천	파	운	드		케	이	크		붉
목	수			나	비		사			수 은
석		소	나	무	상	자		붉	은	여 왕

데미안

미		우	편		신		기	와		새
크	로	머		견	진	성	사		해	방
나		피			모		교		종	주
우	상		연	수		독	심	술		모
어		전	대	미	문		미		인	도 자
	요	리		상	장		안	포		덕
골	동	품	관		전		획	일	적	
고		에		몽	환	물				
다		노	바	상		노			차	압
	표	지		지	구	가	발		실	락
수		도				리		마		사
신	비	주	의	자		피	스	토	리	우 스

호밀밭의 파수꾼

성	장	소	설		기	성		사	냥	모	자
장		전	시	실		위	선		조	의	
통	속	적		위		제	인			금	식
	물		와		가	방			센		
서		회	전	목	마		컬	트	서	적	
부	아		하		편	도		럴	대		
	이		레		외	로	움		파	산	
분	비		코	드			조	크		엘	
할	리	우	드		스	펜	서		샐	리	
	그		제		케	싱			베		
무	앨	어	린	이				얼	간	이	
안	톨	리	니		스	트	라	트	레	이	터

죽은 시인의 사회

아	이	비	리	그	한	여	름	밤	의	꿈
카		극	본		사	자				
데	모		발	색		고	색	창	연	
미		뉘		명	가	수		독	소	
	앙		가		재	연		폰		낭
카	리	스	마		균		극	우	오	만
르		획	일	성		아		진	주	
페	로	몬		책	조		합	정	의	
디		순		극	기		경	쟁		
엠		소	극	적		위	선		퍽	
	위	네		키	스		영	감		
월	트	휘	트	먼		키	팅		동	굴

수레바퀴 아래서

신	학	교		입	맞	춤	공	명	심
경		전	대	미	문	사	대	동	미
병	사		각		위	기			안
과	월		몽	상	가		하	일	녀
김		계		환		시	인	비	굴
나		관	조		다	간	고		렁
지	향		회	랑	람		방	독	쇠
움		촉		들	쥐	탕			호
관	망	대		창		플	산	머	루
자		장	로		헬	라	스		치
아	수	라	장		엠		이	연	우
학		이	나	마		크	리	스	마 스

햄릿

한		익		포	틴	브	라	스 망 대
	미	사	여	구		핀		상 경
서	약			살	인	지	엠	실
	비	탄		광	기		퇴	색
무	언	극		기	지	우	울	증
애	도		화	장	예		거	울
	영	혼		검	술		화	합
수	녀	원		암	시	발	묘	진
닭		악	담		설	파	호	주
	결	행		귀		기		레
방	심		증		모	사	꾼	이 용
습	관		니	오	베	색		파 쇼

시계태엽 오렌지

	미	루	하	날	님	설	관
브	로	드	스	키	연	상	작 용
래		비	선	도	원	가	
넘		히	피		비	상	실
의		하	갱	년	기	사	랑
조	지		공	생	고	고	양 이
건	비	난		요	문	제	아
반	어		합	법		칼	
사	지	중	창	루	기	계	겸
도	상		올	드	타	운	손
자	기	모	순	비	달	콤	한
죄		략	에	코	체	인	

오셀로

	사	감	수	작	키	프	로 스
	지	옥	정	면	돈		파
자	타	암	표		동	정	르
유	보	시	무	어	인		질 타
	분	석	궤	심	상	투	
전	수	로	도	비	코	일	상 딸
령	몸		앙		관		무 기
	예	눈	카		본	성	화
정	절	속	단	무	능	사	과
숙	트	임		정	행	랑	야
시	집	관	대	함	실	비	누
행	간	행	복	술		베	니 스

맥베스

말		자	비	심	무	지		파	발	마
	과	신		기	억	력		흥	계	
맬				압		사	악		뱅	코
컴		파	이	프		야	심			요
	시	워	드		희	망		헤	카	테
막	간		잠		비	밀				
상		술				존	경			
막	막		가	면	골	고	다		방	백
하		역	설		수	풀		욕	망	작
	목	적		도	주		명		각	인
공	표		비	탄			예	절	생	명
포		죽	음		여	자		세	습	령

오만과 편견

리	과		무	도	회	펨	벌	리
자	아	실	현	관	의			디
	이	자	존	심	적	대	감	아
더	러	엄		바			냉	
니	성	텐	가	정	소	설		
	겸	허	네	더	필	드	적	
올	캐	영	로		너	비		
서	심	장	풍	자	리		낭	
콜	린	스	원	초	질	타	방	만
영	모	롱	본	결	혼		주	
부	함	정	상	속		제	의	
첫	인	상	오	해	편	지	인	

리어왕

봉	바	보	편	지		적	발	
인	정	시		혜	진	출		고
직	언	없	음		심	실	움	집
불		행	동		변	장	침	불
쌍	방	배	은	망	덕	올	화	통
한	통	속		령	봉	사		병
톰		본	성	홀	시	간		그
	수	치	심	푸	대	접	군	림
거	지		석		수	탉	모	자
짓		고	난	자	식			
말	차	코	딜	리	아		채	찍
카	이	라	스	간		두	려	움

위대한 개츠비

	캐	럿	정	비	소	옥		개
달	러	콘		제	임	스	개	츠
	웨	스	트	에	그	퍼		비
전	이	랄	대	위	무	드		스
념	오	로	로		도		쇼	크
노	년	옷	증	권	회	사		
란	잿	파	멸		교		잃	
녹	색	불	빛		서	른	밀	어
	침	미	식	축	구	월		버
베	번		적			슨		린
이	기	지	고	지	순	동	부	세
커	친	구	밀	수	강	인		대

고리오 영감

사	상	누	각	악	덕	오	만	불	손
시	상	출	세	성	실	감	사		
나	병	분	배	연	후	신	엄		
무	해	위	부	견	습		마		
코	약	속	어	음		인			
지	참	금	른	우		실	비		
피	살	증	여	보	세	앙			
포	도	롱	오	곡	증	송			
기	박	홀	절	제	관				
고	고	리	대	금	분	조	야		
만	사	형	통	실	업	자	심		
장	사	빅	토	린	자	수	성	가	

폭풍의 언덕

워	더	링	하	이	츠	악	마	추	측
블		변	덕		몰	락			
	호	젓	함		망	상		힌	
산	골	짜	기	싫	증	식		들	
책		심	약	오	해	넬	러		
		헤		학	대				
낭	만	주	의	어	리	광	인	상	파
설	일	기	턴	포			자	멸	
파	양	주		부	고				
언	쇼	양	지	구	룽	지	대	눈	
저	기		덩		깽		바	보	
리	어	왕	길	잡	이	이	사	벨	라

젊은 베르테르의 슬픔

후	애			공	허		감	지	덕	지
	착	우	울	증			언			순
허	심	탄	회			마	이	동	풍	
무	원		횡	설	수	설				압
	길	고	무	득					격	정
진	눈	깨	비	법	완		질	투		
솔		알		무	용	곡	풍			권
	서	불	가	사	의		분	노		총
위	기	일	발		주	파	도	태		
화	장	탄	식		도	우			연	
감	춘			헤	스	산		자	연	
미	몽	알	베	르	트		나	약	함	

오래된 미래

반		환	금	작	물		행	복	오
관	개			정	체	성		기	아
개	발	도	상	국		제		달	시
수			추	루			라	레	스
로	토		타		피	정	전	이	
	착		자	중		파		라	마	승
고	어			재	베	스		마		원
바		자	급	자	족		푼	돈		본
	고	비			탱			고	원
티		심		주	변	화	문	수	사	리
베			동			공		냐		주
트	롱	브		상	호	부	조	타		의

농담

제		스	탈	린		아	연	실	색
마	르	게	타		군	대		소	반
넥		토		오	다	감	명		체
	이		코	스	트	카		예	제
침	발	롬		트		툰		법	
	사		프	라	하	검	정	표	지
트	스	크	롤	바				시	식
로	맨	틱		레	꽃	수	공		인
츠		자	타		낙	하	산		
키		아	리	아	관		당	위	성
	모	라	비	아		누	주		
복	수	판	왕	들	의	기	마	행	렬

앵무새 죽이기

어	릿	광	대		귀	부	인		회
	신	문		단	추		생	색	성
떡	국		외	면				유	장
갈		친	척		옹	이	호	령	
나		세	족	욕		성	장	기	
무	지		희		햄			심	재
보	안	미	상		눈	길		판	명
한	개	학	대	민		머	리		사
정	의		방	주				목	수
상		모	디	주	스		동	화	
속	박	르	사	의		방	백		룰
	해	핀	법		공	정		콜	라

안네의 일기

가	스	조	심		용		철	학	자	만
		신	문	기	자		자	신		년
망	사			동	물		만			필
명	랑		행	복		고		만	족	
		초		식	량	주	기		보	쉬
	우	월	감			소		수		조
열	정	수	문		미	프		사	랑	
등		성	명			운		다		
감	정			국		불	오	락		자
	화	분		일	행	아		은	연	
별			예	기			시		신	
	안	네	의	별	장	원	스	틴	처	칠

왜 세계의 절반은 굶주리는가

신	자	유	주	의		쿼	시	오	커
기		급		무	기		수		기	후
금	융	자	본			정	서		과
자	족		지			정	의		두
단			자	연	도	태	설	지	혜
일		기	아		강	도		산	루
경	제	적			곡	물	거	래	소
작			사	회	구	조			
산	업	혁	명	조			비	공	식
아		명		도	적	규	범		민
자	제		증	시		냉	정	수	지
유	한	생	명		완	전		동	요

내 영혼이 따뜻했던 날들

¹작	은	나	무	²눈	물	의	³여	로	⁴문
설			⁵요	요		우			상
⁶차	⁷일	⁸피	일	⁹기	모	노	¹¹보	니	비
	평	탈		카		¹²노	배		둘
¹³사	¹⁴생	아	¹⁵단	군	신	화		¹⁶무	기
과		¹⁷카	메	오		¹⁸남	사	당	
	¹⁹가	시		²⁰스	²¹케	치	북		²²가
²³늘		²⁴아	²⁵집		일		²⁶전	노	을
대		²⁷시	나	²⁸위		²⁹논	쟁		새
³⁰별	똥	별		³¹스	펀	지			³²장
		³³체	³⁴로	키		³⁵배	³⁶수		마
³⁷방	울	뱀	망		³⁸버	려	두	기	철

가자에 띄운 편지

¹샴	²페	인	³천	⁴자	유	로	⁵운	⁶발	언
	디		⁷하	마	스		펌	상	
⁸왕	⁹언	¹⁰질		¹¹민	족		¹²지		¹³무
들		¹⁴풍	¹⁵경		¹⁶아	침	이	슬	
¹⁷의	¹⁸사		고	¹⁹자		연			림
²⁰광	²¹신	자		²²망	연	자	실	²³영	
장	파		²⁴난	민	촌		색	²⁵화	²⁶인
		²⁷히	죽		²⁸20	²⁹35		샬	
³⁰텔	³¹아	비	브	³²난	³³무		³⁴에	³⁵나	라
	이		³⁶리	³⁷말	³⁸안	네	프	랑	크
³⁹테	러	⁴⁰어	미				라	⁴¹바	⁴²투
	⁴³니	체		잘	⁴⁴페	인	트		쟁

두 친구 이야기

¹부	²농		³염	탐	꾼	들	⁴가	⁵근	⁶사
	⁷구	⁸조				⁹소	방	¹⁰차	진
¹¹디		깅		¹²감	¹³초	사	탕	¹⁴고	¹⁵심
키			¹⁶과	자	과		¹⁷미		¹⁸장	¹⁹소
	²⁰자	²¹전	거		²²곰		헬		피
		²³명	화		돌		²⁴설	²⁵레	다
²⁶동	종			²⁷헤	이	²⁸그		²⁹비	너	³⁰스
물		³¹미	³²니		³³네	덜	란	드		케
³⁴원	³⁵기		³⁶코	³⁷알	라				이
	³⁸분	³⁹향			⁴⁰이	모		⁴¹로	트
⁴²악		⁴³수	영		덴		⁴⁴커	버	
⁴⁵몽	유	병		⁴⁶혀		⁴⁷집	중	스	테	피

파리대왕

¹사	냥	부	²대	³상	봉	⁵해	군	⁶장	⁷교
이			거	⁸선	두	적		⁹미	만
¹⁰먼	¹¹동		¹²리	더	¹³난	장	판		
	¹⁴봉	¹⁵화		¹⁶불	발			¹⁷완	¹⁸강
¹⁹잭		강		²⁰추	가		²¹기	고	만	장
		²²암	초		²³사		로	저	
²⁴암		고		²⁵모	의		버	²⁶배	²⁷공
돼		대		리		²⁸트	²⁹집		³⁰난	감
³¹지	³²퍼		³³소	스		³⁴다		³⁵산	³⁶호	초
		시	라		³⁷분	홍	색		기	³⁸필
³⁹파	벌			⁴⁰나	비			⁴¹심	⁴²야
국		⁴³쌍	둥	이		⁴⁴바	다		⁴⁵자	아

올리버 트위스트 1, 2

¹소	매	²치	기	³사	⁴방	팔	⁵방		⁶딕
워		밀		⁷임	종		⁸전	당	⁹포
¹⁰베	일		¹¹몽	¹²상		¹³산		¹⁴복	¹⁵수
리			¹⁶크	기		¹⁷알	파	벳	¹⁸절	감
	¹⁹사	익	스		²⁰죽			도	
²¹범	레			²²브		²³라	²⁴운	로	²⁵페
블		²⁶금	시	초	문		²⁸치	즈	이
	²⁹모	반		³⁰호	³¹기	심		³²요	긴
	³³지	인				³⁵중	³⁶노	³⁷동	
³⁸자	³⁹수		⁴⁰도	⁴¹배	⁴²악		⁴³어	조	⁴⁴부
⁴⁵초	⁴⁶상	화		⁴⁷심	장	마	⁴⁸비		⁴⁹도	랑
	⁵⁰구	빈	원			⁵¹밀	고		⁵²제	자

나무 소녀

¹에	²세	이	³행	복	⁴의	⁵사	⁶소	⁷통
³스	시	⁹로	사	¹⁰수		¹¹알	리	시	¹²아
파		페		¹³마	치	치			보
냐	¹⁴코	스		¹⁵야	심		¹⁶이	해	카
	요					¹⁷사	랑		¹⁸인	도
¹⁹마	²⁰체	테		²¹두		²²위	필		²³안	내
²⁴누	전			²⁵바	람		귀	²⁶전
엘		²⁷마	게	이		²⁸노	정	니	통
		리		³³미	래			³⁰오	³¹용
³²킨	³³세	아	³⁴네	라		³⁵가		³⁶기	³⁷품
	뇨		³⁸인	³⁹허	⁴⁰지	⁴¹평	선	바
⁴²일	라	그	로		⁴³송	진	화	⁴⁴공

152

변신

딜	레	마	보	고	바	이	올	린	
	포		은	행	수	위			차
자	포	자	기		치		용	의	주 도
초		락		무	관	심			식
지	루		불	안		부	득	불	부
종		액	자		방	치		명	조
	조		소	풍		장	롱	경	리
	사	상	누	각	비	애		절	박
생	계		완	고		책	망		천
면		근	무	태	만	기		불	신
부	고	리			회	의			만
지	배	인	그	레	테	심	사	숙	고

멋진 신세계

	전	알	코	올	속	임	수		이
고	기	즙	뿔		슬		신		방
	충	초	소	로		대		철	인
자	격	콜	경	건	용			학	
의	햄	릿	멸		문	물		자	아
식	량		클			명			이
	엡	실	론	탁		새	경		슬
	델	험		미	상		비	극	란
난	타		오	르	지	포	드	푸	드
쟁	맬			드			명	에	
이	기	서		소	마	구		블	
세	익	스	피	어	켄	타	우	로	스

동물농장

중	개	인	사	과	공	화	국		메
외	양	간	전	투	추	모	면		이
		술		종				기	저
서	슬		풍	자		비	둘	기	
클	로	버	시	차	은	밀			뮤
	건	들		트		경	영	관	리
양		머		미	입	찰			엘
	위	조	지	폐	니			프	
부		즈	고	무	나	폴	레	옹	
적	개	심	벤	스	팔			데	
격	지	도	자		복	수		릭	
반	란	면	민	처	서		칠		충

너무 완벽한 세상

쾨	헬	수	호	격	조		바	람	
호	리	스	기	돌	연	변	이		
르	콥	상	심				러	너	
몬	스	터	상		겔	도	스		
	캐	여	력	우	정	망		엘	
	너	자	고	중	성			본	
해	눈	자	제	지	하	철			
메	대	질		순	조				
아	가	씨	머	파	나		망	해	
부	호	유	리	시	도		돌		
모	자	안	치		목	걸	이		
B	작	은	불	개	미	안	전		

1984

기	준	고	일	날	조	운			
억		자	기	말	살	형	제		텔
통	증	질	타	인	쇄	술		추	레
	오	류	빅			스	미	스	
군	주		오	브	라	이	언		크
	간	과	라	벨		성			린
쥐		거	세	더	도	피	프		
	의	포		판	도	라	롤		
이	식		무	의	식	미	레	토	
중		표	정	죄		골	드	스	타 인
사	회	주	의	주	인			리	
고		박	팔	목	유	라	시	아	

돈 키호테

호	외	엉	성	세	숫	대	야		카
기	욕	망	빈	뇨			미	르	
심	오	진	소	라	이	다		데	
만	신	창	이		드		비	니	
방		불	침	번	로	타	리	오	
종	자	공		뇌		시	인		
당	용	감	무	쌍	가	난		모	호
	기	어	도	로	테	아		소	
교	통	거	인	시			편	력	
황	금	시	대	연	인		주	소	
	동	정	둘	시	네	아			
슬	픈	얼	굴	의	기	사		트	집

걸리버 여행기

¹해		²마	³왕		⁴릴	리	⁵풋		⁶푸	이	늄
⁷적	⁸도	⁹의	사		내		대				
	박	머	¹⁰야	기		¹¹접	¹²지				
¹³라	¹⁴유	리	후		¹⁵썬		¹⁶기	¹⁷아			
¹⁸퓨	전		¹⁹푸	²⁰그	²¹릴	드	릭		카		
타		²²브	롭	딩	낵	레			데		
	²³딜				이		²⁴각	²⁵선	미		
²⁶블	러		²⁷글	리	세	²⁸린		²⁹원	주	민	
레		³⁰그	룹		³¹치	³²성			33고		
³⁴푸	³⁵다		듭		³⁶누		³⁷자	석		³⁸독	백
³⁹스	트	룰	드	브	룩				수		
큐		립		⁴⁰글	룸	달	클	리	치		

젊은 예술가의 초상

¹아	²퀴	나	스	³위	계	질	서		⁵이	슬
⁶일	리		⁷실	용	주		⁸신	사		
랜		⁹크	¹⁰랜	리	¹¹ 16	¹²안	경		¹³암	
¹⁴드	¹⁵림	덤		¹⁶죄		¹⁷생	식		돼	지
¹⁸보	존	¹⁹	²⁰위		²¹사	색		²²무	지	
²³성	엄		²⁴상	급	생		²⁵바	위		
모	²⁶성	²⁷사		²⁸활	²⁹개		³⁰이	성		
³¹신	³²비	³³제	³⁴격		차		런			
³⁵심	방		³⁶정	³⁷적	반			³⁸종	³⁹교	
회		⁴⁰음		⁴¹기	⁴²이		⁴³영	혼	리	
⁴⁴의	⁴⁵기	⁴⁶소	침		⁴⁷단	발	성		⁴⁸고	문
⁴⁹진	실	⁵⁰비	극	적	체			⁵¹해	답	

달과 6펜스

	¹에	이	미	³무	미	건	조	⁵사
⁶쿠	트	라	⁷문	⁸둥	병		⁹타	히 티
	¹⁰루		지		¹¹미			로
¹²스	트	로	브		¹³마	르	시	아 ¹⁴스
튜		¹⁵르	나	르	르			타
디	¹⁶미			¹⁷격	세	¹⁸유	전	
¹⁹오	²⁰감	²¹폴	고	갱	²³이	민		²⁴수
	²⁵식	상		양	²⁶자	유	²⁷블	란 치
²⁸불	안		²⁹부	두		³⁰이		심
협		³¹ ³²티		³³나	레	이	³⁴터	
³⁵화	랑	³⁶아	브	라	³⁷함		³⁸부	³⁹파
음		레		⁴⁰구	설	수		리

모모

	¹도		탁	³추		⁴무		⁵없
⁶거	꾸	로	아		⁷같		⁸견	는
북	⁹청	¹⁰소	용	¹¹돌	이		딜	거
	¹²소	화		연		¹³고	수 머 리	
	¹⁴세	부	¹⁵어	른	¹⁶운		없	
¹⁷정	상		¹⁸린	생	명	는		¹⁹집
신	²⁰몽	²¹이	발	사		²²지	루	
병	²³상	심			²⁴하	루		²⁵바
²⁶자	장	가	²⁷요	²⁸모		²⁹십	함	깥
	³⁰술	자		³¹만	³²반			
	³³죽	³⁴내	안	³⁵백	시		³⁶내	
³⁷마	음	³⁸야	경	꾼	³⁹인	간	의 일	생

오페라의 유령

¹호	수	²가	³확	음	악	의	⁶천	⁷사
기	⁸모	면	⁹신	¹⁰기	보		¹¹사	랑
심	클		¹²절	¹³도		¹⁴관		싸
	¹⁵발	레	리	우	스	¹⁶벽	¹⁷돌	¹⁸도 움
¹⁹붉	르			타			²⁰장	미
은		²¹분		²²카	²³를	로 타	²⁴노	²⁵위
	²⁶고	문	실	토	망		²⁷점	풍
	양		²⁸5		²⁹스	³⁰카 프		당
³¹바	이	³²올	린	³³석	³⁴양	드		³⁵해 당
	가		³⁶세		³⁷반	³⁸지		³⁹두 골
⁴⁰왕		미	⁴¹자	⁴²수		리	꺼	⁴³함
⁴⁴비	밀	⁴⁵페	르	시	아		⁴⁶비	정

진주

	¹자	유	분	방	선	³개	미 귀	⁴신
⁵노	래		⁶사	회	구	조		기
란	⁷우	⁸여	곡	절			⁹시	루
색		화	조	¹⁰복	¹¹사	¹²가		치
¹³왕		¹⁴모		¹⁵전	¹⁶광	¹⁷기	¹⁸미	¹⁹로
²⁰고	²¹진	감	래	²²갈	²³망		진	레
해	정	²⁴소		망		²⁵맥	우	토
성		²⁶백	²⁷일	홍		²⁸무	진	²⁹침
³⁰사	³¹조		수	산		³²반	전	
짐		³³대	물	림		³⁴심	신	³⁵천
³⁶병	³⁷순	리		³⁸밀	³⁹알		반	만
⁴⁰우	연		⁴¹군	인	⁴²바	보	의	황 금

154

자유론

¹변	증	²법	³선	동	가	⁴수	동	⁵적
호	⁶관	료	제		⁷본	보	기	설
⁸사	⁹전		¹⁰다	양	성		¹¹여	기
	¹²횡	¹³포	¹⁴대	중		¹⁵토	론	²⁰게
¹⁶개		¹⁷획	¹⁸일	화	¹⁹칼	뱅		으
별		반				²¹소	금	
²²성	²³격	화	²⁴이	해	²⁵타	산	²⁶오	름
	돌		²⁷자	유	성		²⁸교	류
²⁹부	³⁰독	창	성	³¹속	³²권	리	³³박	
³⁴지	³⁵도	자	³⁶언	어	³⁷폭	력	³⁸열	애
³⁹기	출	⁴⁰감	수	성	도	⁴¹열	주	
수	⁴²번	복	⁴³잠	⁴⁴온	정	주	의	

소피의 세계

¹데	모		아	폴	론		³필
모	⁴델	포	이	⁵에	⁶피	쿠	로	⁷스
⁸크	낙		러	패	러	디	¹⁰소	산
리		¹¹미	니			¹²모	포	
토	¹³로			¹⁴디	¹⁵오	게	네	스
¹⁶스	무	¹⁷고	개			재		
	¹⁸스	시	¹⁹헤	²⁰로	스	²¹신	²²동	
²³종		²⁴미	르	²⁵토	끼		²⁶소	굴
²⁷교	²⁸신	²⁹냉	³⁰메	³¹시	아	³²유	령	
	화		³³소	피	스	트	³⁴동	물	³⁵문
³⁶연	³⁷군	주		³⁸하	론	답		
³⁹합	리	주	의	⁴⁰인	플	루	엔	자	법

니코마코스 윤리학

¹프	²무	지	³야	만	인⁴	⁵진	⁶자
리	모	⁷소	망	⁸습	⁹관	¹⁰실	존
¹¹아	첨	¹²영	원	¹³승	¹⁴중	¹⁵용	심
모	¹⁶노	예	¹⁷고	¹⁸통	¹⁹감	²⁰사	
²¹스	스	로	²³관	후	²⁴증	²⁵명	²⁶유	²⁷시
파		²⁸정	념	²⁹자	³⁰제	³¹공	혜
³²르	포		³³정	체		³⁴평	³⁵온
³⁶자	타	³⁷목	신	³⁸이	³⁹성	⁴⁰화	⁴¹교
족	⁴²도	적	⁴³선	⁴⁴품	⁴⁵행	육	
⁴⁶악	덕	⁴⁷선	택	⁴⁸관	⁴⁹동	⁵⁰감	
⁵¹행	운	⁵²기	술	⁵³자	조	⁵⁴성	⁵⁵우
복	⁵⁶능	력	⁵⁷구	제	⁵⁸솔	론	애

카드의 비밀

¹습	관	³지	혜	⁴시	빌	라	⁵동	화
⁶목	⁷수		⁸세	간		⁹금	전	
¹⁰52	¹¹거	¹²울	상		¹³지	붕	¹⁴잭	
	¹⁵우	¹⁶분	¹⁷노		¹⁸아	¹⁹ㅆ	²⁰제	
²¹샘	물		²²도	르	²³피	트	빵	
²⁴가	²⁵문			티		²⁶윤	²⁷사	랑
²⁸담	²⁹단	³⁰추		³¹아	³²렌	달		
³³배	³⁴꼽	³⁵위	³⁶험		즈	³⁷카	³⁸카	
추		³⁹상	⁴⁰상		⁴¹스	페	⁴²이	드
⁴³술	⁴⁴유		⁴⁵조	커	핑	방		
	⁴⁶유	리	조	⁴⁷각		크	⁴⁸인	류
⁴⁹독	일		⁵⁰하	트	에	이	스	

버스 정류장

¹다	²성	부	³안	경	잡	이	⁵정	⁶신
짐	⁷실	⁸용	주	의		⁹위	¹⁰풍	당	당
	¹¹교	의			¹²가	로	등	
¹³배	차	자		¹⁴신	용		¹⁵심	
¹⁶이	점		¹⁷대	전	문	¹⁸짐	¹⁹서	사
배		²⁰우	체	국	²¹꿈	²²예	술	
²³이	²⁴묵	생		²⁵목	²⁶공		²⁷적	²⁸시
	인		²⁹소	파	³⁰원	숭	³¹이	간
³²미	³³비	학	³⁴줄		³⁵방	수	³⁶천	
³⁷흡	연	자	³⁸모	³⁹지	식	인	⁴⁰수	⁴¹지
		⁴²사	방	⁴³팔	방		⁴⁴동	경	루
⁴⁵회	중	시	계	자		⁴⁶관	전	함

우파니샤드

¹비	로	자	나	³신	화	⁴간	⁵다	⁶르	와
존		만		가	⁷숨	야	전	
⁸재	⁹해		¹⁰동	정	심	¹¹인	드	라
탈		¹²고	행		¹³까	왐	¹⁴비	
¹⁵아	¹⁶베	다		¹⁷차	르	¹⁸바	유	
¹⁹수	심	²⁰리	비	도	마	²²천	수	
라	²³브		²⁴고	²⁵요	²⁶기	둥		
²⁷염	라	대	왕	²⁸가	²⁹부	좌	³⁰마	
	흐		래		³¹상	키	야	
³²아	뜨	만		³³미	³⁴현	인	징	
그			³⁵쌈		더		³⁶범	
니	³⁷에	너	지	³⁸산	스	끄	리	트	어

인간 실격

1여	2자		3에	4도		5다	케	이		6치
	7격	리	깨	8관	리			9명	심	
	지		10아	비	지	옥		11정	타	
12조	심		연			13불	신		14곱	
강			실	15두	꺼	16비		병	쟁	
지	17미	색		각		합		18원	숭	이
19처	세	술			20법	21약				
			22호	리	키		방		23만	
	24공	산	25주	의			26자	화	상	
27넙	치		늑		28테	29쓰		포		
	30사	31익	32거	33절		네		자		34꿀
35돈	36살	롱		37요	시	코		38기	묘	

봄봄

1제		2욕	필	3이		4돈	5빙	빙	6마
7비	8데		9성	례		10구	장	11보	름
	릴	12안				태		13죄	
	사	14달	력	15궁	여	지	책		16내
17시	위	재		18서	리		19감	20참	외
치	21채	신		낭		22귀	23정		새
24미	25명		26사	당		27장	28인		29파
	색	30역	경	31 16			32고	33대	
34키	35연	성		36고		37속	셈	38관	격
39실	해		40막	무	가	내			
41지	레	42징	역			43건	승		44됐
게	45핑	계		46할	아	버	지	47삶	다

고도를 기다리며

1침	2통		3아	일	랜	4드		5오	6졸
	낭	8독			림		9지	리	멸	렬
10생		11백	12팔	번	뇌		13순	무	
14각	15인	자		16습	17관		18중	개	19자
20하	연		21소	년		22장	님		기
라		23부	관	24포	조			25각	성
	26구	조			27호	기	28심		찰
29넋	두	리	30블	랙	31유	머	32사	33해	
	연		라		예	34명		학	
35반	연	극	36디	디	37이	상	38적	39진	
		40고	미	41모	록			저	
42만	드	라	고	르	43자	살	44병	어	리

완득이

1미	2동	3저	쪽	4신	문	5주
6베	트	남	7항	설	레	발	8교	차
틀	아	9만	화		10사	회
11소	12독	후	감	13열	등	감	14전
15혁	주		16자	매		도
신	17궁	여	지	책	18핵	19철	사
20나	21누	리	22춤	23라	면
24날	라	리	25쌈	지	26준	27피	28난
개	29염	30탐	꾼	31수	호	닝
32솜	33두	부	급	34친	구
35사	36이	비	37상	품	38그	분	39
39불	법	체	류	처	40트	림	41ㅋ

동백꽃

1향	2감	자	3얼	4간	이	5삭
6배	차	때	7배	냇	병	신	8동	정
재	9빈	사	지	경	이	10대	강	이
	11한	나	12회	13수	거
14상	15봉	운	16슈	17덩	저	리	18마
19당	호	21소	작	22인	23거	름
24쌩	드	25조	26광	27사	지
이	28기	29고	만	30장	31고	자	33반	34면
35질	시	추	36독	37선	38두	39엄	두
	40장	돌	42혈	투	43단	44매
45앙	갚	46음	47부	실	48흔	49무	안
화	50올	타	리	51해	학	적	시

운수 좋은 날, 빈처

청	목	당	혜	하	이	칼	라	헌
산		목	부	자		정	신	적
별		백	조		조	선	사	회
염	세		허	장	성	세		숙
불		설	렁	탕			일	맥
불	호	령		낮		주	장	
동	행		예	술	가		정	기
경	살		장	인	위	조	꾼	약
	도	덕	적		밥		독	
배	다	리	개	똥	이		서	무
	희	생	화		기	미		영
곰	비	임	비	삶		개	벽	탑

배따라기

강	액	자	소	설	서	슬		살
창	조		연	천	자	문		풍
가	여	의	주		결		배	경
원	망		의	사		흰		따
소	경		바	색	채	옷		라
작	보	람		취	하		기	차
인	솔	벽		예	오	지		입
거	울	술			주	소		
유	보	물	섬	불	운		출	고
토	지		섬	문	명		아	내
피	쥐	옥	곡		암	종		외
아	악	간	수	직	굴		헌	법

화수분

이	발	기	계	남	녀	평	등	소	금
별		급	조			호	루	라	기
	쓰	문	예	운	동				
부	레	학		인	도	주	의	적	
적	기		들	통		사	식	절	골
	꾼	무	병	장	수			쌀	
소		가		장		거	부	취	미
	나	무	장	수		귀	동		상
영	물	자		바	지	티		행	불
이			가	난		노	랑		
	보	물	단	지		고	동	성	
우	편	국	식		붕	어	과	자	냥

메밀꽃 필 무렵, 수탉

봉	평		뒤	주	동	인	호	통
	도	란	도	란	공	조	탄	성
날	라	리		전	바			황
	질	겁	오	지	심	해		당
토	로		만	적		꼬		
박	타	관		작	천	지	신	명
이	앙	노	독	가	신		주	승
화	조	대	궁		만			지
우	광	기		사	고	무	친	
격	앙		상	팔	십	리	위	비
다	지	청	구		오	도	카	니
짐	수	레		장	돌	뱅	이	식

사랑손님과 어머니

문	예		초	과	보	자	연	문
수	배	자	부	시	쌈	지	애	벌
당		내	험	붕		궁	상	
쾌		원	외	풍	풍	금		삶
하	수		자		경	손	증	은
삼	대		심	리	수	작	미	달
라			옷	물	건		안	걀
만	세	전		부	레		위	병
상		지		사	랑	방	유	구
	기	적	실	아	동	복	완	화
칭	작		주	인	공	녀		냥
찬	송	가	의	형	제	C	청	년

미스터 방

풍	삼	복	전	속		맞		백
자	갈	하	등	동	물		장	골
짚	신	장	수	반		추	구	난
꼴		기	차	소	자	월	물	망
재	료		더	위	흰	색		방
불	미			양	말		씨	앗
란		고	습	도	치	구	간	수
서	울		리	래		식	솔	
백	보		대	항	탁	류	가	함
작		모	금	일	본	조	리	흥
부	찌		지	체	독	백	전	차
호	떡	도		사		신	문	사

백치 아다다

¹확	신		²후	일	담³	고⁴	추	장⁵
실	방⁶	관	자		석⁷	유	통	갑⁸	창
	천⁹	치		요¹⁰			칼¹¹
불¹²	행		애¹³	지	중	지¹⁴		신¹⁵	잉¹⁶
피		디¹⁷		경	체¹⁸	신¹⁹		중²⁰	앙
풍		바²¹	다²²		뱀²³		미²⁴	신	불
우²⁵	수²⁶		정²⁷	신²⁸			도		후²⁹	락
	수³⁰	시³¹		동³²	아	일	보³³		찰³⁴
을³⁵		령				은³⁶	행³⁷	나	무³⁸
순³⁹	수⁴⁰			최⁴¹	서	방⁴²	복		해⁴³	이⁴⁴
	교⁴⁵	전	비⁴⁶			울⁴⁷	울	한⁴⁸		사
소⁴⁹		정⁵⁰	대	장		화		향⁵¹	수

허생전

열¹		백²		무³	역⁴		구⁵	제⁶		덕⁷
하		만⁸	연		사⁹	대¹⁰	부¹¹		주¹²	상¹³
일¹⁴	만	냥		안¹⁵		군¹⁶	자		도¹⁷	거	리
기				성¹⁸	과¹⁹				지
		겉²⁰		일²¹	말²²		이²³	완		경²⁴
장²⁵	사²⁶	치		장²⁷		총		용	매²⁸	제
	수²⁹	레		기³⁰	색		제³¹	후	점
실³²		중³³	도			기³⁴	생		매
학		이³⁵		사³⁶	공³⁷				석³⁸	권³⁹
사⁴⁰	립	문		망⁴¹		장⁴²	사	밑	천⁴³		귀
상			오⁴⁴	막	살⁴⁵	이			재⁴⁶	물⁴⁷
	붉⁴⁸	은	기		강		칠⁴⁹	년	정⁵⁰	색

수염

살¹	강²		반³	자⁴		천⁵	변	풍⁶	경⁷
	호⁸	사⁹	다	마¹⁰		비		차¹¹	편
카¹²		실	비¹³	난		약¹⁴	장	수¹⁵		차
프		주		민¹⁶	촌		돌
	도¹⁷	의	자¹⁸	본	가		이¹⁹	발²⁰	사²¹
	토		백²²	웅		홍²³	염	생²⁴	명
오²⁵	리²⁶	무	중		자²⁷			돈²⁸
해		능		얄²⁹		고³⁰	양	이	심³¹	리
	열³²			탈³³	향		구³⁴	보
혈³⁵	혈	단³⁶	신³⁷		출³⁸		성	인	참³⁹
		감⁴⁰	동	기⁴¹	부⁴²	우⁴³	회		을
감⁴⁴	숭		아⁴⁵	낙		얼	화	찬⁴⁶	성

열하일기

북¹	학²	파		이³	용	후⁴	생		목⁶	축⁷
곽		장⁸	소⁹	랑		일¹⁰	야	구¹¹	도¹²	하	기
선			슬		미¹³		단¹⁴	시	일
생¹⁵	지¹⁶	옥¹⁷		고¹⁸	려	보¹⁹		령		봉²⁰	새
	장²¹	갑		사		조²²	공²³		반²⁴	당
기²⁵		야²⁶	다	리			청²⁷	심²⁸	환		영²⁹
상³⁰	사	화		수³¹				양		초
새			만³²	리	장³³	성			열³⁴
설³⁵	태³⁶				사³⁷	대	부³⁸		하
	평		압³⁹	록	강⁴⁰		양⁴¹	감⁴²		안⁴³
편⁴⁴	차				조⁴⁵	방⁴⁶	책⁴⁷	문		시
담		원⁴⁸	앙	와		물⁴⁹	리		국⁵⁰	내	성

양반전

한¹	문	소²	설	고³	발⁴		관⁵	찰	사⁶
		인		쌈⁷		군⁸	수⁹	곡	족
공¹⁰	허¹¹		박¹²	지¹³	원	양¹⁴	반¹⁵		돈¹⁶
무¹⁷	위	도	식		모¹⁸	반¹⁹		혼²⁰	돈²¹	동²²
	의			논²³		증²⁴	서		자	래
방²⁵	식		도²⁶	둑	놈		수²⁷	루		박
도		정²⁸		길		공²⁹	청		경³⁰	의
		선³¹	비³²		횡³³	포	34
신³⁵	선		천	품³⁶	행		실³⁷	학	사³⁸	상
분			병³⁹		송⁴⁰	사		대
질⁴¹	타		과⁴²	거			구		부⁴³	정⁴⁴
서			전⁴⁵	지	적	작	가	시	점		토

구운몽

	고¹	육²	지³	책⁴		유⁵	일	장	춘	몽⁷
		관		략	불⁸	공⁹		수		자
거¹⁰		대		팔¹¹	선	녀			아¹²	류
문¹³	방	사¹⁴	우		사		고¹⁵			소
고			인¹⁶	생	무¹⁷	상	양¹⁸	반	소	설
		공¹⁹			량		누²⁰
노²¹	모²²			약²³	수		대²⁴	승²⁵	불	교²⁶
		금²⁷	강²⁸	경	전			상		파²⁹	계³⁰
고³¹			서³²	포³³		환³⁴			꿈³⁵		수
비³⁶	익³⁷	조		부³⁸	귀	영	화³⁹			나⁴⁰
		신⁴¹	선				유⁴²	배⁴³			무
옥⁴⁴	루	몽		백⁴⁵	능	파		복⁴⁶	숭	아	꽃

158

박씨전

(1)사	군	자		(3)인	조		(5)독	수	(6)공	(7)방
(8)서	자			(9)병	자	호	란		(10)영	웅
삼		(11)박	대				(12)준			
(13)경	(14)국	(15)지	색	(16)진	언		(17)유	비	(18)무	(19)환
	(20)경	하	(21)청			(22)허	상		(23)사	골
	(24)철	(25)도		(26)사		물		(27)기		탈
(28)고		(29)시	나	(30)리	오			룡		태
(31)희	(32)희	(33)낙	락			리		(34)군	대	
	(35)소	화		(36)대		(37)무	용	담		(38)구	름
(39)주	식		(40)첩	(41)첩	산	중		(43)조	(44)강	지	(45)처
사		(42)해			더			조	강	지	처
(46)위	기	일	발		(47)미	망	인		산		사

금오신화

(1)북		용	궁	(3)부	연	록		(5)명	(6)부
	(7)염	왕		(8)담	상		(9)거	북	벽
(10)일	주			(11)문	사		(12)지	루	(13)함
리		(14)영	(15)남	(16)배	필	(17)감	전		인
	(18)누		(19)매	(20)월	당		흥	(21)한	지
(22)보	각			하		(23)저	(24)포	(25)상	량	문
련		(26)최	랑		(27)평		(28)만	복	사
(29)사	(30)은			(31)양	(32)야			(33)귀	
	그		(34)무	(35)고		명	(36)전	등	신	(37)화
(38)버	룻		(39)남	염	부	주	기		답
		(40)정	독				(41)소	(42)나	기
(43)요	조	숙	녀		(44)한	문	소	설	(45)와	전

홍길동전

(1)호	부	(2)호	형	(4)영	웅	소	설	(6)허	균
시		(7)화	평	부		갈	(8)운	무	
탐			(9)봉	인		머		(10)맹	자
(11)탐	(12)관	(13)오	리	(14)	리		(15)유	랑	
	(16)심	장		(17)운	(18)문		(19)요	괴	(20)사
(21)율		(22)육	(23)아		(24)외		원		(25)자	모
도		(26)부	관		(27)한	글	소	설	(28)객	관
(29)국	(30)정		(31)파	란					대
	물		천		(32)한	센	(33)병	(34)초	
(35)활	(36)화	산		(37)원	통		(38)조	무	래	(39)기
빈	(40)어	중	(41)간		속		판		여
(42)당	나	귀		(43)호	외		(44)적	서	차	별

사씨남정기

(1)소	상	반	(3)죽	(4)동	(5)심	결		(6)거	짓	말
나		(7)신	주	(8)정	성		(9)비	문	
무			(10)경	호		(11)등	문	고	(12)공
	(13)서		(14)설	매		(15)동	청		(16)귀	양
(17)관		(18)포	지	교		(19)장	원	(20)백	빈	주
음		략		(21)산	사		(22)학	자	
(23)찬	(24)하		(25)유	동		(26)두		(27)사	당
	늘		세			(28)부	정	(29)군	(30)자
(31)글		(32)누	차	(33)인		인		(34)산	소
	(35)사	명			현		(36)탑	(37)돌	(38)이
(39)자	당		(40)나	왕			(41)사	간	(42)묘
비		(43)측	천	무	후		(44)태	질	혜

서대주전

(1)엄		(2)문	(3)초	(4)고	소	장		(6)다	람	쥐
동		(7)상	상	(8)진	원		(9)귀	양	
(10)설	(11)도			감		(12)산	신	(13)청	(14)고
(15)한	적		(16)실	타	래	해		(17)산	사
	질		(18)오		(18)진	실	유		덕
(19)콩		(20)수	라	간		(21)취	미	(22)수	(23)시
충	(24)문	지	기		(25)한		알	밤	궁
	방		(26)만	(27)부	당		현	(28)화	창
(29)법	사	(30)염		엉		(31)쌍		(32)불	충
(33)관	우		(34)상	이		무		철	
		(35)먹	을	복		지		주	(36)도
(37)오	랏	줄		(38)솔	개		(39)야	광	주

박지원 단편

(1)맹	(2)자		(3)유	형	원	(5)달	문		(6)수
		(7)중	언	(8)부	언	(9)통	역	관	(10)두	레
(11)글			(12)자		(12)연			(13)도	둑
	(14)신	선		(15)거	암	(16)마	누	라	(17)덕
	농		(18)엄	지		(19)시	음		지
(20)말	씨		(21)행		(21)북	경		(22)불	(23)사
충		(24)운	수	학		(25)아	연	실	색
	(26)변	심		(27)책		(28)사	대	부	
(29)반	발			(30)재	물			(31)기	(32)우
		(33)장	사	치		(34)야		(35)여	울
(36)열	(37)하	일	기		(38)동	래	박	(39)의	증
(40)병	자			(41)양	반		(42)아	첨